Bettina Isabel Rocha

# Antipasti und eine Prise Schuld

Bettina Isabel Rocha

# Antipasti
## und eine Prise Schuld

Ein Fall für Margot Meerapfel
und Thea Pütz

ULRIKE **HELMER** VERLAG

Besuchen Sie uns im Internet:
**www.ulrike-helmer-verlag.de**

Printausgabe gedruckt auf
säurefreiem, alterbeständigem Werkdruckpapier.
ISBN 978-3-89741-354-2

Originalausgabe in **CRiMiNA.**
**CRiMiNA** ist ein Imprint des Ulrike Helmer Verlags, Sulzbach/Taunus

Covergestaltung: Atelier KatarinaS unter Verwendung des Fotos
»black snail« © Anette Linnea Rasmus – Fotolia.com
Gesetzt aus der Sabon

E-Mail: info@ulrike-helmer-verlag.de

**Es war wieder an der Zeit.** Der Regen hatte aufgehört, die Sonne durchbrach das Geäst der Bäume und sog die Feuchtigkeit aus der Wiese. Im diffusen Licht kreiste eine Schar Krähen erhaben über dem Wipfel der Zitterpappel. Das heisere Geschrei der Vögel erfüllte die Luft. Sonst blieb es still, denn ihr Schritt auf dem feuchten Lehmboden folgte lautlos dem vertrauten Weg.

Sie nahm das Messer zur Hand. Jenes, das sie immer dafür benutzte, das mit der scharfen dünnen Klinge und dem abgenutzten Holzgriff. Es lag gut in der Hand, das war wichtig.

Sie hatte keine Eile. Nicht dass sie mochte, was sie nun zu tun hatte, doch es musste sein. Sie verharrte auf der Stelle und hob ihren Blick zum Himmel. Die Krähen sammelten sich wie immer um diese Tageszeit. In manchen Kulturen galten sie als unheilverkündende Galgenvögel, aber sie hielt es für falsch, in ihnen schwarz gefiederte Todesboten zu sehen. Krähen waren kluge Tiere. Sie erkundeten ihre Umgebung, beobachteten scharf und schlossen sich bei Gefahr gegen den Feind zusammen. Es machte mehr Sinn, sich an die naturwissenschaftlichen Erkenntnisse über diese Gattung zu halten. Überhaupt war es besser, der Welt rational und nüchtern zu begegnen.

Doch Klugheit, so wusste sie, wurde oft nicht geschätzt. Die Menschen achten die Klugen selten. Deshalb war es oft besser, den Mund zu halten. Schweigen an sich war ein hohes Gut, ähnlich wie die Fähigkeit, abwarten zu können. Sie selbst hätte sich nicht als übermäßig geduldig bezeichnet, aber sie verstand es, den richtigen Zeitpunkt abzupassen.

Ihr Blick löste sich von den Vögeln. Sie ging weiter, bis zum Ende des kleinen Pfades, und sah sie sofort.

Entschlossen trat sie noch einen Schritt näher und umfasste das Messer fester. Dann hob sie es unmerklich und stieß es zielsicher in den Leib, der vor ihr lag. Der sich nun unter ihrem Stich erst streckte und schließlich zusammenzog. Sie tat einen kräftigen, entschlossenen Schnitt und beobachtete, wie die Eingeweide hervorquollen.

Der Anblick löste keinerlei Übelkeit oder Ekel bei ihr aus. Nicht mehr. Sie hatte das schon oft getan. Unzählige Male. Sie schenkte dem leblosen Kadaver keine weitere Beachtung, wandte sich ab und reinigte das Messer.

Was sollte sie zu Mittag kochen?

Ihr Blick fiel auf die schnurgerade Linie der Salate. Eine Reihe Lollo rosso wechselte mit einer Reihe Lollo bianco. Nächstes Jahr würde sie immer abwechselnd einen roten und einen grünen Salat innerhalb der Reihe pflanzen, das sähe sicher ansprechend aus. Sie mochte es, wenn alles gepflegt und proper war, insbesondere in ihrem Garten. Ein wenig Sonne täte den Pflanzen gut und ihr auch.

Mit klammen Fingern zog sie den Reißverschluss ihrer Jacke höher. Sie sollte wohl endlich mehr auf die Rippen kriegen, damit sie nicht mitten im Sommer frieren musste. Der Juni ließ sich regnerisch an, das Einheitsgrau des rheinischen Himmels ging ihr aufs Gemüt, seit Wochen nichts als eine trübe Suppe da, wo Blau sein sollte. Nun, da sie mit achtundfünfzig Jahren frühzeitig aus dem Schuldienst ausgeschieden war, könnte sie, wenn sie wollte, noch heute ihre Koffer nehmen und irgendwo hinfahren, wo es wärmer wäre. Doch antriebslos, wie sie war, versetzte ihr der Gedanke, zu packen und sich für ein Reiseziel zu entscheiden, prompt einen Stich in der Schläfe.

»Tja«, murmelte sie vor sich hin, »jetzt bist du nicht mehr von den Sommerferien abhängig, hast alle Zeit der

Welt und immer noch den gleichen bohrenden Kopfschmerz wie früher.«

Immerhin konnte sie nun tun und lassen, was sie wollte. So hatten es zumindest ihre ehemaligen Kollegen neidvoll angemerkt. Sie selbst beabsichtigte vor allem, das Lassen ernsthafter zu betreiben als das Tun. Eine Frau aus ihrer Gymnastikgruppe sprach sogar von der Chance auf ein neues Leben: noch mal ganz von vorn anfangen. Das war Humbug. Man konnte nicht ganz von vorn beginnen, wer so etwas behauptete, war ein Träumer. Doch die eine oder andere kleine Änderung schien auch ihr angebracht, da wollte sie nicht kleinlich sein. Und so hatte sie als Erstes die Gymnastikgruppe drangegeben. Ihre Dienstagabende ließen sich wahrhaftig angenehmer und sinnvoller füllen. Mochte sie mit zunehmender Steifheit bestraft werden, sie würde sich nicht mehr mit diesem Haufen fitnessvernarrter Vorruheständlerinnen abgeben, die nicht in der Lage waren, in Würde dem Alter entgegenzublicken. Wozu sollte sie im Lotussitz auf dem Boden hocken und sich daraus erheben können, ohne die Hände zu gebrauchen, wenn sie doch bequeme Sitzmöbel besaß?

Sie schickte sich an, zwei Salate zu ernten, als ihr Blick auf einen weiteren braunen Körper fiel. Ohne zu zögern, stach sie ein zweites Mal an diesem Tag zu. In dem Moment, als sich die Schnecke in einen unappetitlichen Klumpen verwandelte, gellte ein Schrei durch den Garten.

»Margot!«

Vor Schreck ließ sie das Messer fallen. Am Gartenzaun, keine drei Meter von ihr entfernt, stand Thea, Panik ins Gesicht geschrieben. Bei der Tonlage fehlte nicht viel und sie brächte Gläser zum Zerspringen. Dreigestrichenes c, dachte Margot, mindestens. Thea konnte einem wirklich Angst einjagen. Jetzt übertrieb sie es aber wahrhaftig mit ihrer Tierliebe. Schließlich wusste auch sie zarten Salat zu schätzen und den galt es nun einmal gegen Schnecken zu verteidigen. Immer wieder schafften es einzelne Exemplare über den Schneckenzaun.

Ärgerlich hob Margot das Messer auf und ging auf Thea zu. Heute war sie nicht in der Stimmung für einen Vortrag über die Schöpfung, die jedem Lebewesen einen Platz auf dieser Erde zugedachte. Oder über den Naturbegriff nordamerikanischer Indianerstämme, die, wenn sie überhaupt töteten, erst ein Ritual abhielten – für ihre Begriffe alles zu esoterisch. Bei ihr, Margot Meerapfel, obsiegten die niederen Instinkte, die um nichts in der Welt auf einen frischen, selbstgezogenen Salat verzichten mochten.

Sie rückte ihre Brille zurecht und registrierte erst jetzt Theas aufgelösten Zustand. Ihre Augen waren schreckgeweitet, das dünne helle Haar hing wirr in die Stirn, kleine Ästchen und Blätter hafteten an ihrer lila-rot gestreiften Strickjacke. Der Hund, den sie mit sich führte, zerrte unruhig an der Leine und wirkte ebenfalls verstört.

Thea hatte sichtlich Mühe zu sprechen. Zweimal setzte sie an, stieß aber nicht mehr als ein paar unartikulierte Laute hervor. Sie holte Luft und schluckte, dann brach es aus ihr heraus: »Margot, da liegt eine Frau. Eine tote Frau.«

Margot schaute sie fragend an.

»Sie ist tot«, beteuerte Thea und hüstelte nervös.

»Eine Frau?«, fragte Margot. »Eine tote Frau?«

»Ja doch, eine tote Frau! Wir müssen die Polizei rufen!«

»Wo liegt sie denn?«

»Im Wald, im Annatal.«

»Bist du dir auch ganz sicher?«, fragte Margot zweifelnd.

»Herrgott, Margot! Wie oft muss ich es denn noch sagen? Sie ist mausetot! Mausetot! Marquis hier«, sie schwang die Hundeleine ein wenig hin und her, »hat sie aufgestöbert. Sie liegt im Annatal, neben einer Bank, auf der linken Seite des Teichs, wenn man von Rhöndorf kommt.«

Margot schaute den Hund an. Wie kam das bedauernswerte Tier nur zu so einem Namen? Sie wusste, Thea tat ihrer Nachbarin, einer Französin, die überstürzt zu ihrem kränkelnden Vater nach Frankreich gereist war, einen Gefallen und hütete den Hund für ein paar Tage. Aber *Marquis* – das musste ja nun wirklich nicht sein. Sie fragte sich, ob der Rüde mit dem Adelsprädikat auch gemeinsam mit Frauchen bei Tisch von silbernen Tellern speiste. Heutzutage konnte man nie wissen, manche Menschen hatten ein merkwürdiges Verhältnis zu ihren Haustieren. Margot riss sich zusammen. Angesichts dessen, dass unweit ihres Hauses eine Tote liegen sollte, waren diese Gedanken pietätlos.

»Komm ins Haus, aber bind den Hund draußen fest. Ich weiß nicht, wo Frida steckt.« Frida wäre wenig erfreut, wenn ein Hund ihr Territorium beträte.

Thea band den widerspenstigen Marquis an den Zaun. Sie schritt, von Margot gefolgt, zur Terrassentür, streifte ihre Schuhe von den Füßen und trat tief seufzend ein. »Mein Gott, mein Gott ...«

»Wenn du willst, verständige ich die Polizei«, erbot sich Margot.

»Nein, nein. Ich mach das schon, ich mach das schon ... Mein Gott!« Zielsicher ging Thea in Margots Arbeitszimmer.

»Du musst eins, eins, null wählen«, erinnerte sie Margot.

»Das weiß ich doch, das weiß ich doch.« Thea griff nach dem Apparat. Bis auf die Tatsache, dass sie sich laufend wiederholte, schien sie halbwegs gefasst. Margot überlegte, ob sie im Zimmer bleiben sollte, während ihre Freundin telefonierte, entschied sich aber dann, Thea die Angelegenheit allein regeln zu lassen, und trat hinaus in den Garten.

Eine Tote im Wald bei den Teichen, keinen Kilometer von hier entfernt – wer mochte das sein? Was war der Frau zugestoßen an so einem friedlichen Plätzchen wie dem Annatal? Hatte sie der Schlag getroffen? Im Sommer bei schwülem Wetter erlagen am Rhein immer wieder Menschen einem Kreislaufkoller. Doch zurzeit war es viel zu kühl dafür. Gedankenverloren zupfte Margot verblühte Rosenblätter von ihrer heißgeliebten *New Dawn*. Vielleicht sollte sie die Rose jetzt schon ein wenig zurückschneiden? Vergangenes Jahr war das der Pflanze bestens bekommen, sie hatte es ihr bis in den November mit zarten weißen Blüten gedankt.

Thea trat aus dem Haus und blieb in orange-gelb gestreiften Socken auf der Terrasse stehen. Die Hose, die sie dazu trug, war blassgrün. Seit Hermann vor zwei Jahren gestorben war, hatte ihr Kleidungsstil sich radikal verändert. Normalerweise scherte Margot das nicht, aber die heutige Farbkombination in Verbindung mit dem zerzausten Haar und Theas Neigung, sich ständig zu wiederholen, wenn sie aufgeregt war, erinnerte an einen Papagei. Margot schämte sich. So zu denken war nicht fair, schließlich fand man nicht jeden Tag eine Leiche im Wald. Gemessen an den Umständen, hielt Thea sich recht gut.

»Und?«, fragte sie versöhnlich, »was sagen sie?«

»Sie haben sich ganz genau beschreiben lassen, wo die Tote liegt, und meine Personalien aufgenommen.«

»Und jetzt?«

»Jetzt schicken sie einen Streifenwagen. Ich muss später nochmal alles zu Protokoll geben.«

»Musst du ihnen nicht zeigen, wo sie liegt?«

»Offenbar nicht. Ich soll bleiben, wo ich bin, und telefonisch erreichbar sein. Sie kommen aber auf alle Fälle später vorbei.« Thea zuckte die Schultern und schaute sich ratlos um.

»Das heißt, sie kommen hierher?« Margot runzelte die

Stirn. Das hatte ihr noch gefehlt. Dieser Tag ließ sich mitnichten so an, wie sie ihn sich ausgemalt hatte: ein Schläfchen nach dem Mittagessen, dann ein paar Besorgungen in der Stadt und schließlich bei einem Espresso, zur Krönung ihres Tagespensums als Pensionärin, das Studium des frisch eingetroffenen Katalogs mit dem Blumenzwiebelsortiment. Margot blätterte in Pflanzenkatalogen wie andere in Modezeitschriften. Für das kommende Frühjahr plante sie ein Meer aus hundertfünfzig blassrosa Tulpen im Beet vor ihrem Arbeitszimmer. Sie musste sich bald für die passende Sorte entscheiden, um ihre Bestellung rechtzeitig aufzugeben. Es war pures Vergnügen, sich Gedanken über die Gartengestaltung der kommenden Saison zu machen und dabei einer italienischen Oper zu lauschen. Viel mehr brauchte es nicht, um glücklich zu sein. Doch wie es aussah, hatte diese Tote im Wald ihr einen dicken Strich durch die Rechnung gemacht.

Fast hegte sie einen Groll gegen die Unbekannte, die ihre Pläne vermasselte – was kaum deren Absicht gewesen sein mochte. Auch Thea hatte einfach nur vernünftig gehandelt, als sie zu ihr gelaufen war, um rasch Hilfe zu holen, schließlich wohnte Margot nicht weit vom Fundort entfernt. Dennoch, jetzt hatte sie den Salat – nicht nur im Garten, sondern bald in Gestalt leibhaftiger Polizisten in ihrem Haus. Margot hatte nicht gerne Fremde bei sich. Irgendwo in ihrem Kopf, hinter ihrem rechten Auge, verstärkte sich der Schmerz und bohrte sich tief in ihre Augenhöhle. Sie seufzte. Ein Migräneanfall war das Allerletzte, was sie jetzt gebrauchen konnte. Sie musste sich zusammenreißen und auch an Thea denken, die Ärmste hatte eine Tote gefunden und sie dachte nur daran, wie ungelegen ihr all das kam! Beruhigend sagte sie: »Komm, gib dem Hund von Fridas Futter und ich koche uns etwas zu Mittag. Es dauert sicher noch, bis sie kommen.«

Thea nickte und ging zur Vorratskammer neben der Küche. Sie kannte sich hier bestens aus. Ohne lange zu suchen, nahm sie eine Blechschale, reinigte auch gleich Fridas Napf und gab frisches Futter in beide.

Margot hatte Thea gerne um sich. Seit die Freundin Witwe war, sahen sie sich fast täglich.

Auf dem Weg zur Küche entschied sich Margot spontan für Tortelloni mit einer Basilikum-Ricotta-Füllung und dazu Salat. Die vertrauten Handgriffe würden sie entspannen. Rasch mischte und knetete sie die Zutaten auf der Arbeitsplatte, formte einen flachen Fladen und legte ihn in den Kühlschrank. Dann bereitete sie die Füllung zu und anschließend den frisch geernteten Lollo rosso. Sie streute Blütenblätter von Ringelblume und Rotklee sowie Koriander darüber. Es durfte keinesfalls zu viel Koriander sein, sonst schmeckte alles muffig.

Die Routine des Kochens tat ihr gut. Es war unangenehm, auf das Erscheinen der Polizei zu warten, doch die Beamten machten schließlich auch bloß ihre Arbeit. Margot gab kleine Portionen von der Füllung auf die Teigquadrate, klappte sie zusammen und drückte die Ränder geschickt fest. Für zwölf Minuten wurden sie nun ins kochende Salzwasser geschickt, dann ging es zu Tisch. Hinterher würde Thea das Geschirr in die Spülmaschine räumen und die Küche in Ordnung bringen, wie meistens, wenn sie hier aß.

Als sie schließlich bei Espresso und Cantuccini saßen, klingelte es. Ein junger Polizist und eine ebenso junge Polizistin fragten nach Frau Thea Pütz. Margot bat sie herein. Während sie erneut Espresso kochte, lauschte sie durch die offene Küchentür.

»Sie kennen die Tote nicht?«, erkundigte sich die Polizistin, als Margot mit einem Tablett und vier Tassen eintrat.

»Nein«, antwortete Thea.

Der Beamte, der protokollierte, las am Ende alles noch einmal vor. »Ist es so richtig?«, fragte er. Thea nickte.

Da ergriff seine Kollegin erneut das Wort: »Frau Pütz, wir haben in dieser Sache übrigens die Kripo hinzuziehen müssen. Wundern Sie sich also bitte nicht, wenn Sie ein weiteres Mal befragt werden oder eine Vorladung als Zeugin erhalten.«

»Die Kripo?«, mischte sich Margot ein, »wieso das?«

Die Beamtin schwieg, doch ihr Kollege erläuterte: »Wir haben Anlass, zu vermuten, dass die Unbekannte keines natürlichen Todes gestorben ist.«

»Ein Unfall?«, fragte Thea.

»Wohl eher nicht«, antwortete der Polizist ausweichend.

Thea schaute zu Margot, dann zu der jungen Frau hinüber, schließlich blickte sie wieder den Mann an. »Soll das etwa heißen, dass ... dass sie ...?«

Die beiden Beamten schwiegen.

»Wenn Sie die Kripo hinzuziehen, gehen Sie von einem gewaltsamen Tod aus«, stellte Margot nüchtern fest.

»Mord?« Theas Stimme schraubte sich in die Höhe. »Sie meinen, die Frau, die ich gefunden habe, ist ermordet worden? Aber da war kein Blut!«

Die Polizistin lächelte etwas gequält. »Wie gesagt, wir haben Anlass, dies zu vermuten. Genaueres wissen wir noch nicht. Im Augenblick sind unsere Kollegen von der Spurensicherung dabei, alles aufzunehmen.«

»Ich brauche einen Schnaps«, japste Thea, als die Beamten gegangen waren. Nach zwei Gläsern Grappa brach sie schließlich auch auf, den hechelnden Marquis an der Leine. Vergebens hatte Margot versucht, sie zum Bleiben zu bewegen. Unverhofft eine Tote zu finden war kein Klacks – erst recht, wenn die Polizei einen Mord vermutete. Dennoch, Margot war dankbar für die Ruhe, die einkehrte, als sie das

Haus wieder für sich hatte. Ihre Pläne für den Tag ließ sie dennoch sausen. Sie würde sich auf nichts mehr richtig einlassen können – die beste Voraussetzung, um einmal die Regale in der Speisekammer zu reinigen. Wo war nur die kleine Leiter abgeblieben? Ohne sie reichte sie nicht an die oberen Regalbretter.

Während der Arbeit lauschte sie dem Duett von Violetta und Alfredo, *Parigi, o cara*, aus *La Traviata*, doch der Todesfall ging ihr nicht aus dem Sinn. Sie war längst fertig mit der Kammer und räumte im Arbeitszimmer umher, als das Telefon klingelte.

»Ja, bitte?«

»Polizeiwache Köln-Ehrenfeld«, erklang eine männliche Stimme in breitem Rheinisch. »Polizeiobermeister Klapperich mein Name.«

Der Anruf musste für Thea sein, doch der Mann fuhr fort: »Spreche ich mit Frau Margot Meerapfel?«

»Ja?«, antwortete Margot zögernd.

»Einen Moment bitte.«

Margot hörte, wie der Hörer weitergereicht wurde und der Polizist zu jemandem sagte: »Hier. Ihre Mutter. Aber nur kurz.«

Mutter? Meinte er sie? Das musste ein Irrtum sein, sie hatte keine Kinder. Doch dann erklang eine Stimme, die ihr wohlbekannt war: »Margot? Ich bin's, Clara.«

»Clara?«, rief sie alarmiert. »Was machst du auf einer Polizeiwache?« Schon wieder Polizei – und jetzt Clara! Dabei saß ihr der Fund der Toten aus dem Annatal und der Besuch der beiden Beamten noch in den Knochen.

»Sie halten mich hier fest ... Ich rufe dich an, weil sich irgendjemand unbedingt um Papageno und Papagena kümmern muss. Ich war letzte Nacht nicht zu Hause, sie müssen halb verhungert sein.«

»Papageno und Papagena?«, fragte Margot irritiert.

»Sie brauchen dringend frisches Wasser und Futter. Du hast als Einzige einen Schlüssel zur Wohnung ... Bitte, Margot, kannst du vorbeischauen? Ich weiß, es ist ein Angang von Bad Honnef ...«

Endlich fiel bei ihr der Groschen: Papageno und Papagena war Claras Meerschweinchenpaar. »In Ordnung, ich füttere sie. Aber warum um alles in der Welt hält die Polizei dich fest?« Durch Margots Kopf flogen Gesprächsfetzen des Polizeibesuchs am Nachmittag, das Bild einer zerzausten Thea mit einem Hund, der eine Leiche im Wald aufstöberte, und die Vorstellung von Clara in Handschellen.

»Das«, antwortete Clara gedehnt und mit offensichtlich mühsam unterdrücktem Zorn, »wüsste ich auch gerne.«

»Aber ...«

»Bitte, Margot, reg dich nicht auf. Es ist alles halb so wild, wir ...«

»Junge Frau, kommen Sie zum Ende!«, erklang wieder die Stimme des Polizisten.

»Ich muss Schluss machen. Du denkst an die beiden, ja?«

»Natürlich. Brauchst du einen Anwalt, Clara?« Offensichtlich saß die Kleine in der Patsche. Irgendwie musste sie ihr doch helfen.

»Einen Anwalt?«, Clara lachte trocken. »Nein, das wird nicht nötig sein. Frisches Heu ist unter der Spüle. Danke dir!«

Das Besetztzeichen erklang und Margot stand eine Weile unschlüssig mit dem Telefon in der Hand da. Es machte Clara offenbar nicht allzuviel aus, auf der Wache festgehalten zu werden. Aber was ging da vor? Für einen schrecklichen Moment hatte sie Claras Anwesenheit auf einer Polizeiwache mit der Toten im Wald in Verbindung gebracht. Aber die Kölner Polizei, bei der Clara festsaß, war nicht für Bad Honnef zuständig. Margot schüttelte ungläubig den Kopf. Clara machte, seit sie Single war, eine harte Zeit durch, auch ihr Musikstudium schien sie nicht mehr so recht zu begeistern. Alles das war wenig erfreulich, erklärte aber noch lange nicht, wieso die Kleine Ärger mit der Polizei haben sollte. Margot kannte sie nun seit dreizehn Jahren. Als Clara sechzehn war, hatte sie sie bei sich aufgenommen und bis zu ihrem Abitur mit ihr unter einem Dach gelebt. Sie traute Clara viel zu, aber bis zum heutigen Tage zählte dazu nichts, was dazu angetan gewesen wäre, mit dem Gesetz in Konflikt zu geraten. Betrübt zog Margot die unterste Schublade ihres Schreibtischs auf, um Claras Wohnungsschlüssel zu suchen. Dieser Tag war voller Überraschungen, auf die sie gern verzichtet hätte!

**Clara Nussbaum lehnte sich** auf ihrem Stuhl zurück und verschränkte die Arme vor der Brust. Der Schreibtisch mit dem Telefon stand wie eine Mauer zwischen ihr und diesem lächerlichen Polizisten. Sie fixierte ihn und bemühte sich gleichzeitig möglichst unbeteiligt zu gucken. Max und Conny saßen links von ihr. Max spielte mit dem Karabinerhaken seines Schlüsselbundes, und wie sie Conny kannte, starrte sie wahrscheinlich Löcher in die Luft. Sie fragte sich, ob Conny eigentlich Friedolin bei sich trug. Dieser Klapperich hätte sicher seine helle Freude an einer Ratte. Es war ihr klar, wie ihr kleines Grüppchen auf ihn wirkte: drei Herumtreiber in liederlichem Aufzug. Max und Conny mit punkig gestyltem Haar, sie selbst in einer erdverschmierten grünen Latzhose und einem engen, verwaschenen T-Shirt mit dem Schriftzug *Apocalyptica*. Ein Typ wie der hatte definitiv keinen blassen Schimmer, dass es sich dabei um eine abgefahrene Band klassisch ausgebildeter Cellisten handelte, die zur Abwechslung Heavy Metal mit elektrisch verstärkten Celli spielten. Ihre Interpretation von *Nothing else matters* war eine Offenbarung – auch wenn ihre Professorin an der Hochschule nichts davon hielt. Wahrscheinlich hielt sie auch schon lange nichts mehr von Clara und ihrem Violinspiel.

Die Schatalowa gab sich nur deshalb noch mit ihr ab, weil sie einen Heidenrespekt, wenn nicht gar Ehrfurcht vor Claras Mutter, einer international gefeierten Pianistin, hatte. Was unnötig war, denn Charlotte Nussbaum interessierte sich weder sonderlich für ihre Tochter noch für deren Musikstudium – zumindest soweit Clara wusste. Und für *Apocalyptica* hätte auch sie nicht mehr als ein Naserümpfen übrig.

Die Tür hinter Polizeiobermeister Klapperich öffnete sich und vier Augenpaare blickten einer jungen Frau in Zivil entgegen, die mit geschmeidigem, jedoch festem Schritt eintrat. Ihr Blick glitt über Max und Conny und verweilte für einen Moment auf Clara. Dann wandte die Frau sich an den Polizeibeamten, der aufgestanden war und so etwas wie Haltung angenommen hatte.

»Der Tote hinterm LIEDEL-Parkplatz?«, fragte die Frau.

»Ja«, antwortete Klapperich.

»Die Verdächtigen?« Sie begleitete ihre Frage mit einer knappen Kopfbewegung und nahm die drei vor dem Schreibtisch erneut in Augenschein. Wieder verharrte ihr Blick bei Clara und blieb einen Moment an deren erdigen Händen hängen.

»Ja.«

»Kann ich Sie einen Moment unter vier Augen sprechen, Polizeiobermeister.« Das klang nicht nach einer Frage, befand Clara. Interessiert betrachtete sie die Frau. Sie trug eine dunkelblaue Stoffhose und eine hellgraue Bluse. Die Kleidung war schlicht, saß aber perfekt. Ihr Haar glänzte tiefschwarz. Es war hochgesteckt und verlieh dem Gesicht einen Hauch von Strenge. Eine Uniform stünde ihr bestimmt unverschämt gut, überlegte Clara und ärgerte sich sofort über den Gedanken. Auf Uniformträger und Vertreter der Staatsmacht war sie nicht gerade gut zu sprechen. Die Typen vom Ordnungsamt machten ihnen mit ihren angedrohten Räumungsanordnungen ziemlichen Ärger. Und jetzt sogar die Polizei. Dabei wollten sie nichts weiter, als auf einer ungenutzten Parzelle inmitten der Stadt ein lauschiges Plätzchen schaffen und ein bisschen Gemüse und Obst anbauen. Das konnte ja wohl kein Verbrechen sein, auch wenn ihnen das Grundstück nicht gehörte.

Polizeiobermeister Klapperich hatte sich mittlerweile folgsam zur Tür begeben, die die Frau ihm aufhielt. Sie machte eine knappe Bewegung mit der rechten Hand, die dem Mann fast spöttisch den Weg wies. Clara hätte schwören können, in ihren Augen so etwas wie Spott oder Hohn erkannt zu haben, doch die Frau drehte ihr bereits den Rücken zu und folgte dem Polizisten. »Untersuchungshaft, ja? Sagen Sie, sind Sie von allen …«, mit diesen Worten zog sie die Tür hinter sich zu.

Max, Conny und sie tauschten schweigend Blicke. Angestrengt versuchten sie zu lauschen, konnten aber nicht verstehen, was draußen gesprochen wurde. Schließlich sagte Conny: »Friedolin muss pinkeln.«

»Setz ihn doch auf den Stuhl von diesem Klapperstorch«, antwortete Max ungerührt.

Conny fischte im Ausschnitt ihres Sweatshirts nach der Ratte und platzierte sie auf der Sitzfläche. Friedolin schnupperte kurz und ließ seinen Bedürfnissen freien Lauf. Klapperich würde sein feuchtes Wunder erleben. Normalerweise hätte Clara so etwas kindisch gefunden, aber der Typ hatte es wirklich verdient. Konnten sie vielleicht etwas dafür, dass auf dem Nachbargrundstück ein Mann umgebracht worden war?

**Thea stellte ihren Korb auf** den Küchenstuhl und holte in braunes Papier eingeschlagene Päckchen hervor. »Frische Butter, Quark und Käse vom Hof im Mucherwiesental. Milch war leider schon aus. Merkwürdig sind sie schon, diese Anthroposophen, aber guten Käse können sie machen. Ich hätte mich gerne noch mit dieser jungen Frau unterhalten, die jetzt dort arbeitet, aber Marquis war zu unruhig. Ich bin heilfroh, wenn ich ihn morgen Abend wieder abgeben kann.« Thea setzte sich an den Tisch.

»Der Quark sieht wunderbar aus. Danke. Ich könnte Käsekuchen mit Himbeeren machen. Was meinst du?« Margot räumte alles in den Kühlschrank.

Thea nickte und fuhr fort. »Er wollte unbedingt noch auf die Helte. Die Wiese hinter der Selhofer Bürgerwiese, wo sich die Hundebesitzer aus ganz Honnef treffen.«

»Oder ich mache einen Quarkauflauf mit Gries und Himbeeren.«

»Also ich sage dir, das ist schlimmer als früher mit den Kindern auf dem Spielplatz. Ewig die gleichen Themen: Hundetrainer, Hundeschule, Ernährungstipps hier, Fellpflege da und nicht zu vergessen: Impfungen und Wurmkuren. Und immer wieder die Verdauung: Hundepupse nach den Mahlzeiten – ein Thema, so facettenreich wie das Bäuerchen bei Babys.« Thea tippte sich an die Stirn. »Aber der Gipfel war diese Frau ... wie heißt sie noch? Du weißt schon, die mit ihrem Hund im Stechschritt spazieren geht wie so ein Generalfeldmarschall ... Wie heißt sie noch?«

»Quarkknödel. Ich glaube, ich mache Quarkknödel mit Himbeersauce.«

»Also, die Frau erzählt mir mit glückseligem Lächeln, wie es ist, wenn sie schlafen geht. Sie sagte: ›Und dann legen wir uns hin, ich in mein Bett und Cori in ihr Körbchen. Sie pupst und gähnt und dann schlafen wir gemeinsam ein.«

»So schön kann Liebe sein«, antwortete Margot trocken. »Pupst sie auch?«

»Was? Also wirklich, die hat sie doch nicht mehr alle!« Thea schüttelte sich, hin- und hergerissen zwischen Abscheu und Amüsement.

Margot zuckte die Schultern und griff nach der ungeöffneten Post. Die Telefonrechnung, Werbung und ein Brief von der Stadt. Sie riss den Umschlag auf und zog das Schreiben heraus.

»In der Zeitung stand, sowohl die Identität als auch die Todesursache der Frau seien noch ungeklärt«, sagte Thea.

Margot überflog den Brief und runzelte die Stirn. Dann las sie ihn erneut.

»Huhu ... Hörst du mir überhaupt zu?«

Margot nickte und las weiter.

»Also wirklich, Margot, ich habe nicht den Eindruck, dass du mir zuhörst. Erst bist du ganz bei deinen Quarkknödeln und jetzt bei deiner Post.«

Margot ließ das Blatt sinken und schaute aus dem Fenster hinter Thea. »Offenbar wollen sie Ende des nächsten Jahres damit beginnen, den Honnefer Süden zu bebauen. Da werden sich einige Grundbesitzer sehr freuen. Schade um die Wiesen und Weiden dort.«

»Margot, ich spreche von der Toten! Du erinnerst dich? Bitte sag, dass du dich erinnerst, andernfalls müsste ich dir ein marodes Kurzzeitgedächtnis attestieren – ganz ohne ärztliche Diagnose.«

»Ja, ich entsinne mich. Du hast sie gestern gefunden. Anschließend war die Polizei hier, um alles aufzunehmen.« Gedankenverloren spielte sie mit dem Schreiben der Stadt.

»Clara wurde gestern von der Polizei in Köln festgehalten und verhört.«

»Was? Clara? Aber wieso das?« Thea zwinkerte mit den Augen und reckte wiederholte Male den Hals, wie ein aufgeregtes Huhn.

»Man hat die Leiche eines Mannes auf dem Nachbargrundstück ihres Gartens gefunden. Du weißt schon, diese Baulücke, die sie besetzt haben, um dort zu gärtnern.«

»Hat Clara den toten Mann entdeckt?« Theas Wangen röteten sich.

»Nein. Sie und ihre Gartenfreunde wurden verhört, weil sie nebenan gärtnern und, laut Clara, weil die Stadt sowieso gegen ihr *Guerilla Gardening* ist – so heißt das nämlich. Offenbar kam der Polizei der Tote gerade recht, um sie ein wenig einzuschüchtern.«

»Zwei Tote an einem Tag«, sinnierte Thea. »Oh, mein Gott!«

»Der hat mit den jungen Leuten sicher nichts zu tun. Und außerdem besteht da bestimmt kein Zusammenhang zu unserer Toten.«

»Wer weiß, wer weiß? Mit Zusammenhängen ist es immer so eine Sache«, orakelte Thea, »oft sind sie da, wo wir sie nicht sehen, nicht da, wo wir sie vermuten.«

Margot sparte sich einen Kommentar. Was gab es auf so viel Kaffeesatzweisheit schon zu antworten?

Thea schwieg eine Weile, dann deutete sie auf den Briefbogen. »Und was schreiben sie dir? Du besitzt doch dort kein Grundstück, oder?« Sie hatte nie Mühe mit abrupten Themenwechseln. Sprunghaftes Denken war Teil ihres Wesens.

Margot blickte wieder auf den Brief und seufzte: »Sie wollen eine Straße im Neubaugebiet nach meinem Vater benennen.«

»Oh! Und wie findest du das?« Thea beugte sich vor und suchte Margots Blick.

»Ich weiß nicht. Irgendwie seltsam. Aber natürlich ist es eine Ehre ...«

»Er war sehr angesehen und hat viel für die Stadt getan.« Thea schaute Margot erwartungsvoll an.

»Trotzdem.« Margot zögerte. Es freute sie im selben Maße, wie es sie verlegen machte. Hätte ihr Vater diese Geste geschätzt? Sie wusste es nicht. Für sich selbst fände sie so etwas fürchterlich. Aber das stand ja auch nicht zur Diskussion.

Thea musterte sie forschend. Bedächtig sagte sie: »Das ist doch letztlich ganz normal. Früher oder später bekommt jeder Bürgermeister in seiner Stadt eine Straße oder einen Platz.« Sie hielt einen Moment inne. »Manche bekommen auch einen Brunnen oder eine bronzene Büste.«

Eine Büste? Vor Margots innerem Auge erhob sich ein altertümliches Standbild. Das musste nun wirklich nicht sein, aber solch eine Ehrung für *ganz normal* zu halten, das war eine zu profane Sicht der Dinge. Als sei ihr Vater *irgendein* Bürgermeister gewesen. Wilhelm Otto Meerapfel war über drei Amtszeiten als Parteiloser im Amt gewesen. Er hatte immer ein Ohr für die Bürger und Bürgerinnen seiner Stadt gehabt und genoss bis zu seinem Tod ihr Vertrauen. Die Öffnungszeiten seiner Apotheke waren zugleich auch die Sprechzeiten des Bürgermeisters gewesen, wenn er nicht gerade im Rathaus anzutreffen war. Die beiden Stadtdirektoren, die während seiner Amtszeit Chefs der Verwaltung waren, hatten ihn ebenso gefürchtet wie geschätzt, denn er hatte es verstanden, ein hohes Maß an Pragmatismus und Transparenz in die Kommunalpolitik zu bringen. Und das in einer konservativen Kleinstadt, wo Klüngel als Öl im Gemeindegetriebe galt.

»Wann ist er noch gleich gestorben?«, fragte Thea.

»Vor zwanzig Jahren.« Margot war damals achtunddreißig gewesen. »Er ist zwanzig Jahre nach meiner Mutter gestorben, auf den Monat genau.« Sie steckte den Brief der Stadt wieder in den Umschlag und legte ihn vor sich auf den Tisch. Nach einer ganzen Weile, in der sie ihn stumm angestarrt hatte, sagte sie ausweichend: »Ich mach uns Espresso. Oder möchtest du lieber einen Cappuccino?«

»Cappuccino.«

Geschäftig hantierte Margot an ihrer blitzblanken Siebträgermaschine. Eine echte alte Gaggia, die sie übers Internet direkt in Italien bezogen hatte. Ein Profigerät für die Gastronomie und eine sündhaft teure Angelegenheit mit drei verschiedenen Brühgruppen. Thea hatte sie lange mit der Frage aufgezogen, ob sie ein Café eröffnen wolle.

»Übrigens soll der Sommer kommen«, verkündete Thea fröhlich, »für morgen sind bereits fünfundzwanzig Grad angesagt, da wird es sicher gleich eklig schwül sein, bei all der Feuchtigkeit, die noch im Boden steckt. Übermorgen kann das Thermometer hier im Tal dann auf dreißig Grad klettern. Ich hoffe nicht, dass wir so bald eine Hitzeperiode bekommen.« Sie machte eine kleine Pause und fragte: »Hast du eigentlich mal über Urlaub nachgedacht? Wie wäre es im September? Da ist meist schönes Wetter. Wir könnten ein paar interessante Gärten und Parks besuchen, wandern, vielleicht ans Meer fahren.« Sie hielt einen Moment inne. »Ich dachte an Italien.«

Margot trat zum Kühlschrank. »Im September muss die Hainbuchenhecke geschnitten werden, auch der große Walnussbaum und die älteren Obstbäume«, antwortete sie und nahm die Milch heraus. »Ich wollte Thomas darum bitten, mir zu helfen. Du weißt schon, der leicht gestörte Sohn von Ulla Schwanke.«

»Kann das nicht auch bis Oktober warten? Du musst doch nicht unbedingt dabei sein.«

Thea war deutlich anzuhören, dass sie Baumschnitt nicht als Hinderungsgrund gelten ließ. Margot schüttelte den

Kopf und schnorchelte geräuschvoll mit dem Milchschäumer in der Kanne. Als sie fertig war, ergänzte Thea: »Dann eben im August. Die meisten Menschen schneiden ihre Hecken im August.«

»Nein. Wenn es ein heißer, trockener Sommer wird, dann ist das zu früh.« Margot warf einen kurzen Blick zu Thea, die die Augen verdrehte, und wandte sich wieder der Kaffeemaschine zu.

»Du und dein Garten! Dabei dachte ich mir, wir schauen uns den einen oder anderen *italienischen* Garten an. Schließlich ist Italien die Wiege der europäischen Gartenkunst, wie du mir erklärt hast. Neulich habe ich mir einen wahnsinnig interessanten Podcast heruntergeladen. Eine Sendung über den Boboli-Garten in der Toskana. Er gehört zu einem Palast, wo früher irgendwelche Medici lebten, Eleonora und Cosimo, meine ich.« Thea legte die Stirn in Falten, »oder Cosima und Eleonorus? Egal. Ich weiß es nicht mehr. Ich gebe dir meinen alten MP3-Player, damit du dir das anhörst. Ich würde auf alle Fälle furchtbar gerne nach Italien fahren.«

»Italien ist zu warm zum Wandern, im September allemal. Im Oktober geht es auch nicht, da fährt Thomas mit seiner Mutter an die Ostsee. Ich kann zwar nicht verstehen, dass der Mann immer noch zu Hause lebt, aber Ulla ist natürlich selig.« Margot warf Thea einen kurzen Blick zu.

»Wieso findest du Thomas eigentlich gestört?«, fragte Thea und klaubte mit spitzen Fingern einen unsichtbaren Krümel vom Tisch.

»Na hör mal! Er hängt doch ständig am Rockzipfel seiner Mutter! Ein Mann von zweiundvierzig, der Jahr für Jahr mit der Mama den Urlaub verbringt!«

Thea zuckte die Achseln und ließ den Krümel in den Blumentopf hinter sich fallen, dann fixierte sie Margot. »Also, was ist nun mit Italien?«

Margot gestand sich ein, dass ihr Ablenkungsversuch gescheitert war. Das Thema Muttersöhnchen hatte überhaupt nicht verfangen, obwohl Thea eine feste Meinung zu jüngeren und älteren Männern besaß, die im Hotel Mama lebten. Für gewöhnlich ließ sie sich gerne darüber aus, aber heute hielt sie eisern an ihrem Gesprächsfaden fest.

»Du hast doch auch mit deinem Vater bis zu seinem Tod zusammengelebt, soweit ich weiß«, bemerkte Thea und begann angelegentlich ihre Brille mit einem Jackenzipfel zu putzen. »Bis auf die paar Monate, die du in grauer Vorzeit in Italien verbracht hast! Würdest du dich deshalb auch als gestört bezeichnen?« Seelenruhig hauchte sie auf die Brillengläser, polierte nach, hielt die Brille gegen das Licht, wischte erneut darüber, ganz so, als hätte sie ihre eigene Frage längst vergessen. Thea konnte, wenn sie wollte, aussehen wie die Harmlosigkeit in Person.

Margot unterdrückte ein Seufzen. Bei ihr war das weiß Gott etwas anderes gewesen! Ihr Vater und sie hatten zwar unter einem Dach gelebt – warum auch nicht? In einem wahrhaft großen Haus konnten zwei eigenständige Menschen durchaus einen respektvollen Umgang miteinander pflegen. Thea hatte manchmal eine Art, die unterschiedlichsten Sachverhalte zu vermischen, dass kein vernünftig denkender Mensch gegen ihre abstrusen Gedankenkonstrukte ankam. »Du weißt genau, wie verstört und verklemmt er ist. Kein Wunder bei der Mutter. Die Frau bestimmt sein ganzes Leben und erdrückt ihn mit ihrer Fürsorge.« Sie machte eine winzige Pause und sagte dann: »In Wahrheit willst du mich ja nur nach Italien kriegen.«

Damit ließ sie das Mahlwerk aufheulen.

Als die Bohnen feingemahlen waren, fragte Thea: »Und warum bitte fahren wir nicht endlich nach Italien? Ich verstehe das nicht. Du schwärmst in höchsten Tönen für dieses Land und dennoch bekommen dich keine zehn Pferde dorthin. Nicht einmal mit Joachim bist du dort gewesen und ihr seid ziemlich viel gereist, damals.«

Margot trug die beiden Tassen zum Tisch. Ein wenig zu schwungvoll setzte sie sie ab, der Cappuccino schwappte über. Eilig ging sie zur Spüle, um einen Lappen zu holen und wischte gründlich den Tisch ab. Sie musste diese Diskussion mit Thea nicht führen. Warum auch hätte sie mit Joachim nach Italien fahren sollen? Sie hatten schließlich Österreich, Slowenien, Schottland und immer wieder Frankreich besucht. Zwei, drei Mal mit seinem VW-Bus, doch das war nicht Margots Ding gewesen, Tag und Nacht zu zweit in einer rollenden Blechdose.

»Tatsache ist doch«, sagte Thea wie zu einem begriffsstutzigen Kind, »du hast immer in deinem Elternhaus gelebt, bis auf diese Zeit in Italien. Was hast du da eigentlich gemacht, außer in diesem komischen Labor zu arbeiten?«

Auch wenn ihre Augen unschuldig hinter den kleinen ovalen Brillengläsern blinzelten, Thea war eindeutig auf Krawall aus. Margot presste den Kiefer zusammen. So impertinent an einem Thema festzuhalten, dass es kaum ein Entrinnen gab, war schon in ihrer Kindheit Theas Spezialität gewesen, sie war eine Meisterin darin, ihre Vorstellungen durchzusetzen. Ging es damals darum, was nach der Schule unternommen werden sollte, waren es heute die Reiseziele. Einmal in Fahrt, war sie nicht mehr zu halten. Die beste Methode, Thea beim Psychologisieren auszubremsen, war die, konsequent zu schweigen. Und so rührte Margot sorgfältig zwei gehäufte Teelöffel Zucker in ihren Espresso und presste die Lippen aufeinander.

Thea, die sie vergrätzt fixierte, schlürfte lautstark den Milchschaum von ihrem Cappuccino. Das Geräusch zerrte an Margots Nerven. Als das Telefon jäh zu klingeln begann, sprang sie wie erlöst auf und stürzte durch den Flur in ihr Arbeitszimmer.

Als sie mit einem Stück Papier in der Hand zurückkam, schaute Thea sie gebannt an, eine Spur Schaum glitzerte auf ihrer Oberlippe. Margot setzte sich, ergriff ihre Tasse und trank den kalt gewordenen Espresso.

»Das war die Bonner Kripo. Ein Kriminaloberkommissar Wegebrecht lädt mich für morgen um halb elf zu einer, wie nannte er das noch gleich …«, Margot warf einen Blick auf ihre Notiz, »informatorischen Befragung. Ich soll zu ihm ins Kriminalkommissariat elf in Ramersdorf kommen. Er möchte mir ein paar Fragen zu der Toten aus dem Annatal stellen.«

»Dir? Aber wieso denn das?«

»Das habe ich ihn natürlich auch gefragt. Ich dachte, es sei eine Verwechslung und die Polizei wolle noch einmal mit dir sprechen, aber nein, ich soll kommen. Um alles in Ruhe mit ihm zu besprechen«, ergänzte sie.

»Was heißt hier alles? Das ist sehr merkwürdig. Hast du ihm auch gesagt, dass *ich* die Tote gefunden habe?«

»Ja, Thea. Ich bin nicht blöd. Er möchte ausdrücklich mich sprechen. Wieso, habe ich nicht aus ihm herausbekommen.« Sie machte eine Pause und starrte auf das Blatt Papier. »Ich fühle mich, als verdächtige er mich … Nicht, dass er nicht freundlich und sehr korrekt gewesen wäre. Er erklärte auch, ich sei nicht verpflichtet, zu dieser Befragung zu erscheinen. Aber seltsam ist es schon.«

»Was soll das überhaupt heißen? Informatorische Befragung. Ist das ein Verhör?«

Margot zuckte die Achseln. »Er hat gesagt, es sei *kein* Verhör.«

»Pah! Der kann dir viel erzählen!«

»Also wirklich, Thea. Mach doch nicht so ein Drama daraus. Was soll mir dieser Kommissar schon anhaben?«

»Du hast selbst gesagt, du fühlst dich verdächtigt …«

»Ja, und du machst es nicht besser, wenn du hier herumunkst. Warum in aller Welt sollte er mir etwas anhängen wollen?«

Thea hob theatralisch ihre Hände, zuckte die Schultern und zog die Augenbrauen fast bis zum Haaransatz hoch. »Ich weiß es nicht. Aber es gefällt mir nicht.«

»Morgen werden wir mehr wissen«, antwortete Margot müde.

»Echt, es scheint, als ließe dich das völlig kalt. Ein Verhör bei der Polizei, einfach so.«

»Es *ist* kein Verhör, Thea!« Was immer die Kripo von ihr wollte, es lohnte sicher nicht die Aufregung.

»Papperlapapp. Informatorische Befragung, da lachen ja die Hühner! Ich für meinen Teil werde mich nachher im Netz schlau machen über Verhöre und Befragungen jeglicher Art. Wie ich dich kenne, gehst du völlig unvorbereitet dorthin.«

»Da gibt es nichts vorzubereiten. Du dramatisierst alles und suchst bloß nach einem Grund, um stundenlang zu surfen, als gäbe es sonst nichts Interessantes auf dieser Welt.«

Thea schob die leere Tasse von sich und stand auf. »Es täte auch dir gut, dich ein wenig mehr mit moderner Informationstechnologie zu befassen. Stattdessen hast du, kaum dass du pensioniert warst, deinen Computer rausgeschmissen. Wenn du so weitermachst, wirst du in drei Jahren kein Telefon und keinen Bankautomaten mehr bedienen können; vom Fahrkartenkauf im Internet will ich gar nicht erst sprechen. Ich mache mich jetzt auf den Weg. Falls ich etwas Wissenswertes herausfinde, rufe ich dich an.«

Margot nickte. »Bleibt nur noch zu hoffen, dass ich dann in der Lage sein werde, deinen Anruf entgegenzunehmen.« Thea warf ihr in regelmäßigen Abständen mangelndes Interesse an neuartigem technischen Gerät vor.

Den Computer hatte sie vor allem deshalb rausgeworfen,

weil sie ihr schönes Arbeitszimmer nicht weiter mit einem hässlichen Bildschirm verunstalten wollte, der sie, war er ausgeschaltet, wie ein blinder Zyklop anstarrte.

**Clara legte das Kolophonium** zurück in die Dose. Prüfend strich sie mit dem Zeigefinger über das Rosshaar des Bogens, es war ein wenig zu harzig geworden. Bis zum Unterricht am nächsten Tag sollte sie das überschüssige Zeug wieder runterspielen. Es war ohnehin höchste Zeit zu üben. Die Sonate für Solovioline von Hindemith stand seit Wochen kaum beachtet auf dem Notenständer. Sie müsste sich dringend damit auseinandersetzen. Phrasierung und Modulation dieses Stücks gelangen ihr überhaupt nicht und eine schnelle Verbesserung war völlig außer in Sicht. Die Schatalowa würde die Hände über dem Kopf zusammenschlagen.

Lieber perfektionierte sie noch Paganinis *Caprice Nr. 5*. Paganini war der einzige Komponist, zu dem sie noch Zugang fand. Alle anderen klassischen Meister, die Professorin Schatalowa ihr ans Herz legte, bedeuteten ihr nichts. Nichts mehr. Clara wollte etwas anderes, hatte Bartók vorgeschlagen, doch die Schatalowa hatte abschätzig die Nase gerümpft und erwidert: »Darüber bist du längst hinaus.«

Clara seufzte und spielte die A-Dur-Tonleiter ein paar Mal auf und ab. Sie wechselte in die Paralleltonart fis-Moll und legte den Bogen beiseite. Mit der Violine unterm Kinn trat sie ans Fenster. Das war es nicht, was sie suchte. Sie wollte dieses Gefühl zurück, das sie vor Ewigkeiten verspürt hatte. Es war in ihr aufgestiegen, wenn sie sich, nach stundenlangem Spiel mit Schweiß auf der Stirn und Tränen in den Augen, ganz schwach gefühlt hatte – bis sie etwas in ihrem Kopf spürte, das ihn weitete und sich feine Melodien wie von selbst aus der Violine woben. Ein unbeschreibliches Gefühl, wie eine Ahnung, mit wenigen Bogenstrichen verschlossene Türen in fremde Reiche öffnen zu können.

Sie schnipste mit den Fingern der rechten Hand gegen die Saiten und starrte weiter aus dem Fenster. Schließlich nahm sie die Geige in beide Hände und trommelte mit den Fingerkuppen auf die Decke des Instruments. Die Saiten schwangen mit. Der Klang gefiel ihr, obertonreich, ohne langen Nachhall. Sie seufzte erneut. Sie sollte weiter Paganini üben, um wenigstens etwas vorweisen zu können. Und sie sollte Margot anrufen. Als sie gestern am späten Abend von der Polizeiwache zurückkam, war sie ihr auf der Treppe begegnet. Margot hatte pflichtbewusst Papageno und Papagena versorgt und ihr etwas von einer Toten in Bad Honnef erzählt. Sie war aber zu müde gewesen, genauer nachzufragen, und Margot schien ebenso mitgenommen zu sein wie sie selbst an diesem Abend.

Es klingelte. Clara legte die Violine zur Seite und ging zur Tür. Wahrscheinlich war es ihr pingeliger Nachbar, der sie an ihren Treppendienst erinnern wollte. Der Putzplan hing zwar im Treppenhaus, aber sie achtete nie darauf. Schade, dass die Tür keinen Spion hatte! Am besten, sie öffnete einfach nicht. Auf leisen Sohlen machte sie kehrt, da klingelte es erneut. Es hatte keinen Zweck, sicher hatte er sie spielen hören und würde weiter nerven. Bringen wir es hinter uns, dachte sie, ging zurück und öffnete schwungvoll die Tür. Vor ihr stand eine Frau mit dunklem Haar, das ihr auf die Schulter fiel. Clara brauchte einen Moment, dann erkannte sie sie.

»Etta Scovalli, Kripo Köln. Ich würde Sie gerne einen Moment sprechen, Frau Nussbaum.« Die Frau hob kurz ihren Dienstausweis.

»Nicht schon wieder Polizei«, stöhnte Clara und rührte sich mit der Klinke in der Hand nicht von der Stelle.

»Wir haben uns doch noch gar nicht unterhalten«, antwortete die Kriminalbeamtin ebenso freundlich wie ungerührt. »Darf ich reinkommen?«

»Als ob ich eine Wahl hätte«, brummte Clara und trat zur Seite.

»Doch, haben Sie«, sagte die Frau, während sie ihre linke Fußspitze auf der Schwelle abstellte. »Sie müssen nicht mit mir sprechen. Aber ich bitte Sie darum.«

»Und wenn ich es nicht tue? Dann schicken Sie vermutlich wieder diesen Klapperich vor, der mich nötigt, mit auf die Wache zu kommen?«

»Das hätte er nicht tun dürfen, ich entschuldige mich dafür«, entgegnete die Polizistin. »Es geht um den Toten auf dem Nachbargrundstück neben Ihrem Garten.«

Clara starrte auf den demonstrativ abgesetzten Fuß der Polizistin, die dastand, als warte sie auf das Startzeichen für einen Sprint. Ein wenig merkwürdig war diese Frau schon. Mit einem kurzen Nicken ließ sie sie herein und ging durch den Flur voran ins Arbeitszimmer. Die Beamtin hatte von *ihrem* Garten gesprochen, das klang immerhin ganz anders als bei den Leuten vom Ordnungsamt, deren Lieblingsbegriffe *illegale Inbesitznahme* und *widerrechtliche Nutzung* lauteten.

In der Mitte des Zimmers blieb Clara mit verschränkten Armen stehen. »Also nun?«

»Frau Nussbaum, ich ermittle in Zusammenhang mit einem Bandenstreit. Der Tote auf dem Supermarktparkplatz gehörte einer der beiden rivalisierenden Gruppen an. Der Parkplatz dient als Tauschplatz für illegale Geschäfte – soweit wir wissen. Ihre Gartenarbeit auf dem Nachbargrundstück interessiert mich nur insofern, als dass Sie und Ihre Freunde möglicherweise als Zeugen in Frage kommen.«

Clara nickte. »Bei Ihrem Kollegen klang das etwas anders.«

Etta Scovalli zog bedauernd die Augenbrauen hoch. »Wie ich schon sagte … Aber zur Sache: Ist Ihnen in letzter Zeit irgendetwas Ungewöhnliches in der Umgebung des Parkplatzes aufgefallen?«

»Nein. Mir ist nichts aufgefallen und meinen beiden Freunden auch nicht.« Clara konnte es nicht fassen. So arbeitete also die Kripo? Nachdem sie gestern auf der Wache lang und breit erklärt hatte, nichts zu wissen und nichts Ungewöhnliches bemerkt zu haben, schneite einen Tag später diese Frau Scovalli bei ihr vorbei und befragte sie erneut ins Blaue hinein. Dabei hatte die Frau gestern einen pfiffigeren Eindruck gemacht als der Polizist.

»Oh, Sie spielen Geige!«

»Ja«, knurrte Clara. Was sollte das jetzt?

Etta Scovalli ging leichtfüßigen Schrittes zum Schreibtisch, auf dem die Violine lag. »Wie schön!«

Clara schwieg. Das hatte ihr gerade noch gefehlt, eine musikbegeisterte Kriminalbeamtin, die in ihrer Wohnung herumschnüffelte.

»Ich wollte auch immer ein Instrument lernen«, sagte die Frau und betrachtete verzückt die Violine.

Das sagten sie alle. Clara verdrehte innerlich die Augen. Wahrscheinlich kam als Nächstes ein tiefer Seufzer und dann ein Geständnis wie: Ich musste Blockflöte spielen, aber eigentlich wollte ich Trompete lernen. Irgend so etwas in der Art.

Doch Etta Scovalli sagte nichts dergleichen. Stattdessen streckte sie ihre Hand vor und strich sanft mit einem Finger über das glänzende Holz. Ihre Züge waren mit einem Mal weich, ihre Augen strahlten. Sie umfuhr zärtlich das rechte Schallloch und zog die Hand dann verlegen zurück. Clara beobachtete sie staunend. Die Frau wirkte plötzlich völlig anders. Die Polizeibeamtin, die ihren Blick gespürt haben mochte, schaute hoch, als erwache sie aus einem Traum. Ein tiefes Rot überzog ihren braunen Teint. »Entschuldigung«, murmelte sie und machte einen großen Schritt fort vom Tisch. Clara wusste nicht, was sie sagen sollte. Ihr Herz klopfte, sie schluckte. Diese Frau war unmöglich.

»Gut. Ihnen ist also nichts aufgefallen, Frau Nussbaum.« Etta Scovallis Stimme klang wieder forsch und selbstsicher. Sie angelte eine Karte aus ihrer Hosentasche und reichte sie Clara. »Falls Ihnen doch noch etwas einfällt oder in den nächsten Tagen auffällt.«

»Es ist nie zu spät«, sagte Clara, als sie die Karte entgegennahm. Die Beamtin schaute sie überrascht an.

»Um ein Instrument zu lernen«, erklärte Clara und trat von einem Bein auf das andere. Was redete sie da für einen Blödsinn? Natürlich war es das, sie wusste es nur zu genau – zumindest, wenn man es dabei zu etwas bringen wollte.

Die Frau nickte unschlüssig. »Wenn irgendetwas ist … melden Sie sich also bitte.« Nun klang die Stimme etwas belegt. »So, ich will Sie nicht länger aufhalten. Danke für Ihre Zeit. Ich finde schon hinaus, auf Wiedersehen.«

Clara stand mit der Karte in der Hand da und starrte der Frau hinterher, die eilig den Raum verlassen hatte. Einen Moment später fiel die Tür dumpf ins Schloss.

Was war das denn für ein Auftritt?

Frische Luft täte ihr jetzt gut. Sie würde joggen gehen.

**Dem Gebäude des Polizeipräsidiums** in Bonn-Ramersdorf haftete die Aura einer preußischen Lehranstalt an, wie sie im Buche stand, und das, obwohl es erst vor ein paar Jahren gebaut worden war. Margot überquerte die Straße und betrachtete angewidert den fantasielosen rotbraunen Quader. Gruselig. Da halfen auch die poppigen blauen Spiegelscheiben nichts. Wie auch immer, sie sollte ihr Gespräch mit Kriminaloberkommissar Wegebrecht hinter sich bringen und sehen, dass sie bald nach Hause käme, denn das leidige Rasenmähen stand an.

Der Pförtner wies ihr den Weg zum Büro des Kommissars. Nachdem sie endlose Flure entlanggelaufen war, klopfte Margot an und trat ein wenig kurzatmig ein. Der Beamte kam hinter seinem Schreibtisch hervor, drückte ihr die Hand und bat sie, Platz zu nehmen.

Herr Wegebrecht eröffnete das Gespräch mit der knappen Erklärung, er wolle sie gerne im Rahmen der Ermittlungen zur Toten im Annatal befragen, und nahm ihre Personalien auf.

Margot beobachtete, wie der Kommissar mit zwei Fingern auf der Tastatur hämmerte. »Wie kam es überhaupt zu meiner Vorladung?«

Der Mann sah nicht einmal auf. »Was haben Sie am Vortag des Leichenfunds getan?«

Liebe Güte, ja was eigentlich? Hatte sie da nicht diesen leckeren Karottenkuchen gebacken? Margot versuchte sich zu erinnern.

»Welcher Art ist Ihre Beziehung zu Thea Pütz?«

»Wir sind von Kindesbeinen an befreundet und ...«

»Was haben Sie an dem Tag gemacht, bevor die Leiche gefunden wurde?« Wegebrecht hielt seine Augen nun auf sie geheftet.

Langsam riss Margot der Geduldsfaden. Das hatte der Mann sie doch eben schon gefragt. Konnte dieser Hektiker nicht einfach einmal eine Antwort abwarten?

»Und wieso kam Frau Pütz überhaupt zu Ihnen, nachdem sie die Leiche gefunden hatte?«

»Weil ich in der Nähe des Fundortes wohne und Frau Pütz schnell die Polizei verständigen wollte«, antwortete Margot mit Nachdruck und ergänzte gereizt: »Im Wald gibt es bekanntlich keine Telefonzellen.«

»Aber es gibt Handys«, stellte Wegebrecht ungerührt fest, ohne sie aus den Augen zu lassen.

»Sie war offenbar ohne Handy unterwegs«, war alles, was Margot darauf hatte erwidern können. Obwohl Thea ein Handy besaß – so ein neues Ding, mit dem sie gerne herumspielte und auch irgendwelche Nachrichten versandte –, gehörte sie nicht zu den Menschen, die immer und überall erreichbar sein wollten.

Aufgebracht von dem rüden Benehmen des Beamten und ärgerlich über sich selbst, dass sie der Vorladung so arglos gefolgt war, forderte sie: »Würden Sie mich nun endlich darüber aufklären, wieso Sie mich zu diesem Mordfall befragen? Sie haben mich hierher bestellt, also denke ich, Sie sind mir eine Erklärung schuldig.«

Das war ganz eindeutig ein Fehler gewesen.

»Wie kommen Sie darauf, dass es Mord war?« Wegebrechts Stimme klang mit einem Mal leise und akzentuiert. Die Frage hing ein Weilchen unheilvoll im Raum, während der Kommissar Margot aus kleinen, schlauen Augen musterte. Ihr brach der Schweiß aus. Mit einem Schlag begann der altbekannte Kopfschmerz hinterm rechten Auge zu pochen.

»Aber das ist doch klar«, japste sie schließlich. »Ihr Kollege, der Frau Pütz' Aussage protokolliert hat, sagte doch schon, Sie gingen nicht von einem natürlichen Tod aus. Daher werde die Kripo informiert.«

»Und wenn es ein Unfall war?«

Touché. Margot stieg die Röte ins Gesicht. Ermittelte die Kripo auch bei Unfällen? Das hatte sie überhaupt nicht mehr in Betracht gezogen!

Mitten in ihre Verwirrung hinein platzierte Wegebrecht die nächste Frage. »Kennen Sie Frau Inge Miller?«

Margot schüttelte nur den Kopf, doch was er ergänzte, ließ sie aufhorchen: »Geborene Bittmann.« Sogleich kam ihr das Telefonat in den Kopf. Inge hatte sich mit ihrem Geburtsnamen gemeldet.

»Bitte beantworten Sie meine Frage«, drängte der Kommissar.

»Inge Bittmann ging mit mir in die Schule. Sie ist nach der mittleren Reife abgegangen, danach habe ich sie aus den Augen verloren. Vor wenigen Wochen rief sie mich an. Aus Australien. Sie ist zu Besuch in Bad Honnef und wir werden uns übermorgen treffen.«

»Sie hat Sie um ein Wiedersehen gebeten?«

»Ja.«

»Ist das nicht ungewöhnlich nach so langer Zeit?«

»Vielleicht«, antwortete Margot vage. Sie sah keinen Grund, diesem ungehobelten Beamten zu verraten, dass sie über den Anruf selbst verwundert gewesen war. »Sie sagte, sie möchte mich sehen. Warum auch nicht?«

»Nun, Frau Meerapfel – dazu wird es, wie wir wissen, nicht kommen.« Wegebrecht legte eine bedeutungsvolle Pause ein, in der er unsichtbare Staubkörnchen vom Tisch wischte, dann hob er den Blick. »Frau Inge Miller, geborene Bittmann, ist die Tote aus dem Annatal.«

Ein erstickter Aufschrei entwich Margots Kehle, tonlos starrte sie den Mann an, der sie schweigend musterte. Erst da begann sie sich zu fragen, wen er mit *wir* meinte. Die Polizei – oder sich selbst und sie? Sie wischte sich den Schweiß von der Stirn und starrte wie gelähmt auf die nun wieder gnadenlos tippenden Finger. Dieser Mensch brachte sie völlig aus dem Konzept. Erneut wollte er haarklein wissen, womit sie am Tag, bevor Inge gefunden wurde, beschäftigt gewesen war. Doch sie konnte es beim besten Willen nicht rekonstruieren. Der Kopfschmerz pochte an ihre Schädeldecke, es war, als würde sie jeden Moment bersten. Margot sehnte sich nach einem Schluck Wasser.

»Sie sind sowohl mit Thea Pütz als auch mit Inge Miller zur Schule gegangen«, fuhr der Beamte bedächtig fort. »Darf ich daraus schließen, dass Frau Pütz Frau Miller ebenfalls kannte?«

Margot bejahrte dies arglos; so weit konnte sie noch denken. Dann registrierte sie irritiert, wie ein sehr zufriedenes Lächeln über sein Gesicht huschte. Unheimlich zufrieden. Margot schauderte. So konfus sie auch war, eines war klar: Dieser Kerl verdächtigte Thea und sie, etwas mit dem Tod von Inge zu tun zu haben!

Später im Garten riss Margot bereits zum sechsten Mal am Zugstarter ihres Rasenmähers. Sie zitterte. Vor Anstrengung, aber vor allem vor Empörung. Endlich sprang das Biest an.

Der nächste Mäher, den sie sich kaufen würde, musste ein kleineres Modell sein. Für dieses Riesenteil hier, das wahrscheinlich fast so viel wog wie sie selbst, fehlte ihr einfach die nötige Kraft. Noch bevor sie auch nur einen Quadratmeter gemäht hatte, stand ihr der Schweiß auf der Stirn. Der vermaledeite Besuch auf dem Kommissariat hatte ihr die Laune gründlich verdorben und dieser dröhnende Motor machte ihren Kopfschmerz umso schlimmer, aber der Tag war ohnehin nicht mehr zu retten. Energisch schob sie den Mäher unter den Holunderstrauch, wo er sich prompt verhakte. Mistding! Sie zerrte so heftig am Griff, dass ein Zweig zurückschnellte und ihr ins Gesicht schlug. Obwohl es höllisch schmerzte, achtete sie nicht weiter darauf und zog verbissen weiter, bis das Gerät sich aus dem Gestrüpp löste.

Warum hatte ausgerechnet Thea, diese Unglücksräbin,

die tote Inge finden müssen! Wäre sie an diesem Tag doch nicht im Annatal gewesen, noch dazu mit einem herumschnüffelnden Hund!

Sie führte den Mäher eng an der Buchsbaumumfassung entlang. Die Hälfte der Rasenfläche hinter dem Haus war schon gemäht. Gleich würde sie noch einmal versuchen, Thea anzurufen. Hoffentlich war sie zu Hause!

Kreischend schrammte der Rasenmäher über einen Stein. Margot verfluchte das elende Ding. Sie verfluchte gleich auch den Rasen dafür, dass er wuchs. Sie verfluchte ihre verdammten Kopfschmerzen, die sie am Denken hinderten. Vor allem verfluchte sie diesen selbstgefälligen Kommissar für seinen unerhörten Verdacht.

Wo um Himmels willen waren sie da hineingeraten?

**Clara trat heftig in die Pedale.** Ihr Unterricht bei der Schatalowa war wieder furchtbar gewesen. Es hatte nicht viel gefehlt und sie hätte diesem Drachen von Professorin die Violine mitsamt Bogen vor die Füße geworfen, so satt hatte sie die langatmigen Belehrungen zu Phrasierung und Betonung, zu Tempi und Dynamik. Woher um alles in der Welt wollte die Schatalowa wissen, wie Paganini sich das Tempo seines *Capriccio* vorgestellt hatte? Es gab im Jahre 1820 noch keine Tonaufzeichnungen. Musikwissenschaftler waren sich einig, dass die Tempi-Angaben der alten Meister oft falsch interpretiert wurden. *Andante* zum Beispiel – *gehend, schreitend.* Wie aber ging ein Mensch im 18. und 19. Jahrhundert? War es eher zügig oder ein gelassenes Schlendern, gingen Männer anders als Frauen, Italiener schneller oder langsamer als Deutsche? Die Wahrheit war, dass es niemand wusste. Wieso also nicht von der gängigen Praxis abweichen und ein wenig experimentieren?

Obendrein verlangte Frau Schatalowa auch noch, sie solle ihre Bogenhaltung grundlegend ändern, und das nicht zum ersten Mal. Als sie mit dem Unterricht bei ihr begonnen hatte, hatte Clara als erstes die Haltung des Bogens neu erlernen müssen. Damals hatte sie es klaglos mitgemacht, obwohl heftige Schmerzen in der rechten Hand die Folge waren. Noch einmal wäre sie nicht dazu bereit.

Wozu das Ganze? Alles war zu verkopft und zu dogmatisch. Das Studium, die Art und Weise, wie die Schatalowa die Werke mit ihr erarbeitete. Das war es nicht, was sie wollte. Nur noch Mühsal und kein Glücksgefühl mehr beim Musizieren. Dafür plagte sie seit Jahren immer wieder dieses helle Zirpen im Kopf, ein greller Ton, unbarmherzig wie Neonlicht. Dann ging nichts mehr und sie konnte der Violine keinen vernünftigen Ton entlocken. Deshalb brauchte sie den Garten und die Pflanzen: um runterzukommen. Vor etwa zwei Jahren hatte sie für sich entdeckt, wie wohltuend es war, mit bloßen Händen in der Erde zu buddeln, zu säen, zu pflanzen und zuzuschauen, wie alles wuchs. Eine Arbeit, bei der mit einem kurzen Blick hinter sich zu sehen war, was man geschaffen hatte. Beim Musizieren konnte man nie hinter sich schauen. Jedes Werk musste wieder und wieder erweckt werden, ein ums andere Mal. Üben half, sich technisch zu perfektionieren, aber Harmonie mit anderen Musikern zu erreichen und auszudrücken, dem Stück gerecht zu werden und dem, was der Komponist beabsichtigt haben könnte, das war verdammt schwer.

Clara fuhr den Kaiser-Wilhelm-Ring Richtung Ehrenfeld entlang. Eigentlich hatte sie nicht vorgehabt, im Garten zu arbeiten, aber es schien ihr im Moment das einzig Richtige. Sie musste unbedingt etwas mit ihren Händen machen, die viel zu unruhig waren. Zu unruhig, um Violine zu spielen.

Von ihrer Wut ganz zu schweigen. Der Weg würde genügend Gelegenheit bieten, sich den Zorn von der Seele zu strampeln, denn es war noch weit bis Ehrenfeld.

Wenn es doch endlich besser voran ginge! Dichter Verkehr verstopfte die Straßen und die zahllosen Ampeln trugen dazu bei, dass Clara langsamer vorwärtskam, als ihr lieb war. Als sie schließlich ankam, war sie dennoch verschwitzt. Sie kämpfte einen Moment mit dem Maschendraht, dann schob sie ihr Rad durch die Zaunlücke. Am anderen Ende des Grundstücks erspähte sie Max und Conny, hochkonzentriert über ihre Paprika- und Tomatenpflanzen gebeugt, wobei sie etwas zu untersuchen schienen. Clara trat hinter sie und erblickte lauter kleine Erdhaufen, die direkt neben den Pflanzkübeln lagen.

»Hi, was macht ihr da?«

Die beiden fuhren erschrocken herum. »Puh – du bist es, Clara!«, Conny stieß erleichtert die Luft aus.

»Mit wem hast du denn gerechnet?« Clara schaute die Tomaten- und Paprikapflanzen an. Sie wuchsen in etwa zwanzig Töpfen und Kübeln, die zumeist aus aufgeschnittenen Plastikkanistern bestanden. Neben jedem Gefäß lag Erde auf dem Boden. »Verdammt, was soll das? Spinnt ihr? Warum habt ihr die ganze Erde aus den Töpfen geholt?«

»Wir haben etwas gefunden.«

Max hielt ihr ein Plastikpäckchen hin. Clara nahm es in die Hand und befingerte es. Im ersten Augenblick hielt sie den weißen Inhalt für Mehl, doch das Pulver war zu fein dafür, eher wie Puderzucker. Außerdem war es deutlich heller. Sie schüttelte das Päckchen und verharrte dann wie vom Donner gerührt in der Bewegung. »Ist das …?«

Max grinste. »Schnee!«

»Woher zum Teufel habt ihr es?«

»Wir haben noch mehr«, nun grinste auch Conny breit und hielt triumphierend eine Einkaufstüte hoch.

Entsetzt starrte Clara Conny und Max an. Sie wusste, dass die beiden in einer Punker-Kommune lebten, die sich als autonom begriff und hier und da wohl auch an dem einen oder anderen krummen Ding beteiligt war. Sie klauten, was sie zum Leben brauchten, und führten Aktionen aus, die sie als politischen Widerstand bezeichneten. Vor dem Gesetz galten ihre Großtaten mit Sicherheit als Sachbeschädigung, jedenfalls schätzte die feine Kölner Gesellschaft an ihren Hauswänden und Mauern gewiss keine Parolen wie *SCHLUSS MIT DEM KÖLSCHEN POLITKLÜNGEL – BOYKOTTIERT DIE WAHLEN!*, *KLUGE PÄNZ GEGEN PROMINENZ* oder *SAMENSPENDEN STATT PARTEISPENDEN*. Clara wusste mehr oder weniger Bescheid über das, was Conny und Max so trieben. Das Meiste fand sie albern und stand dem eher gleichgültig gegenüber. Bisher. Denn was sich hier in ihrem gemeinsamen Garten tat, ging eindeutig zu weit. Gras – ja, das hatte sie ihnen zugetraut, auch wenn Connys Hanfanbauversuch kläglich gescheitert war, aber Koks und in der Menge? In dem prall gefüllten Beutel steckte mit Sicherheit genug Stoff, um ruck zuck im Knast zu landen.

»Hey, mach mal langsam, Clara! Wir haben den Schnee doch nur gefunden. Reg dich ab!«, sagte Max.

»Ich soll mich abregen? Und woher kommt das verdammte Zeug? Ist euch eigentlich klar, dass wir damit eine Menge Ärger bekommen können?«

»Logo«, tönte Conny cool und kaute gelassen auf einem ihrer ewigen Kaugummis herum. »Deshalb bringen wir den Stoff jetzt ja auch weg – in Sicherheit.«

»In Sicherheit?« Clara traute ihren Ohren nicht.

»Mann, jetzt komm mal runter!« Max führte Clara zu einem aufgeplatzten Kübel, den sie noch nicht entdeckt hatte. Eine Tomatenpflanze lag zerknickt und halb unter Erde begraben daneben. »Conny wollte diesen Topf ein Stück hinübertragen, weil er im Schatten stand. Er ist ihr aus den Händen gerutscht und aufgerissen. So haben wir das erste Päckchen gefunden ...«

»... und schnell in den anderen Töpfen nachgeschaut, ob es noch mehr gibt«, ergänzte Clara.

»So isses«, Conny kaute strahlend weiter, »krass, oder?«

»Irgendwer hat das Zeug hier vergraben.« Max kratzte sich am Hinterkopf. »Wir waren‘s nicht, Clara, ehrlich.«

Clara spürte, er sagte die Wahrheit, doch das beunruhigte sie nur noch mehr. Jemand nutzte ihren Garten als Drogenversteck. Sie steckten verdammt tief in der Scheiße. »Wir müssen die Polizei rufen«, sagte sie und kramte nach ihrem Handy.

»Spinnst du?« Um Connys Ruhe war es geschehen. Herausfordernd fixierte sie Clara. »Wir haben's gefunden und wir werden's ganz schnell an einen sicheren Ort bringen. Wenn wir das verkaufen, haben wir eine Menge Kohle für unsere Aktionen!«

»Klar«, schoss Clara zurück, »davon kauft ihr dann ein paar tausend Spraydosen und bezahlt die Bodyguards, die uns ab sofort bewachen.«

Conny schaute sie verständnislos an, doch in Max' Gesicht schlich sich eine Spur Unsicherheit.

»Eines schönen Tages wird derjenige, der das Zeug hier versteckt hat, es holen wollen – und vermissen. Was glaubt ihr wohl, wem er als Erstes auf die Pelle rückt?«

Die beiden schwiegen, schließlich sagte Max zu Conny: »Sie hat irgendwo recht. Das könnte ungemütlich werden.«

Clara schnaubte entnervt. »Sehr ungemütlich sogar, fürchte ich. Ich rufe jetzt die Polizei. Die haben uns ohnehin auf dem Kieker. Wollt ihr, dass sie ewig hier rumschnüffeln? Schon vergessen? – Nebenan lag ein Toter! Ich will nicht in irgendwas reingezogen werden, nur weil so ein Bekloppter auf die Idee gekommen ist, unsere Pflanzkübel als Koksdepot zu nutzen. Der weiß doch ganz genau, wird das Zeug gefunden, sind wir als erste dran – und nicht er.«

»Ich will aber nicht, dass die Bullen den Stoff kriegen«, maulte Conny, »und außerdem werden sie alles filzen, wenn du sie anrufst.«

»Werden sie, aber wir können uns wenigstens von dem Verdacht befreien, Drogenhändler zu sein. Ich rufe da jetzt an«, antwortete Clara und suchte nach der Karte der Kommissarin – wie hieß sie noch gleich? Lieber rief sie die an, als den Notruf zu wählen. Am Ende schickten sie noch diesen Klapperich von neulich und der spielte sich wieder auf.

Conny versuchte Clara das Handy aus der Hand zu reißen, doch Max hielt sie zurück. »Wir hauen ab, Conny. Wenn Clara meint, soll sie die Bullen rufen ...« An Clara gewandt, ergänzte er mit trotzigem Blick: »Aber zwei Päckchen nehmen wir mit! Woher sollen die wissen, wie viele es waren?«

Clara rollte die Augen. »Seht bloß zu, dass ihr Land gewinnt.« Es war besser, die beiden verschwanden, bevor die Polizei kam.

**Clara hielt den Maschendraht** zur Seite. Die schlanke Gestalt von Kommissarin Scovalli schlüpfte katzengleich durch die Lücke. Ihre fließenden Bewegungen waren Clara bereits bei der ersten Begegnung aufgefallen. Sie ließ ihre Augen über den Rücken der Frau gleiten. In ihrem hellgrauen Hosenanzug und den eleganten Halbschuhen hätte Etta Scovalli auch bei einer Bank arbeiten können oder in einer Werbeagentur. Als habe sie Claras Blick gespürt, drehte die Kommissarin sich zu ihr um. Zwei dunkle Augen blickten sie forschend an. Clara, die froh war, dass sie heute nicht ihre dreckige Latzhose trug, hielt ihrem Blick stand und ärgerte sich sogleich, dass sie sich Sorgen um ihr Aussehen machte.

»Nun, wo befinden sich die Drogen?«, fragte die Beamtin, ohne die Miene zu verziehen.

Clara führte sie zu den Tomaten- und Paprikapflanzen und deutete auf das Häufchen aus kleinen Plastikbeuteln. Sie hatte die Einkaufstüte einfach ausgeschüttet. Es schien ihr besser, den Fund nicht in einem Beutel zu präsentieren. Das sähe so aus, als habe man ihn mitnehmen wollen.

Die Kommissarin zog ein Taschentuch hervor und griff nach einem der Beutel. Sie hielt ihn kurz prüfend gegen das Licht und warf ihn zurück zu den anderen.

»Ein stattlicher Fund«, sagte sie, während sie sich Clara zuwandte. »Gut, dass Sie mich angerufen haben. Bevor ich gleich meine Kollegen von der Drogenfahndung verständige, habe ich ein paar Fragen. Haben Sie den Stoff gefunden?«

»Nein«, Clara zögerte, »meine Freunde, die mit mir den Garten bewirtschaften.«

»Die beiden, die mit Ihnen auf der Wache waren?«

Clara nickte. Etta Scovallis durch und durch sachliche Art stand in starkem Kontrast zu ihrem Auftreten neulich bei ihr zu Hause.

»Wie kam es dazu, dass die Beutel gefunden wurden?«

Clara schilderte, was Max ihr berichtet hatte, und fragte sich, ob die Polizistin die Erklärung ebenso plausibel fand wie sie selbst. Doch die kommentierte das Gehörte nicht.

»Wo sind Ihre Freunde jetzt?«

»Sie sind gegangen … Sie wollten nicht schon wieder mit der Polizei zu tun haben«, gab Clara zu.

»Sie haben offenbar kein Problem damit, wieder mit der Polizei zu tun zu haben.«

Irrte sie sich oder schwang ein Hauch Süffisanz in Etta Scovallis Stimme? Clara zuckte die Schultern. »Ich könnte prima darauf verzichten, nur jetzt haben wir dieses Zeug hier im Garten und es schien mir besser, Sie anzurufen.«

Die Beamtin nickte. »Richtig. Ihnen ist aber auch klar, dass Sie wieder auf die Wache bestellt werden? Dieses Mal aus handfestem Grund und mit Rechtsgrundlage?«

Claras Mut sank. So etwas hatte sie sich schon gedacht und dennoch insgeheim gehofft, wenn sie diese Frau anriefe, käme sie leichter aus der Sache heraus. Ein naiver Gedanke. Sie schwieg. Doch die Kommissarin schien tatsächlich ein wenig Mitleid mit ihr zu haben.

»Auch das wird vorbeigehen. Der Stoff und die Töpfe werden sichergestellt. Außerdem brauchen wir Ihre Fingerabdrücke und die aller Personen, die diesen Garten nutzen.«

»Sie wollen die Töpfe mitnehmen?«

Die Beamtin nickte. »Die Spurensicherung wird außerdem das komplette Gelände untersuchen.«

»Das ist nicht Ihr Ernst! Wozu wollen Sie verdammt noch mal unsere Tomaten und Paprika mitnehmen?«

»Das entscheidet die Spurensicherung. Alles muss genau untersucht werden.« Mit etwas sanfterer Stimme fuhr sie fort: »Ich kläre mit den Leuten von der Spusi, ob sie eventuell darauf verzichten können – wenn nicht, verspreche ich, dass ich mich höchstpersönlich ums Gießen kümmere!« Zum ersten Mal erschien ein breites Lächeln auf ihrem Gesicht. Sie zwinkerte Clara aufmunternd zu und griff zum Handy.

Während sie mit ihren Kollegen telefonierte, ging Clara zu ihrer kleinen Sitzecke mit ausrangierten Stühlen und zwei klapprigen Liegen hinüber. *Spusi* – wenn sie das schon hörte …! Sie warf sich auf eine Liege und zog eine Flasche Wasser aus ihrem Rucksack. Erst jetzt spürte sie, wie wahnsinnig durstig sie war. Nicht einmal zum Trinken war sie gekommen, seit sie den Garten betreten hatte. Warum konnte sie nicht wenigstens hier ihre Ruhe haben?

Nachdem sie ihr Telefonat beendet hatte, kam die Kommissarin mit schnellem Schritt auf sie zu und setzte sich auf einen Stuhl. »In spätestens einer halben Stunde sind sie hier. Wir sollten die Zeit nutzen, um ein paar Dinge zu klären. Sie zog ein kleines Notizheft hervor. »Gibt es außer Ihnen und den beiden, die neulich mit auf der Wache waren, weitere Personen, die den Garten regelmäßig oder unregelmäßig besuchen? Ich hätte gerne Namen und Anschriften, bitte.«

Schweren Herzens nannte Clara die Namen ihrer Gartenfreunde. Als die Kommissarin alles notiert hatte, steckte sie den Block weg und lehnte sich zurück. Lässig schlug sie ein Bein über das andere und musterte ihr Gegenüber.

»War's das jetzt?«, wollte Clara wissen, »keine weiteren Fragen?« Sie hatte die Nase gestrichen voll von dieser Fragerei, ach, von diesem ganzen Tag.

Die Frau nickte.

»Dann kann ich ja gehen.« Bei dem Gedanken an eine Horde Polizisten, die hier gleich alles auf den Kopf stellten, war es besser, schnell zu verschwinden. Während sie sich erhob, spürte sie den Blick der Polizistin auf sich.

»Doch, eine letzte Frage noch.« In Etta Scovallis Augen blitzte etwas auf, das beinahe übermütig wirkte. »Wie ist nur dieser übelriechende nasse Fleck auf die Rückseite von Polizeiobermeister Klapperichs Uniformhose gelangt, nachdem Sie neulich die Wache verlassen haben?« Sie lachte schelmisch. »Das würde mich schon sehr interessieren.«

Clara seufzte innerlich auf. Auf diese Frage musste sie nicht antworten. »Keine Ahnung!« Ratlos hob sie die Schultern. Da es ihr nicht gelang, der Frau unschuldig ins Gesicht zu blicken, kramte sie in ihrem Rucksack. Sie war schon immer eine schlechte Lügnerin gewesen.

»Nein?«, fragte die Kommissarin gedehnt. »Na ja, vielleicht fällt es Ihnen irgendwann ein, ich werde Sie bei Gelegenheit noch einmal darauf ansprechen.«

»Das hat mit Sicherheit rein gar nichts mit alldem hier zu tun!«, pfefferte Clara zurück und zog schwungvoll am Gurt des Sackes. Ihre Noten sowie zwei Zeitschriften rutschten heraus.

»Bestimmt nicht«, sagte die Frau lächelnd und griff nach dem Stapel. Als sie Clara die Partitur reichte, blieb ihr Blick an der L-MAG hängen. Ihr Lächeln wuchs zu einem unverschämten Grinsen. »Und – gibt es lesenswerte Beiträge in dieser Ausgabe?«

Clara riss ihr die Zeitschrift aus der Hand und fauchte: »Keine Ahnung. Kaufen Sie sich doch selbst eine!« Diese Frau nervte.

**Margot rückte ihren Stuhl** voll in den Schatten des Kirschbaums. Es hätte so ein schöner Tag beim Plausch im Garten sein können, doch was Thea gerade von ihrem Besuch auf dem Kommissariat berichtete, trieb ihr den Blutdruck in die Höhe.

»Was du mit diesem Wegebrecht erlebt hast, war mir an sich ja schon Vorwarnung genug«, sagte Thea und attackierte ihr Himbeertörtchen mit der Gabel. »Aber er hat mich trotzdem ganz konfus gemacht mit seiner wilden Fragerei. Und nun verlangt er auch noch, dass du ein weiteres Mal bei ihm erscheinst!« Sie stach mit der Gabel in Richtung des Schreibens, das Margot soeben beiseite gelegt hatte. »Wieso hat dieser Kerl uns so auf dem Kieker? Ich habe die Tote doch durch Zufall gefunden – nicht ahnend, eine alte Klassenkameradin vor mir zu haben! Und der Umstand, dass ihr euch nach Jahrzehnten wiedertreffen wolltet, verstößt schließlich auch nicht gegen irgendein Gesetz!«

Margot nickte. Es war die schiere Frechheit, wie dieser Kommissar mit ihnen umsprang. Als wäre es nicht belastend genug, eine Tote zu finden und zu allem Übel noch zu erfahren, dass sie eine Freundin aus Kindertagen war. Was dachte sich dieser Mann? Ihr Pensionärinnendasein hatte sie sich wahrhaftig anders vorgestellt, weniger nervenaufreibend. Gartenarbeit, Müßiggang bei Kaffee und Kuchen, ein gutes Buch und ab und an eine wohldosierte Portion Aktivität wie Kino oder Radfahren – gegebenenfalls. Danach konnte man weitersehen. Und vielleicht würde sie so auch endlich eines Tages ihre Migräne los. Margot legte Thea und sich ein weiteres Törtchen auf die Teller. Gezuckerte vollreife Beeren auf einem knusprigen Mürbeteig, gekrönt von einem Häubchen Schlagsahne. Kein Pudding zwischen Frucht und Teig, kein glibberiger Guss. So und nur so waren Himbeertörtchen ein himmlisches Vergnügen. Margot kaute bedächtig, schloss für einen Moment die Augen und sagte: »Ich werde dieser Aufforderung nicht Folge leisten.«

»Nicht?«

Margot nickte.

»Und dann?«

»Und dann – nehmen wir die Sache selbst in die Hand.«

Theas Gabel verharrte in der Luft. »Äh, was genau meinst du damit?«

»Wir ermitteln auf eigene Faust, was es mit Inges Tod auf sich hat. Das meine ich!«

Thea starrte sie einen winzigen Augenblick an. Mit einem Mal begannen ihre Augen zu blitzen. »Genau! Und dann hauen wir diesem dusseligen Polizisten die Fakten um die Ohren. Der Wegebrecht ist ein strunzdummer Tünnes.«

Thea verfiel hin und wieder ins Rheinische. Manchmal, um eine Aussage abzumildern, ein anderes Mal, um besonders deftig zu fluchen. Margot grunzte zustimmend. »Da kannst du zwei draus machen. Wir müssen uns diese stümperhafte Ermittlungsarbeit nicht länger bieten lassen. Alles hat seine Grenzen.«

»Wir greifen höchstpersönlich ins Geschehen ein und beweisen unsere Unschuld!« Thea nickte zufrieden. »Das gefällt mir. Du hattest schon lange nicht mehr eine so saugute Idee.«

Thea stand ebenso viel Erstaunen wie Achtung ins Gesicht geschrieben. Margot seufzte. Unverkennbar hielt selbst ihre beste Freundin sie für eine langweilige Rentnerin. Es traf zu, dass sie nicht Theas Temperament und Unternehmungsgeist besaß. Aber das hieß noch lange nicht, dass sie sich alles bieten ließ. Sie konnte sich sehr wohl zur Wehr setzen. Trieb man es zu weit, war schlecht Kirschen essen mit ihr. Thea sollte das eigentlich wissen.

Inzwischen ging ein Strahlen über das Gesicht der Freundin. Sie lachte Margot zunehmend begeistert an und legte schließlich feierlich ihre Gabel ab. »Also, was wissen wir über Inge Miller, geborene Bittmann?«

»Sie ist ...«, Margot unterbrach sich, »nein, sie war so alt wie wir. Ihre beiden Brüder führen das Familienunternehmen *Bittmann Pumpen und Heizsysteme GmbH.* Sie sind deutlich jünger, zehn, ach was weiß ich, vielleicht sogar zwanzig Jahre jünger.«

»Das ist nicht sehr präzise«, entgegnete Thea, »aber das finden wir heraus. Was noch?«

»Auf jeden Fall war Inge noch Einzelkind, als wir in die Volksschule gingen. Ihr Vater war ein richtiger Patriarch. Er herrschte über seine Firma und seine Familie. Und er war sehr streng mit Inge. Alle Kinder fanden ihn etwas unheimlich. Im Krieg hatte er einen Arm verloren und trug ein

Glasauge. Das sah zum Fürchten aus. Damals war man ja noch nicht so weit mit den Prothesen.«

»Stimmt, das Glasauge ... hatte ich ganz vergessen. Später hat man ihm das nicht mehr so angesehen. Ich kannte Inge ja aus der Volksschule, aber ich kann mich kaum erinnern, wann und wo ich später mit ihr zu tun gehabt hätte. Sie ging doch mit dir aufs Gymnasium. Wart ihr da enger befreundet?«

Margot schüttelte den Kopf. »Eigentlich entsinne ich mich eher an die Zeit, als wir noch auf die Volksschule gingen, vielleicht sogar noch an die Zeit davor. Als wir älter waren, hatte ich kaum mehr mit Inge zu tun.«

»Alles nicht sehr ergiebig.« Thea griff sich das letzte Himbeertörtchen.

»Ach, gerade erinnere ich mich doch an etwas Konkretes. Wie war das noch? Inge und ich bei einer Schifffahrt auf dem Rhein?« Sie machte eine kleine Pause und sagte dann: »mit unseren Vätern ...« Margot kniff die Augen zusammen und versuchte das flüchtige Bild festzuhalten. »Ich glaube, ich hatte meinen Schulranzen dabei. Er war aus rotem Leder, ich war sehr stolz darauf.«

»Wahrscheinlich habt ihr einen Ausflug mit euren Eltern gemacht. Waren sie miteinander befreundet?«

»Nein.« Margot schüttelte entschieden den Kopf. »Keine Ahnung, wie es zu dieser Schiffstour kam. Ich wüsste nicht, dass eine Freundschaft zwischen meinen Eltern und Inges Vater bestand. Ihre Mutter war ja schon tot. Dafür habe ich sie immer furchtbar bedauert, damals, als meine noch lebte.«

»Aha, also sind ihre Brüder Halbbrüder.«

»Muss wohl so sein.«

»Es kann gar nicht anders sein, Margot.« Thea äugte über den Rand ihrer Brille, als sei sie eine französische Gouvernante und Margot ein dummes Gör. »Ihre Mutter, ich meine, die Frau, besser, die Witwe vom alten Bittmann, ist übrigens eine blöde Pute. Wie heißt sie noch? Ach ja, Johanna. Johanna Bittmann. Sie sitzt im Vorstand diverser Vereine, von der katholischen Frauengemeinschaft über den Karnevalsverein bis zu den Rosenzüchtern – oder waren es Tulpen? Egal, Blumen halt. Wie auch immer, sie lässt keine Gelegenheit aus, sich ins Rampenlicht zu drängen. Beim letzten Weihnachtsbasar durfte ich miterleben, wie sie sich als größte Wohltäterin der Stadt aufspielte, nur weil sie zusätzlich zu ihrem alten Plunder noch ein paar Kröten springen ließ. Sie hat sich mit dem Pastor für die Zeitung ablichten lassen und die dämlichen Redakteure haben das Bild auch prompt abgedruckt.« Sie rümpfte die Nase.

»Ich kenne die Frau überhaupt nicht. Mit Vereinsmeierei habe ich nichts am Hut.«

»Wohl wahr«, kicherte Thea, »du in einem Verein, eher fällt Ostern mit Weihnachten zusammen. Aber egal – was wissen wir noch über die Familie Bittmann?«

Margot zuckte die Schultern. »Das war's.«

»Nicht gerade viel. Aber wir werden mehr in Erfahrung bringen. Wenn ich mich nicht täusche, ist eine meiner Chorschwestern die Schwägerin von Bittmanns Haushälterin. Ich weiß nur nicht, von welchem Bittmann, aber ich denke, vom alten. Und der ist erst vor zwei, drei Monaten gestorben. Ich habe die Todesanzeige im General-Anzeiger noch vor mir. Er lebte in dieser riesigen Villa. Wohnen dort vielleicht auch die beiden Söhne, die die Firma leiten?« Sie legte die Stirn in Falten und spielte mit der Gabel. »Übermorgen haben wir Chorprobe. Eine gute Gelegenheit, mich umzuhören.«

Margot schmunzelte. »Du stellst mehr Fragen, als wir beantworten können, aber das gebündelte Wissen des Kirchenchors wird uns sicher weiterhelfen.«

»Eins ist klar, meine Liebe.« Thea legte eine Kunstpause

ein, während der sie eine Fingerspitze über die Gabelzinken tanzen ließ. »Bei Ermittlungsarbeiten gilt es, alle Kontakte zu potenziellen Informanten zu nutzen. Schwarmintelligenz, sage ich nur.«

»Jawohl, Frau Oberhauptkommissarin Pütz.«

»Mach dich nicht lustig, noch sind wir aus der Sache nicht heraus. Erst müssen wir dem Wegebrecht das Handwerk legen. Ich frage mich nur, wie wir etwas über Inges Lebensumstände in Australien herausfinden sollen. War sie verheiratet, hatte sie Kinder?«

»Am Ende ist ihr irgendwer aus Australien hierher gefolgt und hat sie getötet«, gab Margot zu bedenken.

»Ein Aspekt, den wir nicht aus den Augen lassen dürfen. Wenn es so ist, befindet sich diese Person sicher längst auf dem Weg zurück«, sinnierte Thea. »Wir müssen uns umhören, ob in letzter Zeit englischsprachige Fremde hier gesehen wurden.«

»Wie willst du das anstellen?«, Margot blickte sie skeptisch an.

»Ich sage doch, wir müssen herumhorchen, dezent natürlich, wir wollen kein Aufsehen erregen mit unseren Ermittlungen. Es wird sich ein Weg finden.«

Am späten Nachmittag beschloss Margot, endlich für ihr geplantes Weinspalier Maß zu nehmen. An der Südseite des Hauses wollte sie ein paar Reben pflanzen, war sich jedoch noch nicht sicher, ob sie das bereits diesen Herbst oder vielleicht doch erst im Frühjahr tun sollte. Gelegentlich würde sie den Winzer aus Rhöndorf fragen, bei dem sie ab und zu Weißwein kaufte.

Sie Sie holte die Leiter und vermaß die Hauswand, den Abstand vom Boden zu den Fenstern und den Zwischenraum. Vielleicht sollte sie das Spalier direkt am Mauerwerk befestigen, statt eines freistehenden Gerüstes vor der Wand?

Unschlüssig betrachtete sie die Südseite ihres Hauses. Die eine Variante war platzsparender, die andere ließ die Luft zwischen Reben und Wand besser zirkulieren und schonte auch den Putz.

In der Brunnenstraße gab es ein Haus, dessen Bewohner seit eh und je die schönsten Weintrauben an der Hauswand zogen. Kurzentschlossen holte Margot ihr Fahrrad aus dem Schuppen; am besten, sie machte sich vor Ort kundig. Schon radelte sie die Bismarckstraße entlang, bog in die leicht abschüssige Bergstraße ein und gewann an Fahrt. Plötzlich tauchte vor ihr ein großes rotes Auto auf. Der Sportwagen fuhr so scharf links, dass kein Vorbeikommen war. Erschrocken riss Margot den Lenker herum und wich im letzten Moment auf den Bürgersteig aus. Der Schlitten bretterte an ihr vorüber, ohne die Geschwindigkeit auch nur im Geringsten zu drosseln.

Was war das für ein Idiot? Wir sind doch hier nicht in England! Man sollte meinen, alle Honnefer hätten mittlerweile begriffen, dass die Einbahnstraßen im Wohngebiet für Radfahrer in beide Richtungen freigegeben waren! Mit weichen Knien schob Margot ihr Rad neben sich her und nahm den Weg durch die Fußgängerzone.

Es war ein sonniger Tag, entspannt schlenderten die Menschen durch die Stadt. Am Brunnen vor der Eisdiele kreischten Kinder, die sich gegenseitig mit Wasser bespritzten. Viele Tische waren besetzt, die Bedienung hatte alle Hände voll zu tun, riesige bunte Eisbecher herbeizutragen. Margot ging langsamer und genoss das muntere Treiben. War sie auch nicht übermäßig gesellig, so liebte sie es doch, andere Menschen zu beobachten – hin und wieder zumindest. Am besten mit einem Kaffee und einer Zeitung, hinter der sie sich unsichtbar machen konnte, sobald jemand nahte, dessen Gegenwart sie gerade nicht wünschte.

Im Hutgeschäft gegenüber der Eisdiele prangte ein imposanter Strohhut in der Auslage. Margot blieb stehen und betrachtete ihn eingehend. Das wäre der richtige Hut für Thea! Sie hatte eine Schwäche für farbenfrohe Kleidung und dieser Hut glich einer bunten Sommerwiese. Die Seidenblumen, die ihn schmückten, waren handtellergroß. Dazwischen hatte die Hutmacherin sogar eine Biene, einen Schmetterling und einen Grashüpfer arrangiert. Thea wäre begeistert. Margot selbst machte sich nicht viel aus Klamotten, es sei denn, es handelte sich um Schuhe. Schicke, gutsitzende Lederschuhe an den Füßen waren ihr ein Hochgenuss. Theas Experimentierfreude in Sachen Kleidung ging ihr ab, doch sie verfolgte sie mit Interesse und Amüsement.

Während sie ihr Rad abstellte, erklang eine ebenso durchdringende wie aufgeregte Stimme hinter ihr: »Frau Meerapfel, Frau Meerapfel!«

Margot drehte sich um. Sie hatte nicht die geringste Ahnung, wer die hochgewachsene Spindeldürre war, die vor ihr stand.

»Wie schön, Sie zu sehen, Frau Meerapfel«, flötete die Frau mit einem süßlichen Lächeln auf den unangenehm dunkel geschminkten Lippen und beugte sich zu ihr hinunter.

»Guten Tag«, antwortete Margot reserviert.

»Geht es Ihnen gut?«, fragte die Frau und legte ihr vertraulich die Hand auf den Arm.

»Danke.« Margot verabscheute solche Gesten von Menschen, die sie nicht kannte. Hoffentlich drängte ihr diese Fremde kein Gespräch auf. Ihr stand nicht der Sinn nach so einer Plauderei. Es hatte Nachteile, als ehemalige Lehrerin des örtlichen Gymnasiums in einer Kleinstadt zu leben.

Fürs Erste beteuerte die Frau in gestelzten Worten, wie gut es ihr ging. Margot, die sich nicht danach erkundigt hatte, sann derweil über eine Fluchtmöglichkeit nach. Am besten war es, diese lästige Person durch Schweigen zu entmutigen und abzuwarten, bis das Geplapper ins Leere lief. Im rechten Moment könnte sie sich dann schnell verabschieden, in den Hutladen schlüpfen und anschließend zum Weinspalier in der Brunnenstraße radeln. Doch der Atem der Frau war lang und ihr Mitteilungsbedürfnis groß. Margot stellte ihre Ohren auf Durchzug, bis die Frau unvermittelt fragte: »Wie fühlen Sie sich jetzt, da man Ihren hochgeschätzten Vater ehren wird?«

Perplex schaute Margot auf. Eben noch war von Schulpolitik oder dem Umbau des Krankenhauses die Rede gewesen, sicher war sie sich da nicht. »Oh, aber, woher wissen Sie ...?« Wer zum Kuckuck war diese Person?

»Ich denke ja, es sollte mehr als nur eine Straße sein, die man nach solch einer bedeutenden Persönlichkeit benennt«, sagte die Frau in einem Ton, der keinen Widerspruch duldete. »Er hat so viel getan für unser schönes Städtchen. Ich habe meinem Mann Markus auch schon gesagt, er solle sich im Rat dafür stark machen, dass man ihm außerdem einen Gedenkstein oder dergleichen setzt, dazu Artikel in der Presse und einen Eintrag bei Wikipedia. Nur ein Straßenname, das wäre ein bisschen wenig. Es ist höchste Zeit für uns, etwas zu unternehmen, nicht wahr, Frau Meerapfel?«

*Für uns* – was maßte diese Frau sich an? Mit einem Schlag dämmerte es Margot. Dieser Markus hieß mit vollem Namen Markus Bennerscheid und saß im Rat der Stadt. Er kandidierte bei den anstehenden Bürgermeisterwahlen als Herausforderer und war, wenn sie sich nicht täuschte, vor etlichen Jahren ihr Schüler gewesen.

»Also, wissen Sie, Frau Bennerscheid, noch ist ja nichts entschieden und ja, natürlich ist das Vorhaben der Stadt eine große Ehre, aber ich bin mir noch unschlüssig, ob ...«

»Sicher, die Entscheidung, welches die beste Form der Ehrung ist, wird nicht ganz einfach«, schnitt die Frau ihr das Wort ab. »Mein Markus, der ein großer Verehrer Ihres

Vaters ist, sagt, die Ehrung an sich stehe ganz außer Frage. Es ist endlich an der Zeit, die Bürgerinnen und Bürger unserer Stadt an das Wirken dieser Lichtfigur zu erinnern!«

*Lichtfigur?* Bei aller Freude darüber, dass ihr Vater in Honnef unvergessen war, diese Lobhudelei ging Margot nun doch entschieden zu weit. Die Frau klang wie die Rednerin bei einem Parteitag. Ihr Vater war kein Heilsbringer gewesen, nur ein pragmatisch denkender Mann, dem man sicherlich ein gewisses Charisma nachsagen konnte, mehr aber auch nicht. Markus Bennerscheid wollte sich offenbar im Fahrwasser der Erinnerungen an die Leistungen eines anderen profilieren. Sie fragte sich, wie alt der Nachwuchspolitiker wohl sein mochte. Dieser Grünschnabel war vermutlich in der letzten Amtszeit ihres Vaters gerade einmal volljährig geworden! Der Knabe sollte ja nicht versuchen, das Gedenken an ihren Vater für seine politischen Zwecke zu missbrauchen – wie abstoßend!

**Nochmal käme sie nicht** in eine solche Situation. Margot stand dicht an Thea gedrängt hinter einem elend stinkenden Busch und fragte sich, wie es dazu kommen konnte, dass sie deren Schnapsidee gefolgt war, die Villa der Bittmanns zu beschatten. Eine geschlagene Stunde lauerten sie nun schon hier und rein gar nichts war passiert. Ihre Sicht auf die Villa war nicht mehr als leidlich, nur die Garagen hatten sie gut im Blick. Thea gelang es immer wieder, sie in Lagen zu bringen, in die sie im Leben nicht von selbst gekommen wäre.

Der Gipfel bestand jedoch darin, dass sie zuvor doch tatsächlich pflichtbewusst – nun, da sie sich für eine eigenständige Ermittlung entschieden hatten, war es eine Pflicht –

Theas Auftrag gefolgt war, sich in der städtischen Touristeninformation nach der Anzahl der australischen Gäste in Bad Honnef zu erkundigen. Als sie ihre Frage ausgesprochen hatte, rief die Dame lauthals: »Jesses, Australier! Die hatten wir noch nie hier. Holländer kommen, für den Drachenfels zu besteigen, ein paar Franzosen und Engländer, aber Australier …«

Das Ganze war Margot höchst peinlich gewesen. So peinlich, dass sie sich nicht einmal über die rheinische Grammatik der Frau mokieren mochte. Schnell hatte sie sich bedankt und die hilfsbereite Ergänzung, auch ein paar Belgier seien letztes Jahr zu Besuch gewesen, mit einem hektischen Dauernicken quittiert. Während sie durch die Tür enteilt war, hörte sie noch, wie die Frau ein weiteres »Jesses« ausstieß und ihr nachrief: »Die Tote aus dem Annatal … die kam doch aus Australien!«

Natürlich, sie lebte in einer Kleinstadt. Informationen, ob wahr oder unwahr, verbreiteten sich schneller als ein Lauffeuer.

Dennoch stand sie nun mit Thea hinter diesem übelriechenden Busch und ein kleiner hässlicher Köter schnüffelte um ihre Beine herum. Leider konnte sie sich des aufdringlichen Viechs nicht erwehren, da just, bevor es auf der Bildfläche erschien, ein Mann mittleren Alters mit zwei Kindern aus dem Haus getreten war. Sie gingen auf das Auto zu, das gefährlich nah an dem Strauch parkte, hinter dem sie lauerten.

»Da!«, wisperte Thea aufgeregt, »einer der Bittmanns mit den Kindern!«

»Was du nicht sagst«, zischte Margot entnervt und trat verstohlen nach dem Hund, der ekelhafte Sabberfäden auf ihren guten italienischen Schuhen hinterließ.

»Halt still, Margot, halt still! Willst du, dass sie uns entdecken?«

Das wollte Margot ganz sicher nicht – nicht auszumalen, wie sie daständen, Thea und sie, ertappt beim Spionieren hinter fremden Büschen, umkreist von einem widerwärtigen Köter. Wenn Frida zu Hause den Hundegeruch an ihr bemerkte, würde sie sie für mindestens zwei Tage nicht anschauen.

Die Kinder quengelten dem Mann, der, falls er denn ihr Vater war, ein später Vater war, etwas von einem Computerspiel vor und brauchten eine halbe Ewigkeit, um ins Auto zu steigen.

»Es ist ihr Vater«, erklärte Thea prompt.

»Oder ihr Onkel – was uns aber egal sein kann. Ich will hier weg.«

»Jetzt doch nicht!« Thea spähte weiter gebannt auf die drei Menschen, als böten sie Aufschluss über mehr als den täglichen Kampf zwischen Eltern und Kindern zum Thema Freizeitbeschäftigung.

Margot kam sich vor wie in einer Vorabendserie. Sie musste von Sinnen gewesen sein, ihre Beteiligung an dieser Beschattungsaktion zuzusagen. Die ganze Situation war zuhöchst lächerlich. Ein außerordentlich stümperhafter Versuch, an Informationen zu gelangen. Während sie ihren linken Schuh von dem Hund wegzog, bereute sie bitter, Thea auf die Idee gebracht zu haben, auf eigene Faust zu ermitteln, um sich von jedwedem Verdacht in Verbindung mit Inges Tod zu befreien. Sie versuchte flach zu atmen, um dem Gestank zu entgehen. Allerdings stand außer Frage, dass Thea auch ohne sie auf den Gedanken gekommen wäre, sich umzuhören. Dieses eine Mal war Margot schneller und entschlussfreudiger gewesen. Nun war Thea mit Feuereifer dabei und nicht mehr zu bremsen.

Das Auto fuhr endlich los. Kaum war es außer Sichtweite, ließ auch der sabbernde Köter von ihnen ab und entschwand.

»Ich gehe. Dieses Herumlungern führt zu nichts, Thea.«

»Nun hab doch noch etwas Geduld. Ohne Geduld wirst du nie eine gute Ermittlerin, Margot!«

»Das ist kein Räuber- und Gendarmspiel wie in unserer Kindheit. Ein Mensch ist umgebracht worden! Was du Ermittlung nennst, ist in unbeschreiblichem Maße unprofessionell. Wenn wir hier noch lange im Gebüsch hocken, machen wir uns verdächtig und landen nur wieder auf dem Kommissariat. Auf jeden Fall kommen wir auf diese Art keinen Schritt weiter.« Sie unterbrach sich und schnüffelte demonstrativ. »Was stinkt hier überhaupt so? Doch nicht diese hässliche Konifere?« Schnuppernd trat Margot hinter dem Busch vor. »Ah, sieh an: Schierling! Dieser typische penetrante Geruch, dass ich den nicht sofort erkannt habe.«

»Schierling?«, Theas Stimme schraubte sich in die Höhe, nicht ganz bis zum dreigestrichenen c, so wie an dem Tag, als sie Inge im Wald gefunden hatte, aber ein zweigestrichenes g gab sie schon her, als sie ausrief: »Der ist doch giftig!«

»Ja, eine unserer heimischen Giftpflanzen, sehr verbreitet.«

»Du willst mir sagen, die Bittmanns haben Schierling im Garten – eine Giftpflanze? Wenn das nicht verdächtig ist, wenn das nicht verdächtig ist! Behaupte du noch mal, unsere Ermittlung hier vor Ort sei ein Kinderspiel und führe zu nichts …«

»Aber Thea! Das heißt doch nun rein gar nichts. Ich hatte früher auch Schierling im Garten, in einer schattigen, feuchten Ecke. Das Zeug wächst überall, zum Beispiel auf der Insel Grafenwerth über viele Quadratmeter in trauter Zweisamkeit mit Brennnesseln.«

»Das kann doch nicht erlaubt sein.« Argwöhnisch betrachtete Thea das stinkende Gewächs.

»Es ist eine heimische Pflanze, die hier ihren natürlichen Verbreitungsraum hat. Man kann sie nicht einfach verbieten, nur weil sie giftig ist.« Margot schüttelte den Kopf. Die meisten Menschen ahnten gar nicht, wie viele Giftpflanzen in ihrer Umgebung wuchsen. Den Bittmanns ging es vermutlich ebenso. Als sie noch unterrichtete, war sie mit ihren Schülern häufig botanisieren gegangen. Auch wenn es der Lehrplan nicht mehr vorsah. Genetik und Mikrobiologie konnten nicht im Entferntesten so viel Liebe und Achtung für die Natur wecken wie die Anschauung einer Pflanze oder eines Tieres in seinem unmittelbaren Lebensraum. Diese Stunden draußen in freier Natur hatte sie als *angewandte Ökologie* ins Klassenbuch geschrieben. Das Wort Ökologie war schließlich seit den Achtzigern in jedem Curriculum zu finden – aber was vor ihrer Haustür wuchs, brauchte die Schüler nach den Vorstellungen der Kultusministerkonferenz nicht zu interessieren. Dafür sollten sie sich mit Saprophagen- und Lebendfresser-Subsystemen, der Mosaik-Zyklus-Theorie und Feuchtbiotopen beschäftigen.

»Papperlapapp. Du warst Bio- und Chemielehrerin. Wenn du so ein gefährliches Stinkezeug im Garten hattest, ist das vielleicht normal, aber bei anderen Menschen ist es höchst verdächtig, natürlicher Verbreitungsraum hin oder her«, ließ sich Thea nicht beirren.

**Im Gang zu den Laboren** der Spurensicherung hing würziger Tomatengeruch. Etta Scovalli goss behutsam an die zwanzig Pflanzen, die sich in Plastikbehältern unterschiedlichster Art am Ende des Flures vor dem Fenster reihten. Viele Früchte waren reif und wollten gepflückt werden.

Sie hatte es selbst nicht recht glauben wollen, dass der Chef der Spusi tatsächlich darauf bestand, all die Kübel samt Erde und Pflanzen mitzunehmen, statt sie vor Ort zu untersuchen. Immerhin blieb es den Gewächsen erspart, in die Asservatenkammer zu wandern. Was für Augen der zuständige Beamte gemacht hätte, wenn die Pflanzen zu Beweisstücken erklärt worden wären? Sie schmunzelte bei dem Gedanken, denn in diesem Fall hätten sie bis zum Prozess aufbewahrt und gepflegt werden müssen. So aber fehlte nur noch eine Unterschrift zur Freigabe der Töpfe. Leider war heute kein für diese Formalie Bevollmächtigter mehr im Labor. Dennoch, bald würden Clara Nussbaum und ihre Gartenfreunde die Pflanzen zurückerhalten.

Gedankenversunken strich Etta sich eine Haarsträhne hinters Ohr. Clara Nussbaum gehörte seit gestern Nachmittag nicht mehr zum Kreis der Verdächtigen. Natürlich hatte sie selbst keine Sekunde lang geglaubt, die Musikstudentin hätte auch nur im Entferntesten etwas mit harten Drogen zu tun. Trotzdem hatte sie sie so gewissenhaft verhört, dass es als Lehrstück für die Polizeischule hätte dienen können. Solange die Herkunft des Stoffs Rätsel aufgab, war nun einmal professionelle Distanz angesagt.

Der Ermittlungserfolg war schneller eingetreten als erwartet – mit einer lückenlosen Klärung des Falls. Ein weiterer Mord in Ehrenfeld, dessen Opfer in Verbindung mit dem Toten vom Supermarktparkplatz stand, ging eindeutig auf das Konto eines polizeibekannten Dealers. Ihrem Team war der Nachweis gelungen, dass die beiden gemeinsame Sache gemacht und ihre Ware auf der als Garten genutzten Baulücke versteckt hatten. Ein pfiffiges Versteck, wie Etta zugeben musste. Koks dieser Qualität im Wert von etwa 150.000 Euro unter der Nase von ein paar Guerillagärtnern zu lagern, war kaltblütig, aber clever. Clara Nussbaums Punkfreunde gehörten einer Gruppe an, die längst im Visier der Polizei war. Es ging um Ladendiebstahl, Containern, leichte Sachbeschädigung und unangemeldete Demonstrationen. Drogenhandel stand jedoch nicht auf der Liste ihrer Verstöße und Straftaten.

Etta entfernte ein vertrocknetes Blatt von einer Paprika und betrachtete versonnen die Pflanze. Ihre Mutter hatte früher auch eigenes Gemüse angebaut. Heute beschränkte sie sich auf ein paar Küchenkräuter. Tagtäglich zauberte sie italienische Köstlichkeiten für ihr Restaurant. Zwar galt ihr Vater, Giorgio, als *capocuoco*, doch in Wahrheit war er nicht der Chefkoch, sondern nur der Grillmeister – das allerdings in vollendeter Perfektion. Die Seele der exquisiten Küche war ihre Mutter Alma. Sie bereitete all die anderen Gerichte, die einzigartigen Saucen, die sagenhaften *Antipasti*, die viel Handarbeit erforderten, und nicht zu vergessen, traumhafte Desserts, die diesseits der Alpen ihresgleichen suchten. Ettas Schwester und ihr ältester Bruder arbeiteten mit im Familienbetrieb. Und auch von den beiden jüngeren Kindern hatten die Eltern lange Zeit erwartet, dass sie mit ins Unternehmen einstiegen. Arbeit gab es reichlich, das Gourmetrestaurant lief ausgezeichnet. Stefano legte sich einstweilen noch nicht fest und jobbte mal hier, mal dort, mal bei den Eltern. Doch Etta, die Jüngste, hatte sich als Einzige für einen völlig anderen beruflichen Weg entschieden – zum Entsetzen ihrer Eltern schlug sie eine Laufbahn bei der Kriminalpolizei ein. Ihr Vater behauptete noch lange, Ettas Eintritt ins Beamtenverhältnis sei ungültig, schließlich sei seine Tochter Italienerin, wohl wissend, dass sie einen deutschen Pass besaß. Mittlerweile hatten die Scovallis sich damit arrangiert, eine Kommissarin zur Tochter zu haben, und Etta hatte ihren Vater mehr als einmal dabei erwischt, wie er vor Stammkunden damit prahlte.

Zart strich sie mit dem Finger über das behaarte Blatt einer Tomate. Das Pflänzchen wirkte hier so traurig und fehl am Platz. Etta klaubte noch das eine oder andere welke Blatt von den Stielen, dann fasste sie einen Entschluss. Sie öffnete die Tür zum Labor und rief: »Matthias, hast du eine Tüte oder besser noch eine kleine Kiste für mich?«

Gute drei Stunden später schlüpfte Etta Scovalli in Jeans und weißem Polohemd durch die Zaunlücke des Gartens. Vorsichtig trug sie ihren Rucksack in der Hand und ging in Richtung Sitzecke. Sie spähte hinter einem Sommerflieder hervor und sah, dass Clara schon da war. Sie hockte auf einer Liege und las in einem Buch. Grüßend trat Etta näher: »Hallo Frau Nussbaum, schön, dass Sie schon da sind!« Sie versuchte den Titel des Buches zu entziffern, doch es gelang ihr nicht. Die Studentin schaute ihr wenig begeistert entgegen und legte es zur Seite. Etta setzte sich auf einen der wackeligen Stühle und fragte mit einem Lächeln, von dem sie hoffte, es wirke gewinnend: »Was lesen Sie? Ist es spannend?«

Clara runzelte die Stirn und murmelte etwas von Harmonielehre, dabei glitt ihr Blick argwöhnisch über Etta.

Ein Fachbuch also. Zu einem Thema, zu dem sie keine Silbe beitragen konnte. »Geht es Ihnen gut? Ist das nicht ein wunderbarer Sommerabend?« Etta stockte. Was faselte sie da eigentlich für einen Schwachsinn? Sie klang, als unterhielte sie sich mit ihrer achtzigjährigen Nachbarin. Verlegen zubbelte sie am Reisverschluss ihres Rucksacks.

Clara starrte sie einen Moment wortlos an und entgegnete gedehnt: »Wenn man zum Kreis der Verdächtigen gehört, geht es einem nicht unbedingt blendend – wenn Sie verstehen, was ich meine?«

Etta nickte. Natürlich, Clara wusste ja noch nicht, dass der Fall geklärt war! Doch genau das würde sie ihr nun berichten …

»Verhören Sie jetzt die Leute auch schon nach Feierabend?«

»Nein«, Etta schmunzelte, »aber wie kommen Sie darauf, dass ich Feierabend habe?«

»Sie tragen Jeans und nicht diese Businessklamotten.«

»Über eine Karriere bei der Polizei haben Sie bei Ihrer Kombinationsgabe noch nicht nachgedacht?«

Clara verdrehte die Augen. Ihr war anzusehen, wie wenig Spaß sie an der Idee hatte. »Ganz bestimmt nicht.«

»Der Fall ist beendet, die Herkunft der Drogen ermittelt und der Mord auf dem Parkplatz aufgeklärt. Sie und Ihre Freunde sind frei von jedem Verdacht.« Etta machte eine kleine Pause und fügte an: »Ich freue mich wirklich, Ihnen dies mitteilen zu können.«

Die Erleichterung war unübersehbar. Ein erlöstes Lächeln lag auf Claras Gesicht und ihre Augen strahlten so sehr, dass Etta ganz warm ums Herz wurde. »Uff, und ich habe mich schon gefragt, was jetzt wieder kommt. Warum Sie mich hier in den Garten bestellt haben ...«

Etta freute sich, doch gleichzeitig wuchs ihre Aufregung. Natürlich hatte sie sich etwas dabei gedacht, Clara um ein Treffen im Garten zu bitten. Zugegeben, es hatte nichts mit der üblichen Vorgehensweise beim Abschluss einer Ermittlung zu tun, aber es war hoffentlich eine Chance – ihre Chance. Sie sah zu, wie Clara ihr Buch ergriff und es in der Tasche verstaute. Wieder bewunderte sie diese schlanken sehnigen Hände mit etwas breiteren Fingerkuppen und den kurzen Nägeln. Clara schaute sich suchend um und stand auf. Sie brach doch jetzt nicht auf?

»Moment«, entfuhr es Etta eine Spur zu hektisch, »ich wollte Ihnen ...« Als sie Claras enttäuschtes Gesicht sah, verstummte sie. Was machte sie hier? Sie räusperte sich. »Also, ich wollte Ihnen noch mitteilen, dass Sie in Kürze Ihre Tomaten- und Paprikapflanzen zurückerhalten. Sie werden nicht mehr benötigt. Sie können sie bei der Spurensicherung abholen.«

Clara schaute sie spöttisch an: »Ah, prima. Mit dem Fahrrad oder wie? Für den Rücktransport darf man selbst sorgen?«

Beschwichtigend versprach Etta: »Ich werde versuchen, eine Lösung zu finden. Wenn Sie etwas Geduld haben, organisiere ich einen Transport.«

»Bis dahin dürften die Pflanzen das Zeitliche gesegnet haben.« Clara blickte sie nun geradezu feindselig an.

»Nein. Ich habe sie wie versprochen gegossen – und Ihnen das hier mitgebracht.« Etta zog zwei Plastikbehälter aus ihrem Rucksack, öffnete sie und hielt sie Clara hin, die verständnislos hineinstarrte.

»Was ist das?«

»Tomatensalat und gefüllte Paprika«, antwortete Etta tapfer. Sie verschwieg lieber, dass sie außerdem Baguette und eine Flasche gekühlten Weißwein in ihrem Rucksack hatte.

Clara stand stumm da. Ihr Blick spiegelte nichts als Befremden wider.

»Aus Ihren Tomaten und Ihren Paprika. Sie waren reif, und ich dachte, ehe sie verfaulen ...« Ettas Stimme versagte und sie versuchte es mit einem neuen, betont beschwingten Anlauf. »Sehen Sie es als Entschädigung der Staatsmacht für all die Unannehmlichkeiten, die Sie hatten!«

»Ich verstehe nicht«, Clara verschränkte die Arme.

Etta zuckte die Achseln. »Wenn Sie das jetzt nicht endlich annehmen, packe ich es wieder ein.« Sie hatte ihre Stimme wieder im Griff, doch die Enttäuschung über die abwehrende Reaktion ließ sie innerlich frieren.

Sie war zu weit gegangen. Und das nicht zum ersten Mal. Schon der Besuch bei Clara zu Hause, als sie vorgegeben hatte, sie erneut zu dem Toten vom Parkplatz befragen zu wollen, war ein Fehler gewesen. Ein beruflicher wie persönlicher. So verhielt sich kein Profi – sie war und blieb einfach viel zu gefühlsduselig.

»Es sind echt unsere Tomaten und Paprika?« Mechanisch ergriff Clara die beiden Gefäße, die Etta ihr dicht vor den Bauch hielt, und beäugte argwöhnisch den Inhalt.

»Ja. Und es geht keinerlei Betäubungsgefahr davon aus, sie sehen jetzt nur etwas anders aus.« Jetzt flüchtete sie sich auch noch in Albernheiten.

Clara nickte zögernd und sagte mit einer Stimme, die Etta an trocken raschelndes Herbstlaub erinnerte: »Warum tun Sie das?«

Etta wedelte unbestimmt mit der rechten Hand, als wolle sie ein ungebetenes Insekt abwehren. »Die Früchte waren reif, jemand musste etwas unternehmen.« Dann raffte sie ihren auf dem Boden stehenden Rucksack an sich, rief Clara noch ein zwanghaft fröhliches »Lassen Sie es sich schmecken!« zu und stürzte los. Es war höchste Zeit, die Biege zu machen, bevor sie sich um Kopf und Kragen redete. Was hatte sie sich nur dabei gedacht? Wie konnte der Anblick von ein paar reifen Früchten sie dazu bringen, sich erst geschlagene zwei Stunden in die Küche zu stellen, um *Antipasti* zuzubereiten, und sie dann einer praktisch Wildfremden zu überreichen, der es vor Schreck fast die Sprache verschlug? Was für ein übergeschnappter Einfall, Clara Nussbaum auf diese Art zu einem Picknick in ihrem Garten bewegen zu wollen!

Als sie am Zaun angelangt war, hörte sie hinter sich ein »Danke!«. Sie nickte kurz, ohne sich umzublicken, hastete die Straße entlang zu ihrem Auto, schloss es auf und warf sich erschöpft auf den Fahrersitz. Wann hatte sie sich das letzte Mal so zur Närrin gemacht? Sie legte die Arme übers Lenkrad und den Kopf darauf.

Es waren diese Hände gewesen. Mit den Händen hatte alles angefangen. Und daran wiederum war einzig dieser jämmerliche Polizeiobermeister Klapperich Schuld. Er, der sie vor nicht einmal zwei Wochen mit seiner hanebüchenen Theorie zur Gefährlichkeit der »Truppe Gartenfreunde« genervt hatte. Ökofaschisten hatte er sie genannt. Etta hatte von Anfang an nichts darauf gegeben, auch als eines Tages der Tote auf dem Parkplatz nebenan gefunden wurde. Als er dann aber Clara und ihre Freunde genötigt hatte, mit auf die Wache zu kommen, war ihr der Kragen geplatzt. Sie hatte nicht lange gebraucht, um herauszufinden, dass Klapperich und zwei Kollegen vom Ordnungsamt der Meinung waren, der kleinen Anarcho-Gruppe, die sich nicht vom Grundstück vertreiben lassen wollte, müsse man einfach einen gehörigen Schreck einjagen, dann würden sie schon freiwillig abziehen. Eine polizeiliche Vernehmung, die angeblich in Zusammenhang mit dem Toten stehen sollte, hielt er dabei für ein geeignetes und raffiniertes Instrument.

Der Gipfel aber war das Youtube-Video gewesen, das ihm als Beleg für die Vermutung diente, die Gruppe stände kurz vor der Ausübung eines terroristischen Aktes. Nur Gott allein wusste, wieso sich der alte Knacker überhaupt mit einem Internetportal auskannte. Es war ein Kurzfilm mit dem Titel *Guerilla Gardening – Teil 1, die Herstellung von Samenbomben.* Eine kurze Sequenz dieses Videos genügte und jedem Menschen mit Verstand war sonnenklar, dies war kein Terrorleitfaden. Etta hatte dem verbohrten Klapperich den Begriff »Amtsmissbrauch« um die Ohren gehauen, doch er hatte nur geschmollt.

Allein zu Hause, hatte sie das Video mindestens ein halbes Dutzend Mal angeschaut. Es waren diese Hände, Claras Hände, von denen sie den Blick nicht hatte lassen können. Das Video demonstrierte, wie aus einem Klumpen feuchten Lehms, etwas trockenem Rasenschnitt und einer Vielzahl Samen knapp faustgroße Kugeln hergestellt wurden: die Samenbomben. Eingeblendeter Text erläuterte die Arbeitsschritte. Ein paar Samenbomben konnte man fix in einem unbeobachteten Moment über Mauern und Zäune auf unbegrünte Grundstücke werfen. Der nächste Regen würde sie auflösen und die Samen keimen lassen. *Grün und Natur gegen Beton und Stein* lautete der letzte Untertitel.

In den Bewegungen von Claras Händen steckte eine Eleganz, die Etta völlig in Bann schlug. Sie hatte sich nicht satt sehen können an den mit einer dünnen Lehmschicht überzogenen Fingern, die erst die Zutaten miteinander vermengten und dann geschickt die Kugeln zwischen den Handflächen rollten. Es war geradezu sinnlich, wie sie den Lehm formten. Die fertigen Kugeln wurden behutsam zum Trocknen auf ein Blech gesetzt. Obwohl in dem Kurzfilm nur wenig von Clara zu sehen gewesen war, hatte Etta sie bei ihrem ersten Zusammentreffen auf der Wache gleich als die Frau mit den lehmverschmierten Händen wiedererkannt. Die Hände einer Violinistin, wie sie nun wusste.

Etta starrte durch die Windschutzscheibe. Clara war so erstaunt gewesen, sie hier zu sehen, und regelrecht ein bisschen schwer von Begriff, was den Tomatensalat anging – vielleicht war daran eine gewisse freudige Überraschung schuld? Sie seufzte. Ach was, sie sollte sich nichts vormachen. Eine wie sie war Clara egal. Eine merkwürdige Beamtin, die sie mit ihrem ungeschickten Annäherungsversuch befremdete. Sicher sah sie in der Kommissarin Etta Scovalli nur eine aus der Riege derer, die sie vom Grundstück jagen wollten. Schluss aus, der Fall war abgeschlossen und sie würden sich nicht wiedersehen. Sie wünschte Clara und ihren Gartenfreunden, dass man sie fortan unbehelligt gärtnern ließ. Das Ordnungsamt sollte sich um etwas anderes kümmern.

Über Polizisten mit Einstellungen wie denen des Kollegen Klapperich wollte sie am liebsten überhaupt gar nicht nachdenken. Überall begegnete sie solchen Kerlen, die sich selbst zu wichtig nahmen, auf Paragraphen herumritten und sich scheuten, echte Probleme anzugehen. Wenn es ihnen in den Kram passte, zögerten sie nicht, auf Ettas mangelnde Zuständigkeit oder ihren geringen Dienstgrad hinzuweisen. Sie fuhr sich mit der Hand durchs Gesicht.

Und was sie selbst betraf, so sollte sie einen guten Job machen – was hieß, Privates und Berufliches streng zu trennen. Etta drehte den Zündschlüssel und startete das Auto.

**Sie riss ein Stück Baguette ab** und tunkte es in die Sauce. Mit geschlossenen Augen versuchte Clara herauszufinden, womit dieses Dressing gewürzt war. Es schmeckte schlicht himmlisch. So einen traumhaften Tomatensalat hatte sie noch nie gegessen, nicht einmal bei Margot, und die war nun wirklich eine ausgezeichnete Köchin. Wie gut, dass sie auf dem Nachhauseweg Brot gekauft hatte; jetzt fehlte nur noch Wein.

Ob diese merkwürdige Polizistin den Salat und die leckeren *Antipasti* eigenhändig zubereitet hatte? Clara versuchte sich die Frau dabei vorzustellen, wie sie in rasendem Tempo alle Zutaten mit einem dieser rasierklingenscharfen japanischen Messer kleinschnitt, in einem routinierten Dreh vom Brett in die Schüssel beförderte und mit allerlei geheimnisvollen Gewürzen abschmeckte. Clara selbst war eine lausige Köchin, ihr fehlte die Geduld. Sie genoss all ihre Gartenfrüchte als Rohkost, dazu Brot und Käse, das genügte ihr völlig. Nicht dass sie gutes Essen verschmähte, aber für sich zu kochen, dafür war ihr die Zeit zu schade.

Frau Scovalli – oder jemand anderes – musste Stunden mit der Zubereitung dieser Vorspeisen verbracht haben. Allein die kleinen gedünsteten Paprika mit dieser einzigartigen Frischkäsemischung zu füllen war gewiss eine Fleißarbeit; nur häkeln stellte Clara sich mühsamer vor.

Mit jedem weiteren Bissen rührte die Geste der Polizistin sie mehr. Ob Kochen ihr Hobby war, wenn sie abends von der Verbrecherjagd nach Hause kam? Ersann sie dann solche Köstlichkeiten wie diese *Antipasti*? Auf jeden Fall war es eine seltsame Person. Mal die zackige Kommissarin, dann die Frau, die mit so viel Ehrfurcht eine Violine berührte. Und wie ihre Augen vor Übermut gesprüht hatten, als sie nach Klapperichs nasser Hose fragte! Clara hatte keine Ahnung, wie eine Kriminalbeamtin sich für gewöhnlich gebärdete, trotzdem schien diese Frau Scovalli keine typische Vertreterin ihrer Art zu sein.

Und dann diese Businessanzüge – Susan hatte, sobald sie die Stelle als Dozentin am Institut für Wirtschaftsinformatik ergattert hatte, auch angefangen, diese Art Klamotten zu tragen. Susan hieß eigentlich Susanne, wie Clara eines Tages durch puren Zufall erfahren hatte. Doch Susanne klang wie Jeans mit T-Shirt und nicht wie Jill Sander. Der Unterschied bedeutete Susan viel.

Überhaupt hatte ihre Ex zu allem feste Ansichten gehabt. Nach Susans Vorstellungen war das Leben ein unablässiges Ringen um Anerkennung und Erfolg. Clara sah es anders; allerdings hatte sie eine Weile gebraucht, um das herauszufinden. Und was machte das Leben stattdessen aus? Susan liebte das, was sie unverblümt als »Claras Hintergrund« bezeichnete. Er bestand aus einem erfolgreichen Anwalt als Vater, einer gefeierten Pianistin als Mutter und einem künstlerischen Ausnahmetalent, das Clara in absehbarer Zeit auf die Bretter, die die Welt bedeuten, führen würde. Unnötig zu erwähnen, dass Susan diese Welt an der Seite dieser gefeierten Soloviolinistin zu betreten gedachte. Sie war nicht übermäßig phantasievoll, hatte aber ihre künftigen Reisen zu Claras Auftritten in Sydney, der Met oder bei den Wiener Philharmonikern so plastisch beschreiben können, als hätte sie sie bereits erlebt. Für Margot, der ja durchaus eine tragende Rolle in »Claras Hintergrund« zukam, hatte sie sich nicht die Bohne interessiert und sie als schrullige Schachtel bezeichnet. Ihre eigene Herkunft verschwieg sie, was Clara gleichgültig war, nicht aber, dass Susan sie in vielerlei Hinsicht mehr als einmal belogen hatte.

Clara legte eine gefüllte Paprika auf das Baguette und biss herzhaft hinein. Die Käsefüllung war cremig und von einem Hauch Knoblauch gekrönt. Ein Gedicht für sich, auch ohne die erntefrische Gemüsehülle. Mit welch breitem Grinsen diese Kommissarin ihr die L-MAG gereicht hatte! Ob Etta Scovalli lesbisch war? Oder kannten sich alle Kriminalbeamtinnen bestens auf dem deutschen Zeitschriftenmarkt aus? Clara spießte eine Tomatenscheibe auf und betrachtete Etta mit einem Mal mit völlig neuen Augen. Waren all diese Gaumenfreuden etwa Teil eines Annäherungsversuchs? Das hätte ihr gerade noch gefehlt.

Überhaupt, sie sollte jetzt endlich Margot anrufen.

Schon am Klang der Stimme spürte Clara, dass Margot etwas auf dem Herzen trug. Doch es war nicht gut, sie direkt darauf anzusprechen, wo der Schuh drückte, also plauderten sie eine Weile über Belanglosigkeiten. Schließlich erkundigte sich Margot nach den polizeilichen Ermittlungen, in die Clara geraten war. Kaum hatte sie die Auflösung des Falles geschildert, wobei sie das Koks lieber unerwähnt ließ, brach es aus Margot heraus: »Stell dir vor, die Bonner Kripo hat Thea und mich im Verdacht, etwas mit dem Mord im Annatal zu tun zu haben.«

Clara stutzte. »Euch?«

Das war lächerlich. Gab es nur noch verrückt gewordene Polizisten? Im Vergleich zu Thea und Margot machten sie und ihre Gartenfreunde als Verbrecherbande und potenzielle Mörder wahrhaftig mehr her. Sie lauschte ungläubig Margots Bericht. Über ihren eigenen Problemen hatte sie Theas grausigen Fund völlig vergessen.

Als sie eine Viertelstunde später auflegte, war ihr Groll

gegen die Polizei und sämtliche Ordnungshüter beidseits des Rheins erneut entfacht. Was für eine elende Bande! Wie kamen sie dazu, Thea und Margot ins Visier zu nehmen? Ausgerechnet! So deprimiert hatte Clara Margot selten erlebt.

Um sich ein wenig abzulenken, griff sie zur Violine, starrte aus dem Fenster und improvisierte vor sich hin. Ihre Finger führten ein Eigenleben – zumindest war es nicht ihr Großhirn, das die Bewegung steuerte. Nach einer knappen Stunde hatte sie eine Idee und einen Plan. Ein Blick auf die Uhr und ihr Entschluss stand fest. Es war noch nicht zu spät, um anzurufen und Kriminalkommissarinnen waren – wie aus dem Fernsehen allgemein bekannt – ja ohnehin rund um die Uhr im Einsatz.

Als das Tuten von einem Anrufbeantworter abgelöst wurde, war ihr klar, dass sie sich geirrt hatte. Eine automatisierte Stimme bat, eine Nachricht zu hinterlassen.

Clara zögerte kurz, doch dann sprach sie aufs Band.

**In der Hand eine Tasse** mit einem Rest Kaffee, lehnte Etta sich zurück. Sie blickte Clara ungerührt in die Augen und stellte sachlich fest: »Und jetzt brauchen Sie mich, um Ihrer Ersatzmutter zu helfen.«

Clara wand sich unter ihrem Blick. Es war ihr eindeutig unangenehm, um Hilfe zu bitten, sie rang um passende Worte.

Etta schwieg, setzte die Tasse ab und zupfte einen winzigen Fussel von ihrer blütenweißen Bluse. Sie hatte eingewilligt, Clara kurz auf einen Kaffee zu treffen, bevor sie zurück aufs Kommissariat musste. Seit letzter Nacht war der Teufel los, ein brutaler Doppelmord in einer Spielothek und noch keine Spur. Sie trug Businessklamotten, wie Clara ihre geliebten Zweiteiler neulich abfällig genannt hatte, und es war ihr ganz recht, in diesem eher alternativen Café, dem »Goldmund« in Ehrenfeld, deutlich *overdressed* zu sein. Der Anzug erinnerte sie daran, dass sie hier nicht zum Vergnügen, sondern, wenn man so wollte, in einer beruflichen Angelegenheit war. Sie traf sich mit einer ehemals Verdächtigen – auf deren Wunsch. Diese Kleidung half ihr, sich in schwierigen Situationen sicher zu fühlen und auch, Distanz zu wahren. In einer solchen schwierigen Situation befand sie sich gerade. Im Übrigen konnte sie abwarten und den Mund halten. Sollte Clara doch reden, sie hatte schließlich um das Treffen gebeten.

»Sie ist nicht meine Ersatzmutter.« Clara lächelte unsicher und schob ihre Tasse ein Stück weiter von sich fort.

»Pflegemutter, ehemalige Lehrerin – wie also soll ich sie bezeichnen?« Etta brachte es fertig, überaus nüchtern und in ganzen Sätzen zu reden. Sie war stolz auf sich, faltete die Hände und legte sie auf den Rand der Tischplatte. Vermutlich sah sie jetzt aus wie ihre alte Religionslehrerin, aber ihre Finger zitterten leicht und das wollte sie um jeden Preis verbergen. Sie konnte sich nicht erinnern, wann sie das letzte Mal so nervös gewesen war. Nie im Leben hätte sie damit gerechnet, je wieder von Clara Nussbaum zu hören, und auch wenn schon innerhalb der ersten zwei Minuten klar war, dass es sich bei diesem Treffen nicht um ein Date handelte, minderte das ihre Aufregung nicht im Geringsten.

Clara zuckte die Schultern und zog ihre Tasse zu sich. »Einfach nur Margot. Margot Meerapfel.«

Etta lachte auf und entspannte sich etwas. »Ein schöner Name, Meerapfel. Ich hoffe, sie ist so sympathisch wie ihr Name?«

»Margot ist schwer in Ordnung.« Clara zögerte, dann

sagte sie: »Deshalb will ich ihr auch helfen. Die Frage ist nur, wie.«

Etta wurde warm ums Herz. Diese Margot Meerapfel war offenbar sehr wichtig für Clara. Zu ihren Eltern hatte sie kaum drei ganze Sätze verloren. Und das auch nur, um ihr Verhältnis zu Margot zu erläutern. Offenbar war ihre Mutter eine Pianistin, die derzeit mit ihrem Lebensgefährten in den USA lebte, und ihr Vater Anwalt bei einer Kanzlei mit vielen Dependancen überall in Europa. Um nicht ständig umziehen zu müssen oder im Internat zu landen, war Clara bei Margot Meerapfel, ihrer damaligen Lehrerin, eingezogen.

»Ich arbeite für die Kölner Kripo. Die Bonner Kolleginnen und Kollegen schätzen es mit Sicherheit nicht, wenn ich in ihrem Amtsbereich auf eigene Faust tätig würde. Das ist ganz und gar ausgeschlossen.«

»Aber es gibt doch so etwas wie ...«, Clara dachte kurz nach, »Amtshilfe«, sprudelte sie erleichtert hervor. »Können Sie nicht herausfinden, warum man Margot und Thea verdächtigt – die beiden wissen gar nicht, wie ihnen geschieht, und die Polizei lässt sie im Dunklen tappen.«

*Amtshilfe.* Echt süß, woher sie das nur hatte? Vielleicht vom Kollegen Klapperich, der sein Agieren für seine Freunde beim Ordnungsamt so nannte. Trotzdem klang Claras Geschichte für Etta reichlich merkwürdig. Nicht, weil offenbar zwei Frauen im frühen Rentenalter verdächtigt wurden, einen Mord begangen zu haben, sondern weil die beiden scheinbar völlig im Unklaren über ihre Rolle innerhalb des Ermittlungsverfahrens gelassen wurden. Wie es schien, standen sie unter Verdacht, da die eine von ihnen eine Bekannte aus Kindertagen tot aufgefunden hatte, die die andere nach Jahrzehnten hätte wiedertreffen sollen. Eine Konstellation, durchaus denkbar für eine Beziehungstat. Und Morde waren in aller Regel Beziehungstaten. Doch das verschwieg sie Clara im Moment lieber.

»Amtshilfe? Ich dachte, Sie studieren Musik, nicht Jura. Amtshilfe kann nur unter rechtlich genau definierten Umständen gewährt werden. Der Fall, den Sie mir schildern, fällt nicht darunter«, antwortete Etta sachlich, doch Claras ernüchtertes Nicken versetzte ihr einen Stich. In Wahrheit wollte sie nichts lieber als etwas unternehmen, das diese Frau, die mit ihrem schlanken Zeigefinger Kreis um Kreis durch einen Wassertropfen auf dem Tisch zog, glücklich machte. Etta unterdrückte ein Seufzen. Streng genommen gab es keine Möglichkeit, Clara und Margot zu helfen. Natürlich konnte sie sich bei ihren persönlichen Kontakten nach dem Fall erkundigen. Doch auch das war schon eine Einmischung, ein Wildern in fremden Zuständigkeitsbereichen. So etwas tat man nicht einfach so, ohne handfesten Anlass, ohne Gewissheit, dass etwas wirklich schieflief. Ausweichend sagte sie: »Ich kann niemandem helfen, den ich nicht kenne.«

Clara blickte auf und schaute Etta groß an. »Aber Sie kennen mich doch! Sie haben mich stundenlang vernommen. Sie wissen, ich lüge nicht.«

Wider Willen musste Etta lächeln und ihr Vorsatz, Distanz zu Clara Nussbaum zu halten, schmolz dahin. Nein, sie zweifelte nicht an dem, was Clara sagte. Clara war gewiss keine Lügnerin. Doch um sie ging es hier nicht. Wobei – für sie, Etta, ging es doch nur um Clara. Sie schwieg eine Weile, dann sagte sie: »Ich meine nicht Sie, ich meine Frau Meerapfel und ihre Freundin – wie hieß sie noch gleich?«

»Thea Pütz.«

»Thea Pütz und Margot Meerapfel – klingt ausgesprochen hübsch.« Etta machte eine kleine Pause, als überlege sie noch, und fuhr schließlich fort: »Wenn ich helfen soll, muss ich sie kennenlernen. Dann sehe ich, ob ich überhaupt etwas unternehmen kann.« Was tat sie da? Natürlich musste sie die Frauen nicht kennenlernen, um Informationen einzuholen! Sie ließ sich hier auf etwas ein, das jede anständige Polizistin und jeder anständige Polizist unter allen Umständen zu vermeiden hatte. Um Claras Aufmerksamkeit zu gewinnen, war sie bereit, sich für völlig Unbekannte einzusetzen. Eine durch und durch bekloppte Idee.

»Sie wollen sie kennenlernen?«

»Genau. Sie werden mich wohl den beiden Damen vorstellen müssen, Frau Nussbaum.«

»In Ordnung«, antwortete Clara, ohne zu zögern, und blickte Etta ernst an.

»Unter einer Bedingung«, sagte Etta rasch, »wir werden uns ab sofort duzen.«

»Okay.« Clara schien erstaunt, zuckte dann aber die Schultern.

»Der Besuch in Bad Honnef ist reine Privatangelegenheit und hat nichts mit meinem Job zu tun. Und meine Freizeit verbringe ich in der Regel nicht mit Menschen, die ich sieze.« Was für eine alberne Begründung.

Prompt lächelte Clara amüsiert. »Verstehe. Ich werde Margot und Thea ausrichten, dass ihr euch duzen müsst.«

Etta bemühte sich um Haltung und antwortete, ohne mit der Wimper zu zucken: »Nicht nötig, das können wir klären, sobald ich sie kennen gelernt habe.«

Hoffentlich wirkte sie so, als habe sie einen genauen Plan von dem, was sie da vorschlug.

**»Wir haben uns natürlich** auch unsere Gedanken zu dem Fall gemacht«, erklärte Thea.

Etta nickte ernst und verzog keine Miene.

»Viel haben wir allerdings nicht herausgefunden. Laut

der Haushälterin der Bittmanns ist Inge drei Tage vor ihrem Tod angereist und wollte nach ihrem Spaziergang im Annatal, wo ich sie gefunden habe, nach Köln fahren. Seit ihrer Ankunft hing wohl der Haussegen bei Bittmanns schief – warum auch immer.

Über die Familie von Inge sind wir so weit im Bilde. Sie leben alle in einer pompösen Villa. Die beiden Brüder, die Familie des älteren mit zwei Kindern, Inges Stiefmutter und bis zu seinem Tod auch ihr Vater. Die Bittmann-Brüder führen ein gutgehendes Unternehmen, Pumpentechnik und Heizsysteme, seit Generationen in Familienhand. Wir haben uns ein wenig umgehört in der Stadt. Wie es scheint, war Inge tatsächlich zum ersten Mal seit Jahrzehnten wieder hier in Bad Honnef. Nicht einmal zur Beerdigung ihres Vaters, der mit achtundachtzig Jahren erst vor ein paar Monaten das Zeitliche gesegnet hat, ist sie erschienen. Es stellt sich also die Frage«, sagte Thea gewichtig, »wieso ist Inge Miller, geborene Bittmann nach all den Jahren zurückgekehrt?« Sie ließ die Frage ein Weilchen im Raum schweben. »Und zweitens: Warum wollte sie Margot treffen, zu der sie seit Jahrzehnten keinerlei Kontakt hatte?«

Clara schmunzelte. Das war typisch: Thea, höchst erfreut, dass sie ihnen eine echte Kommissarin herbeigeschafft hatte, setzte sich in Szene, während Margot abwartete und schwieg.

»Und Sie haben wirklich nicht den geringsten Schimmer, weshalb Inge Miller Sie nach all den Jahren wiedersehen wollte?«, wandte sich Etta nun an Margot. »Waren Sie früher eng miteinander befreundet?«

Margot räusperte sich und brachte ein etwas kratziges Nein hervor. Alle am Tisch warteten, ob sie noch etwas hinzufügte, doch sie beließ es dabei. Clara fand, sie könne ruhig über ihren Schatten springen und sich ein wenig kommunikativer zeigen.

»Nun ja«, sagte Etta und schenkte ihr ein warmes Lächeln. Sie schien sich in Margots Küche pudelwohl zu fühlen. »Das ist nicht allzuviel, was Sie beide«, und dabei glitt ihr mitfühlender Blick zu Thea, »bisher herausgefunden haben – wenn ich ehrlich sein darf. Leider befinden Sie sich in einer etwas unangenehmen Situation ...« Sie griff nach ihrer Tasse, sah erst jetzt, dass sie leergetrunken war, und setzte sie wieder ab.

Margot sprang hektisch auf. »Ich koche Ihnen gerne noch einen Espresso Frau Scovalli – wenn Sie möchten.«

»Sehr gerne«, antwortete Etta, während ihre Gastgeberin bereits an der Kaffeemaschine hantierte.

Margot war wirklich durch den Wind, befand Clara und betrachtete ihr blasses Gesicht, das noch schmaler wirkte als sonst. Sie hätte nicht gedacht, dass dieser unbegründete Verdacht der Polizei sie so mitnähme. »Machst du mir auch noch einen?«, rief sie Margot hinterher.

»Mir auch«, ergänzte Thea und ließ Etta nicht aus den Augen.

»Ja, natürlich.« Margot hantierte geräuschvoll an der Maschine.

»Wow«, sagte Etta, »das ist eine echte Gaggia, wenn ich mich nicht irre. Ein tolles Gerät und Sie brauen einen perfekten Espresso damit, Frau Meerapfel.«

Margot nickte und ein kurzes Strahlen ging über ihr Gesicht, bevor sie ihnen wieder den Rücken zuwandte.

»Ihrem Namen nach sind Sie Italienerin«, stellte Thea fest, während sie Etta wissend zunickte. »Sicher kennen Sie sich mit Espresso hervorragend aus.«

Clara verdrehte die Augen. Thea legte es für ihren Geschmack ein bisschen zu sehr darauf an, von Etta Scovalli gemocht zu werden. Doch die schien das nicht zu bemerken und ging liebenswürdig auf das Thema ein.

»Wenn Sie so wollen ... Ich weiß eine anständige Tasse

zu schätzen. Aber das Gerät kenne ich, weil meine Eltern ein Restaurant führen und ein ganz ähnliches Siebträgergerät dieser Marke dort steht. Ich habe unzählige Espressi damit zubereitet, als ich früher im Restaurant mithalf.«

»Ein italienisches Restaurant?«, fragte Thea.

»Selbstverständlich!« Etta warf sich mit gespielter Empörung in die Brust. »Wir sind Italiener. Was haben Sie denn gedacht?«

Thea kicherte. »Sie müssen wissen, meine Freundin Margot ist eine ausgesprochene Italienliebhaberin. Sollte ich ihr wieder einmal eine Freude machen und sie zum Essen einladen wollen – wo befindet sich das Restaurant Ihrer Eltern?«

»Nicht weit von hier, in Ittenbach. Es heißt ›Da Giorgio‹.«

»Das ist ja quasi um die Ecke«, rief Thea. »Margot, das machen wir mal!«

Der Vorschlag ging offenbar im Zischen der Maschine unter, jedenfalls kam keine Antwort. Kurz darauf trug Margot hochkonzentriert das Tablett mit vier Tassen an den Tisch und setzte es vor ihren Gästen ab. Etta dankte ihr überschwänglich und erntete ein verzagtes Lächeln.

Clara fand, es war an der Zeit, zum Anlass ihres Besuches zurückzukehren. »Sicher wäre es interessant zu wissen, wieso Inge Margot treffen wollte. Aber das Wichtigste ist doch, zu erfahren, wieso die Bonner Polizei Margot überhaupt im Visier hat.«

»Pah, letztlich ist mir das egal«, schnaubte Thea. »Die werden dort schon noch begreifen, dass wir nichts mit Inges Tod zu tun haben.« Und großspurig ergänzte sie: »Mittlerweile interessiert uns vor allem eines: Wieso starb Inge und war es tatsächlich Mord?«

Clara traute ihren Ohren nicht. Hatte sie Etta nicht um Hilfe für zwei verzweifelte Damen fortgeschrittenen Alters gebeten, die angesichts des auf ihnen lastenden Verdachts in Panik geraten waren? Stattdessen gebärdete sich Thea nun wie eine mit allen Wassern gewaschene Miss Marple.

Doch zum ersten Mal mischte sich Margot ins Gespräch: »*Mir* ist es *nicht* egal. *Ich* will *nicht* verdächtigt werden.«

Auf Margots nüchterne Aussagen war immer noch Verlass. Schnell hakte Clara ein. »Etta, besteht für dich die Möglichkeit, in die Akten der Bonner Kripo Einsicht zu nehmen?«

»Ich will sehen, was ich machen kann.« Etta schaute ihr ernst und, wie Clara fand, ein wenig zu lang in die Augen, dann wandte sie sich Margot zu: »Ich werde herausfinden, welchen Status Sie für die Bonner Kollegen in diesem Fall haben, ob Sie Zeuginnen sind oder zum Kreis der Verdächtigen gehören. Davon sollten Sie auch abhängig machen, ob Sie sich einen Anwalt nehmen oder nicht.«

Theas gute Laune war mit einem Schlag verflogen und Margot sah ein wenig blass um die Nase aus.

»Die Polizei ist verpflichtet, Sie über Ihren rechtlichen Status im Verfahren und die sich daraus ergebenden Konsequenzen zu belehren. Dass man dies bislang nicht getan hat, ist merkwürdig. Ich vermute, die Ermittler tappen noch völlig im Dunklen.« Etta strich sich durchs Haar und erklärte: »Das ist wohl auch der Grund, warum man Sie zu einer informatorischen Befragung geladen hat und nicht zu einem Verhör. Solch eine informatorische Befragung findet meist zu Beginn eines Polizeieinsatzes statt, wenn noch kein Anfangsverdacht nach § 160 Strafprozessordnung besteht. Dabei – und das ist der entscheidende Punkt – bedarf es vor der informatorischen Befragung keiner Belehrung. Es bedeutet aber auch, Ihre bisher gemachten Aussagen können nicht vor Gericht verwendet werden, denn es gilt ein Beweisverwertungsverbot bei unterlassener Beschuldigtenbelehrung.«

»Igitt!«, rief Thea, »das klingt ja ekelhaft, dieser Juristenkram!«

»Aber das hieße doch, wir werden offiziell nicht verdächtigt, wenn ich das richtig sehe«, beharrte Margot.

»Faktisch sieht es so aus.« Etta seufzte. »Vielleicht versuchen die Beamten durch die Art der Befragung Druck auf Sie auszuüben, in der Hoffnung, Ihnen so eine unbedachte Aussage zu entlocken.«

»Man hofft also, dass wir uns quasi selbst verraten – und das, obwohl wir absolut nichts zu verraten haben! Eine Frechheit!«, empörte sich Thea. »Aber einen winzigen Grund muss Kommissar Wegebrecht doch haben, wenn er uns so auf dem Kieker hat. Schnappt der das einfach aus der Luft?«

»Zugegeben, es ist nicht die feine englische Art. Ich vermute, dass er Sie im Auge hat, weil Sie die Tote kannten. In den allermeisten Mordfällen, Raubmorde ausgenommen, kennen sich Opfer und Täter.«

Clara ärgerte sich. Diese Erklärung hätte sich Etta ruhig sparen können. Nun hing der Satz im Raum und Thea und Margot war ihr Unbehagen deutlich anzusehen.

»Sollten Sie tatsächlich unter Verdacht stehen, müssen Sie sich schnellstens einen Anwalt nehmen, der den ermittelnden Kolleginnen und Kollegen als Erstes auf die Finger klopft, was ihre Vorgehensweise anbelangt, und Ihnen dann weiterhilft. Aber wenn sich herausstellt, dass Sie gar nicht verdächtigt werden, können Sie sich beruhigt zurücklehnen und alle weiteren Einladungen zu dubiosen Gesprächen mit Kommissar Wegebrecht ignorieren.« Etta lächelte. »Es wird schon gut gehen! In zwei, drei Tagen habe ich etwas herausgefunden und melde mich bei Ihnen.«

Damit endete ihre Unterhaltung über den Fall. Sie plauderten noch ein wenig, wobei Thea weiterhin das Wort führte und Etta äußerst charmant darauf einging. Clara, die mit einem kurzen Aufenthalt gerechnet hatte, war klar, dass sie so schnell nicht fortkäme. Sie betrachtete Margot, die nun etwas beruhigter schien. Mehr konnten sie im Moment nicht erreichen. Es war Zeit aufzubrechen.

»Ihr Petersilienpesto mit gerösteten Walnüssen ist wirklich empfehlenswert«, sagte Thea gerade. »Margot liebt Petersilie über alles. Es gibt kaum ein Gericht, in das sie nicht wenigstens ein paar Blättchen untermischt. Der Tag wird kommen, an dem sie Petersilientee trinkt.«

Etta lachte herzlich und warf Clara einen schnellen Blick zu. »Meine Mutter sagt immer: Petersilie stärkt den Verstand und ist des Gartens beste Frucht. Keine Ahnung, ob das stimmt, aber sie schmeckt einfach gut.«

»Sie mögen Petersilie? Ich habe mehr als genug davon. Die glatte italienische – möchten Sie vielleicht ein Sträußchen mitnehmen?«, bot Margot an.

»Das wäre wundervoll! Darf ich Ihren Garten sehen, Frau Meerapfel?«

»Kommen Sie, schauen Sie selber, wie viel Petersilie Sie möchten.«

Mit einem breiten Lächeln schaute Thea den beiden nach. »Einen größeren Gefallen konnte sie ihr kaum noch tun, deine Kommissarin. Erst lobt sie dieses Monster von Kaffeemaschine und dann interessiert sie sich für ihren Garten.«

Clara zuckte die Schultern. »Hauptsache, Margot entspannt sich wieder ein bisschen. Dir scheint es ja nicht allzu viel auszumachen, verdächtigt zu werden, aber sie wirkte ziemlich mitgenommen.«

Thea winkte ab. »Ach was. Du weißt doch, mit Fremden ist sie zu Beginn immer etwas seltsam. Vielleicht ist sie auch aus dem Häuschen, weil sie eine waschechte Italienerin zu Gast hat – bei ihrem Tick für alles Italienische.«

»Ich finde, sie wirkt so fahrig.«

»Mag sein. Du kennst sie ja, sie macht sich immer einen Haufen Gedanken. Aber womöglich kann Frau Scovalli sie davon überzeugen, mit mir nach Italien in Urlaub zu fahren. Ich habe sie neulich wieder einmal gefragt, aber nichts, sie ist einfach nicht dort hinzubekommen.«

Clara grinste. »Du gibst nie auf, was?«

»Nein! Margot ein einziges Mal nach Italien zu kriegen ist eines meiner großen Lebensziele.«

»Welche verfolgst du noch?«

Thea wiegte den Kopf hin und her und legte ihre Stirn in Denkfalten. »Niemals Petersilientee anrühren und so gut Englisch lernen, dass ich mühelos die Songtexte von Katie Melua verstehe.«

Clara schmunzelte. »Und sicher auch noch viele Konzerte von ihr zu besuchen?«

»Ganz bestimmt! Aber jetzt zu deiner neuen Freundin: eine echte Kommissarin – ich bin beeindruckt! Wirklich eine überaus sympathische Frau. Noch dazu eine feurige Italienerin – Margot wird begeistert sein, wenn du sie öfter mal mitbringst! Intelligent, charmant und gutaussehend. Ich freue mich total für dich. Bei ihr bist du in guten Händen.«

»Thea –«

»Widersprich mir nicht und lass es dir gesagt sein, diese Frau solltest du so schnell nicht loslassen. Wenn ich noch an diese Susan denke.« Begleitet von einem lasziven Augenaufschlag, hauchte Thea den Namen, als gehöre er einer geheimnisumwitterten amerikanischen Stummfilmdiva.

»Thea, wir sind –«

»Ich möchte gar nichts weiter wissen!« Und mit Blick zur Küchentür, durch die Margot soeben mit einem dicken Kräuterstrauß trat, gefolgt von Etta mit einem Glitzern in den Augen, sagte Thea: »Ah, Frau Scovalli, ich sehe, Margot hat Ihnen ein ordentliches Bündel abgeschnitten. Vielleicht sollten Sie unserer Clara mitunter ein Tässchen Petersilientee kochen. Ihr Verstand bedarf hier und da einer kleinen Stärkung, auch wenn sie zurzeit auf einem hoffnungsvollen Weg ist.«

Margot schaute Thea verständnislos an. »Also wirklich ... Für dich, meine Liebe, scheint mir Baldrian angesagt!«

»Oder Schierling«, knurrte Clara.

»Das«, versicherte ihr Etta mit einem feinen Lächeln, »habe ich nicht gehört.«

Eine halbe Stunde später fuhr Clara mit Etta über die Bonner Nordbrücke. Der Schein der tiefstehenden Sonne kündigte einen schönen Sommerabend an. Die Pappelreihe entlang der Siegmündung wog sich im sanften Abendwind, auf der gegenüberliegenden Rheinseite tauchte die Sonne den Graurheindorfer Hafen in ein mildes Licht, das selbst Container und Krananlagen malerisch aussehen ließ.

Nachdem sie sich von Margot und Thea verabschiedet hatten, hatten sie nur wenige Worte miteinander gewechselt.

Es war Etta, die das Schweigen brach. »Sie ist sehr liebenswert, deine Margot – Thea natürlich auch. Es war bestimmt schön, mit ihr unter einem Dach zu leben. War sie auch weiterhin deine Lehrerin?«

»Nein. Als klar war, dass ich bei ihr einziehen würde, ist die Schule genauso wie bei Lehrerkindern vorgegangen. Meine Klasse bekam eine andere Biolehrerin.«

»Wie war sie als Lehrerin? Ich meine, sie wirkt so angenehm zurückhaltend. Die meisten Lehrerinnen und Lehrer sind ständig hochdynamisch, resolut und reden unheimlich viel.«

»Margot ist keine Vielrednerin. Ich fand das immer gut. Sie kann einen in Ruhe lassen, als Lehrerin wie auch privat. Sie war an der Schule akzeptiert, aber gehörte sicher nicht zu denen, die von ihren Schülern verehrt wurden. Eigentlich, glaube ich, empfand sie ihren Beruf oft als anstrengend. Auf jeden Fall konnte sie gut damit umgehen, wenn man ihre Fächer, Bio und Chemie, nicht mochte.« Clara überlegte, ob sie noch mehr über Margot sagen sollte, ließ es aber. »Jedenfalls vielen Dank, dass du versuchst, ihr zu helfen.«

»Das tue ich gern. Ich denke, dieser Verdacht gegenüber Thea und Margot wird sich in Wohlgefallen auflösen.«

»Hoffentlich, aber darf eine Kommissarin so überhaupt denken?«

»Klar darf sie. Sie ist auch nur ein Mensch – und heute zudem nicht im Dienst.« Etta machte eine kleine Pause. »Gehen wir noch was trinken?«

»Ich muss nach Hause. Üben.«

Etta schwieg, dann sagte sie: »Du spielst bestimmt wahnsinnig gut.«

»Ich studiere Violine.«

»Na ja, ich denke, um so ein Studium überhaupt zu machen, muss man irre gut spielen, oder?«

Clara zuckte mit den Schultern und blieb eine Antwort schuldig.

Ja, natürlich, gemessen an den meisten anderen Menschen, die ein Instrument mehr oder weniger beherrschten, spielte sie sehr gut. Sie wusste, sie hatte Talent, mehr als viele andere. Aber würde sie jemals eine grandiose Musikerin werden? Wollte sie das überhaupt? In ihrem Studium fand sie sich nicht zurecht. Sie sah keinen Weg, mit ihrem Können etwas Sinnvolles anzufangen. Bald war sie neunundzwanzig. Das war reichlich alt, zumindest, wenn man eine Karriere als Solistin von internationalem Format anstrebte. Schon vor drei bis vier Semestern hätte sie ihren Abschluss machen sollen. Doch sie fühlte sich so fern davon wie nie zuvor. Überhaupt, eine zweite Anne-Sophie Mutter wollte sie wahrlich nicht werden.

Etta dagegen schien eine ganz Toughe und Zielstrebige zu sein. Sie strotzte vor Selbstbewusstsein. Wahrscheinlich war sie keine fünf Jahre älter als sie und bereits Kommissarin. Vermutlich gab es nicht allzu viele Frauen in dieser Position bei der Kripo. Sie hatte im Restaurant ihrer Eltern mitgearbeitet, fuhr ein schickes Auto, trug edle Klamotten und schien überhaupt ganz genau zu wissen, was sie wollte. Völlig anders sie selbst, Lichtjahre von ihr entfernt, sozusagen. Sie selbst machte sich nichts aus teurem Kram, hatte nie einen ernsthaften Job angenommen und – zugegeben – keine Hemmungen, sich von ihren Eltern den Lebensunterhalt finanzieren zu lassen. Etwas, worauf eine wie Etta sicherlich herabsähe, wüsste sie es. Es war nur eine Äußerlichkeit, aber Ettas Klamotten erinnerten sie einfach zu sehr an Susan, auch wenn die nicht annähernd so elegant in Hosenanzügen ausgesehen hatte. Sie mochte diese Kommissarin, doch sie fühlte sich neben ihr mehr noch als sonst wie eine Versagerin.

Es war schon erstaunlich genug, dass eine Frau wie Etta ihr überhaupt helfen wollte.

**»Was war das denn vorhin?«**, fragte Margot. »Wieso soll Clara Petersilientee trinken? Überhaupt, was sollte der Unsinn mit dem Tee?«

»Nichts! Ich habe nur ein nettes Gespräch mit Frau Scovalli geführt«, Thea fuhr dramatisch mit dem Zeigefinger durch die Luft, »besser *Signora* Scovalli. Ein wenig Spökes wird in dieser Polizeigeschichte ja wohl noch erlaubt sein.«

»So albern warst du schon lange nicht mehr«, entgegnete Margot.

»Und du, meine Liebe, warst ein richtiger Stockfisch. Ein Glück für Frau Scovalli, dass sie deine Kaffeewundermaschine und deine Kräuter zu würdigen wusste, sonst hättest du vermutlich so gut wie gar nicht mit ihr gesprochen.«

»Findest du nicht, dass du dich dafür ein wenig sehr angebiedert hast? Mit deinem neuentdeckten Sinn für Kriminalistik wolltest du sie wohl beeindrucken?«

»Ach, und du musstest sie mit mindestens zwei Kilogramm Petersilie überhäufen«, schoss Thea zurück. »Hast du dir auch überlegt, was die arme Frau mit so viel Grünzeug machen soll? «

»Will man Petersilie als Gemüse oder Salat mit Champignons zubereiten, benötigt man größere Mengen. Es war einfach eine kleine Aufmerksamkeit dafür, dass sie sich die Mühe gemacht hat, hierher zu kommen, und zudem versprochen hat, sich für uns schlauzumachen. Ich bin froh, dass Clara sie darum gebeten hat.«

»Ja, das ist das Beste an der ganzen Geschichte. Wir wissen jetzt, dass Clara endlich wieder in festen Händen ist«, sagte Thea und begann ihre Brille zu putzen.

»Bitte?«, japste Margot.

»Na sicher! Was denkst du denn?« Thea hauchte auf die Gläser und ignorierte Margots staunenden Blick geflissentlich.

»Hat dir Clara gesagt, Etta Scovalli sei ihre neue Freundin?«

»Nicht direkt, sie ist ja oft auch so verstockt. In der Hinsicht könnte sie glatt deine Tochter sein ...«

»Also, dann ist da auch nichts.« Margot setzte sich an den Tisch.

»Ach, papperlapapp. Klar ist da was!« Thea polierte heftig die Brillengläser. «Zumindest im Busch.«

»Was willst du denn damit sagen?«

»Na, was wohl? Wenn da noch nichts ist, dann ist da

aber was im Gange. Kurz gesagt, es ist bloß eine Frage der Zeit, wann die beiden endgültig zusammenkommen.« Sie setzte die Brille auf und blinzelte herausfordernd.

Margot war verwirrt. Sie hatte angenommen, Clara kenne Etta durch die Angelegenheit mit dem Toten auf dem Parkplatz neben ihrem Garten. Diese ganzen Mordfälle brachten sie noch völlig durcheinander. Eigentlich hätte sie fast schwören können, dass sie das gesagt hatte, als sie ihren Besuch ankündigte. Was phantasierte Thea sich da zusammen? Andererseits, Etta Scovalli war eine sehr angenehme, attraktive Frau. So eine Frau wünschte sie Clara, keine Frage.

»Du wirst schon sehen«, Thea nahm die Brille wieder ab und putzte sie erneut am Zipfel ihrer Bluse. »Lassen wir den beiden Turteltäubchen Zeit, es dir ganz offiziell mitzuteilen, damit du es auch wirklich glaubst.« Der mitleidige Blick, mit dem sie Margot bedachte, besagte deutlich: So begriffsstutzig kann nur eine sein. Prüfend hielt Thea die Brille gegen das Licht und begann das zweite Glas zu reinigen. »Etta Scovalli macht sich für uns kundig und in der Zwischenzeit, meine Liebe, sollten wir nicht untätig herumhocken. Eine Strategie muss her.«

Margot, gedanklich immer noch damit beschäftigt, sich Clara und Etta als Paar vorzustellen, schaute sie verdattert an. »Was für eine Strategie?« Heute kam sie überhaupt nicht mehr mit Theas Gedankensprüngen klar.

»Na, für die anstehenden Ermittlungsarbeiten!« Thea verdrehte die Augen. »Wir brauchen einen Plan, Margot! Wie gestalten wir unsere weiteren Nachforschungen und vor allem, wen oder was nehmen wir ins Visier? Ich denke, wir müssen unter anderem überlegen, wie wir die australische Spur verfolgen.«

Nicht das schon wieder. *Die australische Spur* – Thea faselte, als gäbe es überhaupt eine Spur. Seit der Beschattungsaktion vor dem Bittmannschen Anwesen wollte Margot rein gar nichts gestalten, weder Pläne noch Strategien – bis auf ihren Alltag als Pensionärin. Sie würde sich nicht ein weiteres Mal lächerlich machen. Andererseits hätte sie es ahnen müssen. Einmal auf den Geschmack gekommen, war Thea nicht so leicht aufzuhalten. Wie hatte sie auch annehmen können, die Freundin begnüge sich damit, den Verdacht gegen sie zu zerstreuen? Thea wollte natürlich gleich den kompletten Mordfall lösen! Und Thea wäre nicht Thea, wenn sie sich dabei ausbremsen ließe. Am besten, man spielte auf Zeit. »Sollten wir nicht abwarten, was Frau Scovalli in Erfahrung bringt, bevor wir übereilt handeln?«

»Was heißt hier übereilt? Ihre Erkundigung, wieso der Wegebrecht uns verdächtigt, und die Frage, wer Inge ermordet hat, sind doch zwei völlig verschiedene Paar Schuhe. Letztere ist die eigentliche Frage – und der muss auf den Grund gegangen werden. Dem Wegebrecht ist diesbezüglich nichts zuzutrauen, das ist dir doch klar?«

Natürlich, es war genauso wie befürchtet. Margots Miene verschloss sich.

Als Thea Margots Gesicht bemerkte, lenkte sie ein. »Zugegeben, die Idee mit der Beschattung war etwas spontan und nicht so ganz durchdacht, weil das Grundstück eben einfach zu groß und schlecht einsehbar ist. Genau deshalb sollten wir ja jetzt eine klare Strategie erarbeiten, damit uns unser künftiges Vorgehen weiterbringt.«

»Ich mache da nicht mit, Thea. Die ganze Angelegenheit ist eine Nummer zu groß für dich und mich. Ich für meinen Teil warte auf Frau Scovallis Bericht. Danach können wir uns immer noch den Kopf zerbrechen.«

»Das ist mal wieder typisch. Erst einen Schritt vor, von wegen die Sache selbst in die Hand nehmen und auf eigene Faust ermitteln – das waren sie doch, deine Worte! –, und dann zwei Schritte zurück. Pah, da lachen ja die Hühner! Margot, du bist und bleibst ein Hasenfuß.«

»Und du ein aufgescheuchtes Huhn, das sich verrennt und dem die Geduld fehlt, ein paar Tage die Füße still zu halten, um den Bericht abzuwarten. Nur zu! Erarbeite du deine Strategie. Meine lautet: abwarten«, fauchte Margot entnervt zurück. Sie konnte es nicht leiden, von Thea wie ein Dummchen behandelt zu werden. Das geschah meist, wenn sie Feuer und Flamme für etwas war, mit dem Margot sich nicht anfreunden mochte. Sollte Thea doch Strategien entwickeln, australische, polynesische und außergalaktische Spuren verfolgen, sie wäre nicht dabei. So nicht.

Die nächsten Tage verliefen ganz so, wie Margot sich ihr Dasein als Pensionärin vorstellte. Zufrieden werkelte sie in Haus und Garten, brachte Frida für eine Impfung zum Tierarzt und genoss das Sommerwetter. Die Gedanken an Inge und erst recht an Kommissar Wegebrecht verdrängte sie mehr oder weniger erfolgreich.

Thea, vollauf mit Chorproben beschäftigt, machte sich rar, denn das alljährliche Sommerkonzert auf der Insel Grafenwerth stand an. Vielleicht heckte sie ja zwischendurch ihre Strategie aus? Margot war es gleich. Bis Clara und Etta Scovalli am späten Nachmittag kämen, wollte sie noch ein paar Erledigungen machen und endlich den Strohhut für Thea kaufen, in der – wie sie ahnte – naiven Hoffnung, den Kopf der Freundin vor weiteren strategischen Einfällen zu schützen.

Wie meist nahm sie das Rad und fuhr ins Zentrum. Als sie in der Innenstadt abstieg und im Gehen den Duft der blühenden Linden aufsog, war es, als trinke sie ein Glas Sekt. In diesem Moment ergriff sie die Ahnung, das Leben hielte noch etwas bereit für sie. Irgendetwas. Thea behauptete ja auch immer, jetzt ginge es erst richtig los.

Margot schnupperte glücklich und hätte beinahe ihr Rad einer Frau in die Hacken geschoben. Sie entschuldigte sich und rief sich selbst zur Ordnung. Sie war eine übergeschnappte Alte, jeck geworden vom Lindenduft, die besser achtgeben sollte, statt verklärt in die Luft zu gucken.

Kopfschüttelnd schloss sie ihr Rad an einen Laternenpfahl und ließ sich Zeit. Thea war ein völlig anderer Typ als sie. Die Freundin hatte fast ihr ganzes Leben hart gearbeitet. Zuerst im Geschäft des Vaters, dann in der Spedition ihres Mannes. Ohne Theas Buchführung hätte Hermann Pütz mit Sicherheit einpacken können; die Konkurrenz war größer und hatte den moderneren Fuhrpark. Thea hatte zwei Kinder großgezogen, den Haushalt erledigt und außerdem ihre Schwiegermutter gepflegt.

Nach dem Tod des deutlich älteren Hermann begann endlich Theas Leben. Erblüht wie ein junges Mädchen, schwirrte sie zwischen Chorproben, Englischunterricht und Volkshochschulkursen hin und her.

Ihre Leidenschaft für den Computer hatte sie schon in der Spedition entdeckt. Buchführung, Abrechnungen und Kalkulationen waren laut Thea mit einem Rechner beinahe ein Vergnügen. Auch das Internet faszinierte sie grenzenlos. Suchmaschineneinstellungen, Blogs und Chatrooms, vor nichts war ihr bange. Dafür kochte sie praktisch nie; das habe sie neben Putzen und Bügeln schließlich bereits ihr halbes Erdendasein getan. Thea, so stellte Margot nicht ohne Neid ein ums andere Mal fest, machte nicht einfach das Beste aus ihrem Leben, nein, sie gestaltete es ganz und gar nach ihrem Gusto. Dasselbe hätte Margot von sich auch behauptet – dennoch, am Ende war ihr die Ungebundenheit so selbstverständlich geworden, dass sie sich auf ihr treiben ließ. Sie war träge und phantasielos geworden. Ihr Leben war einfach nicht so rund wie Theas.

In aller Ruhe betrachtete sie die Auslage der Buchhandlung Werber, verzichtete ausnahmsweise darauf, den Laden zu betreten, und erspähte im Schuhgeschäft nebenan hellbraune Halbschuhe. Sie waren wundervoll, feinstes blankes Leder mit dunkel abgesetzten Nähten. Zu schön!

Ein Preisschild fehlte. Sicherlich kosteten sie ein kleines Vermögen.

Margot dachte an die Wildlederschuhe, die ihr der sabbernde Hund verdorben hatte. Natürlich waren eklige Placken auf dem feinen Leder geblieben, trotz Bürsten und Lederspray.

Kurz darauf trat sie rundum zufrieden mit einem Schuhkarton aus dem Laden. Schnell warf sie einen Blick auf die Uhr. Bevor sie den Hut kaufte, würde sie noch zum Friseur gehen. So musste sie ihn nicht die ganze Zeit mit sich herumschleppen.

Mitten in ihre Überlegungen hinein sprach sie ein korpulenter Herr mittleren Alters an. »Frau Meerapfel, einen schönen guten Tag! Dürfte ich Sie kurz in einer städtischen Angelegenheit sprechen? Mein Name ist Bernd Schweizer.«

Er reichte ihr die Hand und Margot ergriff sie zögernd. Auch, wenn er so nett war, sich vorzustellen, hatte sie nicht die leiseste Idee, mit wem sie es zu tun hatte.

»Es geht um das Neubaugebiet im Honnefer Süden«, sagte er. »Ich bin Amtmann beim städtischen Bauamt und damit betraut. Sie wurden seitens der Stadt bereits angeschrieben wegen der geplanten Benennung einer Straße nach Ihrem Vater.«

Der Mann war nicht nur bei einem Amt beschäftigt, er sprach auch Amtsdeutsch.

»Haben Sie bezüglich des Straßennamens schon eine Entscheidung getroffen?«

Margot verneinte. Wieder diese Geschichte. Das ganze Ansinnen war ihr nach wie vor ein wenig unangenehm. In den letzten Tagen hatte sie auch keinen Kopf dafür gehabt.

»Eilt das denn so sehr? Sie haben doch noch keinen einzigen Spatenstich getan.«

»Sicher. So weit sind wir noch nicht.« Bernd Schweizer hielt einen Moment inne, ehe er fortfuhr: »Und mir persönlich eilt es auch gar nicht mit dieser Baulanderschließung, wenn ich mir diese Bemerkung erlauben darf. Ich hänge mehr an saftigen Wiesen und erholsamem Umland. Dennoch, der Rat der Stadt möchte hinsichtlich der Straßennamen bald eine endgültige Entscheidung treffen – natürlich nicht gegen Ihr Einverständnis. Einige Ratsmitglieder sind sehr für eine Wilhelm-Meerapfel-Straße, andere sind der Ansicht, dass die Stadt diesen Beschluss nur mit ausdrücklicher Zustimmung der Angehörigen fassen sollte. Das ist übrigens auch meine Meinung«, fügte er an.

Margot nickte. Der Mann machte einen vernünftigen Eindruck. Er tat seine Arbeit, wobei ihm offenbar die Erhaltung der Natur mehr am Herzen lag als deren Bebauung, und womöglich war es ihm herzlich egal, wie die Straßen im Neubaugebiet hießen. Doch anscheinend gab es Menschen, die unbedingt eine Straße nach ihrem Vater benennen wollten. Margot erklärte, sie benötige noch etwas Zeit, werde aber ganz gewiss auf das Schreiben der Stadt reagieren. Er dankte ihr förmlich und verabschiedete sich. Margot atmete auf und sah zu, dass sie weiterkam.

Dieser Mensch hatte in seinem Leben sicherlich schon viel Aktenstaub geschluckt – hoffentlich bewahrte er sich wenigstens seine Träume von Natur und Freiheit.

**»Warst du beim Friseur?«** Thea starrte auf ihren Kopf, als trüge sie darauf ein Vogelnest mit frischgeschlüpften Küken.

»Ja, wieso?«

»Ich wusste gar nicht, dass du zum Friseur gehst. Ich dachte immer, du ...«

»Natürlich gehe ich zum Friseur!« Sie ging immer zum Friseur. Dachte Thea, sie schneide sich die Haare selbst vorm Spiegel? »Ich war bei Salvatore, in der Bahnhofsstraße.«

»Aha!« Thea begutachtete weiter Margots Frisur. »Sieht richtig gut aus, muss ich schon sagen.«

Margot war bemüht, sich ihre Freude über das Lob nicht anmerken zu lassen. Schließlich trug sie tatsächlich einen neuen Schnitt, vom Meister selbst fingerfertig auf ihren Kopf gezaubert. Sie war bei Salvatore gelandet, weil sie ihrer alten Friseurin, die sie tatsächlich recht selten aufsuchte, nicht hätte erklären können, dass sie sich etwas Neues wünschte. Zumal sie nicht einmal wusste, was. Etwas anderes eben. Ein wenig flotter einfach. Im Laufe der Jahrzehnte hatte sie sich an ihren immergleichen Kurzhaarschnitt so sehr gewöhnt, dass sie nicht die leiseste Vorstellung hatte, was ihr sonst noch stehen mochte. Nun hatte ein netter junger Mann ihr mittelbraunes, kaum ergrautes Haar gestuft geschnitten, aus der Stirn geföhnt und ihr zudem eine Tönung verpasst, die ihm Glanz verlieh. Die Ohren waren frei und es fühlte sich vollkommen neuartig an.

»Aber es ist schon sehr anders«, Thea beäugte Margot weiter.

»Na und? Gefällt es dir oder nicht?«

»Doch, doch, wie ich sagte: Es sieht gut aus«, beeilte sich Thea zu erklären. Sie studierte Margot von oben bis unten. »Ach, und neue Schuhe hast du auch. Na ja, aber die sehen aus wie immer.«

»Was soll das jetzt wieder heißen?« Margot ärgerte sich über diese ausgiebige Inspektion ihres Äußeren. Zu Theas Kleidung ließe sich weiß Gott einiges sagen, das auch für die Beschreibung exotischster gefiederter Lebensformen auf Bäumen taugte!

»Na, es sind mal wieder flache Halbschuhe. Du trägst immer Schnürschuhe in Schwarz, Hell- oder Dunkelbraun. Was machst du da eigentlich?«

Immerhin hatte Thea ihre Schuhe als neu identifiziert, somit konnten sie wohl kaum aussehen wie ihre anderen. Doch sie sparte sich, Thea auf diese Kausalität hinzuweisen und antwortete: »Offensichtlich reibe ich Käse. Ich bereite eine Kleinigkeit zum Essen vor. Die beiden kommen jeden Augenblick. Wie ich verstanden habe, kommt Frau Scovalli direkt vom Dienst.«

Thea inspizierte das Blech, auf das Margot soeben Baguettescheiben legte. »Ahhh!«, rief sie erfreut aus. »Wie passend – Bruschetta mit Petersilien-Walnuss-Pesto – sehr schön, sehr schön!«

»Und dazu Tomatensalat«, ergänzte Margot und schob Thea zur Seite. »Lass mich mal an den Ofen.«

Thea stibitzte sich eine Tomatenscheibe und schaute aus dem Fenster. »Da sind sie, da sind sie!«

Margot seufzte. Madame Pütz war so von den Socken, dass sie sich zu wiederholen begann, bevor Clara und die Kommissarin überhaupt einen Fuß ins Haus gesetzt hatten. Das konnte ja heiter werden. Zumindest würde die Anwesenheit der beiden Theas komplette Aufmerksamkeit binden und ihr Augenmerk vom neuen Haarschnitt ablenken.

Zu Margots Freude aßen alle mit großem Appetit. Thea plapperte wider Erwarten nicht ohne Punkt und Komma, was Margot sehr recht war. Was sollte diese nette Kommissarin sonst denken?

Doch kaum hatten die beiden jungen Frauen den letzten Bissen zu sich genommen, ergriff Thea das Wort: »Und jetzt können wir endlich zum Du übergehen und darauf anstoßen! Margot, hast du nicht noch von dem feinen Schnaps? Dem italienischen, meine ich.« Verschwörerisch zwinkerte sie Etta zu.

Clara grinste amüsiert. »Das wird aber auch höchste Zeit! Ihr müsst nämlich wissen, dass Etta eigentlich grundsätzlich alle Menschen duzt, mit denen sie in ihrer Freizeit zu tun hat.«

Ettas Augen verengten sich für einen Moment. Margot rätselte, was diese Reaktion bedeuten mochte, aber Thea rief in voller Fahrt: »Wie schön, und außer Dienst darf es auch ein Gläschen sein!«

Etta lachte. »Davon abgesehen, dass ich Auto fahren muss, um Clara rechtzeitig zu Hause abzusetzen, damit sie noch Geige üben kann, darf es ein klitzekleines Schnäpschen sein.«

Margot stutzte. Irgendetwas war da zwischen den beiden. Hatte Thea recht und sie waren ein Paar? »Ich hole den Grappa«, sagte sie und suchte Claras Blick. Doch der ruhte in einer seltsamen Weise auf Etta.

Nach einer Runde Grappa zog die Kommissarin eine Umlaufmappe mit der Aufschrift *Polizei Köln* aus ihrer schmalen Ledertasche. »Ich habe mir die Akte dank eines freundlichen Kollegen anschauen können – er hat mit mir die Polizeischule in Münster besucht. Die Beamten haben euch und Inges Familie im Blick. Man hat deine Telefonnummer, Margot, bei der Toten gefunden, deshalb hat dich Kollege Wegebrecht zu der Befragung eingeladen. Es gibt im Grunde genommen aber noch gar keine Verdächtigen. Die Bonner Kripo ermittelt mit Hochdruck, tappt jedoch im Dunklen. Alle Ermittlungen sind bisher ohne Erfolg.« Etta machte eine kleine Pause, blickte die anderen fröhlich an und schlug die Akte zu. »So. Ich finde, wir sollten darauf anstoßen, dass ihr nicht unter Verdacht steht.«

Die Frauen strahlten Etta glücklich an und Margot schenkte eine zweite Runde aus. Dann sagte sie: »Aber es tut mir doch sehr leid für Inge. Es bleibt tragisch, unabhängig von mir und Thea.«

»Weiß man denn überhaupt nichts? Ich kann das gar nicht glauben …« Thea hatte ein neugieriges Glitzern in den Augen.

Etta seufzte und schob die Akte zurück in ihre Tasche, aber Clara sprang Thea bei: »Komm, ein paar winzige Interna wirst du uns wohl verraten können, ohne enorm wichtige Dienstgeheimnisse preiszugeben.«

Es war Etta anzusehen, dass sie mit sich rang. Sie blickte kurz zu Clara, dann ließ sie die Katze aus dem Sack: »Sie ist vergiftet worden. Mit Parathion, wie die Obduktion ergeben hat. Sie hatte ein Baguette mit Lachs, Zwiebeln, Salat und Meerrettich gegessen. Das Gift ist unter den Meerrettich gemischt worden.«

»Vergiftet?«, rief Thea, »also doch!«

»Parathion ist ein Ester der Thiophosphorsäure«, fiel ihr Margot eilends ins Wort. »Besser bekannt als E 605, als Biozid nicht mehr zugelassen. Es wird auch Schwiegermuttergift genannt. Ein synthetisch hergestelltes Gift, kein pflanzliches, Thea.« Sie würde jetzt doch hoffentlich nicht auf den Gedanken verfallen und von dem Schierling in Bittmanns Garten erzählen! Diese stümperhafte Episode ihrer erfolglosen Beschattungsaktion konnte sie unmöglich der Kommissarin unterbreiten, ohne rot zu werden.

»Die Chemielehrerin spricht«, sagte Etta bedächtig und fragte, an Thea gewandt: »Und was heißt *also doch*?«

Thea stutzte einen winzigen Moment, fing sich dann aber. »Margot und ich haben uns, wie gesagt, auch so unsere Gedanken gemacht. Ich habe kein Blut gesehen am Tatort … da sind wir schnell auf Gift gekommen.«

Margot atmete erleichtert auf. Theas Improvisationsgabe und Schlagfertigkeit sei Dank! Ihre Erklärung klang hoffentlich auch in Ettas Ohren plausibel. Vorsichtig linste sie zu Etta hinüber, die Thea einen langen Moment schweigend anschaute.

»Dann sind dir auch die beiden toten Mäuse am Tatort aufgefallen?«

Thea, ein wenig blass um die Nase, schüttelte den Kopf. Ettas forschender Blick ließ sie offenbar etwas besonnener werden. Nicht dass sie sich am Ende auch noch in Ettas Augen verdächtig machten!

»Sie haben an dem Baguette geknabbert, dessen Rest neben der Toten lag. Die toten Mäuse haben die Streifenbeamten und erst recht die Spurensicherung argwöhnisch gemacht. Das Gift konnte eindeutig nachgewiesen werden. Früher, bis in die siebziger Jahre, ist E 605 bei einer ganzen Reihe von Suiziden und Morden verwendet worden.«

Margot nickte und murmelte: »Atropin ist das Gegengift.«

»Dein Wissen kommt für Inge leider etwas zu spät«, antwortete Thea, die zu ihrem Sarkasmus zurückgefunden hatte. »Ich hätte an jenem Tag auch keines bei mir gehabt.«

»Fakt ist«, sagte Etta, »Giftmorde rangieren seit Jahren am unteren Ende der Liste der Todesursachen. Forensiker vermuten eine nicht unerhebliche Dunkelziffer von Todesfällen, bei denen Ärzte einen natürlichen Tod wie zum Beispiel Herzversagen bescheinigen, während in Wahrheit ein Mord oder ein Suizid mit Gift vorliegt. Ich selbst hatte ein einziges Mal mit einem Suizid durch Gift zu tun. Töten mit Gift ist, um es flapsig auszudrücken, zurzeit nicht sehr angesagt. Statistisch gesehen, werden aktuell die meisten Morde durch Stich- und Schusswaffen verübt. Auch Gewalt mit stumpfen Gegenständen und durch Erdrosseln ist gängig, aber Gift – heutzutage –, das ist ungewöhnlich, geradezu altmodisch.«

»Und woher kam nun dieses vergiftete Baguette?«, fragte Margot. Alle Augen richteten sich gespannt auf die Kommissarin.

»Genau das möchten meine Bonner Kolleginnen und Kollegen auch gerne wissen«, antwortete Etta gelassen und ließ den Verschluss ihrer Ledertasche zuschnappen.

»Und wir ebenfalls!« Thea beugte sich über den Tisch und schaute Etta fest in die Augen: »Sag schon, irgendeine winzige Spur oder eine Arbeitsthese muss es doch geben. Hat sie das Baguette gekauft, hat sie es selbst zubereitet …?«

»Ich kann darüber nicht sprechen«, sagte Etta ernst. »Ich habe schon zu viel gesagt.«

»Du hast völlig recht«, sprang Margot ihr zur Seite, »das geht uns nichts an. Ich bin dir jedenfalls sehr dankbar, dass du für uns in diese Bonner Akten Einsicht genommen hast. Thea und ich können nun beruhigt sein. Hoffen wir für Inge und ihre Angehörigen, dass die Kripo den Fall bald löst.«

Kurze Zeit später drängte Clara zum Aufbruch. Etta ging sofort darauf ein, während Thea Vermutungen aneinanderreihte, wie das Gift in das Baguette gelangt sein könnte. Dem freien Fluss ihrer halbgaren Gedanken zu folgen war wahrlich nicht leicht, es bedurfte jahrelanger Übung, so wie Margot sie hatte, aber selbst sie kam gerade nicht mehr mit. So fand sie es rücksichtsvoll und klug von Clara, Etta jedes weitere wirre Gedankenspiel zu ersparen, und begleitete ihre Gäste gern hinaus.

Galant hielt Etta die Autotür auf, woraufhin Clara ungerührt einstieg und ein letztes Mal winkte.

Etta war sich Margots und Theas Blicken durchaus bewusst. Zumindest Thea erlag der felsenfesten Überzeugung, sie und Clara seien ein Paar. Margots Miene hingegen war schwer zu deuten. Sie verfolgte Ettas Gesten, schien aber in Gedanken woanders zu sein. Etta schlug die Autotür zu. Gleich war sie mit der Eisprinzessin allein. Eine Dreiviertelstunde Fahrt, bei viel Verkehr eine Stunde, dann würde sie Clara vor der Haustür absetzen. Von der Seite warf sie ihr einen kurzen Blick zu. Clara wirkte entspannt, doch ihre grünen Augen gaben nichts preis. Sie war eine kühle nordische Schönheit. Weiße, makellose Haut, blondes, glattes Haar. Stattlich gebaut, so, wie sich Etta eine Wikingertochter vorstellte. Nichts verriet, was in dieser Frau vorging.

Dabei hatte Etta geglaubt, sie inzwischen halbwegs zu kennen. Sicher, ein Verhör auf dem Kommissariat war kein Date. Polizeiliche Ermittlungen im eigenen Umfeld lösten bei niemandem Begeisterungsstürme aus, von Menschen wie Thea abgesehen. Aber jetzt, da Etta ihr einen Gefallen tat, zeigte sich Clara verschlossener denn je, wenn nicht kühl. Dabei konnte sie auch anders. Ihre Zuneigung zu Margot war unübersehbar, ihr Umgang mit ihr warm und liebevoll und auch zu Thea hatte sie einen vertrauensvollen Draht.

Natürlich war das nicht dasselbe. Etta ließ das Auto an und fuhr schweigend los. Sie wollte Clara nicht bedrängen, doch sie wünschte sich in ihre Arme, wollte sich verlieren in den seegrünen Augen und diese helle Haut unter ihren Fingern spüren. Sicher duftete sie wie eine Sommerwiese am frühen Morgen, wenn die Feuchtigkeit der Nacht auf den Gräsern perlte ... Wie es aussah, hatte Clara jedoch nicht das geringste Interesse, sie näher kennenzulernen.

Mit dem Vorschlag, noch etwas trinken zu gehen, konnte sie ihr nicht erneut kommen, aber je zurückhaltender Clara sich verhielt, desto mehr drängte es Etta, zu reden. So war es immer gewesen, Nähe entstand für sie nun einmal durch Gespräche. Zügig überholte sie einen Lkw.

Im Grunde genommen, war Clara von Anfang an zurückhaltend gewesen. Etta hatte es zunächst auf ihre Rolle als ermittelnde Kripobeamtin geschoben, doch sie durfte sich nichts vormachen. Sie beschleunigte. Es hatte keinen Sinn, den Abschied noch weiter herauszuzögern. Es war Zeit, die Eisprinzessin abzusetzen und nach Hause zu fahren. Je eher sie sich Clara aus dem Kopf schlug, desto weniger gab sie der Sehnsucht Raum, die sie quälte.

Etta schaltete das Radio ein, die Stille im Auto erstarb unter wummernden Bässen. Nach ein paar Augenblicken sagte Clara: »Diese Musik ist ätzend.«

Etta zuckte gleichgültig die Schultern. »Such etwas anderes.«

Clara zappte eine Weile durch die Sender und stellte das Gerät dann entnervt wieder aus: »Alles Käse.«

Schlechte Laune hatte sie auch noch. Was dachte sich diese Frau eigentlich? Da hatte sie sogar Akten besorgt, um Margot und Thea beruhigen zu können, was den auf ihnen lastenden Verdacht anging, und Clara hielt es nicht für nötig, sich auch nur ein wenig erfreut zu zeigen. In Etta stieg der Ärger vom Magen hinauf in die Kehle. Was Clara tat, musste sie nicht kümmern, die Sache war erledigt.

»Tut mir leid, dass wir für die erste Geige nicht die passende Musik an Bord haben. Ich kann nur noch anbieten, selbst zu singen.«

Clara warf Etta einen abschätzenden Blick zu. »Das wäre doch was!«

Für wen hielt sie sich – für die Einzige mit Sinn für Musik? Etta liebte Musik. Sie sang gerne und, wie sie fand, auch nicht schlecht, ganz ohne Musikstudium. Was bildete sich diese nordische Gans ein? Eigentlich sollte sie's ihr zeigen. Einen Moment rang Etta mit sich, dann stimmte sie mit leiser, leicht verhaltener Stimme eine Volksweise an, ein uraltes sizilianisches Hirtenlied mit einer eingängigen einfachen Melodie. Sie hatte es von ihrer Mutter gelernt, die es von *Nono* hatte, Ettas Großvater, der überhaupt alle Volkslieder von den Alpen bis hinab zur Stiefelspitze kannte. Der Refrain war wunderschön und Etta variierte ihn, indem sie den leicht wiegenden Rhythmus des Liedes verzögerte, so dass es ein bisschen wie ein Blues klang.

Als das Lied zu Ende war, blieb es still im Auto, vom monotonen Brummen des Motors abgesehen. Etta wagte nicht, zu Clara hinüberzublicken. Wahrscheinlich fand die Musikerin ihre Singerei einfach nur peinlich. So starrte sie stur auf die Straße, umschloss fest den Lenker und bekam Schwitzhände, je länger die Stille anhielt.

Es war Clara, die die Stille unterbrach. In einem Ton, den Etta nicht zu deuten wusste, sagte sie schließlich: »Sing noch etwas ... bitte.«

Eine kleine, jähe Freude zwickte Etta in den Magen. Dann hatte sie sich wieder im Griff. Klar, warum nicht weitersingen? Die Fahrt konnten sie ebenso gut singend wie schweigend verbringen. Sie hatte Claras Tomaten- und Paprikapflanzen gepflegt, *Antipasti* für sie zubereitet und eine Polizeiakte besorgt. Wenn sie ihr nun auch noch italienische Lieder vorsang, machte das den Braten auch nicht mehr fett – es setzte ihren Narreteien höchstens das i-Tüpfelchen auf. Also atmete sie tief ein und sang eine traurige Melodie, die sie besonders liebte. Sie konnte nicht anders, ihre Sehnsucht schlich sich in jeden Ton. Mal hauchte sie zart die Silben, mal verlieh sie ihnen mehr Nachdruck, indem sie ihre klagend erhobene Stimme Clara entgegenschleuderte.

Kurz vorm Verteilerkreis kam der Verkehr ins Stocken. Entnervte Autofahrer hupten und wechselten rücksichtslos die Spur. Etta konzentrierte sich stumm. Wie sich drei-, vierhundert zähe Meter weiter herausstellte, waren die Abfahrt nach Bayenthal und der Militärring wegen Unfällen gesperrt. So schnell wären sie nicht bei Clara in Sülz. Vorsichtig fädelte sie sich in die Abzweigung zum Rheinufer ein. Als der Wagen endgültig zum Stehen kam, fühlte sie Claras Blick auf sich ruhen. Vorsichtig schaute sie zu ihr hinüber. Clara saß da, ihr zugewandt, die Lippen einen Hauch geöffnet, und schwieg.

Etta hielt es nicht mehr aus. Sie sollte endlich reden, ihretwegen auch lachen, irgendetwas, Hauptsache, sie regte sich auf irgendeine Weise. »Was guckst du so? Du machst mich wahnsinnig!«, schnauzte sie Clara an, die zusammenschreckte. »Wahnsinnig!«, wiederholte sie und schlug mit der flachen Hand gegen das Lenkrad.

Verwirrt schaute Clara sie an. »Und du singst wahnsinnig gut« war alles, was sie hervorbrachte, doch der Klang ihrer Stimme jagte Etta einen wohligen Schauer über den Rücken. Zum allerersten Mal spürte sie Claras ungeteilte Aufmerksamkeit. »Ich bin Italienerin, hast du das vergessen?«, brummelte sie, hin- und hergerissen zwischen der Freude über Claras Anerkennung und einer nagenden Restwut im Bauch.

»Ja und?«, fragte Clara verständnislos.

»Alle Italiener und Italienerinnen können singen.« Etta setzte den Blinker, bog ab und schaute trotzig geradeaus.

Clara schwieg noch einen winzigen Augenblick, dann prustete sie los. »Sicher, die singen ja bekanntlich all diese italienischen Opern, die Margot so liebt. Verdi, Verdi und nochmal Verdi, dann Puccini – wirklich, du als Aida oder Tosca auf der Bühne, und ich würde nicht eine Vorstellung verpassen!«

Sie warf einen Blick neben sich und fiel erlöst in das Lachen ein, als Clara sich kichernd auf dem Beifahrersitz wand. Mittlerweile fuhren sie am Agrippinaufer den Rhein entlang. Die Kranhäuser der entstehenden Hafencity reflektierten die tiefstehende Sonne und tauchten sie in Rot und Gold.

»Komm mit zu mir«, bat Clara.

Ettas Puls beschleunigte sich. Für einen Moment suchte sie Claras Augen. Sie schimmerten in einem warmen Grün. Sie nickte nur knapp, um sich ihre freudige Überraschung nicht anmerken zu lassen, und umfasste das Lenkrad fester.

Kaum hatten sie die Wohnung betreten, trat Clara an ein

Regal neben ihrem Schreibtisch und durchsuchte, eine steile Falte auf der Stirn, eine Reihe von Stehordnern. Sie beachtete Etta nicht weiter, die verloren in der Mitte des Raumes stand.

Ettas Freude wich neuer Unsicherheit. Was passierte nun? Zumindest ein Glas Wasser hätte sie ihr anbieten können, als Zeichen der Gastfreundschaft. Sie sah zu, wie Claras Finger systematisch Ordner für Ordner durchblätterten. Wieso durchforstete sie ausgerechnet jetzt irgendwelche Unterlagen? Etta räusperte sich. »Ich würde gerne etwas trinken …«

»In der Küche.« Clara deutete knapp die Richtung, ohne aufzusehen.

Etta trat durch den kleinen Flur in die Küche, nahm ein Glas vom Abtropfgestell und füllte es mit Leitungswasser. Sie schaute sich ein wenig um. Neben der Spüle stand ein großer Käfig mit – zwei Meerschweinchen! Ob Clara sie von einem Kind in Pflege genommen hatte? Etta bückte sich zu ihnen herab und streichelte sie vorsichtig mit der Fingerspitze. Die beiden waren zutraulich, das eine begann sofort, an ihrem Finger zu lecken. Behutsam nahm Etta es auf den Arm und pustete sanft in das Fell des Tieres. Das im Käfig zurückgebliebene fiepte und sie hob es ebenfalls heraus.

Die Wärme der kleinen Körper hatte etwas Tröstliches. Sie trat mit den Meerschweinchen im Arm ans Fenster und blickte hinaus auf die Straße. Claras Wohnung hatte eine gute Lage. Sie war klein, aber mit ihren abgeschliffenen Holzdielen und den neuen Fenstern angesichts der Kölner Mietpreise geradezu luxuriös für eine Studentin.

Es raschelte hinter ihr. Clara war hereingekommen und streckte ihr ein Notenblatt entgegen. »Hier!«

Etta machte keine Anstalten, das Blatt entgegenzunehmen. Stumm streichelte sie die Meerschweinchen.

»Sind das deine?«

»Kannst du Noten lesen?«, fragte Clara zurück.

Etta schüttelte den Kopf.

»Ist egal, ich spiele es dir vor. Komm! Lass Papageno und Papagena lieber im Käfig. Wenn man nicht aufpasst, verkrümeln sie sich in irgendwelchen Ecken und ich brauche ewig, um sie wiederzufinden.«

»Dürfen sie nie frei herumlaufen?«

»Doch, aber man muss ein Auge auf sie haben.«

»Das kann ich ja machen.« Etta mochte die beiden nicht hergeben.

»Das geht jetzt nicht«, antwortete Clara ungeduldig.

Etta setzte die Tiere in ihren Käfig zurück und folgte Clara. Offenbar stand ihr eine Musikstunde bevor. Als sie ins Zimmer trat, stimmte Clara bereits die Geige und blickte ihr erwartungsvoll entgegen.

»Hör zu!« Clara hob den Bogen und spielte eine kurze Melodie. »Sing das mal!«

»Und der Text?«

Clara zuckte die Schultern. »Irgendwas, egal. Lalala oder was du willst.«

Etta verdrehte die Augen. Auch wenn die Aufregung Clara wunderschön machte und ihre Wangen auf bezaubernde Art rötete, war leider nur zu klar, sie, Etta, war nicht der Grund dafür. Clara wiederholte die Melodie und nickte auffordernd mit dem Kopf. Etta kam sich vor wie bei einer Prüfung. Doch Clara ließ nicht locker.

»Komm, zusammen!«

Zögernd fiel Etta ein. Dieses Lalala war etwas einfältig und sie kam sich albern vor, aber die Melodie klang bezaubernd.

»Gut«, sagte Clara, »und jetzt den zweiten Teil.« Sie spielte. Töne hingen über ihr wie ein Himmel voller Sterne. Etta sang.

»Und jetzt alles eine große Prim tiefer, so.« Clara spielte

und Etta fiel ein. Prim hin oder her, diese Tonlage ging ihr noch leichter von den Lippen. Ton um Ton formten sich wie von selbst die Silben, die sie sang, und hier und da bildeten sie ein italienisches Wort.

Sie wiederholten die Melodie ein halbes Dutzend Mal, dann begann Clara eine eigenständige Stimme zu spielen. In gebrochenen Akkorden begleitete sie Ettas Gesang. Ein vielschichtiger Klang baute sich auf und Etta fand ein Echo in Claras Spiel. Mal zupfte Clara sanft, dann wieder sprang der Bogen über das Instrument und riss grob an den Saiten. Schließlich schlug sie mit zwei Fingern auf den Korpus, wobei sie mit der Linken weiterhin Töne griff. Der Resonanzkörper ließ die Saiten mitschwingen. Das gefiel Etta am besten, es betonte den Rhythmus und brachte mehr Dynamik ins Spiel. Und so begann auch sie, ihren Gesang mehr und mehr zu variieren. Sie flüsterte zu Claras Zupfen und erhob die Stimme, wenn Clara auf das Instrument trommelte. Ihre Stimme und der Klang der Violine harmonierten auf nahezu mysteriöse Weise miteinander.

Irgendwann waren sie eins. Noch nie hatte Etta so etwas erlebt.

**Clara starrte auf das Notenblatt.** Dieses Stück hatte sie vor langer Zeit geschrieben, in ihrer hochkreativen Phase, als sie Susan kennenlernte. Wie aus dem Nichts entstanden damals Melodien und bei der einen oder anderen hatte sie sich die Mühe gemacht, sie zu notieren. Seitdem schlummerten sie unbeachtet im Ordner. Bis zu Ettas Gesang am Tag zuvor war ihr nicht mehr bewusst gewesen, dass sie ursprünglich eine zweite Stimme dazu hatte schreiben wollen. Der Klang von Ettas wunderbarer Stimme hatte sich in Claras Kopf festgesetzt. Durch und durch selbstbewusst, wie die Kommissarin war, war ihr sicher klar, dass sie gut sang; aber ahnte sie, was für eine seltene Gabe sie mit dieser Goldkehle erhalten hatte?

Und nicht nur das, sie hatte ein unglaubliches musikalisches Talent. Mühelos war sie Claras Wechsel zwischen verschiedenen Tonarten gefolgt. Sie hatte eine eigene Dynamik beim Singen entwickelt und war zudem in der Lage gewesen, sich Variationen anzupassen, als wäre das nichts weiter als ein kleiner Spaziergang. Sie folgte der Violine intuitiv, fast schlafwandlerisch – und das alles, ohne eine einzige Note lesen zu können. Musizieren mit ihr war wie ein übersinnlicher Dialog zwischen menschlicher Stimme und Violine. Ettas Stimme und ihre Violine. Klänge, so nah beieinander, dass in manchen Momenten unklar war, ob man das Instrument hörte oder Etta. Klänge, nach denen Clara sich gesehnt hatte. Nun hatte sie sie gefunden.

Sie strich ein paar Töne an, horchte ihnen nach und ließ weitere folgen. Vielleicht doch lieber in Dur, oder war das zu forsch? Clara versuchte es erneut. Das war es nicht. Sie könnte die zweite Stimme eine ganze Quarte tiefer setzen, doch vielleicht klang das zu hohl. Welches Intervall nur? Terzen waren hier zu langweilig, so baute sich keine Spannung auf. Entmutigt setzte sie die Geige ab. Sie müsste es hören, einfach losspielen und die Möglichkeiten nicht theoretisch ergründen. Wie immer: zu verkopft.

Etta hatte einfach gesungen. Ihr Zögern zu Beginn war nur kurz gewesen, dann hatte sie sich mit traumwandlerischer Sicherheit eingefunden und ein filigranes Netz aus Tönen gewoben. Silbe an Silbe, Ton an Ton, und Clara hätte schwören können, dass da ab und an ein italienisches Wort gesungen wurde, nur leider verstand sie es nicht. Doch das, was in Ettas Stimme mitschwang, hatte sie sehr wohl verstanden und es hatte sie durcheinandergebracht. Eine aufgewühlte Mischung aus Wut und Sehnsucht.

Spät abends, mit belegter Stimme, hatte Etta sich unvermittelt verabschiedet. Clara hatte gar nicht so schnell aus der Musik auftauchen können, wie sie aus der Wohnung verschwunden war. Zurück blieb – zu ihrem Erstaunen – eine schmerzhafte Leere. Gerade wo etwas zu wachsen begann. Vielleicht hatte sie Etta zu viel abverlangt? Zwei Stunden am Stück zu singen war recht viel für jemanden, der das nicht gewöhnt war. Clara schob das Notenblatt von sich und griff nach ihrem Handy.

»Hallo«, sagte sie, als Etta sich meldete, »ich rufe nur noch mal an, weil ich dir sagen wollte, dass – dass du grandios gesungen hast.« Sie schluckte. »Ich meine, es war ganz großes Kino, mit dir Musik zu machen. Du hast eine irre Stimme. Ich meine, das wollte ich nur sagen, falls ich es nicht schon gestern gesagt haben sollte ...«

Etta schwieg einen Moment, dann sagte sie heiser: »Ja, es war wunderschön. Diese Musik ... hast du sie komponiert?«

»Ja.« Clara fragte sich, ob Etta sich so anhörte, weil sie ihre Stimmbänder am Abend zuvor überstrapaziert hatte, und bekam ein schlechtes Gewissen. Dennoch, dieser überirdische Klang, die Harmonie zwischen ihnen! So hatte sie sich lange nicht gefühlt. »Vielleicht können wir das ja noch einmal wiederholen?«

»Vielleicht.«

Clara ging nervös auf und ab. Hoffentlich war Etta nicht sauer, weil sie sie stundenlang mit ihrer Komposition und ihren Variationen durch sämtliche Tonarten gescheucht hatte. Doch andererseits schien auch sie ganz im Singen aufgegangen zu sein. Eine Frau voller Überraschungen. Was bedeutete ihr Musik? Sie musste sie das gelegentlich fragen. Auf einmal hatte Clara viele Fragen.

»Hast du vielleicht Zeit, ich meine ...«

Etta unterbrach sie: »Hör zu! So schön es war, dein Stück, aber ich kann heute nicht schon wieder stundenlang singen.« Sie klang resolut, ganz wie damals in ihrem Garten, als Clara sie wegen des Koks angerufen hatte. Clara sah sie vor sich, mit entschlossenem Blick und dieser elastischen Spannung im Körper.

»Das war egoistisch von mir.«

Etta antwortete nicht, dann hustete sie und antwortete schließlich: »Das weißt nur du selbst ... Ich muss jetzt Schluss machen. Ich warte auf eine Lieferung. Die Leute vom Möbelhaus kommen bald. Und mein Bruder sollte eigentlich schon seit einer halben Stunde da sein. Er wollte vorbeikommen, um das alte Bett fortzuschaffen.«

»Ich kann dir helfen – zumindest mit dem Runtertragen.«

»Ja, aber er will es gleich bei einem Kumpel abliefern.«

»Wenn wir es schon mal runterstellen, hast du es aus den Füßen und Platz für das neue. Ich helfe dir gern. Wo wohnst du?« Clara hatte das Gefühl, etwas für Etta tun zu müssen, irgendetwas, egal was.

»In Nippes. Holbeinstraße Nummer 65, zweiter Stock, neben der ehemaligen Ochsen- und Schweinemetzgerei.«

Clara deutete die präzise Adressangabe als Einwilligung. »In zwanzig Minuten bin ich da.«

Nippes war ein angenehmes Viertel und die Ecke, wo Etta wohnte, ruhig, mit schlichten, zwei- bis dreigeschossigen Häusern aus der Gründerzeit. Die Möbelleute waren bereits mit dem Aufbau des neuen Bettes beschäftigt, als sie ankam. Etta stand mit einem großen Ballen Plastikfolie in der Tür und deutete auf einen Werkzeugkasten. »Wenn du magst, kannst du schon anfangen, das Gestell auseinanderzuschrauben, dann bekommen wir es leichter durchs Treppenhaus. Ich bringe nur schnell diesen Haufen Verpackungsmüll weg.«

Später zerlegten sie gemeinsam das alte Bett. Die Einzelteile ließen sich mühelos die Treppe hinuntertragen. Noch während sie das letzte Stück wegbrachten, verabschiedeten sich die Möbelpacker. Etta blickte auf die Uhr. »Jetzt noch die Matratze und dann lässt sich hoffentlich mein Brüderchen endlich blicken, um den ganzen Kram mitzunehmen.«

Sie packten die Matratze und zerrten sie ins Treppenhaus. »Gott, ist die schwer«, stöhnte Clara, »hätte ich nicht gedacht.«

Etta nickte. »Reines Rosshaar. Wie es aussieht, bin ich dagegen allergisch, deshalb kommt sie auch weg. War eine gute Gelegenheit für ein komplett neues Bett.«

Sie beförderten das schwere Ding eine halbe Treppe hinunter, dann musste Etta niesen und stolperte. Sie ließ die Matratze los und hielt sich am Treppengeländer fest.

»Geht es?«, fragte Clara besorgt, der das sperrige Teil ebenfalls entglitten war.

»Alles okay.« Etta bückte sich, um die Matratze, die sich am Geländer verkeilt hatte, wieder hochzuheben.

»Lass doch«, rief Clara, »ich habe eine Idee.« Sie rückte das schwere Ungetüm zurecht, sprang mit Schwung darauf und schon rutschte sie bis zum nächsten Treppenabsatz.

Etta lachte. »Nicht schlecht. Mit etwas mehr Tempo kannst du Bobfahrern Konkurrenz machen.«

»Dann komm her«, Clara winkte sie begeistert heran, »zu zweit sind wir schwerer und schneller.«

Etta zögerte.

»Los, komm schon!« Clara brachte das Gefährt in Position, setzte sich darauf und hielt sich am Treppengeländer fest. »Spring einfach mit Schmackes hinten rauf und schon geht die Rosshaarrakete ab.«

Etta zögerte nur einen winzigen Moment, dann sprang sie lachend auf und die Matratze glitt wie geschmiert hinunter. Auf dem Treppenabsatz stieß sie etwas unsanft gegen Clara, musste wieder niesen und stieg herunter.

»Ist das eine allergische Reaktion?«, wollte Clara wissen. »Und wenn ja: aufs Rosshaar – oder auf mich?« Ohne Ettas Antwort abzuwarten, wuchtete sie das Teil herum und klopfte einladend darauf: »Noch mal.«

Etta sprang von neuem auf und hielt sich an Claras Schultern fest. Johlend rutschten sie die Treppe hinab vor die Füße einer älteren Dame, die eine Etage tiefer aus der Tür trat. Ein wenig entgeistert starrte sie auf die Matratze und sagte: »Aber, aber, Frau Sco-va-lli ...«

»Entschuldigen Sie, Frau Decker, aber es handelt sich um einen Notfall«, rief Etta ausgelassen und half Clara das Gefährt wieder in Stellung zu bringen.

»Eine schlimme allergische Reaktion«, ergänzte Clara.

Die Frau blickte ihnen verständnislos hinterher und verschwand in ihrer Wohnung.

»Gleich sind wir unten!«, jauchzte Clara. Sie glitten japsend und kreischend bis ins Parterre. Unten angekommen, hockten sie eine ganze Weile hintereinander auf der Matratze und rangen nach Luft. Clara beruhigte sich nur langsam und wurde immer wieder von kleinen Lachsalven geschüttelt. Plötzlich spürte sie zwei Arme, die sich um sie legten.

»Ich brauche ein Antihistaminikum«, flüsterte Etta und einen Augenblick später berührten ihre Lippen sanft Claras Nacken.

Clara spürte die Berührung, so zart wie der Flügelschlag eines Schmetterlings. Ettas Atem strich warm über ihre Haut. Intuitiv drehte sie sich um, doch in dem Moment erscholl ein lautes: »Bumbumbum!« Sie fuhren hoch und starrten wie elektrisiert auf einen Mann, der breitbeinig in der Haustür stand. Reglos verharrte er dort. Seine Hände waren zu einer imaginären Pistole geformt, die er auf sie richtete. Dann blies er auf den Lauf und tat, als stecke er seine Knarre zurück ins Halfter. »Hallo Schwesterchen.«

Etta fing sich als Erste. »Idiot!«

»Bin ich zu früh oder zu spät oder komme ich etwa gänzlich ungelegen?« Er trat zu den beiden Frauen, platzierte einen schmatzenden Kuss auf Ettas Wange und streckte Clara die Hand hin.

»Das ist mein Bruder Stefano.«

Clara ergriff Stefanos Rechte und schüttelte sie wortlos. Ihr Blick ging fragend zu Etta, die noch immer einen Arm um sie geschlungen hatte.

»Er kommt nicht darüber hinweg, dass ich einen Waffenschein besitze und er nicht.«

»Deine Deckung ist nicht die beste, *cara mia*!«

»Ich bin nicht im Dienst. Und du bist zu spät.« Etta wandte sich wieder Clara zu. »Achte nicht weiter auf ihn. Seine sittliche Reife entspricht der eines Elfjährigen!« Damit löste sie sich sanft von ihr.

»Mit dem Grips eines Spatzen. Zum Glück aber hat er Muskeln wie ein Mann. Deshalb wurde er bestellt, um dieses Zeug hier auf seinen Hänger zu laden. Wenn die Damen sich jetzt bitte erheben möchten, *per favore*!«

Stefano schien nicht beleidigt. Etta und Clara rappelten sich auf und Etta erklärte: »Eigentlich ist er ein Star aus einem Italo-Western – daher die eine oder andere italienische Redewendung, damit du es auch ja merkst.« Sie hätte Clara eine Menge erzählen können über italienische Gastronomen, ihre Kinder und Kindeskinder, die es zu jeder Tages- und Nachtzeit verstanden, für die Gäste den waschechten italienischen Burschen und die feurige Italienerin herauszukehren, um das so wichtige Echtheitsprädikat für ihr Restaurant zu wahren. Italienische Redewendungen in Gespräche einzustreuen war eine probate Methode. Aber jetzt war nicht der rechte Moment, davon zu sprechen.

»Wow!« Clara nickte anerkennend und beobachtete, wie Stefano die Matratze hochwuchtete. »Dann kommt er mit dem Kram hier sicher ohne uns klar.«

»Keine Frage«, antwortete Etta lässig, verzog das Gesicht und nieste kräftig.

»Aber, aber, Frau Sco-va-lli«, äffte Clara die Nachbarin nach und ergänzte mit einem feinen Lächeln: »Nach der Rutschpartie steht nun noch der Feldversuch mit der neuen Matratze an ... Ist sie auch wirklich nicht allergen?« Dabei zog sie Etta zur Treppe.

»Ciao, Stefano«, rief Etta über ihre Schulter zurück, »vielen Dank, dass du wieder nicht pünktlich warst!«

**»Und?«, fragte Thea**, »wie gefällt sie dir nun?«

»Wer?«, entgegnete Margot und rührte ohne aufzuschauen den Biskuitteig für die Zitronenrolle. Man musste aufpassen und ja nicht zu kräftig mit dem Schneebesen hantieren, wenn man Mehl zur Zucker-Ei-Masse gab, sonst wurde der Teig nicht locker und die Zitronenrolle ein trauriger Klumpatsch.

»Claras neue Freundin Etta, die du ja nun kennengelernt hast.« Thea rollte die Augen ebenso intensiv wie das R in Freundin.

Margot antwortete leichthin: »Sie hat eine bestrickende Art.« Zufrieden betrachtete sie den gelungenen Teig.

»Eine bestrickende Art? Wirklich Margot, wo nimmst du nur solche Ausdrücke her? Aus dem frühen 19. Jahrhundert? Du hörst zu viele von diesen komischen Opern.«

»Das sind keine komischen Opern, sondern klassische, auf Italienisch gesungen.«

Thea ignorierte Margots Richtigstellung. »Ich frage mich, wo du diese Worte ausgräbst, heutzutage, wo man *geil* und *fett* oder irgendetwas Englisches sagt.«

»Wohl kaum passende Adjektive für eine Kriminalkommissarin italienischer Herkunft. Außerdem muss ich nicht alles mitmachen, was als angesagt gilt.«

»Du könntest ja auch *großartig* sagen. Ach, sag, was du willst. Solange du dich noch verständlich machen kannst ...«

»Es kann durchaus sinnvoll sein, an Bewährtem festzuhalten«, entgegnete Margot mit Nachdruck.

»Klar, Hauptsache, alles bleibt, wie es ist!« Thea schüttelte resigniert den Kopf und schaute Margot dabei zu, wie sie den Teig aufs Backblech strich. Seufzend sagte sie: »Ich hätte zu gerne mehr gewusst. Ein paar kleine Details, über die man sich so seine Gedanken machen könnte. In dieser Polizeiakte stehen bestimmt einige Dinge, die Etta uns nicht verraten hat.«

»Lass es gut sein, Thea! Sie hat uns doch schon mehr gesagt, als nötig war.« Margot fühlte sich matt. Aber das traf es nicht. Erschöpft vielleicht, sie wusste es nicht recht, merkwürdig verklärt auf alle Fälle. Inges Tod war ihr nahegegangen und dennoch mochte sie sich nicht dauernd damit befassen. Ein wenig schämte sie sich für den Wunsch, die Sache auf sich beruhen zu lassen.

»Du wolltest doch die Angelegenheit in die Hand nehmen und auf eigene Faust ermitteln – erinnere dich!«, erwiderte Thea vorwurfsvoll.

»Dafür besteht aber jetzt keine Notwendigkeit mehr. Dieser Wegebrecht blufft nur und hat rein gar nichts in der Hand. Und ich hoffe sehr, dass du Etta mit deinen unbedachten Aussagen zum Thema Vergiftung nicht argwöhnisch gemacht hast.«

»Papperlapapp. Ich hätte ihr gerne von dem Schierling erzählt ...«

»Thea!«, sagte Margot gereizt, »das sind zwei völlig verschiedene Gifte. Der toxische Wirkstoff von Schierling und E 605 haben so viel gemeinsam wie Schokolade und Gummibärchen.« Zum ersten Mal seit langem wünschte sich Margot, dass Thea ginge. Sie sehnte sich danach, allein zu sein. Die Sonne schien warm, fast heiß und die Kräuter auf ihrem mediterranen Kräuterhügel dufteten wunderbar. Genau dort war der Ort, wo sie sein wollte, sobald die Zitronenrolle fertig war.

»Beides sind Süßigkeiten, sie haben den Zucker gemeinsam«, behielt Thea das letzte Wort. »Was ist, wenn der Wegebrecht den Fall nicht löst? Etta hat schließlich gesagt, die Mehrzahl aller Morde werde binnen weniger Tage aufgeklärt. Nun ist die Kripo schon seit über zwei Wochen an der Sache dran – und: nichts!«

»Das wissen wir doch gar nicht.«

»Na klar, erinnere dich. Wortwörtlich sagte Etta, die Bonner Kripo tappe im Dunklen, und wenn du mich fragst, ist das bei einem Hornochsen wie dem Wegebrecht auch kein Wunder. Schade, dass Etta nicht in Bonn arbeitet, dann liefen die Ermittlungen anders, da kannst du Gift drauf nehmen«, Thea stockte. »Also, nun ja. Ich meine, mit ihr wäre dieser Fall schwuppdiwupps gelöst.« Sie kicherte.

Wie ein Teenager. Margot kniff die Lippen zusammen. Den Ton, in dem Thea von Etta sprach, so als würden sie sich schon Jahre kennen, empfand sie als unangemessen. Schließlich wussten sie nicht einmal, ob die junge Kommissarin wirklich Claras neue Freundin war. Vermutlich war auch das nur eine von Theas Theorien. Wenn sie so darüber nachsann, schien es ihr eher unwahrscheinlich. Auch wenn die beiden sicherlich nicht mehr als fünf, sechs Jahre trennten, wirkte Etta doch wie eine Frau mitten im Leben und Clara eben wie eine Studentin, die ihren Weg noch suchte. Für eine Frau wie Etta sicher keine Partnerin auf Augenhöhe. Margot schob das Blech in den Ofen.

»Was machst du nur wieder für ein Gesicht, Margot? Hast du wieder Kopfschmerzen oder bist du in einer deiner

Grübeleien versunken? Wirklich Margot, manchmal denke ich, seitdem du frühpensioniert bist, hast du beschlossen, alt zu sein. Hab dich doch nicht so …«

»Pension ist Pension«, brummte Margot müde.

»Frühpension. Früh bedeutet hier, früher als üblich und üblich bedeutet noch nicht scheintot oder so etwas. Schließlich bist du noch in den Fünfzigern – wie soll denn das erst werden, wenn du sechzig oder gar fünfundsechzig bist? Das Wort siebzig wage ich kaum in den Mund zu nehmen …«

»Du behauptest doch selbst, in unserem Alter reißt man keine Bäume mehr aus. Und Mordfälle löst man auch nicht einfach so.« Margot spähte in den Ofen. Es war wichtig, den exakten Zeitpunkt zu erwischen, an dem der Teig goldfarben, aber immer noch weich war. Uhren halfen da nichts. Jeder Teig hatte seine individuellen Eigenschaften.

»Papperlapapp. In unserem Alter, in unserem Alter! Es geht doch nicht darum, schon jetzt zu proben, wie es ist, eine Greisin zu sein. Für einen Kriminalfall braucht man seinen Grips! Dass der Rücken nicht mehr so will, ist dabei egal.« Thea kramte in ihrer Tasche. »Ich lass dich jetzt allein. Übermorgen ist unser Konzert. Ich muss noch bei den Vorbereitungen helfen, heute Abend findet die Generalprobe statt.« Sie wandte sich zum Gehen, hielt dann doch inne und sagte: »Ach, übrigens. Ich habe meine Chorschwester davon überzeugen können, dass sie mich gemeinsam mit ihrer Schwägerin, der Haushälterin der Bittmanns, Frau Waldenspuhl, zum Kaffeekränzchen einlädt. Wie findest du das?«

Thea war sichtlich zufrieden mit sich selbst. »Eine ganz ausgezeichnete Idee«, beteuerte Margot und lugte in den Ofen. Sollte Thea nur machen. Hauptsache, sie ließ sie damit in Ruhe.

Kaum war die Freundin fort und die Zitronenrolle im Kühlschrank, ging Margot, ein kleines Kissen in der Hand, zu ihrem Refugium. Streng genommen war es ein leicht erhabenes Beet, das sie vor einigen Jahren angelegt hatte und für sich spaßeshalber Monte Amiata nannte, nach dem höchsten Berg in der Toskana. Hierher kam sie zuweilen, um die Seele baumeln zu lassen. In der Mitte des Kräuterhügels wuchs auf etwa zwei Quadratmetern ein Teppich aus kriechendem Zitronenthymian. Obwohl es ein wenig piekste, legte sich Margot mitten hinein und schloss die Augen. Griff sie nach links, strich ihre Hand über Lavendel, griff sie nach rechts, spürte sie ledrige Rosmarinblätter zwischen ihren Fingern. So roch der Sommer. Dieses Beet war ihr kleines Italien, eine Erinnerung und ein süßer Traum.

Margot genoss die Sonne auf ihrem Körper und atmete tief durch. Neben ihr brummte ein Insekt. Sicher labte es sich so wie sie am Duft der ätherischen Öle, der an diesem wunderbaren Ort die Luft erfüllte. In ihrem nächsten Leben wäre sie gern eine Biene. Erneut strich sie sanft über den Lavendel und führte die Hand an ihr Gesicht. Sie schnupperte, fuhr sich über die geschlossenen Augenlider und Wangen. Wieder atmete sie tief ein, ein Gefühl, eine unbestimmte Sehnsucht zog ihre Brust zusammen. Es war zart und doch mächtig wie eine Welle im Ozean. Gedankenfetzen schwirrten durch ihren Kopf, keiner ließ sich fassen.

Unruhig drehte Margot sich auf den Bauch und streckte alle Glieder von sich. Sie berauschte sich am Duft, doch anders, als sie erhofft hatte, kam sie nicht wirklich zur Ruhe. Warum machte sie sich so viele alberne Gedanken? Sie hatte sich eingerichtet in ihrem Leben. Es war nicht schlecht gelaufen, bisher. Nicht dass irgendetwas Besonderes passiert wäre, nichts Spektakuläres zumindest, aber als langweilig konnte man es auch nicht bezeichnen. Eher wohl als erfüllt. So etwas in der Art. Sie war eine ganz passable Lehrerin gewesen, war eine hervorragende Köchin und eine kreative Gärtnerin. Zwei Leidenschaften, ohne die sie sich ihr Leben nicht vorstellen konnte. Sie atmete tief ein und aus. Könnte sie doch ein wenig dösen! Ihre Finger gruben sich in den Thymian. Sie zog daran, aber die Ranken saßen fest und schnitten schmerzhaft ins Fleisch. Sie ließ wieder los.

Eines Tages würde sie nach Italien fahren. Vielleicht.

Stunden später holte sie die Post herein, darunter einen Brief des Herausgebers des Honnefer Jahrbuchs, Martin Hirschfeld. Er nahm die Absicht der Stadt, eine Straße im Neubaugebiet nach Wilhelm Meerapfel zu benennen, als Aufhänger für sein Schreiben. Margot erfüllte es zunehmend mit Stolz, wie viele Menschen sich noch ihres Vaters erinnerten. Herr Hirschfeld schilderte sein Vorhaben, im nächsten Jahrbuch einen Bericht über das Wirken Wilhelm Meerapfels erscheinen zu lassen. Der fünfunddreißigste Jahrestag dessen erstmaliger Wahl zum Bürgermeister sei ein passender Anlass dafür. Der Herausgeber bat Margot, ihm alle biografischen Daten zusammenzustellen sowie bedeutende Episoden aus dem Leben ihres Vaters zu schildern, ja, er schlug sogar vor, Margot selbst könne diesen Beitrag schreiben. Doch das kam für sie nicht in Frage, zumal Hirschfeld bereit war, einen versierten Chronisten ausfindig zu machen, mit dem sie sich unterhalten konnte.

Wie es aussah, wurde es Zeit, sich mit dem Anliegen der Stadt zu befassen. Ein Jahrbuch bot ausreichend Platz, über die Beweggründe und Ziele ihres Vaters zu berichten. Wurde er so in Erinnerung gerufen, erschien ihr auch die Straßenbenennung angebracht. Dabei hatte es in letzter Zeit mangels einer soliden Finanzierung gar nicht gut ausgesehen für das Periodikum. Doch vor Kurzem war im Lokalteil des Generalanzeigers zu lesen, dass das Erscheinen des Honnefer Jahrbuchs nun doch nicht eingestellt werden musste. Großzügige Spender hatten sich gefunden und die weitere Herausgabe ermöglicht.

Besonders gut gefiel ihr Herrn Hirschfelds letzter Satz: »Es wäre schön, wenn Sie als Tochter dazu beitragen könnten, den Lesern und Leserinnen zu vermitteln, was für ein Mensch Wilhelm Meerapfel war, was ihn geprägt und angetrieben hat, um auf diese persönliche Art und Weise einen verdienten Sohn der Stadt wieder ins Licht der öffentlichen Aufmerksamkeit zu rücken.«

Wenn sie es recht überlegte, schien es nun, da sie über viel Zeit verfügte, eine gute Sache, an der Ehrung ihres Vaters mitzuwirken. So trug sie Sorge für eine Darstellung, die ihm gerecht wurde. Sie würde als Erstes einen Lebenslauf erstellen und dann seine besonderen Leistungen auflisten, allen voran den Bau des Kinderheims, den er gegen den Willen der Bezirksregierung durchgesetzt hatte. Außerdem wollte sie sich ein paar wohlüberlegte Stichpunkte zum Charakter ihres Vaters machen, um sie dem Verfasser des Beitrages im Gespräch näherzubringen. Vielleicht könnte auch die ein oder andere Anekdote, die er früher gerne zum Besten gab, das Bild abrunden.

Am Abend, bei einem Glas sizilianischem Rotwein zu Verdis Oper Simon Boccanegra, rekonstruierte Margot die Lebensdaten ihres Vaters. Er wurde 1921 geboren und verstarb infolge einer verschleppten Lungenentzündung im Jahre 1987. Dank Abiturzeugnis, Diplom und Approbation als Apotheker gelang es ihr, auch seine jungen Jahre vor der Hochzeit und ihrer Geburt nachzuvollziehen. Während sie Boccanegra, dem zur Dogenwahl stehenden Jüngling aus dem Volke, im Duett mit dem Vater seiner Geliebten lauschte, ordnete sie die Eckdaten. Boccanegra sang »in aller Munde mein Name« und Margot fragte sich, wie ihr Vater sich wohl bei seiner ersten Wahl als Parteiloser gefühlt haben mochte. Schließlich betrachtete sie den Lebenslauf erneut.

Mit achtzehn Jahren hatte Wilhelm Meerapfel das Abitur in der Tasche gehabt und war anschließend bei einem

Fotografen, der außerdem eine Drogerie führte, in die Lehre gegangen. Bevor er diese beenden konnte, hatte ihn die Wehrmacht eingezogen. Sie wusste aus seinen Erzählungen, dass er als Soldat in Belgien und Frankreich auch als Fotograf eingesetzt worden war, und vermerkte das am Rand ihrer Aufstellung. Irgendwann war er in amerikanische Gefangenschaft geraten und im Kriegsgefangenenlager auf der anderen Rheinseite, bei Remagen, interniert gewesen. Wann er zurückkehrte, blieb im Dunklen, aber Margot wusste, dass ihre Eltern 1948 heirateten und ihr Vater ein Jahr später, im Jahr ihrer Geburt, am neueröffneten Pharmazeutischen Institut der Universität Bonn mit dem Studium begonnen hatte. Da war er immerhin schon achtundzwanzig Jahre alt. Wie hatte er es geschafft, zu studieren und gleichzeitig für eine Familie zu sorgen, zumal zu dieser Zeit?

Offenbar war sein Studium erfolgreich, denn einige Jahre später, entweder 1955 oder 1956, hatte er die Apotheke in Bad Honnef übernommen und bis zu seinem Tod geführt. 1967 war Margots Mutter gestorben, fünf Jahre danach hatte man den Witwer zum Bürgermeister gewählt. Seine letzte Amtsperiode endete im Jahr seines Todes.

Margot blätterte durch einen alten Aktenordner ihres Vaters. Der Deckel war abgegriffen und brüchig. Im Schrank standen drei weitere Ordner. Eigentlich müsste sie das alles einmal systematisch durchgehen. Sicher konnte vieles davon weg. Nach seinem Tod hatte sie die Kleidung ihres Vaters und einen Teil seiner Möbel fortgeschafft, aber die Akten behalten, denn es gab noch einiges bei Banken und Versicherungen zu regeln. Wenn sie es recht bedachte, war ihr Vater nicht sehr gewissenhaft mit seinen Unterlagen umgegangen. Hinter seinen Zeugnissen fand Margot eine abgelaufene Kapitallebensversicherung aus den siebziger Jahren und dahinter eine Feuerversicherung, die ihr gänzlich unbekannt war.

Ganz hinten war der Kaufvertrag des Hauses abgelegt. Neugierig löste sie ihn aus dem Ordner. Wann hatte er es eigentlich gekauft? Sie blätterte behutsam durch das vergilbte Dokument, ohne fündig zu werden, und schloss es wieder.

Das Datum stand gleich auf der ersten Seite. Im Oktober 1949 war der Vertrag verfasst worden. Demnach hatte ihr Vater noch im Jahr ihrer Geburt und mit Beginn seines Studiums ein stattliches Heim erstanden. Allerhand! Er hatte damit zweifellos einiges an Belastungen auf sich genommen. Aber ihr Vater war immer ein sehr entschlossener und zielstrebiger Mann gewesen.

Margot überlegte. Sie hätte vermutlich nicht einmal am Anfang ihrer Berufstätigkeit einen Kredit für ein solches Haus aufzunehmen gewagt. Schließlich war es ein ansehnliches Gebäude aus den zwanziger Jahren, mit großem Garten in bester Wohnlage – in der Nachkriegszeit, als dramatischer Wohnraummangel herrschte, mit Sicherheit purer Luxus. Was mochte es gekostet haben? Ihre Augen glitten erneut über das Dokument und blieben an den Unterschriften hängen.

Der Verkäufer war Richard Bittmann.

Wie interessant – ihr Vater hatte das Haus vom alten Bittmann gekauft! Von Inges Vater! Das war ihr völlig neu. Allerdings hatte sie noch nie einen Gedanken daran verschwendet, wem das Haus einst gehört haben mochte; für sie war es schlicht ihr Elternhaus, in dem sie schon immer lebte.

Wenn sie es recht überlegte, war es auch nicht weiter bemerkenswert, denn die Familie Bittmann besaß wahrscheinlich halb Bad Honnef. Nun ja, das mochte vielleicht übertrieben sein, doch es war allgemein bekannt, dass sie einige Immobilien ihr Eigen nannten. Und früher also offenbar auch dieses Haus.

**Volksfeste waren Margots** Sache nicht, aber an diesem Tag ließ sie sich von der ausgelassenen Stimmung mitreißen. Das Wetter hätte nicht besser sein können und das bunte Treiben auf der Brücke über dem Altrheinarm bot einen fröhlichen Anblick. Die ganze Stadt schien auf den Beinen, um das alljährliche Sommerfest auf der Insel Grafenwerth nicht zu verpassen. Thea dagegen liebte solche Ereignisse. Würdig, als sei sie die Queen beim Pferderennen in Ascot, trug sie ihren neuen Strohhut zur Schau und nickte nach links und rechts, um Bekannte zu grüßen. Zufrieden lächelte Margot. Mit dem Hut hatte sie Thea eine echte Freude bereitet. Auch das mintfarbene Sommerkleid stand der Garderobe eines Staatsoberhauptes kaum nach. Einzig die orangefarbenen Sandalen des ortsansässigen Gesundheitslatschenherstellers stellten einen Stilbruch dar. Margot schob sich neben ihr durch die Menschenmenge und hoffte nur, dass Thea nicht alle paar Meter in ein Gespräch verwickelt würde.

Am Abend gab der Gospelchor sein Können zum Besten und Thea wäre schwer gekränkt gewesen, hätte Margot dies ignoriert, auch wenn sie sich nichts aus der Musik machte.

Während sie die Brücke überquerten, betrachtete sie den restaurierten Aalschokker Aranka, der im seichten dunkelgrünen Wasser dahindümpelte. Angesichts des grandiosen Blicks auf den Drachenfels nahm Margot sich vor, gelegentlich am frühen Morgen einen kleinen Ausflug hierher zu unternehmen, wenn weniger los war. Die Menschen strömten zur großen Wiese, wo später das Konzert stattfinden sollte. Dort waren zahlreiche Buden aufgebaut, Bürgerinitiativen warben für die Verschönerung der Stadt und gegen Fluglärm, der Verein Mucherwiese rührte die Werbetrommel für anthroposophische Einrichtungen. Karnevalsvereine brieten Bratwürste, der Kaninchenzuchtverein informierte über artgerechte Kleintierhaltung, die katholische Frauengemeinschaft kochte Kaffee und bot selbstgebackenen Kuchen an. Über alledem schwebte eine kunterbunte Wolke: Die Firma *Bittmann Pumpen und Heizsysteme* verteilte gasgefüllte Luftballons mit Grußkarten.

»Wetten, die alte Bittmann schwirrt hier irgendwo herum, um ja auch auf ein Foto mit der örtlichen Prominenz zu kommen?«, lästerte Thea und näherte sich dem Stand des Kinder- und Jugendsportvereins Klimmzug e.V.

Margot zuckte die Schultern. Die Frau war ihr herzlich egal, sie wusste nicht einmal, wie sie aussah. An die Familie Bittmann mochte sie am liebsten überhaupt nicht erinnert werden.

Thea wandte sich entschlossen von den Informationstafeln des Sportvereins ab. »Übergewicht und Zuckerkrankheit bei Kindern hin oder her, ich bin aus dem Alter heraus und brauche vor unserem Auftritt eine anständige Bratwurst. Wo wollen wir es versuchen? Letztes Jahr waren die Würstchen bei den Leuten vom Angelverein am besten.«

»Stimmt. Dabei hätte ich dort Fischfrikadellen und Räucheraal erwartet«, antwortete Margot und begutachtete die altertümlich wirkenden Plakate des Heimat- und Geschichtsvereins.

»Beim Angeln geht es nicht ums Fische fangen und essen«, erklärte Thea, »sondern darum, dass Männer einen Grund haben, in Tarnkleidung stundenlang auf ein und demselben Fleck zu hocken, um ungestört stumm vor sich hinstarren zu können.« Im selben Moment machte sie den Stand der Angler am anderen Ende der Wiese aus und zog

Margot energisch dorthin. Zwei Frauen steuerten zielstrebig auf Thea zu, die kurz stoppte und zu überlegen schien, ob ein Entkommen noch möglich war. »Oh nein, meine Nachbarin, die Schlabberschnüss! Niemand redet so viel dummes Zeug wie sie«, zischelte sie Margot zu, die ihre Antwort herunterschluckte, denn da waren die beiden auch schon herangekommen.

Die größere Frau begrüßte Thea überschwänglich. Thea stellte Margot vor, die Nachbarin wiederum ihre Begleitung, eine kleine Dame mittleren Alters, die sich reckte, auf ein Namensschild an ihrer Brust deutete und es auch gleich vorlas: »Thekla Breesemann, Ikeanaundsvorstand.«

Margot, die nicht verstanden hatte, um was für einen Vorstand es sich handelte, versuchte diskret das Schild zu entziffern. Derweil ließ Theas Nachbarin wahre Wortkaskaden auf sie niederprasseln. Natürlich ging es ausschließlich um den Mord an Inge. Es entwickelte sich ein Gespräch der Art, die Margot hasste. Das Aufbauschen längst bekannter Details, angereichert durch Vermutungen und Halbwissen, Stoff für Klatsch und Tratsch für Wochen, wenn nicht Monate. Auch Thea reagierte ungewöhnlich wortkarg und entschuldigte sich zu Margots großer Erleichterung bald mit der Begründung, vor dem Chorauftritt noch etwas essen zu müssen.

»Für was für einen Verband war diese Frau unterwegs? Es klang nach Ikea, nur länger.«

»Sie ist im I-ke-ba-na Bundesvorstand«, artikulierte Thea übertrieben deutlich. »Die Ikebana-Freunde sind sicher stolz, Besuch von der Bundesebene zu haben.«

Margot verdrehte die Augen: »Diese ostasiatische Beschäftigungstherapie?«

»Also wirklich, Margot, bei dir hätte ich etwas mehr Verständnis für kulturelle Eigenarten erwartet.«

»Klar doch! Ich habe es dir noch nicht verraten, aber ich

trage mich mit dem Gedanken, eine Origami-Interessenvertretung Mittelrheintal zu gründen. Mit dir und mir im Vorstand. Oder möchtest du Präsidentin werden?«

Thea schaute sie mit gestrenger Miene an und erwiderte: »Origami ist eher eine Beschäftigungstherapie als Ikebana. Ikebana ist mehr wie Schöner Wohnen auf Japanisch. Ich kaufe dir jetzt eine Wurst. Mit viel scharfem Senf, das klärt den Geist.«

Das Konzert des Gospelchors war ein voller Erfolg. Das Publikum applaudierte enthusiastisch, die Sängerinnen und Sänger ließen sich nicht lange bitten und boten eine Reihe Zugaben. Schließlich bahnte sich Thea mit glühenden Wangen den Weg zu Margot zurück. Die versäumte es nicht, Thea und den Chor ausgiebig zu loben. Doch es zog sie nach Hause. Sie hoffte, sich bald loseisen zu können, ohne Thea zu brüskieren. Zu ihrem Erstaunen trieb Thea aber selbst zum Aufbruch. Sie gingen über die große Wiese in Richtung Inselcafé, als ein Gehstock resolut vor ihnen auf den Boden gestoßen wurde. Irritiert wich Margot zurück. Auf den Stock stützte sich eine ältere Dame, die von einer jüngeren begleitet wurde, und rief geradezu triumphierend: »Sieh an, das ist doch die kleine Margot!«

Margot blickte Thea an, die die Augenbrauen hob und ebenso verdattert schien wie sie selbst. Wer um Himmels willen bezeichnete sie als kleine Margot? Auch wenn sie zugegebenermaßen mit ihren ein Meter fünfundsechzig nicht überragend groß war.

Die Frau kicherte ein wenig und sagte: »Sie müssen entschuldigen, wenn ich Sie so nenne, aber ich habe Sie immer noch vor Augen, wie Sie damals bei uns im Lemmerzbad mit der kleinen Inge gespielt haben, als Ihr Vater bei den Reparaturarbeiten geholfen hat.«

Auch wenn Margot schnell begriff, dass die Frau von Inge Miller sprach, verwirrten sie deren Worte. Ihr Vater, sie und Inge im Lemmerzbad – welche Reparaturen mochte ausgerechnet ihr Vater an einem Schwimmbad ausgeführt haben? Er hatte, was das Handwerkliche anging, immer zwei linke Hände besessen.

»Und nun, kaum zurück, ist sie tot …« Erwartungsvoll schaute die Dame in die Runde. Ihrer Begleiterin schien diese Bemerkung unangenehm, besänftigend legte sie eine Hand auf den Arm der Älteren.

Auch wenn klar war, dass der Mord an Inge Stadtgespräch war, dachte Margot nicht daran, sich am Tratsch zu beteiligen. Da auch Thea sich nicht berufen fühlte, auf die Frau einzugehen, räusperte Margot sich und sagte knapp: »In der Tat, wir waren Schulfreundinnen.«

»Und Sie haben sie gefunden – ermordet!«

»Nein. Das war ich nicht.« Margot wandte sich zum Gehen. Auch wenn die alte Dame sichtlich enttäuscht über diese Auskunft war, sie würde einen Teufel tun und ihr auch nur eine Silbe mehr auf die Nase binden, schließlich wollte sie endlich fort von hier. Glücklicherweise schien auch Thea nicht das Bedürfnis zu haben, sich als diejenige zu erkennen zu geben, die Inge tot aufgefunden hatte, denn sie schwieg.

»Aber es heißt, eine alte Freundin hätte sie im Wald gefunden«, antwortete die Frau ein wenig trotzig.

»Sie hatte sicher mehr als eine Freundin.«

Widerwillig gab sich ihr Gegenüber damit zufrieden. Die Begleiterin lächelte Margot entschuldigend an und versuchte die Frau zum Aufbruch zu bewegen. Doch die dachte nicht daran, sich aus dem Gespräch zurückzuziehen. »Ihr Vater, der spätere Herr Bürgermeister, war immer so fleißig. Ein so freundlicher und arbeitsamer Mann! Das Fundament für das neue, größere Pumpenhaus hat er allein von Hand ausgeschachtet. Damals war er noch Student und hat sich beim Bittmann was dazu verdient. Der Bittmann war auch dabei, hat alles überwacht. Es war ihm bestimmt peinlich, dass seine Pumpe fürs neue Schwimmbad schon nach zwei, drei Jahren den Geist aufgegeben hat.«

Margot starrte die Frau an. Sie konnte sich nicht erinnern, jemals mit ihrem Vater und Inge im Lemmerzbad in Königswinter gewesen zu sein. Schon gar nicht konnte sie sich ihn bei Bauarbeiten vorstellen. Zu ihrer Erleichterung gelang es der anderen, die ältere Dame auf eine Bekannte aufmerksam zu machen, die gerade vorüberlief. Sichtlich enttäuscht, Margot nicht in ein angeregtes Gespräch verwickeln zu können, folgte sie schließlich dem Drängen ihrer Begleiterin.

Als sie sich endgültig auf den Rückweg begaben, sagte Margot zu Thea: »Es ist schon merkwürdig. Seit Jahrzehnten habe ich nichts von Inge gehört, plötzlich ruft sie an, will mich sehen und seither werde ich alle naslang mit ihr oder ihrer Familie konfrontiert. Als ich neulich die Akten meines Vaters durchging, fand ich den Kaufvertrag meines Hauses. Er hat es vom alten Bittmann gekauft. Und jetzt soll er als Student für ihn gearbeitet haben – das ist mir alles völlig neu.«

»Seltsam ist es schon ... Aber ich glaube nicht an Zufälle.«

»Was willst du damit sagen?«

»Ich denke, wir sollten uns mit Inges Tod weiter befassen, auch wenn wir nicht mehr unter Verdacht stehen. Ich frage mich mittlerweile wirklich, wieso sie dich treffen wollte.«

»Weil wir zusammen zur Schule gegangen sind, weil sie nach Jahren wieder in der Stadt war, um der alten Zeiten willen, was weiß ich«, antwortete Margot unwillig.

Thea rückte ihren Hut zurecht und strich ihr Kleid glatt. »Mein Gefühl sagt mir, da ist noch was ...«

»Dein Gefühl? Na heißa – und jetzt? Was sollen wir deinem Gefühl nach tun?« Margot presste die Lippen aufeinander und beschleunigte ihren Schritt. »Noch so eine alberne Beschattungsaktion durchführen? Ohne mich, meine Liebe!«

**Die folgende Nacht schlief** Margot unruhig. Im Traum sah sie Inge und sich vor einem riesigen leeren Schwimmbecken inmitten eines Waldes. Neben dem Becken stand eine alte Frau, die mit einem Stock herumfuchtelte und in einem fort rief: »Da sind sie ja, die kleine Margot und die kleine Inge!« Dabei stach sie mit dem Stock immer und immer wieder in frische, hoch aufgeworfene Erdhaufen am Rande des Beckens und schüttelte unwillig den Kopf.

Und so begann der Tag mit Kopfschmerzen. Das Bild der Frau, die ihren Stock in die Erde stieß, ließ Margot nicht mehr los.

Als sie schnaufend die nasse Wäsche aus dem Keller auf die Terrasse zum Trocknen hinaustrug, hätte sie beinahe das Klingeln des Telefons nicht gehört. Ärgerlich über die Störung, lief sie in ihr Arbeitszimmer und nahm ab.

»Hallo?«

Es dauerte einen Moment, dann ließ sich eine zögernde Männerstimme vernehmen.

»Guten Tag. Mein Name ist Martin Runge ... spreche ich mit einer Angehörigen von Wilhelm Meerapfel?«

»Sie sprechen mit *Margot* Meerapfel. Wilhelm Meerapfel war mein Vater.« Margot wischte sich über die verschwitzte Stirn. Wer mochte das nun wieder sein? »Sie rufen wegen des Jahrbuchs an?«, tippte sie.

In der Leitung blieb es einen Moment still. Schließlich erwiderte der Mann: »Ich fürchte, da liegt ein Irrtum vor ... mir geht es um Wilhelm Meerapfel. Gehe ich recht in der Annahme, dass er nicht mehr lebt?«

»Natürlich lebt er nicht mehr. Das sollten Sie schon wissen.« Margot wurde ärgerlich.

»Entschuldigung. Ich vermutete schon, dass Ihr Vater bereits verstorben ist. Es geht auch nicht um ein Jahrbuch«, er machte eine kleine Pause. »Ich bin Historiker und wissenschaftlicher Mitarbeiter beim ... bei der Stadt Köln.«

Margot stand da, wartete und fragte sich, was dieser Anrufer wollte. Als sie ein Räuspern vernahm, sagte sie: »Ja bitte?«

»Sie müssen entschuldigen. Es klingt sicherlich etwas merkwürdig, aber eigentlich rufe ich an, weil ich auf der Suche nach Inge Miller bin. Sagt Ihnen der Name etwas?«

Margots Zunge klebte am Gaumen, sie schluckte und sagte: »Ja.«

Wieder zögerte der Mann, ehe er weitersprach. »Es ist folgendes, ich war mit Inge Miller vor über zwei Wochen verabredet. Sie ist aber nicht gekommen. Leider besitze ich nur eine E-Mail-Adresse von ihr, keine Telefonnummer. Ich weiß, sie lebt in Australien und ist in Deutschland zu Besuch. Auf meine E-Mails hat sie nicht geantwortet und in Australien leben, wie ich über die Telefonauskunft herausgefunden habe, tausende Frauen mit dem Namen Inge Miller«, er räusperte sich erneut. »Anhand des Namens Meerapfel in Verbindung mit der Stadt Bad Honnef habe ich Sie dann im Telefonbuch gefunden. Dies war meine letzte Hoffnung, Kontakt zu Frau Miller zu bekommen. Bei der Familie Bittmann – sie war ja eine geborene Bittmann – bin ich nicht weitergekommen. Ich verstehe überhaupt nicht, wieso sie sich nicht bei mir meldet.«

»Inge ist tot.«

»Sie ist tot?« Die Stimme des Anrufers sackte zu einem Flüstern ab. »Aber ... Ich meine, sie war doch ...«

»Sie ist ermordet worden«, sagte Margot tonlos. »Hier in Honnef, vor über zwei Wochen. Ich war ebenfalls mit ihr verabredet, aber ...«, ihre Stimme versagte beinahe, »es kam nicht dazu. Ich meine, wir haben uns nicht mehr gesehen.« Durch die Leitung spürte sie, wie ihr Gesprächspartner diese Information verarbeitete.

Dann sagte er: »Ich weiß nicht, was ich sagen soll. An eine solche Möglichkeit habe ich natürlich nicht gedacht, auch wenn ich mir keinen Reim darauf machen konnte, wieso sie sich plötzlich nicht mehr meldete.«

Margot schwieg.

»Nun, dann habe ich Ihnen für diese, wenn auch sehr traurige Mitteilung zu danken. Ich weiß jetzt zumindest, dass ich nicht mehr zu versuchen brauche, sie zu finden. Bitte entschuldigen Sie nochmals die Störung.«

Nachdem sie das Gespräch beendet hatte, starrte Margot den Telefonapparat an. Etwas in ihr wollte mit Martin Runge weitersprechen, doch gleichzeitig fragte sie sich, wie oft sie wohl noch mit Inges Tod konfrontiert würde.

Um sich auf andere Gedanken zu bringen, beschloss sie, die ersten Johannisbeeren zu pflücken und Gelee zu kochen, sobald sie mit der Wäsche fertig war. Neulich hatte sie die Idee bekommen, das Gelee mit dem Mark einer Vanilleschote zu verfeinern, möglicherweise ergänzt um einen Schuss Cointreau. Sie liebte es, mit Zutaten zu experimentieren.

Doch die zwölf leuchtend roten Gläser, die am Nachmittag zum Auskühlen auf der Fensterbank in der Küche standen, konnten den Anruf des Historikers nicht aus ihrem Kopf verbannen. Margot griff zum Telefon. Es musste ihr doch gelingen, die Nummer des letzten Telefonats aufzurufen! Sie probierte herum, verfluchte den Apparat und beschwor sich selbst, Thea nicht um Hilfe zu bitten. Schließlich hatte das Gerät ein Einsehen und zeigte eine Telefonnummer mit Kölner Vorwahl. Es klingelte keine zwei Mal, dann war Runge am Apparat.

»Meerapfel. Guten Tag, Herr Runge, wir sprachen heute Vormittag miteinander.«

»Ja, natürlich – Frau Meerapfel.«

Margot trat von einem Bein auf das andere und stellte schließlich die Frage, die seit dem Morgen durch ihren Kopf spukte und sich auch nicht von Johannisbeerdüften vertreiben ließ: »Wie sind Sie auf Wilhelm Meerapfel gekommen, Herr Runge? Mein Vater ist schon seit Langem tot. Ich meine, eigentlich suchen Sie nach Inge. Ich war eine Schulfreundin und ebenso verabredet mit ihr ...«

Sie spürte das Zögern des Mannes am anderen Ende der Leitung und es beunruhigte sie auf irritierende Weise. Angespannt wartete sie auf eine Erklärung.

»Frau Miller und ich stehen seit geraumer Zeit in Kontakt, ich habe sie jedoch leider nie persönlich kennengelernt. Sie bat mich für sie ... in einer Familienangelegenheit zu recherchieren. Sie sandte mir unter anderem ein gescanntes Foto aus der Zeit des Krieges. Es zeigt Frau Millers Vater mit zwei weiteren jungen Soldaten. Auf der Rückseite stand der Vermerk ›mit Wilhelm Meerapfel‹. Keine Angabe zu der dritten Person, keine Jahres- oder Ortsangabe. Frau Miller interessierte sich sehr für die Identität dieses Soldaten. Sie erwähnte auch, dass sie versuchen wolle, sich mit einer Tochter von Wilhelm Meerapfel in Verbindung zu setzen.

Meine Suche im Online-Telefonbuch hat ergeben, dass es nur drei Einträge in ganz Deutschland mit dem Namen Meerapfel gibt, einen davon in Bad Honnef, dem Ort, aus dem Frau Miller stammte. Was lag also näher, als Sie anzurufen, in der Hoffnung, etwas über Inges Verbleib zu erfahren?«

Margot entspannte sich etwas. Das Vorgehen des Historikers war nur plausibel. Dennoch fragte sie: »Wieso konnten Sie Inges Familie nicht ausfindig machen und sie befragen – zumal Sie in einer Familienangelegenheit recherchieren?«

»Das habe ich ... Tage bevor ich schließlich Sie anrief. Aber leider nahm bei zwei Anschlüssen unter dem Namen Bittmann nie jemand ab und am dritten leugnete man schlicht, eine Inge Miller oder Inge Bittmann zu kennen. Bei der Firma Bittmann vertröstete mich eine Sekretärin mehrfach, man riefe mich zurück – aber nichts geschah.«

»Das gibt es doch nicht!«

»Leider doch. Es war eine klare Verleumdung, die ich keine Sekunde geglaubt habe. Dennoch war ich nicht wirklich erstaunt, wusste ich doch, dass Frau Millers Verhältnis zu ihrer Familie nicht das Beste war. Zu ihrem Vater hat sie sich mir gegenüber – wie soll ich sagen? – sehr drastisch geäußert.«

Margot wunderte sich über seine Formulierung. Sollte und konnte sie weiterfragen, was er damit meinte? Sie beschloss, es fürs Erste sein zu lassen. Sie hatte erfahren, was sie erfahren wollte. Mehr als das.

**»Ich verstehe nicht, wieso** du diesen Historiker nicht ein wenig ausgefragt hast«, sagte Thea, während sie ihren Rechner hochfuhr. »Das scheint mir doch alles höchst interessant. Wieso wollte Inge ihn in einer Familienangelegenheit recherchieren lassen, obwohl sie kein gutes Verhältnis zu ihrer Familie hatte?«

Mit ihrer Entschlossenheit, den Dingen auf den Grund

zu gehen, konnte Thea es mit sämtlichen Psychoanalytikern von Freud bis Fromm aufnehmen. »Erinnere dich! Erinnere dich! Meine Chorschwester hat von der Haushälterin Frau Waldenspuhl erfahren, dass der Haussegen schief hing, seit Inge hier aufgekreuzt ist«, rief Thea aufgekratzt. »In drei Tagen findet übrigens unser Kaffeekränzchen statt, mal sehen, was ich da herausfinden kann.«

Margot zuckte die Achseln. »Wie käme ich dazu, diesen Mann auszufragen? Das geht mich nun wirklich nichts an. Womöglich interessiert Inge sich für Genealogie? Du weißt doch, viele Menschen erforschen ihre Familiengeschichte und hängen sich anschließend einen Stammbaum an die Wand.« Ihr Blick wanderte über die Computerzeitschriften auf dem Schreibtisch. Sie würde nie verstehen, wieso sich Thea so sehr für diesen Kram interessierte. Allerdings musste sie zugeben, dass ihre Idee, Martin Runge im Internet ausfindig zu machen, so schlecht nicht war. Sie hätte ihn nicht direkt fragen mögen, aber interessant wäre es schon zu wissen, mit welchen Themen der Historiker sich befasste.

»Wie käme ich dazu, wie käme ich dazu?«, äffte Thea sie nach. Sie schien richtig ärgerlich. Gereizt blinzelte sie über ihre Brille. »Weil«, und dabei tippte sie ihr Passwort ein, »Inge ermordet worden ist! Da kann man auch mal über seinen Schatten springen, wenn es um so entscheidende Fragen wie das Verhältnis zur Familie geht. Erinnere dich! Etta hat gesagt, die meisten Morde seien Beziehungstaten. Und zu wem wohl hat Inge naturgemäß eine weitaus engere Beziehung als zu dir und mir?« Thea sparte sich, ihre eigene Frage zu beantworten, bedachte Margot aber mit einem vernichtenden Blick. »Im Ernst, ich frage mich, ob die Polizei hinter den Bittmanns auch so her ist wie anfangs hinter uns.« Dann vertiefte sie sich in den Rechner und überließ ihre Besucherin sich selbst.

Margot hasste es, wenn Thea schlachtrossgleich ihr Verhalten niedermachte. Schon allein dieses »Erinnere dich!« provozierte sie maßlos. Tatsächlich hatte sie während des Telefonats mit Herrn Runge nicht einen winzigen Augenblick daran gedacht, dass der Historiker ihnen womöglich wichtige Informationen liefern konnte. So fix wie Thea war sie nicht. Dafür dachte sie lieber zweimal über etwas nach. Außerdem hatte sie ja nur wissen wollen, wie der Mann an den Namen Wilhelm Meerapfel gekommen war. Das war es, was sie beschäftigte, nicht, was Inge von einem Historiker aus Köln hatte wissen wollen. Das Foto, von dem er sprach, lieferte eine plausible Erklärung für sein Vorgehen. Nun wusste sie auch, dass Inges und ihr Vater sich offenbar bereits während des Krieges kannten. Sie gestand sich ein, dass diese Beziehung, von der sie nicht das Geringste geahnt hatte, sie befremdete. Der Bürgermeister und einer der größten Unternehmer der Stadt hatten sicherlich miteinander zu tun gehabt, davon war auszugehen. Aber war es auch ein freundschaftlicher Kontakt gewesen?

Thea tippte ein paar Worte und sagte: »So, da haben wir ihn. Martin Runge und Köln. Das wird er wohl sein.« Sie machte eine winzige Pause und las dann vor: »Wissenschaftlicher Mitarbeiter Martin Runge, M.A. am NS-Dokumentationszentrum der Stadt Köln ...«

Theas Stimme erstarb und Margot war, als legte sich ein kalter Schatten über den Raum. Thea klickte auf den Namen des Historikers und eine Liste mit seinen Veröffentlichungen erschien.

»Zwangsarbeiter im Rheinland«, las Margot vor, »Polnische und ukrainische Zwangsarbeiter im Dienste des Erzbistums Köln ...«

»Was, das gab es auch? Zwangsarbeit für die Kirche? Unfassbar!«

Sie starrten schweigend auf den Bildschirm und überflogen die Liste der Forschungsfelder und Publikationen. Martin Runge schien sich fast ausschließlich mit dem Thema Zwangsarbeit zu beschäftigen. Mal ging es um die Organisation, die Betriebe und Institutionen, die Zwangsarbeiter und Zwangsarbeiterinnen beschäftigt hatten, mal um Entschädigungsfragen oder auch um Initiativen zur Zeitzeugenbefragung. Am Telefon hat er sich mit keiner Silbe zu seinem Forschungsgegenstand geäußert.

»Ich weiß nicht, was ich erwartet hatte, aber das sicher nicht.« Margots Augen waren immer noch auf den Bildschirm geheftet. »Ein Historiker, der sich mit Zwangsarbeit beschäftigt, recherchiert für Inge in einer Familienangelegenheit?«

»Das kann eigentlich nur eins bedeuten ...«

Margot holte tief Luft. »Meinst du wirklich?«

Thea nickte. »Ihre Familie muss irgendeinen Bezug zu Zwangsarbeitern gehabt haben.«

»Hast du je davon gehört, dass *Bittmann Pumpen und Heizsysteme* Zwangsarbeiter beschäftigt hat?«

»Gehört nicht, aber das heißt ja nichts. Möglich ist es. *Bittmann Pumpen und Heizsysteme GmbH* war immer schon ein bedeutendes Unternehmen mit eigener Produktion von irgendwelchen technischen Anlagen.«

»Aber man hätte doch sicher davon erfahren«, widersprach Margot.

»Ach was, Margot, du weißt doch, wie es ist. Darüber wird immer erst gesprochen, wenn es nicht anders geht, wenn einer daherkommt und an der Oberfläche kratzt. Ich habe bis vor Kurzem nicht einmal gewusst, dass in Honnef eine Synagoge stand und wo sie sich befand, nämlich in der Linzer Straße, wo heute die Tankstelle ist. Und das, obwohl ich so wie du schon mein ganzes Leben hier wohne. Als sie zerstört wurde, waren wir noch nicht einmal geboren. Keiner hat uns in all den Jahren etwas von einer Synagoge gesagt. Unsere Eltern nicht, unsere Lehrer nicht. Ich musste erst in der Zeitung von der Enthüllung einer Gedenktafel mehr als ein halbes Menschenleben später lesen. Sie befindet sich auf der Rückseite der Tankstelle, an einer Mauer in der Kirchstraße. Man muss sie schon suchen, wenn man sie anschauen möchte. So sieht es doch aus.«

Margot gab ihr recht. Vermutlich war die Decke des Schweigens in einer kleinen Stadt, wo jeder jeden kannte, besonders dick. Was für eine Verlogenheit! Sie verspürte mit einem Mal so etwas wie Ekel, gefolgt vom Wunsch, der Wahrheit ans Licht zu verhelfen.

»Thea, wir recherchieren weiter«, verkündete sie entschlossen, »aber auf ernsthafte Weise. Keine peinlichen Aktionen mehr! Wir müssen endlich herausfinden, was genau Inge nach all den Jahren hierhergeführt hat. Und wir müssen anfangen, von Inge aus zu denken, damit wir weiterkommen.«

**Inmitten unzähliger Menschen,** die sich in einem Schwall auf den Bahnhofsvorplatz ergossen, ging Margots Blick wie immer, wenn sie mit dem Zug in Köln ankam, nach oben zum mächtig vor ihr aufragenden Dom. An diesem Tag zogen keine Wolken über ihn hinweg, was schade war, denn je nachdem, wie dicht man sich vor das riesige Gebäude stellte und den Kopf in den Nacken legte, wirkte es an bewölkten Tagen, als kippe es auf einen herab. Eine ebenso spektakuläre wie schaurige optische Täuschung, die Margot schon als Kind mit einem aufgeregten Kribbeln im Magen genossen hatte. Ab und an hatten ihre Eltern einen Ausflug mit ihr in die Großstadt unternommen, den Zoo besucht, die Altstadt und natürlich den Dom. Damals war sie nicht müde geworden, nach oben zu schauen. Jetzt hielt sie es keine fünf Sekunden aus, ohne dass ihr schwindelte. Dabei musste der Dom für ein kleines Mädchen – und ohne Domplatte, die sicher vier bis fünf Meter oberhalb des Niveaus des Bahnhofsvorplatzes lag – noch höher gewirkt haben. Sie entsann sich, dass Straßenbahnen direkt am Westportal vorbeifuhren und Autos über löcheriges Kopfsteinpflaster geholpert waren, dem der Krieg ebenso anzusehen war wie dem steinernen Wahrzeichen der Stadt.

Margot löste sich vom Anblick der Türme, schritt zügig in die Tankgasse, in der sich Taxi an Taxi reihte, und ging weiter die Komödienstraße entlang. So konnte sie auf dem Weg zum Appellhofplatz die Fußgängerzone samt der Heerscharen Einkaufswütiger umgehen. Sie war kein Stadtmensch. Zu viele Leute, zu wenig Grün. Jetzt, in der Sommerwärme, empfand sie den Krach und die Abgase der Autos als besonders eklig. Es war, als lege der Dreck sich auf ihre Lungen und mache das Atmen schwer.

Sie seufzte. Wenn sie ehrlich zu sich war, rührte diese Beklommenheit nicht allein von der Stadtluft. Herr Runge war geradezu erleichtert gewesen, als Margot ihn gestern ein weiteres Mal angerufen hatte. Zögernd war sie seiner Einladung ins EL-DE-Haus gefolgt, wo sich das NS-Dokumentationszentrum befand. Offenbar ließ auch ihm das Wissen um Inges Ermordung keine Ruhe. Am Telefon war er nicht ins Detail gegangen und so grübelte Margot, was Runge wusste und ihn zweifeln ließ.

Nach einer Stunde verließ sie das Dokumentationszentrum wie nach einem erschütternden Kinobesuch. War sie noch gefasst bei Runge angekommen, fühlte sie sich jetzt wie betäubt. Die historischen Fakten, die der Historiker vor ihr ausgebreitet hatte, ließen ihr das Blut in den Adern stocken. Runge hatte keine Scheu gehabt, Margot offen von den Verwicklungen und Machenschaften der Firma Bittmann zu berichten. Es seien historisch gesicherte Fakten, also gäbe es keinen Grund, darüber zu schweigen.

Martin Runge selbst hatte sich als ein angenehmer Mann mittleren Alters erwiesen, der einen ruhigen und besonnenen Eindruck erweckte. Lediglich die Frage, ob er sich an die Polizei wenden sollte, verunsicherte ihn ein wenig und so wirkte er erleichtert, als Margot ihm beim Abschied versprach, Etta zu Rate zu ziehen.

Nun stand sie ungeduldig an einer roten Ampel und versuchte, wieder zu sich zu kommen. Kein Auto weit und breit, also ging sie kurzerhand los. Dicht vor ihrer Nase klingelte es heftig, jemand schrie auf. Ein Radfahrer streifte sie leicht und fluchte wie wild. Mit zittrigen Knien kehrte sie zurück an den Straßenrand. Jetzt musste erst einmal ein anständiger Kaffee her!

Das »Café Scholl« am Dom wurde von einem Konditormeister aus der Toskana und seiner Frau geführt, schon das war Grund genug, dort einzukehren. Margot schätzte auch das ein wenig aus der Zeit gefallene Ambiente, aber vor allem das reichhaltige Kuchenbüffet. Doch die süßen Köstlichkeiten konnten sie jetzt nicht locken. Ihr war der Appetit gründlich vergangen. Sie bestellte einen großen Cappuccino und dazu einen Grappa, den sie in zwei Zügen hinunterstürzte. Erschöpft starrte sie eine Weile auf die Tischplatte, dann führte sie die Tasse an den Mund und nippte vorsichtig. Der Kaffee schmeckte trotz aller Aufregung köstlich und weckte ihre Lebensgeister wieder.

Inge hatte Martin Runge vor mehr als einem Jahr gebeten, die Firmengeschichte von *Bittmann Pumpen und Heizsysteme GmbH* während des Zweiten Weltkriegs zu untersuchen. Sie hatte aus ihrem Verdacht, die Firma habe – damals schon unter Leitung ihres Vaters – Zwangsarbeiter beschäftigt, keinen Hehl gemacht. Martin Runge lieferte ihr bald den Beleg, der ihre Vermutung bestätigte.

Wie Margot nun wusste, hatte die Firma ab 1940 bis Kriegsende Männer und Frauen als Zwangsarbeiter beschäftigt. *Bittmann Pumpen und Heizsysteme* war ein Zulieferbetrieb der Firma Aerostahl aus Köln gewesen, deren Rolle als Rüstungsbetrieb hinlänglich erforscht war. Das inzwischen nicht mehr existierende Unternehmen produzierte Einspritzpumpen für den BMW-Motor des Jagdflugzeugs Focke-Wulf. Ab Oktober 1944 wurde die Produktion von Köln-Porz nach Königswinter in einen alten Steinbruch im Siebengebirge verlagert. Dort unter Tage hatte man Menschen aus Osteuropa und Italien zur Arbeit gezwungen.

Eigentümer des Steinbruchs, in dem früher Trachyttuff zum Bau von Öfen gebrochen wurde, war die Familie Bittmann.

Margot kannte die alten Ofenkaulen im Nachtigallental aus einem ganz anderen Zusammenhang: Eine ihrer Schülerinnen hatte ihre Facharbeit über die Bedeutung der ehemaligen Steinbrüche als Fledermausquartiere geschrieben. In den achtziger Jahren hatte man die halbverschütteten Eingänge bis auf kleine Schlupflöcher verschlossen, als es unter Gruftis Mode wurde, dort schwarze Messen zu feiern.

Was die Kriegszeiten anging, erfuhr sie erst von Martin Runge, dass viele Königswinterer in den Stollen Schutz gesucht hatten vor dem Beschuss durch amerikanische Truppen, die im März 1945 das rechte Rheinufer eroberten.

Was sie da heute gehört hatte, ließ sie nicht los: Die unterirdische Rüstungsanlage war erst wenige Tage vor Ankunft der Amerikaner abgebaut worden und mitsamt der dort schuftenden Menschen aus dem Berg verschwunden! Hatten die Königswinterer Bürger, die sich in diesen Tagen im Bergwerk versteckten, keine Spur davon mitbekommen? Von dem Rüstungsbetrieb und dem Lager der Zwangsarbeiter, das sich nach Martin Runges Schilderungen einstmals oberhalb der Eingänge zu den Ofenkaulen befunden hatte,

hatte sie jedenfalls bisher niemanden auch nur eine Silbe reden hören.

Nachdenklich trank Margot ihren Cappuccino in kleinen Schlucken und löffelte schließlich den restlichen Milchschaum aus der Tasse.

Noch etwas ging ihr nicht aus dem Sinn: Bevor in der Nähe des Steinbruchs ein Barackenlager für die Zwangsarbeiter errichtet worden war, hatte man sie in Königswinter selbst, in einem alten Hotel, untergebracht. Von dort aus traten sie ihren täglichen Weg in den Steinbruch und wieder zurück an. Jeder musste diese Menschen gesehen haben, wie sie am helllichten Tag durch die Stadt zogen …

Wieso wusste man nicht davon?

**Etta trommelte mit** den Fingern aufs Lenkrad. Der Verkehr auf der Zülpicher Straße stockte und damit nicht genug, zockelte ein Radfahrer vor ihr her. Kaum war es ihr gelungen, ihn zu überholen, holte er sie an der nächsten Ampel ein und radelte wieder seelenruhig voraus. Sie wünschte sich einen Kehrbesen an die Stoßstange oder einen kleinen Wasserwerfer. Irgendetwas, um diesen Typ loszuwerden. Zum Glück war es nicht mehr weit bis zu Clara. Hoffentlich fand sie eine Parklücke!

Hektisch blickte sie auf die Uhr – halb fünf, so früh hatte sie ewig keinen Dienstschluss gemacht. Sie sendete ein italienisches Stoßgebet ihrer *Nona* gen Himmel, damit sie auf diesem Weg vor unverhofften Begegnungen verschont bliebe. Was in diesem Fall hieß: Kein Mord, solange sie bei Clara war. Eigentlich war es ein Gebet für Reisende, aber das passte schon.

Vor ihr parkte ein Kleinlaster aus. Glück musste man haben! Zügig steuerte Etta ihren Wagen in die Lücke. Beim Blick in den Rückspiegel löste sie ihr hochgestecktes Haar, stieg aus und lief zu Claras Wohnung. Heute trug sie extra eine Jeans zur Bluse. Ihr war nicht entgangen, wie Clara mehrfach ihre Hosenanzüge gemustert hatte. Doch in dem Moment, als Clara schwungvoll die Wohnungstür öffnete und sie anstrahlte, wusste sie: An diesem Tag war offenbar weit wichtiger, dass sie möglichst schnell gar nichts mehr an hatte.

»Spielst du mir etwas auf der Violine vor?«, fragte Etta später und fuhr die Linie von Claras Kinn nach.

Clara nickte. »Nachher.«

»Wie heißt das, wenn du die Saiten mit den Fingern zupfst?«

»*Pizzicato.*«

»*Pizzicato*, von *pizzicare*? Das bedeutet weit mehr als zupfen.«

Clara schaute sie fragend an.

»Es heißt auch kneifen«, belehrte Etta sie, wobei sie ihren Worten sogleich Taten folgen ließ und Clara in die Seite zwickte. »Und knabbern, schau so«, zärtlich nahm sie Claras Ohrläppchen zwischen die Lippen. »Es bedeutet aber auch beißen.« Sie zögerte nicht, ihr die Zähne zwischen Hals und Schulter zu graben. Clara quiekte und wehrte sich halbherzig.

»Bring mir noch ein paar Begriffe aus der Musik bei«, verlangte Etta und strich zärtlich durch Claras helles weiches Haar. Es fühlte sich so anders an als ihr eigenes.

»Hast du nie Musikunterricht gehabt? Ich meine, auch nicht in der Schule?«

»Oh mein Gott! Wenn ich an meinen Musikunterricht in der Schule denke – einfach gruselig! Der Freischütz, der Freischütz und nochmal der Freischütz. Mit viel Joho trallala vom Jägerchor. Zur Abwechslung dieses dramatische Tatatataaa von Beethovens x-ter Sinfonie und Vivaldis aufgeregtes Vier-Jahreszeiten-Gezirpse.« Clara grinste und Etta fuhr fort: »Echt, die Musikstunden waren nicht nach meinem Geschmack. Natürlich musste ich auch Notenlesen lernen, aber ich erinnere mich nur noch an dieses schnörkelige Ding, den Violinschlüssel.« Schwungvoll malte sie mit der Fingerspitze einen mehrfachen Kringel auf Claras Bauch. »Steht ein anderes Zeichen am Anfang der Zeile, bedeutet die Note auf derselben Linie einen ganz anderen Ton. Was für ein unpraktisches und kompliziertes System!«

Clara kicherte. »Ich fürchte, viele halten es für genial! So kommt man immerhin mit nur fünf Notenlinien aus, egal, wie hoch oder tief die Töne sind, die gespielt werden sollen.«

»Mag sein«, Etta seufzte. »Es ist einfach himmlisch, wie du spielst – du musst glücklich sein, Musik zu studieren.«

»Ich hab's hingeschmissen«, antwortete Clara und strahlte sie an, als hätte sie einen Preis gewonnen.

»Du hast – was?!« Etta richtete sich ruckartig auf.

»Als ich heute beim Unterricht war, habe ich meiner großartigen Professorin, Frau Schatalowa, erklärt, dass ich's sein lasse.«

Clara wirkte sehr zufrieden mit sich.

»Spinnst du?« Etta rückte von ihr ab, um sie besser mustern zu können. Doch es schien Clara ernst zu sein. Sie strahlte.

»Wieso das denn?«

»Ich hab's getan, ich hab's getan!«, krähte Clara in einem fort und wirkte geradezu high. »Ehrlich, es geht nicht mehr. Sie nervt und ich komme nicht weiter. Ich hätte das schon längst tun sollen.«

»Das heißt, du suchst dir jemand anderen für den Einzelunterricht, aber machst das Studium weiter?«

Clara zuckte die Achseln und schlang ihre Arme um Etta. »Das lass ich auch. Es macht keinen Sinn für mich.«

»So wie du spielst? Das ist nicht dein Ernst!« Etta suchte in Claras Gesicht Anzeichen des Zweifels, aber die schien sich ihrer Sache völlig sicher. Wie konnte jemand, der es so weit gebracht hatte, einfach aufhören?

»Mein voller Ernst. Ich tauge nicht für den Musikbetrieb. Diese ewigen Vorspielereien, im doppelten Wortsinn: Sich ständig behaupten müssen, nach vorn drängeln, an Wettbewerben teilnehmen, Kontakte knüpfen. Und außerdem denke ich, habe ich nicht wirklich das Zeug zu einer Solistin.«

»Musst du denn Solistin werden?«

»Nein. Muss ich nicht. Und deshalb kann ich mir die ganze Quälerei auch sparen. Tutti-Geigerin in einem Orchester kann ich immer noch werden.«

»Und jetzt?«

»Keine Ahnung, mal sehn ...«

Etta überlegte. Sie kannte sie nicht gut genug, um beurteilen zu können, wie endgültig die Entscheidung tatsächlich war. Vermutlich gab es eine längere Vorgeschichte zu diesem Entschluss. Außerdem lag ihr die Frage, was Claras Eltern davon hielten, auf den Lippen, doch die sparte sie sich lieber. Ihre eigenen Eltern hätten die plötzliche Entscheidung, die Polizeischule zu schmeißen, mit einem ebenso großen Lamento kommentiert wie zuvor ihren Entschluss, die Polizeischule zu besuchen – das war jedenfalls sicher, so widersprüchlich es auch klang. Jeder Schritt und jeder Tritt, den Etta tat, wurde von ihren Eltern aufmerksam verfolgt. Sie hielten zu ihr, waren stolz auf sie, sorgten sich und regten sich auf – die warme, aber feste Umarmung ihrer italienischen Familie.

»Ich hab jetzt keine Lust, weiter darüber zu sprechen.«

Damit war jedem weiteren Wort der Boden entzogen.

Schweigend betrachtete Etta Clara, die völlig entspannt in ihren Armen lag. Die schneeweiße Haut hob sich deutlich von ihrem eigenen dunklen Teint ab. Clara sah einfach umwerfend aus. Ihr Blick war weich, Etta las die Einladung darin und zog sie an sich. Sie nahm Claras Gesicht in ihre Hände und küsste sie zärtlich. Als sie sich vorhin geliebt hatten, war es hastig gewesen, Etta hatte kaum die Tür hinter sich geschlossen. Nun wollte sie sich Zeit lassen. Doch noch während sie behutsam die Lippen der Freundin liebkoste, spürte sie, wie Clara sich zurückzog.

Sie schlug die Augen auf und blickte in zwei ernste meergrüne Augen, die sie konzentriert musterten. Mit einem kräftigen Ruck zog Clara die Decke ganz fort, hockte sich neben sie und ließ ihre Fingerspitzen langsam von der Kehle bis zum Nabel gleiten. Ihr Ernst war Etta beinahe unheimlich, in Claras Blick lag der gleiche Ausdruck wie an dem Tag, als sie ihr die Noten unter die Nase gehalten und sie aufgefordert hatte zu singen. Entschlossen und keinen Widerspruch duldend.

Etta wartete. Plötzlich griff Clara ihr mit beiden Händen unter die Achseln und zog sie mit überraschender Leichtigkeit hoch. Was für eine Kraft! Ohne sie aus den Augen zu lassen, schob Clara ihr ein Kissen in den Rücken und drängte sie an die Wand. Mit jedem Griff ließ sie Etta spüren, dass sie genau wusste, was sie wollte, und nicht daran zweifelte, dass sie es auch bekam. Als sie sich vor sie setzte, ihr die Hände auf die Knie legte und sie auseinanderschob, zitterte Etta. Sie hatte sich immer eine Frau gewünscht, die die Initiative ergriff und nicht erwartete, dass sie bestimmte, wo es lang ging. Während Claras kräftige Hände die Innenseiten der Schenkel entlangfuhren und ihr die Beine dabei noch weiter spreizten, stöhnte sie laut auf, wobei ein kurzes Lächeln über Claras Gesicht huschte. Spätestens jetzt wurde in Etta der Wunsch, dass diese Frau sie nahm, übermächtig.

Als sie ein paar Minuten später nach Luft ringend und gegen die Wand gepresst kam, war sie sicher, keine Frau war je so tief in ihr gewesen. Sie war glücklich und verletzlich wie nie. Clara hatte sich Raum genommen, in ihrem Körper und ihrem Herzen.

Später pustete Clara ihr das zerzauste Haar aus dem Gesicht, Strähne für Strähne, und kicherte. »Frau Kommissarin, kommen Sie von selbst wieder zu sich oder muss ich Riechsalz herbeischaffen?«

»Nicht nötig«, flüsterte Etta, »es geht schon wieder.«

»Wirklich, dass so eine harte Verbrecherjägerin wie du so ... weich sein kann!«

»Was hattest du denn geglaubt? Es war ja nicht dein erstes Mal mit mir.«

»Nein, aber zum ersten Mal so ... Ich dachte, jemand wie du müsste immer die Kontrolle behalten, wenigstens ein kleines bisschen.«

Etta lächelte. Auch Clara dachte offenbar, was viele glaubten: Bei der Kripo liefe ein Haufen autistischer Helden herum, hartgesottene Kerle, unerbittliche, unnahbare Frauen, knallhart allesamt. Umso schöner, dass Clara nicht gezögert hatte, ihr zu zeigen, was sie wollte. Sie rappelte sich auf und sagte mit fester Stimme: »Ich muss dich enttäuschen: Du liegst mit einer Beamtin des gehobenen Polizeidienstes des Landes Nordrhein-Westfalen im Bett. Ihr Job ist, verglichen mit einer Fernsehkommissarin à la Lena Odenthal, absolut unspektakulär. Keine wilden Verfolgungsjagden mit quietschenden Reifen und Blaulicht, keinen dramatischen Showdown inklusive Schießerei, bei der der Täter von mir zur Strecke gebracht wird. Erst recht keine Alleingänge an gefährlichen Orten. In der Regel trete ich erst in Erscheinung, wenn schon alles vorbei ist.«

Das war die reine Wahrheit. Die Schattenseiten ihrer Arbeit waren unregelmäßige Dienstzeiten und Überstunden, die keiner mehr zählte. Die einzige Gefahr, die ihr drohte, war die der Vereinsamung, weil Beziehungen und Freundschaften darunter litten. Aber davon wollte sie jetzt nicht sprechen.

»Es war mir noch nie vergönnt, einen Mord zu verhindern«, fuhr sie fort. »Ich prügele mich nicht und die Knarre bleibt fast immer im Halfter. Mein Alltag spielt sich zwischen Bergen von Akten ab, ganz zu schweigen von den Stunden, die ich mit irgendwelchen Registern und amtlichen Verzeichnissen verbringe oder damit, weitere Akten von anderen Dienststellen oder aus dem Ausland anzufordern. Auch wenn die Kollegen im Fernsehen andauernd auf Achse sind, ich hocke sicher achtzig Prozent meiner Arbeitszeit im Büro. Und schreibe den lieben langen Tag Vermerke, Protokolle und – am wichtigsten – die Akte für die Staatsanwaltschaft.« Etta stöhnte verhalten. »Die spannendsten, gleichzeitig zermürbendsten Momente sind die Vernehmungen. Das Leben der Opfer wie der Täter ist oft traurig und öde. Es dauert lange, bis ein Täter, den wir gefasst haben, schließlich vor Gericht steht. Bei einigen Prozessen muss ich aussagen. Über so manch eine verhängte Strafe und die Gutachten von Psychologen, die bei Richtern viel Beachtung finden, versuche ich mich nicht aufzuregen.«

»Irgendwie ernüchternd, aber auch beruhigend, dass dein Job nicht so gefährlich ist, wie es im Film immer den Anschein hat. Soweit ich feststellen konnte, hast du keine markanten Narben von Schusswunden oder Messern!« Clara fuhr ihr augenzwinkernd über den Körper.

Etta nickte. »Siehst du, alles ganz harmlos.« Sie mochte nicht, wenn man ihren Beruf exotisch fand.

»Und deine Pistole – benutzt du die nie?«

»Meine Dienstwaffe kommt praktisch nur beim vorgeschriebenen Schießtraining zum Einsatz. Gott sei Dank habe ich sie erst zweimal in meinem Leben gebrauchen müssen und zwei Dutzend Mal gezogen, ohne zu feuern.«

»Aber wieso hast du dich für diesen Beruf entschieden, wenn er so schrecklich langweilig ist, wie du behauptest?«

»Er ist nicht langweilig, aber eben nicht so, wie viele Menschen ihn sich vorstellen. Ich mache das, weil ...«

Claras Handy klingelte. Unwillig angelte sie es zu sich herüber und spähte aufs Display. »Es ist Margot.« Sie nahm den Anruf an, lauschte eine kurze Weile und sagte dann: »Sie ist hier. Ich kann sie dir geben. – Fragt sie das doch am besten selber. – Vorbeikommen?!« Clara blickte auf ihren Wecker, verzog das Gesicht und schaute Etta fragend an. »Willst du nicht einfach mit ihr sprechen? – Ich kann dich nicht verstehen, was ruft Thea da im Hintergrund?«

Etta streichelte zärtlich Claras Oberschenkel und raunte: »Sag ihr, wir kommen schnell und gerne!« Wobei sie neckisch noch ein Stück höher griff, durch Claras Locken fuhr und unter die Bettdecke tauchte.

Während Clara ihre Hand festhielt, sagte sie hastig: »Margot, wir kommen gleich vorbei. Mit dem Auto geht es schnell.« Dann drückte sie das Handy aus und zog Etta spielerisch an den Ohren von sich weg. »Nix da! Wir fahren jetzt los! Margot ist irgendwie schräg drauf. Sie wollte dich sprechen, dann doch wieder nicht. Auf jeden Fall braucht sie deinen Rat.« Mit einem Klaps auf Ettas Po rief sie: »Los jetzt – du hast es selbst vorgeschlagen!«

**Eine Woge von Glück** erfasste Etta, als sie an Claras Seite Margots Haus betrat. Sie hatte die beiden eigenwilligen Damen ins Herz geschlossen. Offenbar beruhte das durchaus auf Gegenseitigkeit, denn Margot hielt ihnen strahlend die Tür auf und Thea begrüßte sie mit lautem Hallo aus der Küche, bevor sie sie überhaupt zu Gesicht bekam. Etta küsste Margot kurzerhand auf beide Wangen: »Wie geht es dir, Margherita?«

Ehe Margot antworten konnte, prustete Clara: »Sie ist doch keine Pizza!«

»Allerdings nicht«, bestätigte Etta und schaute Clara tadelnd an, wobei ihr nicht entging, dass Margot leicht zusammengezuckt war, als sie ihren Namen auf Italienisch nannte. Hoffentlich empfand sie das nicht als plump vertraulich. Es war aber nun einmal so: Sie hatte Margot vom ersten Moment an gemocht, ihre zurückhaltende, ein wenig linkische Art, ihre nüchternen Kommentare und den trockenen Humor. Gerade dieses Zögerliche, das ihr zu eigen war, rührte sie auf besondere Weise.

»Das ist doch eine schöne Variante«, erklärte Margot schließlich und räusperte sich ein paar Mal. »Kommt in die Küche. Thea hat gekocht.«

»Oho, ein seltenes Ereignis«, tönte Clara und Thea drohte ihr von der Küche her sofort mit der Suppenkelle.

»Meine Blitzsuppe. Ideal für unerwarteten Besuch. Setzt euch!«

Während sie aßen, berichtete Margot von ihrem Treffen mit Martin Runge, bis Clara sie unterbrach, weil sie wissen wollte, wo sich die Ofenkaulen befanden. Margot erklärte ihr die Lage des alten Steinbruchs in der Nähe von Königswinter, als Thea dazwischenfuhr: »Margot, mach es nicht so kompliziert! Die Eingänge zu den Ofenkaulen liegen im Nachtigallental, bei der Auffahrt zur B 42. Wenn du der Senke folgst, gelangst du auf einen Wanderweg, der zum Drachenfels führt.«

»Das Tal trennt im Prinzip das Plateau, auf dem der neue Friedhof und das Lemmerzbad liegen, vom eigentlichen Siebengebirge«, ergänzte Margot kopfnickend.

»Dieser Historiker sollte sich unbedingt an die Bonner Polizei wenden«, warf Etta beunruhigt ein. Was sie da eben über Inges Familienrecherchen gehört hatte, fand sie weit wichtiger als die Lagebeschreibung. Sie machte eine kleine Pause. »Aus der Akte weiß ich, dass die Bittmanns natürlich im Visier der Bonner Kollegen sind. Nach all den Jahrzehnten, die Inge Miller im Ausland war, gehören die Familienmitglieder zu den wenigen Bezugspersonen, die sie hier hatte.«

»Du meinst die Beziehungstat-Theorie?«, fragte Thea dazwischen.

Etta nickte und lächelte amüsiert. »Genau. Und natürlich lag das Hauptaugenmerk von Anfang an auf der Familie Bittmann, nicht nur auf euch. In Australien gibt es übrigens einen Exmann, keine Kinder. Die Bittmanns zeigen sich wenig kooperativ, um nicht zu sagen, arrogant gegenüber den Ermittlern, ganz so, als ginge sie Inges Tod gar nichts an. Dennoch ist dem Anschein nach bei ihnen alles in Ordnung. Die Bonner Kollegen trauen dem Frieden zwar nicht, aber sie finden auch keinerlei Ansatzpunkt.«

»Herr Runge hat mir gesagt, das Verhältnis zu ihrer Familie sei nicht das Beste gewesen. Inge habe sich über ihren Vater ... sehr drastisch geäußert«, warf Margot ein.

»Papperlapapp – nichts als eine dezente Formulierung bei einem Telefonat mit einer Fremden. Bei eurem Treffen hat er sich dann ja wohl klarer ausgedrückt«, befand Thea.

»Im Grunde genommen wissen wir bisher nicht, wie Inge Miller sich mit ihrer Familie oder einzelnen Mitgliedern verstanden hat. Eng schien der Kontakt laut Akte jedenfalls nicht zu sein. Den Exmann hat die Familie angeblich nie kennengelernt. Keiner der Bittmanns hat Inge je in Australien besucht. Andererseits muss die Tatsache, dass sie erst nach so langer Zeit wieder in ihre Heimat zurückgekehrt ist, nicht zwingend bedeuten, dass sie ihre ganze Familie mied. Immerhin lebte sie am anderen Ende der Welt.«

»Die Bittmanns haben sich laut der Haushälterin in einer Tour gefetzt, seit Inge in Honnef aufgetaucht ist«, warf Thea ein.

»Wie dem auch sei«, fuhr Etta dazwischen. »Vielleicht haben sie sich grundsätzlich nicht verstanden, vielleicht lag es aber auch an Inges Recherchen. Wirklich bedenkenswert ist doch die Auskunft des Historikers, dass es um Zwangsarbeit ging. Es dürfte den Bittmanns nicht angenehm sein, dass Inge in ihrer Vergangenheit herumgestochert hat. Solch eine Firmengeschichte ist heikel und möglicherweise eine Pforte, die die Ermittler bei weiteren Vernehmungen nutzen könnten. Deshalb sollte Herr Runge sich unbedingt an die Polizei wenden, Margot.«

Margot nickte. »Ich rufe ihn gleich morgen früh an.«

»Ich denke, möglicherweise steckt doch eine Familienstreitigkeit dahinter«, orakelte Thea. »Jedenfalls finde ich es höchst seltsam, dass für Inge die Beerdigung ihres Vaters kein Anlass war, zu kommen, sie stattdessen aber ein paar Monate später hier auf der Bildfläche erscheint.«

»Sie mochte ihren Vater eben nicht«, entgegnete Clara.

»Wie sieht es mit dem Nachlass des alten Bittmann aus?«, fragte Margot. »Erbangelegenheiten haben schon so manche Familie entzweit.«

»Da sein Tod noch nicht lange zurückliegt, haben die Kollegen natürlich die erbrechtlichen Angelegenheiten der Familie abgeklopft«, erklärte Etta. »Richard Bittmann hat kein Testament hinterlassen – womit Streitigkeiten meist vorprogrammiert sind. Er war Alleineigentümer seines Unternehmens, seine Söhne angestellte Geschäftsführer. Ohne Testament greift die gesetzliche Erbfolge, das heißt: Die Hälfte erbt die Ehefrau des Verstorbenen, die andere Hälfte teilen sich die Kinder, also Inge und ihre beiden Brüder. Es ist zwar ungewöhnlich, dass ein Unternehmer kein Testament beim Notar hinterlegt, kommt aber immer wieder vor. Ich könnte mir vorstellen, Bittmann war ein alter Despot, der die Fäden nicht aus der Hand geben mochte. Vielleicht hielt er seine Söhne für unfähig oder sah im Vertrauen auf seine Rüstigkeit keine Notwendigkeit für eine Erbregelung. Das sind natürlich nur Mutmaßungen, aber es gibt viele vermögende Familien, in denen ein ausstehendes Testament als Druckmittel genutzt wird.«

»Genau, er war ja ein richtiger Patriarch«, pflichtete Thea ihr bei. »Margot, du musst Herrn Runge dazu bewegen, zur Polizei zu gehen. Hoffen wir, dass Wegebrecht und seine Mitstreiter mit seiner Aussage etwas anfangen können.«

Margot gab jeder noch einen Nachschlag, dann holte sie Himbeereis aus dem Gefrierfach.

»Ihr selbstgemachtes – ohnegleichen!«, erläuterte Clara Etta mit leuchtenden Augen.

Nachdem sie ausgiebig Margots Eisproduktion im Vergleich zur italienischen Eisdiele diskutiert hatten, wandte sich Thea unvermittelt an Clara: »Und was macht unsere Teufelsgeigerin zurzeit so?«

»Wenn du mit der Teufelsgeigerei auf Paganini anspielst – so genial wie er bin ich nicht.«

»Hat man ihn tatsächlich so genannt?«, wollte Etta wissen.

»Ja. Er war unglaublich virtuos. Zu seinen Lebzeiten hieß es, er habe seine Seele dem Teufel verkauft. Seine Finger müssen unglaublich dehnbar gewesen sein, so dass er die irrsten Griffe hinbekommen hat. Für seine Zeitgenossen konnten da nur Dämonen im Spiel sein.« Clara spreizte die Finger ihrer Linken weit und tat so, als hielte sie eine Violine in der Hand. »Er war eine lebende Legende. Es heißt, er hätte nie Geigenunterricht gegeben, um das Geheimnis seiner Technik nicht verraten zu müssen.«

»Vielleicht unterrichtete er einfach ungern«, warf Margot ein.

»Gitarre hat er aber unterrichtet und auch viele Stücke für seine Schülerinnen und Schüler geschrieben. Er muss ein ausgezeichneter Gitarrist gewesen sein, bald die Hälfte seiner Werke hat er für Gitarre komponiert. Aber egal für welches Instrument, ich finde seine Kompositionen alle genial. Ich könnte jeden Tag Paganini spielen.«

»Dann musst du eben doch weitermachen!«, sagte Etta. Ihr war sonnenklar, Clara konnte gar nicht aufhören mit ihrem Studium, so, wie sie für die Musik brannte.

»Was weitermachen?«, fragte Margot.

Claras eben noch strahlendes Gesicht wandelte sich mit einem Schlag. Ihr Blick verhärtete sich und traf Etta wie ein Faustschlag in den Magen. Am Tisch war es still.

Sie hätte das nicht sagen dürfen.

Clara fixierte Etta kühl und sagte schließlich: »Ich höre auf mit dem Unterricht. Wahrscheinlich lasse ich das ganze Studium sein.«

Ihre Worte standen im Raum. Etta wand sich vor Unbehagen auf ihrem Stuhl. Thea war lediglich ein mattes Oh entschlüpft, Margot schwieg still und musterte Clara, die einfach nur mit verschränkten Armen dasaß und den Blick stur auf die Tischplatte gesenkt hielt.

Etta konnte beim besten Willen nicht glauben, dass Margot Claras Entscheidung gut hieß. Doch wie es schien, wirkte sie nicht schockiert, vielleicht nicht einmal erstaunt. So zurückhaltend, wie sie Margot bisher erlebt hatte, war schwer abzuschätzen, was in ihr vorging. Auch jetzt zog sie nur kurz die Augenbrauen hoch und machte eine abwägende Bewegung mit dem Kopf, während sie die Teller zusammenstellte. Bevor sie damit zur Spüle ging, bemerkte sie knapp: »Schade. Ich kann mir das gar nicht vorstellen, dich ohne Musik.«

»Ich werde weiter Musik machen«, fuhr Clara sie heftig an. »Nur eben nicht mehr wie bisher.«

Margot räumte die Dessertschalen ab. »Es wird sich etwas finden. Du wirst es finden.«

Auch wenn das Thema damit erledigt war, blieb die Stimmung trotz Theas Versuchen, Etta in ein Gespräch über italienisches Essen zu verwickeln, angespannt. Clara trieb bald zum Aufbruch.

Noch während Etta das Auto startete, fuhr Clara sie an: »Das hättest du dir wirklich sparen können – wieso musstest du Margot und Thea unbedingt auf die Nase binden, dass ich aufhöre?«

»Genau genommen habe ich es gar nicht erzählt«, versuchte Etta sich zu verteidigen. »Mir ist bloß rausgerutscht, dass du weitermachen musst – so, wie du für Paganini und Musik schwärmst. Es war keine Absicht.«

»Echt! Du kannst auch mal was für dich behalten.«

»*Mal was für mich behalten* – was habe ich denn schon gesagt? Ich konnte ja nicht ahnen, dass du den beiden nichts davon erzählen willst.«

Clara schnaubte: »Noch nicht! Und wenn, erzähle ich es selbst!«

»Du hättest es nicht verheimlichen können. Im Übrigen glaube ich nicht, dass eine der beiden dir deshalb den Kopf abreißt. Margot hat doch auch ganz gelassen reagiert. Und überhaupt ist sie nicht so ...«, sie sprach den Satz nicht zu Ende, ihr fehlten die richtigen Worte. Auf jeden Fall war sie keine blöde Kuh, die Clara wegen eines geschmissenen Studiums eine Szene machte.

»*Margot ist nicht so*«, äffte Clara sie aufgebracht nach. »Wie ist sie denn nicht?«

»Nicht blöd eben«, antwortete Etta knapp.

»Na, du scheinst sie ja schon bestens zu kennen«, bemerkte Clara angesäuert.

»Du kannst sowieso machen, was du willst«, sagte Etta, »egal, was andere davon halten.«

»Genau das tue ich auch!«, fauchte Clara. »Ich mache, was ich will!«

Etta ging nicht darauf ein. Es machte definitiv keinen Sinn, jetzt mit Clara zu diskutieren.

**Margot lockerte die Erde** rund um den Salat. Das Unkraut spross zwischen den properen Reihen, was nicht nur unordentlich aussah, sondern den schönen grünen und roten Salatpflanzen auch Nährstoffe und Wasser stibitzte. Anderthalb Reihen hatte sie bereits abgeerntet und wollte nun dort Kohlrabi pflanzen oder Winterporree. Ob in Villandry, einem Schloss an der Loire, wo Salat als Zierpflanze in buchsgesäumten Rabatten wuchs, der reife Salat gegen neue Pflänzchen ausgetauscht oder etwas anderes angebaut wurde? Letzteres sah sicher nicht so gut aus. Andererseits musste der Salat geerntet werden, die perfektionistischen französischen Gartenfreunde würden ihn wohl kaum in die Schossen gehen lassen. Sie wischte sich über die Stirn. Alles alberne Überlegungen, in die sie sich da flüchtete, nur weil sie mit diesem Tag nichts anzufangen wusste. Überhaupt, sie war zerstreut und fahrig. Sie hatte das Futter für Frida vergessen, die sie seither trotz einer Extraration ignorierte. Den Espresso nach dem Mittagessen hatte sie verschüttet und der Unkrauteimer war auch verschollen.

Vormittags hatte Etta angerufen, die mittlerweile in regem Austausch mit Kommissar Wegebrecht stand. Martin Runge habe sich bei der Polizei gemeldet, was aufgrund seiner Aussage prompt eine Hausdurchsuchung bei den

Bittmanns zur Folge hatte. Dabei waren im Ausguss des Waschbeckens im Gartenschuppen Spuren von E 605 gefunden worden. Eine Wende bei den Ermittlungsarbeiten, hatte Etta gleich betont, da sich damit der Verdacht, der auf der Familie lastete, erhärtet habe – schließlich war E 605 das Gift, mit dem Inge getötet worden war. Andererseits lieferte die lapidare Bemerkung eines der Bittmann-Brüder, er habe vor einiger Zeit alte Pflanzenschutzmittel fortgekippt, eine halbwegs plausible Erklärung für die Spuren des Insektizids in einem Gartenschuppen. Bittmann jun. gab an, nicht mehr zu wissen, was genau das für Mittel gewesen waren. Er habe das Zeug nur loswerden wollen. Die Verpackungen hatte er natürlich sämtlich längst entsorgt.

Der Rest der Familie tat offenbar so, als hätte sie mit den Giftrückständen in ihrem Geräteschuppen nicht das Geringste zu tun. Die Polizei verschärfte nun ihre Gangart, doch einen wirklichen Durchbruch brachte das alles nicht. Das Problem war, dass zu viele Personen zum Schuppen Zugang hatten. Da waren zum einen sämtliche Familienmitglieder, dann die Haushälterin Frau Waldenspuhl sowie die drei Angestellten eines Gartenbauunternehmens, die das Grundstück pflegten. Ein Indizienprozess ließ sich so nicht führen. Damit waren die Ermittler darauf angewiesen, bei Verhören Ungereimtheiten herauszufinden oder auf einen Fehler des Mörders oder der Mörderin zu warten. Laut Etta war es reine Glückssache, ob es gelang, einen solchen Fall aufzuklären. Verstrickten sich Familienmitglieder bei Vernehmungen in Widersprüchlichkeiten oder verlor jemand die Nerven, wäre der Fall schnell gelöst. Hatten sie jedoch gute Anwälte, die es verstanden, stetige Verhöre durch die Kripo zu vermeiden, sah es finster aus. Obendrein kam den Bittmanns zugute, dass der Zeitpunkt, zu dem das vergiftete Baguette zubereitet worden war, nicht genau feststand. Hätte man Spuren von E 605 in der Spüle der Küche gefunden, wäre die Erklärungsnot der Bittmanns groß gewesen. So aber gab es nicht einmal eine Tatzeit, für die sie sich verantworten mussten.

Misslaunig trug Margot das Unkraut zum Kompost. Die Tatsache, dass bei aller Unsicherheit Bewegung in den Fall gekommen war, verschaffte ihr keine wirkliche Erleichterung. All das ließ sie seltsam kalt. Sie kannte die Bittmanns nur vom Sehen. Außer mit Inge – und das war Jahrzehnte her – hatte sie mit dieser Familie nichts zu tun gehabt. Trotz Ettas detailreichen Informationen war ihr zumute, als sei das Verbrechen irgendwo fernab ihres Lebens geschehen.

Sie sollte Thea anrufen und ihr die Neuigkeiten berichten. Thea war zweifelsohne begierig darauf, Neues zum Fall zu erfahren – ganz im Gegensatz zu ihr. Inge, wüsste sie es, würde es ihr hoffentlich verzeihen, dass sie nichts mehr davon hören mochte.

Dabei hatte sie sich gefreut, als Etta anrief. Sie war sehr liebenswert am Telefon gewesen, so als würden sie sich schon ewig kennen. Margot starrte auf den Lollo rosso vor sich und schüttelte den Kopf. Sie sollte lieber zusehen, dass sie mit dem Unkraut fertig wurde. Die Aufzeichnungen zum Leben ihres Vaters waren noch nicht komplett abgeschlossen. Der Chronist, Heinrich Lenz, der den Artikel für das Jahrbuch verfassen sollte, hatte am Tag zuvor angerufen. Margot hatte ihn vertröstet, ohne sich festlegen zu lassen, wann sie ihm erste Informationen geben würde.

Wenn sie sich sputete, würde sie die Salatreihen bis Mittag sauber bekommen. Margot blickte sich suchend nach ihrer langstieligen Hacke um. Nach dem Essen war noch genug Zeit, alles für das Jahrbuch fertig zu machen. Am späten Nachmittag würde sie sich endlich auf ihren Monte Amiata zurückziehen können, um zu dösen. Der Duft der Kräuter war Balsam für Seele und Nerven.

Die letzte Nacht hatte sie furchtbar schlecht geschlafen

und unruhig geträumt. Wieder war ihr dieses riesige Schwimmbecken im Traum erschienen. Inge und sie standen an seinem Rand und blickten in das leere Becken. Langsam fragte sie sich, was es mit diesem Schwimmbad-Traum auf sich hatte. Ob es das Lemmerzbad in Königswinter war? Zu merkwürdig auch, dass ihr Vater dort als Student bei den Bauarbeiten geholfen haben sollte. Nichts, was in das Jahrbuch gehörte, aber dennoch ein bemerkenswertes Detail. Im Verlauf ihres Traums war sie mit Inge Hand in Hand einen Waldweg entlanggelaufen; sie trugen Rucksäcke mit sich.

Die Erinnerung ließ Margot stutzen. Das Schwimmbad in ihrem Traum musste also das Lemmerzbad sein. Das Bad Honnefer Schwimmbad lag nicht am Wald, sondern auf der Insel Grafenwerth im Rhein.

Als sie Stunden später missmutig und mit einem Anflug von Kopfschmerz von ihrem Schreibtisch aufstand, beschloss sie, die Angelegenheit mit dem Jahrbuch etwas mehr auf die leichte Schulter zu nehmen. So gewissenhaft sie auch alle Daten zusammentrug, es würde ihr sowieso nicht gelingen, den Lebensweg ihres Vaters chronologisch exakt nachzuzeichnen. Es gab zwar eine Fülle von Informationen über seine Zeit als Bürgermeister und Apotheker, doch kaum etwas aus seinen jungen Jahren. Vermutlich war das gar nicht so wichtig, sollte doch der Mensch als solcher und sein Wirken im Mittelpunkt stehen.

Die Tage wollte sie sich einmal die alten Fotoalben ihres Vaters vornehmen, vielleicht ließ sich diese Lücke durch Fotografien schließen. Hoffentlich gelang es Herrn Lenz, mit Hilfe der zusammengetragenen Details einen vernünftigen Beitrag zu schreiben.

Margot goss sich ein Glas Wasser ein. Sie sollte mehr trinken. Trinken helfe gegen Kopfschmerz, hatte ihr die Ärztin versichert. Also trank sie in großen Schlucken, füllte das Glas erneut und ging damit in den Garten.

Die Strauchrosen an dem ansehnlichen hölzernen Gartentor bildeten eine echte Augenweide. Ganz im Gegensatz zu der schäbigen Wand, in die das Tor eingelassen war. Die Betonmauer, die ihr Grundstück zum Gehweg hin abgrenzte, war ihr seit Jahr und Tag ein Dorn im Auge. Ebenso lang schob sie die Absicht vor sich her, dieses Ungetüm durch eine Bruchsteinwand aus ortstypischem Schiefer ersetzen zu lassen. Ihr Vater hatte die Mauer vor Jahrzehnten sogar eigenhändig hochgezogen. Die einzige bemerkenswertere handwerkliche Tätigkeit, die er in ihrer Erinnerung je vollbracht hatte.

Margot trank ihr Wasserglas aus und warf einen ärgerlichen letzten Blick auf die Mauer. Dann brach sie ein paar vertrocknete Blüten von der Strauchrose und ging hinüber zu ihrem Kräuterhügel. Behutsam strich sie mit der flachen Hand über den Zitronenthymian. Es schien ihr immer wieder wie ein Wunder, dass die winzigen Blätter den ganzen Sommer über so intensiv dufteten. Dieser Duft machte alles wett, die Unscheinbarkeit und die Haptik. Am liebsten wollte sie sich mitten hinein legen, aber sie war zu faul, ins Haus zurückzulaufen und ihr Kissen zu holen. Es musste auch ohne gehen. Doch als sie die Wange vorsichtig auf den Thymian bettete, fühlten sich die Blätter gar nicht so unangenehm an. Margot genoss die raue Berührung, lag mit geschlossenen Augen da und atmete tief ein und aus.

Am frühen Abend war sie ruhiger. Heute würde sie sich aus zwei kleinen dünnen Kalbsschnitzeln *Saltimbocca* mit Parmaschinken und viel frischem Salbei machen. Sie ließ sich Zeit bei der Zubereitung und nippte, während sie den Salat anmachte, an einem Glas Tiroler Weißwein. Dabei lauschte sie ihrer Lieblingssendung »Resonanzen« auf WDR 3. Die Radio-Moderatorin kommentierte soeben ein Stück, das Clara Schumann zugeschrieben wurde.

Clara. Als Pianistin hatte Charlotte sich für diesen Vornamen entschieden, weil sie Clara Schumann verehrte. Ein schöner Gedanke, die eigene Tochter Clara zu nennen, zumal sie ihr das musikalische Talent vererbt hatte.

Doch was war los mit dem Kind? Wie es schien, hatte Thea Recht behalten und Etta und sie waren ein Paar. Man konnte meinen, Clara sei verliebt und glücklich; stattdessen war sie neulich von einem auf den anderen Moment so gereizt gewesen, als es um ihr Studium ging. Margot mischte nachdenklich den Salat. Sie sollte sich endlich einmal allein mit Clara treffen, um mit ihr in Ruhe zu reden. Möglicherweise hatte die Kleine ja bereits neue Pläne. Clara war an und für sich zielstrebig. Sicherlich hörte sie nicht schlagartig mit etwas auf, ohne eine Alternative im Auge zu haben.

Aber eine Alternative zur Musik – für einen Menschen wie Clara? Undenkbar. Zumindest hatte Margot das bisher geglaubt. Auch wenn ihr nicht entgangen war, dass die Kleine in den vergangenen ein, zwei Jahren nicht wirklich zufrieden mit ihrem Studium schien. Margot schnitt knuspriges Baguette auf, briet die zusammengeklappten Schnitzel in Butter, löschte mit dem Tiroler Weißwein ab und ließ sie bei milder Hitze noch kurz in der Pfanne garen. Sie mochte diese Variante, bei der der Schinken im Inneren des Schnitzels garte, am liebsten. Andererseits konnte Schinken mit höherem Fettanteil, der mit einem kleinen Spieß auf das Fleisch gesteckt wurde, schön knusprig werden, was mit Sicherheit ebenfalls ausgesprochen köstlich schmeckte. Wie war wohl das Originalrezept? Gelegentlich musste sie das Etta fragen.

Zum Essen setzte sie sich hinaus auf die Terrasse. Das Fleisch war einfach vorzüglich! Während sie langsam und mit Genuss aß, ließ sie ihren Blick über ihren Garten schweifen. Er war ihr ein und alles. Solange sie eine Hacke in der Hand halten konnte, würde sie gärtnern. Zufrieden wie eine satte Katze, nippte Margot am Wein und schloss die Augen. So ließ sich das Leben genießen. Wozu war sie schließlich Pensionärin? Sie konnte tun und lassen, was sie wollte.

Lust auf einen Konzert- oder Opernbesuch hätte sie auch mal wieder. Vielleicht sollte sie Clara und Etta dazu einladen.

**Am nächsten Morgen** verbrachte Margot den halben Vormittag bei Kaffee und Zeitung, um in aller Ruhe Pläne für den Tag zu schmieden. Sie könnte Rhabarberkuchen mit Baiserhaube und Mandelsplittern backen und Thea einladen. Außerdem stand das leidige Rasenmähen wieder an, aber dafür fühlte sie sich heute nicht fit genug. Zum Mittag wäre eine Gemüsepfanne lecker. So köstlich die *Saltimbocca* am Abend zuvor waren: Jeden Tag Fleisch, das musste nicht sein. Warum rief sie nicht jetzt gleich Etta an und fragte sie nach dem Originalrezept – zugeklapptes oder nicht zugeklapptes Kalbsschnitzel? Etta hätte zweifellos eine klare Meinung dazu. Und genau so würde sie es beim nächsten Mal zubereiten.

Eine Viertelstunde später klingelte es anhaltend. Das Telefon noch in der Hand und in Gedanken ganz bei dem höchst angenehm verlaufenen Gespräch mit Etta, öffnete Margot die Tür. Vor ihr stand Thea, die von einem Bein auf das andere trat. Noch während sie sich an Margot vorbei ins Haus schob, erklärte sie: »Wir müssen uns etwas überlegen, Margot. Ich habe mir die Sache nochmal durch den Kopf gehen lassen.«

»Musst du aufs Klo?«

»Ich, wieso?«

»Weil du so zappelig bist.«

»Ach was. Also, hör zu! Ich weiß nicht, ob diese dusselige Polizei den Mord an Inge jemals aufklären wird, aber eine Frage haben wir bisher außer Acht gelassen …«

»Oh, gestern rief Etta hier an. Sie sind weitergekommen.« Nicht schon wieder diese Geschichte. Hoffentlich fand Thea bald ein neues Thema!

»Das erfahre ich erst jetzt?« Beleidigt krauste Thea die Nase und bedachte sie mit dem Blick einer pikierten Gouvernante, der besagte, wie enttäuscht sie über Margots Benehmen war, sich aber mit Tadel zurückhielt. Margot kannte diese Masche ganz genau und hasste sie. Doch leider verfehlte sie auch an diesem Tag nicht ihre Wirkung.

»Ich wollte dich praktisch im Moment anrufen«, rechtfertigte sie sich und hielt zum Beweis das Telefon hoch. Dabei vermied sie es, Thea in die Augen zu schauen. Wenn sie ehrlich war, kreisten ihre Gedanken bis vor einer Minute noch um das Konzert, das sie gemeinsam mit Etta besuchen würde. Die Frage war nur, welches? Sollten sie die Kölner Philharmonie besuchen oder wäre ein erlesenes Kammerkonzert nicht feiner? Opern waren Ettas Sache nicht, wie sie nun wusste. Etta hatte schlichtweg behauptet, von klassischer Musik keine Ahnung zu haben, aber allem außer Opern aufgeschlossen gegenüberzustehen, Margot solle einfach etwas auswählen. Eine wundervolle Idee! Und ganz bestimmt würde sie Thea nichts davon erzählen.

»Mein Gott, Margot! Was guckst du so verklärt aus der Wäsche? Was ist denn nun mit dem Fall?«

*Der Fall.* Margot riss sich zusammen und berichtete, was sie von Etta wusste. Mittlerweile hatten sie es sich in den beiden Liegestühlen auf der Terrasse bequem gemacht. Thea hörte aufmerksam zu. Als Margot endete, schwieg sie einen Moment und sagte dann: »Die Sache mit dem Meerrettich, der vielleicht schon viel früher mit dem Gift versetzt wurde, ist natürlich ein interessanter Aspekt ... Kannst du dich noch an diesen Erpresser erinnern, der Lebensmittel in Supermärkten vergiftete? Wer war das noch, wer war das noch?« Thea schnippte mit den Fingern und rutschte in ihrem Liegestuhl hin und her.

Margot entsann sich blass, die Sache hatte die Republik einige Wochen in Atem gehalten. Sie erinnerte sich an Menschen, die im Geschäft die Aludeckel der Joghurts und anderer Produkte inspizierten, um mögliche Einstichlöcher zu entdecken. Thea machte sie verrückt mit ihrer Unruhe.

»Thomy! Der Thomy-Erpresser!«, triumphierte Thea und legte die Stirn in Falten. »Das Zeug könnte also zu einem viel früheren Zeitpunkt und von sonst wem, beispielsweise im Laden, in den Meerrettich gemixt worden sein. Ein interessanter Aspekt, den wir nicht außer Acht lassen dürfen.«

»Wo soll dann der restliche Meerrettich geblieben sein? Inge wird ja wohl kaum ein komplettes Glas oder eine ganze Tube auf ihr Baguette gegeben haben«, gab Margot zu bedenken.

Thea sinnierte eine Weile und Margot hoffte, sie gäbe sich einfach damit zufrieden, dass die Bittmanns nun weit mehr im Visier der Polizei standen als zuvor. Doch leider irrte sie sich.

»Das ist ja alles schön und gut. Vielleicht bringt es uns weiter, wir dürfen nichts außer Acht lassen. Aber eine Frage bleibt ...«, resümierte Thea und machte eine Kunstpause, die sie sich für Margots Geschmack hätte schenken können. »Wieso wollte Inge dich treffen? Ich werde das Gefühl nicht los, dass dies der entscheidende Punkt ist, den wir aus den Augen verloren haben – Meerrettich hin oder her.« Für einen Moment versank sie in stiller Konzentration. »Du hast selbst gesagt, wir müssen von Inge aus denken, um weiterzukommen. Und ich bin zu dem Schluss gelangt, dass

Inge dich möglicherweise nicht um deiner selbst willen treffen wollte.«

»Ach nein?« Margot wurde zunehmend gereizt. »Warum dann?« Sicher folgte jetzt gleich eine höchst komplexe Erläuterung, bei der jeder außer Thea den Faden verlor und am Ende so schlau war wie zuvor. Sie hatte einfach keine Lust mehr auf Theas Theorien.

»Ich glaube«, sagte Thea mit Bedacht und schaute Margot einen Moment unsicher in die Augen, um beim Weitersprechen den Rosenstrauch anzustarren. »Wegen deines Vaters. Vielleicht auch wegen Inges Vater. Sie sind irgendwie das Bindeglied, ich weiß nicht, wie ich es nennen soll ... Der Dreh- und Angelpunkt bei der ganzen Geschichte halt.«

»Mein Vater?« Margots Stimme stieg ein wenig in die Höhe. »*Mein* Vater und *Inges* Vater?«

Thea nickte und schaute sie ernst an. »Herr Runge hat dir doch von diesem Foto erzählt, das Inge ihm gegeben hat und auf dem auch dein Vater abgebildet ist. Herr Runge ist so doch überhaupt erst auf den Gedanken gekommen, dich anzurufen. Weil er von Inge wusste, dass es eine Tochter von Wilhelm Meerapfel gibt, zu der sie Kontakt aufnehmen wollte.«

Margot schüttelte den Kopf und spürte im nächsten Augenblick, wie schlecht ihm das tat. So ein Blödsinn! Ihr Vater war schon ewig tot und auch Inges Vater war vor seiner Tochter verstorben. Die beiden Männer konnten nichts mit dem Mord an Inge zu tun haben, das widersprach jeder Logik. Thea phantasierte und verrannte sich offenbar in ihre Rolle als Miss Marple.

**Sie hatte Sehnsucht.** Der Himmel hatte voller Geigen gehangen, alles schien neu, aufregend und verheißungsvoll. Doch nun herrschte totale Funkstille. Mit jedem Blick in die Mailbox oder aufs Handy sank Ettas Zuversicht, dass sich Clara bald wieder melden würde. Ihre Versuche, Kontakt aufzunehmen, waren ins Leere gelaufen. Die Ungeduld wich erst Enttäuschung, dann Ärger.

Was hatte sie schon getan? Sich verplappert – gut, das war ungeschickt gewesen, aber keine wirkliche Katastrophe. Außerdem hatte Clara sie nicht explizit darum gebeten, das Thema Margot gegenüber zu verschweigen. Es war ihre Entscheidung, Unterricht und Studium zu schmeißen. Und niemand machte ihr deshalb Vorhaltungen, Margot und Thea definitiv nicht. Was stellte Clara sich also so an? Sicher, Etta wusste nicht, wie die Eltern reagierten, die alles finanzierten, sonst aber offenbar keine sehr präsente Rolle im Leben ihrer Tochter einnahmen. Für Etta war Margot Claras Familie, Thea mit eingeschlossen, und beide schienen Claras Entschluss zu respektieren.

Ihr letzter gemeinsamer Besuch bei Margot lag nun exakt fünf Tage zurück. Etta verfluchte ihren Vorschlag, an jenem Abend noch schnell dort vorbeizufahren. Hätten sie das nicht getan, wäre ihre Welt dann nach wie vor rosarot? Läge sie in diesem Augenblick in Claras Armen, statt allein mit dem Laptop auf dem Sofa?

Sie sollte sich zwingen, nicht mehr als zweimal am Tag ihre Mails zu checken, so, wie sie das bisher auch gehalten hatte. Sie kam sonst noch um vor Enttäuschung und vor Selbstverachtung dafür, dass sie es nicht lassen konnte, alle paar Minuten nachzuschauen, ob da endlich eine Nachricht war.

Dabei hatte sie eigentlich Besseres zu tun. Für das kommende Wochenende war sie bei einer alten Freundin zu einer Bauern-Party in die Eifel eingeladen und hatte noch kein Geschenk. Ihre Eltern fragten, wann sie mal wieder vorbeikäme, und im Büro lagen Akten von gleich vier verschiedenen Fällen. Mit einem Kollegen war sie zweimal joggen gewesen und das, obwohl sie Sport im Großen und Ganzen nicht viel abgewinnen konnte.

Wenn sie nicht gerade auf ein elektronisches Lebenszeichen von Clara lauerte, durchforstete sie das Netz zum Thema klassische Musik. Mittlerweile hatte sie sämtliche Violinkonzerte Paganinis auf CD erstanden und hörte sie, wann immer es ging. Das erste und zweite Konzert gefielen ihr am besten. Natürlich blieb nicht aus, dass sie sich dabei vorstellte, Clara spiele die Solovioline. Clara auf der Bühne eines prunkvollen Konzertsaals, hinter ihr ein großes Orchester, neben ihr ein Dirigent, der überaus energisch mit dem Taktstock durch die Luft fuhr. Clara hingegen stand ruhig da und trug das T-Shirt mit dem Schriftzug *Apocalyptica*, mit dem Etta sie das erste Mal gesehen hatte. Natürlich war das keine angemessene Konzertkleidung, aber das Bild war fest in Ettas Vorstellung verwurzelt. Clara spielte mit geschlossenen Augen und schenkte dem Mann auf dem Dirigentenpodest keine Beachtung. Vermutlich sah die Wirklichkeit anders aus, und auch die Solistin hatte dem Dirigenten zu folgen. Doch in Ettas Kopfkino war Clara eine unnahbare Sphinx, deren Spiel nur ihrer inneren Stimme gehorchte und ganz sicher nicht dem Wichtigtuer im Frack. Morgen würde sie mit Margot ein klassisches Konzert besuchen – eine gute Gelegenheit, sich weiterzubilden. Danach könnte sie hoffentlich besser mitreden, sollte sie Clara jemals wiedersehen.

Man gab Bartóks Streichquartett Nr. 5 im Kammermusiksaal des Beethovenhauses in Bonn. Etta nahm neben Margot Platz und schaute sich neugierig um. Sie hatte selten in ihrem Leben ein klassisches Konzert besucht und dennoch wusste sie, sie würde Gefallen daran finden, ohne dass bisher ein Ton erklungen war. Alles wirkte so feierlich und in gespannter Erwartung auf das, was geboten wurde. Es war schön, mit Margot hier zu sein. Ein wenig gab es ihr das Gefühl, dadurch auch Clara näher zu sein. Etta rief sich innerlich zur Ordnung. So zu denken wurde Margot nicht gerecht, die so liebenswert und voller Freude über diesen gemeinsamen Konzertbesuch war. Die Begeisterung stand ihr ins Gesicht geschrieben, trotz ihres sonst so verhaltenen Wesens. Etta blätterte im Programm und sagte: »*Adagio molto*, *Scherzo* und *Andante* – ich bin gespannt, ob ich in der Musik wiedererkenne, was das Programm verkündet. Ich bin schon richtig aufgeregt! Das war eine prima Idee von dir, Margot.«

Margot strahlte sie an, schien etwas sagen zu wollen und nickte dann nur energisch.

Sie lauschten Bartóks Streichquartett und Etta beobachtete genau das *Pizzicato* der Streicher – immerhin wusste sie nun, dank Clara, was das war. So eine Kammermusikbesetzung war etwas ganz anderes als die mächtigen Violinkonzerte von Paganini. Jedes Instrument hatte seine individuelle Stimme und seinen eigenen Charakter, der sich von den übrigen abhob. Am interessantesten fand Etta eine Melodie mit deutlichen Anklängen an Volksweisen, die eine der Künstlerinnen auf ihrer Violine spielte. Etta betrachtete das Instrument. Es sah aus wie eine Violine, schien aber ein wenig größer zu sein. Sie blickte ins Programm. Hinter den beiden Frauennamen standen Cello und Bratsche. Also eine Bratsche. Ob Clara auch Bratsche spielen konnte?

Nach dem Konzert bestand Etta darauf, Margot zu einem Glas Wein und einer Kleinigkeit zu essen einzuladen.

Zu Fuß gingen sie den Bertha-von-Suttner-Platz entlang und kehrten in ein Restaurant neben der Oper ein. Die Bedienung war entsprechend arrogant und die Preisgestaltung frech, doch der Wein und die Auswahl orientalischer Vorspeisen ließen nichts zu wünschen übrig. Sie plauderten über italienische Gaumenfreuden und die Fadheit deutscher Gastronomie. Margot wurde immer lebhafter, befragte Etta zu ihrem Job als Kommissarin und nickte wissend, als diese wie so oft betonte, man dürfe sich ihren Beruf keinesfalls so wie im Film vorstellen. Als Etta ein paar skurrile Details aus dem Kommissariat zum Besten gab, wozu auch die Sicherstellung von Claras Tomaten zählte, lachte Margot so ausgelassen, wie Etta sie zuvor noch nicht erlebt hatte.

Clara hatte es gut getroffen mit Margot als mütterlicher Freundin. Diese Frau besaß Humor und die Gabe, Menschen so zu nehmen, wie sie waren. Ettas Familie stand dem, was den Humor anbelangte, in nichts nach, nur hatten ihre Eltern leider nie einen Hehl aus den ehrgeizigen Erwartungen an ihre Nachkommenschaft gemacht. Und zweifellos hätten sie, anders als Margot, eine riesige Szene veranstaltet, hätte eines ihrer Kinder ein weit fortgeschrittenes Musikstudium an den Nagel gehängt.

Umso unverständlicher war ihr Claras Überreaktion.

Etta erwog, Margot auf Claras Eltern anzusprechen, zögerte aber. Schließlich wusste sie nicht, wie Margot zu Claras Eltern stand. Doch dann entschied sie sich zu fragen. »Denkst du, Claras Eltern sind enttäuscht, dass sie den Unterricht und womöglich das gesamte Studium sausen lässt?«

Margot schaute sie nachdenklich an. »Die Frage ist, ob sie es überhaupt schon wissen. Und nein, ich denke, es kümmert sie im Großen und Ganzen nicht sehr. Sie sind gut mit sich selbst beschäftigt.«

»Aber Claras Mutter ist doch selbst Pianistin, noch dazu eine erfolgreiche.«

»Hat Clara dir gegenüber erwähnt, ob sie mit ihren Eltern gesprochen hat?«

Etta schluckte, dann blickte sie Margot fest in die Augen. »Ich habe länger nichts mehr von Clara gehört.«

»Oh.«

»Ich fürchte, sie ist nicht gut auf mich zu sprechen ...«

»Oh«, sagte Margot wieder und schaute Etta groß an. Etta wartete noch einen Moment in der Hoffnung auf irgendeinen Kommentar, der das Gegenteil beteuerte, aber Margot schwieg und bekam rote Flecken am Hals.

Verlegen spielte Etta mit dem Salzstreuer. »Sie ist sauer, weil mir bei unserem Besuch bei dir herausgerutscht ist, dass sie mit dem Unterricht aufhört.«

»Das ist alles?«

Etta nickte. Zumindest soweit sie wusste. Anders als sie erhofft hatte, machte Margot keine Anstalten, Claras Verhalten zu interpretieren. Stattdessen schob sie die Reste einer Aubergine auf ihrem Teller hin und her und zerbröselte anschließend ein Stückchen Brot. Schließlich sagte sie: »Aber ... aber ihr seid ..., ihr wart euch doch ... sehr nah?« und vermied dabei aufzuschauen.

Etta war verwirrt. Irgendetwas machte Margot befangen. Wieso fragte sie noch, ob zwischen ihr und Clara etwas war? Gewesen war, korrigierte sie sich sogleich. Das war doch wohl sonnenklar. Abwartend schaute sie zu Margot hinüber, die soeben den letzten winzigen Rest ihres Brotes zerkrümelte. Als nichts mehr davon übrig war, schien Margot sich aufzuraffen. Sie setzte sich aufrecht hin, blickte Etta in die Augen und erklärte sehr sachlich: »Es geht nicht um dich, denke ich. Sie muss mit sich ins Reine kommen. Es ist nicht einfach, eine berühmte Pianistin zur Mutter zu haben und gleichzeitig selbst überaus begabt zu sein. Ich glaube, sie weiß noch nicht, was sie mit ihrer Begabung anfangen soll.« Margot machte eine kleine Pause. »Und

Clara neigt manchmal dazu, sich zu verrennen, dann ist sie blind für alles andere. Sie braucht ihre Zeit.«

Etta nickte, auch wenn sie zögerte, wie sie den Schluss auslegen sollte. Wofür brauchte Clara Zeit? Um sich für ihre Beziehung zu entscheiden oder um sich beruflich zu orientieren? Sie mochte nicht nachfragen.

»Sicher hätte ihr dieses Konzert auch gefallen«, sagte Margot unvermittelt.

»Ach«, entgegnete Etta und winkte ab, »die sitzt in ihrem Schmollwinkel. Aber wir beide haben einen wundervollen Abend. Was soll's?«

Margot lächelte fein. »Soweit ich weiß, schätzt Clara Bartók sehr – vielleicht nicht so sehr wie ihren heiß geliebten Paganini, aber doch sehr.«

Etta starrte aus dem Fenster. Rechter Hand lag die blasslila angeleuchtete Oper, links dahinter schimmerten die Lichter der Stadt im dunklen Rhein. Auf der anderen Flussseite machte sie ein bunt beleuchtetes Schiff aus, das gerade ablegte. »Schau mal«, sie deutete hinüber.

»Das ist ein schwimmendes Chinarestaurant. Sie müssen einmal am Tag ablegen ... wegen der Toilettenanlage.«

Etta lachte. »Es ist bei Nacht sicher romantisch an Bord!« Bisher wäre ihr nie der Gedanke gekommen, so ein kitschiges Restaurant romantisch zu finden – aber mit Sternenhimmel und Violinmusik? Sie starrte einen Moment aus dem Fenster und unterdrückte ein Seufzen.

Ihre Augen kehrten zurück zu Margot, die zögernd nickte, ihrem Blick auswich und schnell nach ihrem Weinglas griff.

**Ächzend drehte Margot sich um**, schlug die Augen auf und blinzelte. Noch schlaftrunken zog sie den Vorhang zurück und kniff gleich wieder die Augen zu. Es war taghell.

Sie hätte sich das letzte großzügige Glas Wein gestern Abend nach ihrer Rückkehr sparen sollen. Der *Vino rosso* war lecker, hatte ihr aber auch nicht geholfen, einen ruhigen Schlaf zu finden.

Wieder hatte sie, wie so oft in den vergangenen Tagen, wild geträumt. Sie rollte sich noch einmal fest in ihre Decke ein und spürte dem Traum nach.

Da war Etta gewesen, die mit ihr an Deck einer chinesischen Dschunke vor einer riesigen knusprig gebratenen Pekingente saß. Mit eleganten Bewegungen – so wie sie nur eine Südländerin besaß, da war sich Margot sicher – tranchierte sie den Braten. Aus der Ente schlüpfte eine ganze Orchesterbesetzung samt Instrumenten und gruppierte sich um ihren Tisch. Sie stimmten eine chinesische Oper an, die Etta mit dem Tranchiermesser in der Hand lachend dirigierte, bis schließlich Clara kostümiert und weiß geschminkt auf der Bildfläche erschien und mit quäkender Stimme zu singen begann. Zu guter Letzt betrat Thea mit ihrem Strohhut und einem Pappkarton die Bühne. Mit gewichtiger Miene zog sie bedruckte Seiten daraus hervor und reichte sie Etta, die einen Blick darauf warf und dann jedes einzelne Blatt kopfschüttelnd hinter sich fallen ließ.

Alle schienen eine genaue Vorstellung davon zu haben, was sie taten, und sich köstlich zu amüsieren. Nur sie nicht, die wie festgewachsen an ihrem Stuhl der bizarren Aufführung folgen musste. Die Musik schwoll zu einem unerträglichen Crescendo an und Margot musste sich die Ohren zuhalten; sie wollte das alles nicht hören.

Als sie sich schließlich mit Nackenschmerzen aus ihrem Bett geschält und noch immer benommen einen doppelten Espresso in sich hineingekippt hatte, rief Herr Hirschfeld an. Der Herausgeber des Jahrbuches redete, kaum dass sie sich gemeldet hatte, ohne Punkt und Komma auf sie ein. Man habe beschlossen, so berichtete er, dem Artikel über ihren Vater mehr Raum zu geben und einzelne Meerapfel-Projekte wie das Kinderheim, für das er sich seinerzeit eingesetzt hatte, zusätzlich mit einem gesonderten Beitrag zu würdigen.

»Wie Sie sehen, verehrteste Frau Meerapfel«, beendete Hirschfeld seine Litanei, »tun wir alles in unseren Kräften Stehende – Ehre, wem Ehre gebührt. Der Ball liegt bei Ihnen. Ich wäre glücklich, wenn Sie sich dazu anließen, sich bald mit dem Chronisten Heinrich Lenz zu treffen und zeitnah eine erste Gliederung zu verfassen.«

Margot wusste nicht, wie ihr geschah. Prompt biss sich der altbekannte Kopfschmerz wieder in ihren Schädel. Das Treffen mit Herrn Lenz hatte sie bisher erfolgreich verdrängt. Langsam strengte sie die ganze Angelegenheit mächtig an. So stolz sie das Vorhaben anfangs gemacht hatte, ihrem Vater ein Zeichen zu setzen, so übertrieben empfand sie mittlerweile das Aufheben darum. All das war zu viel. Am Ende steckte doch wieder nur irgendein Lokalpolitiker wie dieser Markus Bennerscheid dahinter, der das Gedenken an ihren Vater für seine eigenen Zwecke nutzen wollte.

Dennoch sagte sie Hirschfeld zu, sich noch heute mit dem Chronisten in Verbindung zu setzen. Pflichtschuldig rief sie den Mann an und war erleichtert, als er vorschlug, ihm zunächst Unterlagen zukommen lassen. Wenn er dann einen ersten Text entworfen hätte, könnten sie sich treffen, um dem Bericht anhand von Margots Erinnerungen eine persönliche Note zu verleihen. Zu Margots Freude klang Herr Lenz überaus nüchtern und sachorientiert. Sie versprach, alles, was sie bisher zusammengestellt hatte, noch am selben Tag zur Post zu bringen.

Nach diesem ungewohnten Telefonmarathon braute sie sich erst einmal einen weiteren Espresso und drehte eine Erholungsrunde durch den Garten. Sie sollte endlich Clara anrufen, um zu hören, wie es ihr ging. Doch sie konnte sich nicht dazu überwinden, weiter zu telefonieren. Reden zu müssen, obendrein in ein Gerät, gehörte wahrlich nicht zu ihren Lieblingsbeschäftigungen, selbst mit Clara nicht.

Gedankenverloren zupfte sie ein Blatt der Zitronenverbene ab, zerrieb es mit den Fingern und schnupperte daran. Die Erkenntnis durchfuhr sie jäh – dies war die Note von Ettas Parfüm! Im Konzertsaal hatte es fein in der Handbreit Luft zwischen ihr und Etta gelegen. Obwohl sie sich bestimmt schon hundertmal am Geruch der Verbene erfreut hatte, schien er ihr plötzlich neu und aufregend. Margot erhob sich. Sie würde auf der Stelle ein Parfüm mit Zitrusnote für sich kaufen! Am besten, sie brachte gleich jetzt die Unterlagen für Herrn Lenz zur Post, dann war ihr das aus den Füßen. Bei der Gelegenheit würde sie bei der Parfümerie vorbeischauen.

Wieder zurück, setzte sie sich mit ihrem Einkauf auf die Terrasse und riss ungeduldig die Verpackung auf. Sie sprühte einen Hauch auf die Innenseite ihres Handgelenks und sog den Duft mit geschlossenen Augen ein. Ja, dies war Ettas Parfüm ... Sie war nicht davon ausgegangen, ihn tatsächlich zu finden, und hätte sich mit einem ähnlichen fruchtig-leichten Geruch zufriedengegeben. Doch schon die vierte Probe in der Parfümerie hatte ihr genau diesen Duft beschert, und Herzklopfen dazu.

Margot benetzte auch ihren Hals mit ein paar Spritzern und las den Text auf der Verpackung: *SANS LIMITES ist ein emotionaler und luxuriöser Duft, der Lust auf die unendlichen Möglichkeiten des Lebens macht.*

Sie seufzte. Ja, das Leben hielt so manches bereit.

*Der positiv stimmende Duft will Selbstbewusstsein und Selbstvertrauen stärken.*

Das schien ihr jetzt aber wirklich etwas dick aufgetragen, so ein Parfüm war schließlich kein Zaubertrunk. Sie schnupperte erneut und ein wohliger Schauer durchfuhr sie. Oder doch? Wenn sie ehrlich war, fühlte sie sich durchaus belebt, geradezu beschwingt. Wie der Text weiter verriet, bestand die Kopfnote aus Orange, Schwarzer Johannisbeere und grünem Chili ...

»Hallo, bist du im Garten?«, drang eine wohlbekannte Stimme an ihr Ohr. Unwillig erhob sie sich und ging um die Hausecke. Am Gartentor stand Thea.

»Da bist du ja. Dachte ich mir doch, dass du draußen bist und die Schelle nicht hörst.«

Margot öffnete das Törchen und ließ die Freundin eintreten.

»Meine Liebe, wir müssen reden –«, Thea unterbrach sich und reckte ihre Nase in die Luft. »Hast du eine Flasche Shampoo getrunken?«

Margot schüttelte konsterniert den Kopf.

»Oder Weichspüler?« Thea rückte näher an Margot heran und schnupperte, wobei sie gleichzeitig die Oberlippe ein wenig nach oben zog. »Das Baby meiner Nachbarin riecht so ähnlich, wie ein Fruchtbonbon oder so. Sie sagt, es sei der Puder für den wunden Popo.«

Es gab Momente, da wünschte sie Thea zum Teufel.

»Wie auch immer, wir müssen reden. Ich habe mir so meine Gedanken gemacht«, sagte Thea und steuerte auf einen der Gartenstühle zu.

Margot schwante nichts Gutes. Unterhaltungen, die Thea mit dem Satz einleitete, sie habe sich ihre Gedanken gemacht, bezogen sich in letzter Zeit ohne Ausnahme auf *den Fall*, wie sie sich auszudrücken pflegte.

»Du musst noch mal mit diesem Herrn Runge sprechen, Margot!«

Sie hatte es geahnt. Thea ließ nicht locker. Margot fixierte einen Punkt auf der Tapete und schwieg. Sollte Thea sich ruhig heißreden, irgendwann würde ihr die Puste ausgehen. Ihr selbst fehlte heute jede Kraft, sich damit auseinanderzusetzen. Mehr noch: Sie wollte sich überhaupt nicht mehr mit dem Mord an Inge befassen. Dafür gab es schließlich die Polizei. Sie, Margot Meerapfel, wollte den Sommer genießen. Seit mindestens fünf Minuten hörte sie schon gar nicht mehr hin. Plötzlich brach der Redestrom jäh ab. Margot blickte erstaunt zu Thea, die ihr prompt entgegenschleuderte: »Wie lange willst du noch die Augen davor verschließen, dass eure Väter sich besser kannten, als du angenommen hast? Inge hatte das herausgefunden und ich gehe jede Wette ein, es hatte auch mit ihren Recherchen zu den Zwangsarbeitern zu tun. Auch wenn du das nicht hören willst!«

Margot schnappte nach Luft, dann fauchte sie empört: »Mit ... Zwangsarbeit hatte mein Vater nichts zu tun!«

»Das habe ich auch nicht behauptet – dennoch solltest du dich damit auseinandersetzen. Und wenn es nur dazu dient, den entscheidenden Schritt zur Aufklärung von Inges Tod zu machen.«

»Dafür gibt es die Kriminalpolizei!«

»Die zu nichts taugt, zu nichts taugt, wie wir wissen!«

»Wie du meinst. Aber das soll nicht mein Problem sein.«

»Ach nein, ach nein? Es ist dir demzufolge völlig egal, wer Inge umgebracht hat, ja?«, schrie Thea sie an. In ihrem Blick stand die blanke Empörung.

Margot erstarrte. Thea schien nicht mehr bei Sinnen! Es war jetzt an ihr, einen kühlen Kopf zu behalten. »Nein, natürlich nicht. Und auch ich wünsche mir sehr, dass der Täter gefasst wird. Aber Inge bleibt tot, so oder so«, antwortete sie mit betonter Ruhe. »Vor allem wird sie nicht wieder davon lebendig, dass wir in der Vergangenheit herumstochern.«

»Wir? *Du*, Margot, *du* solltest endlich deine Scheuklappen abwerfen und schauen, was *du* dazu beitragen kannst, dass der Mord an Inge aufgeklärt wird! Und nicht nur dieser Mord – vermutlich auch so manch anderes aus unserem ach so verschlafenen Städtchen. Dein Ruhestand in Ehren, aber ich verspreche dir, du wirst ihn nie genießen können, wenn du nicht anfängst, ein paar unschöne Dinge zur Kenntnis zu nehmen. Dazu gehört auch die Tatsache, dass Inge sich mit der Vergangenheit ihres Vaters auseinandergesetzt und Dinge ans Licht geholt hat, über die keiner in Honnef spricht. Keiner! Die Naziverbrechen haben nicht nur irgendwo fernab in Berlin, München und im Osten stattgefunden, nein, auch vor den Haustüren dieses Provinznestes, in dem wir leben! In dem du und ich leben, Margot! Wir können all das nicht ignorieren, wenn wir Inges Tod aufklären wollen. Sprich mit Herrn Runge, damit wir endlich erfahren, was er im Detail für Inge herausgefunden hat!«

Als Thea zornig nach Hause abgerauscht war, zitterte Margot vor Aufregung. So fern war ihr die Freundin noch nie gewesen. Konnte sie denn keine Ruhe geben? *Ihren* Vater in eine Reihe zu stellen mit dem alten Bittmann, der Zwangsarbeiter bei sich schuften ließ, das ging wahrhaftig zu weit. Als habe er damit etwas zu tun – nur weil er Richard Bittmann offenbar besser kannte, als sie bisher gedacht hatte. Irgendwann war es vorbei mit Margots Bemühen, die Beherrschung zu wahren, ihr war der Kragen geplatzt und sie hatte Thea heftig angeschnauzt. Ihr Vater sei schließlich Demokrat gewesen! Ob sie sein außergewöhnliches Engagement als Bürgermeister vergessen hätte?!

Thea hatte darauf nur eine verächtliche Antwort: »Demokraten? Das waren sie doch alle nach fünfundvierzig.«

Sicher, sie hatte recht. In ihrer Kindheit und Jugend war alles unter den Teppich gekehrt worden. Ihr Geschichtsunterricht endete damals bei Wilhelm dem II., der Erste Weltkrieg wurde bestenfalls noch am Rand erwähnt. In der Klasse gab es viele Kinder, deren Väter, wie es hieß, im Krieg geblieben waren, doch dieser Krieg wurde im Unterricht ausgespart. *Den Russen* und *die Roten* wollte keiner vor der Tür haben und für so manches Vergehen, so hörten sie als Kinder, wäre man früher abgeholt worden. Dafür hätten Frauen nachts allein über die Straße gehen können, denn damals herrschte *Zucht und Ordnung*. Thea, Inge und sie waren in einer Blase des Schweigens und der Andeutungen großgeworden.

Dennoch, warum war Thea so besessen von der Idee, Inges Tod hätte etwas mit ihren Vätern zu tun?

Immer noch völlig aufgewühlt, tigerte Margot durch den Garten, auf der vergeblichen Suche nach Ruhe. Schließlich ging sie zurück ins Haus. Eine Weile blieb sie vor einer kleinen Schwarz-Weiß-Aufnahme in ihrem Wohnzimmer stehen, die ihre Eltern zeigte. Forschend betrachtete sie die Züge ihres Vaters. Er sah genau so aus, wie sie ihn aus ihrer Kindheit in Erinnerung hatte. Freundliche, milde Züge, ein wenig verschmitzt.

Wie von einer fremden Kraft getrieben, betrat sie ihr Arbeitszimmer und zog die alten Alben aus dem Regal. Sie legte sie auf ihren Schreibtisch, blätterte noch im Stehen kurz hinein und stellte die meisten wieder zurück. Sie enthielten Fotos aus der Zeit nach dem Krieg. Zwei schmale Bände blieben übrig. Margot schob sie unschlüssig ein wenig auf dem Tisch hin und her, dann setzte sie sich, griff ihre Lesebrille und zog eines der Alben zu sich heran.

Die Aufnahmen stammten ganz offensichtlich aus der

Lehrzeit ihres Vaters als Fotograf. Verschiedene Porträts ihr unbekannter Personen, das eine oder andere Landschaftsbild, aber vor allem das Gesicht einer Kleinstadt in den vierziger Jahren. Die Bilder waren penibel beschriftet und mit Datum versehen. Von einigen Fotografien gab es zwei, manchmal drei Abzüge von unterschiedlicher Helligkeit oder mit schwächeren und stärkeren Kontrasten. Neben der Bezeichnung des Objekts war eine Reihe von Zahlen unter den Fotos vermerkt. Vermutlich hatte er Belichtungszeit und Blende variiert. Die Arbeit eines Lehrlings.

Zögernd griff sie zum zweiten Band. Dies war das Album eines Soldaten. Ein vergilbtes Heft lag zwischen Deckel und Seiten. Sie warf einen kurzen Blick darauf. Es war das Soldbuch ihres Vaters. Sie beachtete es nicht weiter und blätterte die Fotoseiten auf. Die erste Seite war in schnörkeliger Sütterlinschrift mit *Paris, Paris!* überschrieben und zeigte deutsche Soldaten in Siegerpose die Champs Elysées entlangmarschieren. Es folgte eine Reihe Bilder der Stadt unter deutscher Besatzung, meist mit lachenden Soldaten darauf, vermutlich Kameraden ihres Vaters. *Belgien* lautete die Überschrift des nächsten Abschnitts. Wie Margot wusste, war ihr Vater auch dort gewesen. Aufnahmen bekannter Städte, deutsche Soldaten, ab und an Zivilisten – alles Bilder, die den Kriegsalltag fernab von Kampfhandlungen und Leid zeigten. Es folgten Fotos von ländlichen Regionen, die Margot nicht zuordnen konnte und zu denen es keine Ortsangaben gab. Immer wieder Soldatengruppen bei der Rast, beim Essen in Wirtshäusern, teils sehr ausgelassen, offenbar mit viel Alkohol. Auch ihren Vater erkannte sie auf dem einen oder anderen Bild. Auf einigen Aufnahmen sah man Militärfahrzeuge, Panzer, kleine Flugzeuge, vor denen sich Soldaten gruppiert hatten. Es wirkte geradezu harmlos.

Dann folgte eine Reihe Fotos von Dörfern, mit kleinen bescheidenen Häusern, wie sie nach Margots Dafürhalten nicht in Frankreich oder Belgien zu finden waren. Sie schienen eher nach Osteuropa und Russland zu passen – allerdings hatte ihr Vater immer nur von Einsätzen in Belgien und Frankreich gesprochen. Im letzten Viertel des Albums waren die Bilder nachlässiger eingeklebt. Manche hatten sich gelöst, Beschriftungen fehlten völlig.

Auf den letzten beiden Seiten waren wieder Aufnahmen posierender Soldatengruppen eingefügt. Margot stutzte. Unschwer war die Erpeler Ley auf einem der Fotos zu erkennen. Das war keine acht Kilometer von Bad Honnef entfernt! Auf einem weiteren erkannte sie den Rhein mit der Kirche von Mehlem, ebenfalls unweit von Bad Honnef auf der anderen Rheinseite gelegen. Das Foto musste von Königswinter aus aufgenommen worden sein. Die Soldaten auf diesen Bildern wirkten längst nicht mehr so ausgelassen wie vor dem Arc de Triomphe. Ihre Gesichter waren schmal, das Lachen eher trotzig.

Wie Margot wusste, hatte ihr Vater beim Kampf um die Brücke von Remagen mitgekämpft, danach war er in amerikanische Gefangenschaft geraten. Hierzu passte das Bild von der Erpeler Ley, die rechtsrheinisch gegenüber von Remagen lag und von wo aus deutsche Stellungen vergeblich versucht hatten, den amerikanischen Vormarsch und die Rheinüberquerung zu stoppen. Es waren vermutlich die letzten Aufnahmen, die ihr Vater als Soldat gemacht hatte. Fotos aus der Zeit der Gefangenschaft gab es nicht.

Margot griff nach einem Bild, das eine Dreiergruppe zeigte und sich etwas vom Karton des Albums gelöst hatte. Drei Soldaten, die Arme umeinander gelegt, lachten in die Kamera. Rechts stand unverkennbar ihr Vater, neben ihm ein Soldat, der an der Uniform eine merkwürdige Plakette trug, die für Margot wie ein Karnevalsorden aussah, wenn er sie auch seitlich auf Hüfthöhe und nicht vor der Brust trug. Links, kleiner als die anderen beiden Männer, stand ein schmächtiger Soldat. Margot betrachtete das zarte Gesicht des jungen Mannes, ein halbes Kind. Hatte man zur Verteidigung des Rheins auch so junge Kerle herangezogen? Vorsichtig löste sie das Bild aus dem Album. In der Schrift ihres Vaters war auf der Rückseite vermerkt: *mit Richard und Hänschen.*

Margot hielt die Luft an. Ihr wurde ganz heiß. Richard? War dies womöglich Richard Bittmann? Sie betrachtete das Foto erneut. Zwar hätte sie ihn nicht erkannt, aber er konnte es sein. Falls er es war, so hatte er zu diesem Zeitpunkt noch nicht seinen Arm und sein Auge verloren.

Und wer mochte Hänschen sein? Margot suchte nach Vertrautem in den Gesichtszügen des jungen Mannes, doch eine Ähnlichkeit mit einem Bekannten oder alten Freund ihres Vaters konnte sie nicht ausmachen.

War dies vielleicht das Foto, das Inge Martin Runge gegeben hatte? Margot legte das Bild vor sich auf den Tisch. Hatte Thea recht und sie sollte den Historiker erneut aufsuchen, um ihn zu fragen, ob er wusste, warum Inge sich mit ihr hatte treffen wollen.

Nachdenklich klappte sie das Album zu. Wann hatte ihr Vater es erstellt, noch im Krieg oder erst später? Sie legte die Fingerspitzen an die Schläfen und starrte auf das Foto. Vater und Richard Bittmann kannten sich offenbar spätestens seit den letzten Kriegstagen. Ihr Blick blieb an dem Aktenordner mit dem Kaufvertrag des Hauses hängen, den sie neulich durchforstet hatte. Sie zog ihn zu sich heran, suchte den Vertrag heraus und studierte ihn erneut. Wie viel hatte ihr Vater Richard Bittmann wenige Jahre nach Kriegsende zahlen müssen? Margot blätterte um und starrte ungläubig auf die Kaufsumme. Fünftausend Deutsche Mark – das konnte selbst zur damaligen Zeit nicht viel gewesen sein. Auch wenn das Haus sicherlich in einem schlechten Zustand gewesen war, hatte ihr Vater da wohl ein richtiges Schnäppchen gemacht!

**Am folgenden Tag fasste Margot** sich ein Herz und ging zu Thea. Die schien für den Moment überrascht, als sie sah, wer vor ihrer Tür stand, verhielt sich dann jedoch wie immer. Kaum hatte sich Margot auf der Küchenbank niedergelassen, hielt sie Thea das Bild unter die Nase.

»Hier, das habe ich gestern gefunden ... im Kriegsalbum meines Vaters. Ich habe mich gefragt, ob dies das Bild ist, das Inge Martin Runge gezeigt hat. Mein Vater, ein gewisser Richard – vermutlich Richard Bittmann – und ein Soldat namens Hänschen sind darauf zu sehen.« Margot verstummte, ihre Stimme wollte nicht so recht.

Thea schaute ihr kurz in die Augen, dann betrachtete sie eingehend das Foto und die Beschriftung auf der Rückseite. »Mein Gott, wie jung sie waren! Dein Vater war bei Kriegsende auch noch keine Mitte zwanzig, aber das Jüngelchen hier – ein richtiges Milchgesicht, wie konnte man das in Uniform stecken und an die Front schicken?«

»Wenn es dasselbe Bild ist, das Inge Herrn Runge gezeigt hat, dann müsste dieses Milchgesicht der Soldat sein, für den sich Inge seiner Auskunft nach so sehr interessiert hat.«

»Für diesen Hans also hat sich Inge interessiert«, brummte Thea nachdenklich. »Auf Inges Bild stand aber doch nur *mit Wilhelm Meerapfel*!«

Margot nickte zögernd, und obwohl sie Theas Blick sehr wohl verstand, war sie ihr dankbar, dass sie nicht wieder davon anfing, sie solle zu Martin Runge gehen.

»Weißt du von einem alten Freund oder Kriegskameraden deines Vaters, der Hans hieß?«

Margot schüttelte den Kopf. Der Name war in der Generation so häufig. »Ich wüsste nicht.«

Doch Thea achtete nicht auf sie und starrte weiter auf das Foto. »Mein Gott, so jung!«, murmelte sie vor sich hin. »Ob er überlebt hat? Dass sie halbe Kinder in den Krieg geschickt haben ... Der Bittmann hatte hier seinen Arm noch nicht verloren, das Auge auch nicht – ich denke übrigens, dass er das tatsächlich ist, der alte Bittmann.« Sie saß eine Weile schweigend da, als es unvermittelt aus ihr herausbrach: »Vielleicht hat mein Vater doch Glück gehabt – auf gewisse Weise. An die Front musste er nicht, da ist er noch mal knapp dran vorbeigekommen ...«

Margot horchte auf. »Was meinst du?«

Thea schaute nicht auf. Sie starrte weiter auf das Bild und sagte mehr zu sich selbst: »Er war beim Arbeitsdienst. Er war ja ein paar Jahre jünger als dein Vater. Irgendetwas ist passiert ...« Sie brach ab. »Auf jeden Fall war er eine Nacht im Knast bei der Gestapo, wo sie ihm, wie meine Mutter sich ausgedrückt hat, eine ordentliche Tracht Prügel verpassten – daher hatte er wohl das lahme Bein, weißt du?«

»Das wusste ich nicht.«

»Er hat selbst nie davon gesprochen. Meine Mutter hat es mir erzählt, da war ich längst erwachsen und verheiratet und mein Vater seit Langem tot. Hätte sie doch eher geredet, dann hätte ich so manches besser verstanden.«

»Was?«

Thea zuckte die Achseln. »Wieso für ihn die Dinge hier im Ort so schlecht gelaufen sind, damals, in meiner Kindheit und Jugend. Warum er mit seinem kleinen Geschäft nie auf einen grünen Zweig gekommen ist ... Die ganzen Bonzen saßen doch nach wie vor an wichtigen Stellen, die haben füreinander gesorgt. Er war für sie immer noch der Verräter und Abweichler, der Sozi, der Kommunist, was weiß ich. Und das Jahre nach Kriegsende! Er war isoliert, als hätte er die Beulenpest. War auf eine gewisse Art schlimmer als Knast und Prügel, glaube ich. Aber lassen wir das. Auf jeden Fall hat er damals im Krieg noch Glück gehabt. Beim Arbeitsdienst nahmen sie ihn zwar so richtig ran, aber er wurde nicht an die Front geschickt. War mit dem Bein wahrscheinlich unmöglich. Glück im Unglück.« Thea grinste lakonisch. »Beim Arbeitsdienst musste er die Fundamente für die Flakanlage in Königswinter und für die V1-Abschussrampen im Siebengebirge bauen. Zum Schluss war er Flakhelfer. Anderen ist es weiß Gott schlimmer ergangen.«

Theas Bericht, mehr aber noch die Art, wie sie sprach, monoton und resigniert, quälte Margot. All das hatte sie bisher nicht gewusst! Nie hatte die Freundin davon gesprochen. Bestürzt fragte sie sich, wieso Thea ihr offenbar nie genug Vertrauen geschenkt hatte, um ihr das Herz auszuschütten – ihr, die sie von Kindesbeinen an kannte, die immer auf dem Laufenden gewesen war, was Theas Familienleben oder die kleinen und großen Sorgen um Kinder und Spedition anging.

Es war ein scheußliches Gefühl. Eine beklemmende Distanz, die sie nie zuvor verspürt hatte, lag mit einem Mal zwischen ihnen.

Margot blickte aus dem Fenster. Sie erinnerte sich noch gut an Gottfried Pütz, seinen hinkenden Gang und den kleinen Eisenwarenladen, in dem auch Thea als junge Frau eine Weile hinter der Ladentheke gestanden hatte, während sie selbst Abitur machte und studierte. Jetzt, wo sie Gottfried Pütz' Geschichte kannte, sah sie Theas Zorn über Inges Vater, der Zwangsarbeiter ausgebeutet hatte, in ganz anderem Licht. Theas Wunsch, den Mord an Inge aufzuklären, die begonnen hatte, die dunkle Seite ihrer Familiengeschichte auszuleuchten, war umso verständlicher.

Sie sollte Thea, der so viel an der Aufklärung des Falls

lag, wirklich helfen. Und sei es, indem sie bewies, dass deren Theorie, die Bekanntschaft zwischen Wilhelm Meerapfel und Richard Bittmann hätte etwas mit Inges Tod zu tun, eine Sackgasse war, die nicht weiterverfolgt werden musste.

**Margot schlug zügig den Weg vom Kölner** Hauptbahnhof zum EL-DE-Haus ein, wo Martin Runge sie erwartete. Wenn sie nun schon einmal in Köln war, würde sie sich bei Clara melden, vielleicht konnten sie sich spontan auf einen Kaffee treffen. Jetzt wäre so ein Handy praktisch. Sicher fand sie ein öffentliches Telefon, auch wenn Thea behauptete, Telefonzellen seien vom Aussterben bedroht. Nach dem Gespräch mit Runge blieb immer noch Zeit, Clara anzurufen – spontan war spontan.

Sie überquerte die Elisenstraße, hielt auf einer Verkehrsinsel kurz inne und starrte hinüber zum EL-DE-Haus. Dunkelbraun und finster ragte das Gebäude vor ihr auf. Ihr war mulmig bei dem Gedanken, dass dies die Kölner Gestapozentrale gewesen war. Die Gestapo hatte auch Theas Vater verhört. Wo war eigentlich ihr Quartier in Honnef oder Königswinter gewesen? Sie wusste es nicht. Sie wusste so vieles nicht.

Bei ihrem letzten Besuch hatte Martin Runge ihr knapp das Dokumentationszentrum und sein Forschungsfeld erläutert. Er hatte aber kein Wort darüber verloren, wie es sich anfühlte, sein Büro zwei Etagen über den Kellern zu haben, in dem die Gestapo Hunderte gefoltert und ermordet hatte. Sie selbst, da war sich Margot sicher, könnte keinen klaren Gedanken an solch einem Ort fassen.

Schaudernd betrat sie das Gebäude und stieg schnurstracks in den zweiten Stock, ohne die Hinweisschilder und Informationstafeln der Gedenkstätte zu beachten. Sie führte ein konkretes Anliegen hierher, danach würde sie dieses schreckliche Haus, aus dessen Steinen die Vergangenheit zu quellen schien, nicht mehr betreten müssen.

Vor der Tür des Historikers sammelte sie sich, klopfte an und trat ein. Martin Runge sah von seinem Computer auf, kam hinter seinem Schreibtisch hervor und schüttelte herzlich ihre Hand. Offenbar bemerkte er nicht, wie elend sie sich in diesen Mauern fühlte, sondern berichtete, kaum, dass sie saß, von seiner Aussage bei der Bonner Kripo am Tag zuvor. Er fühle sich sehr erleichtert, den Beamten sein Wissen und seine Vermutungen über Inges Verhältnis zu ihrer Familie mitgeteilt zu haben, und sah es als glückliche Fügung, bei seiner Suche nach Inge auf Margot gestoßen zu sein. Er dankte ihr dafür, dass sie ihn motiviert hatte, zur Polizei zu gehen.

Margot beschlich langsam das Gefühl, der Mann würde überhaupt nicht mehr aufhören zu reden. Da er keine Anstalten machte, sie zu fragen, was genau sie zu ihm führte, musste sie wohl selbst zum Anlass ihres Besuchs kommen. Wie sollte sie die passenden Worte und eine schlüssige Begründung dafür finden, dass sie gerne zwei Fotos miteinander abgleichen wollte? Letztlich tat sie es auch nur, weil Thea es sinnvoll fand.

Als Herr Runge ihr zum zweiten Mal ein Glas Wasser einschenkte, nutzte Margot nach ausführlichem Räuspern die entstandene Pause: »Herr Runge, wie ich ja bereits am Telefon andeutete, habe ich ein Foto entdeckt, das vielleicht dasselbe Motiv zeigt wie das von Inge, anhand dessen Sie auf den Namen Wilhelm Meerapfel gestoßen waren.«

»Ja, ja, Moment ich habe es hier«, antwortete er, stand auf und zog eine Akte aus dem Regal hinter sich. Er blätterte einen Augenblick, dann reichte er Margot die Fotografie. Es war exakt dieselbe. Auf der Rückseite stand in einer ihr unbekannten Schrift *mit Wilhelm Meerapfel.* Sie zog das Bild aus dem Album ihres Vaters hervor und reichte es dem Historiker. »Dieses fand ich durch Zufall ...«

Martin Runge nickte und blickte auf die Rückseite des Fotos. »Immerhin wäre Frau Miller mit dieser Beschriftung ein Schrittchen weitergekommen. Offenbar wurde der dritte Soldat, für dessen Identität sie sich so interessierte, Hänschen genannt.« Er machte eine kleine Pause und betrachtete erneut die Vorderseite der Fotografie. »Wobei es in dieser Generation viele gegeben hat, die den Namen Hans trugen. Schade, dass kein Nachname angegeben ist. Muss ein noch sehr junger Mann gewesen sein, dieser Hans, finden Sie nicht, Frau Meerapfel?«

Margot nickte. »Mein Vater war Jahrgang 1921. Das Bild befand sich am Ende eines Kriegsalbums, das chronologisch aufgebaut ist. Wenn die Aufnahme von 1945 ist, war mein Vater damals vierundzwanzig Jahre alt.«

»Herr Bittmann wurde 1919 geboren. Er war somit der Älteste dieser drei Kameraden.«

»Ja?« Margot fand das unwichtig, vielmehr wunderte sie sich, wieso nur ihr Vater den dritten Soldaten namentlich festgehalten hatte. »Warum, denken Sie, hat Richard Bittmann nur den Namen meines Vaters auf der Rückseite seines Bildes notiert?«

Martin Runge zuckte die Schulter. »Keine Ahnung. Möglicherweise erinnerte sich Richard Bittmann nicht mehr an den Namen des jungen Soldaten?«

Margot überlegte einen Augenblick. »Hänschen ist eher ein Spitzname – ich meine, es ist ja doch etwas verniedlichend für einen jungen Mann ... mir scheint, er war sicher viel zu jung für den Krieg, aber auch kein Kind mehr.«

»Ja, das mag sein«, antwortete Martin Runge. »Oder

dieser Hans stand ihrem Vater näher, war eher ein richtiger Freund als ein Kriegskamerad.«

»Meinen Sie?« Margot gefiel der Gedanke. Im Umkehrschluss bedeutete Martin Runges Vermutung, dass Richard Bittmann ihm weniger nah gestanden hatte als der andere Soldat. Es war ihr nur recht, wenn es keine so enge Verbindung zwischen Inges Vater und ihrem gegeben hatte.

Martin Runge unterbrach ihre Gedanken. »Ihr Vater war Gefreiter, wie ich an seiner Uniform sehe – und offenbar Fotograf. Er trägt eine lederne Fototasche um die Schulter. Hänschen war ein einfacher Soldat, Richard Bittmann Obergefreiter.«

»Obergefreiter ist der höchste Rang?«, vergewisserte sich Margot. »Trägt er deshalb dieses komische Ding, das wie ein Karnevalsorden aussieht?«

Martin Runge lachte bitter auf. »Karnevalsorden? Leider nein. Dies ist ein Kettenschild der Feldpolizei. Frau Miller hat mich auch danach gefragt. Mit einer Lupe kann man den Schriftzug Feldgendarmerie gut entziffern.«

»Feldgendarmerie – er war also gar kein Soldat?«

»Doch, doch. Die geheime Feldpolizei gehörte innerhalb der Wehrmacht zu den Ordnungstruppen. Feldpolizeibeamte leiteten ihre Einheiten, die sich ausschließlich aus der Sicherheitspolizei rekrutierten, also aus Gestapo und Kriminalpolizei, die zur Wehrmacht abkommandiert waren. Wehrmachtsangehörige, die durch besondere Kenntnisse oder Fähigkeiten für den geheimpolizeilichen Einsatz geeignet erschienen, wurden zu Hilfs-Feldpolizei-Beamten ernannt. Soldaten und Unteroffiziere, die man in die Feldpolizei übernommen hatte, behielten ihren militärischen Dienstgrad.«

Margot erstarrte. Gestapo, Sicherheitspolizei, die Begriffe allein lösten eine zunehmende Beklommenheit bei ihr aus. »War mein Vater auch bei der Feldpolizei …?«

Der Historiker zuckte mit den Schultern. »Ich weiß es nicht. Er betrachtete das Bild, als hielte er es zum ersten Mal in den Händen. »Ihr Vater trägt eine einfache Felduniform.« Er schien ihre Gedanken zu ahnen und fuhr fort: »Bittmann und ihr Vater gehörten aufgrund ihres Alters und als Mannschaftssoldaten niedrigen Ranges mit großer Wahrscheinlichkeit nicht zu den aus der Gestapo Rekrutierten. Sie sind wie Millionen andere junge Männer eingezogen worden. Richard Bittmann wurde dann offensichtlich für die Feldpolizei rekrutiert.«

Margot atmete auf. Ihr Vater war, wie sie immer schon gewusst hatte, einfacher Soldat gewesen. Sie warf einen Blick auf ihre Armbanduhr, langsam sollte sie sich wieder auf den Weg machen.

»Die Feldpolizei hatte Zugriff auf die Uniformen sämtlicher Einheiten und durfte Zivilkleidung tragen, falls das notwendig erschien. Sie konnte auf Papiere und Ausweise jeglicher Art zurückgreifen, wie die Agenten eines Geheimdienstes«, erklärte Martin Runge weiter. »Aus Bittmanns Soldbuch, das mir Frau Miller gab, konnte ich rekonstruieren, dass seine Kompanie auch eingesetzt wurde, um die Devisenschutzkommandos in den Benelux-Ländern und Frankreich zu unterstützen.« Martin Runge schaute sie nachdenklich an und schwieg.

Die Stille war Margot körperlich unangenehm und doch mochte sie nicht länger anhören, was er ihr alles zu erläutern hatte. Ihr Vater hatte nie irgendetwas von dieser Feldpolizei erzählt, von Agenten und Geheimdiensten erst recht nicht. Den Begriff Devisen brachte sie mit Bankgeschäften und Außenhandel in Verbindung, sicher nicht mit dem Krieg und einem Schutzkommando – was immer man sich darunter vorzustellen hatte. Sie war erschöpft. Mit einem Historiker über sein Fachgebiet zu sprechen erwies sich als ermüdend und diese Details waren ihr auch völlig unwichtig. Ihr Vater musste wie alle anderen seiner Generation als junger Mann Soldat werden, ob er wollte oder nicht, ganz so, wie es Martin Runge zuvor gesagt hatte. Punkt. Sie sollte jetzt aufbrechen und Clara anrufen. »Danke für die ausführlichen Erläuterungen, Herr Runge, sie haben mir sehr geholfen. Ich muss gestehen, dass mir Begriffe wie Feldpolizei bisher fremd waren und ich auch nicht weiß, was ein Devisenschutzkommando ist, aber was das Foto angeht, habe ich nun Klarheit.« Margot griff nach ihrer Tasche, doch Martin Runge überging ihren Aufbruch.

»Devisenschutzkommandos beschlagnahmten in okkupierten Staaten Devisen, Aktien, Gold, Diamanten, Schmuck und Kunstgegenstände aus Privatbesitz. Diese Kommandos wurden überwiegend mit Finanzbeamten besetzt und vom Devisenfahndungsamt geführt, das der Gestapo angegliedert war. Ein anschauliches Beispiel dafür, wie die Verwaltung die Ausbeutung anderer Länder, vor allem aber der Juden, umgesetzt hat. Allein in Frankreich trieben diese Kommandos ein Vermögen von über 300 Millionen Reichsmark ein – auch so wurde der Krieg finanziert.«

Margot seufzte innerlich auf. Konnte dieser Mann nicht aufhören, sie mit noch mehr Details zu überschütten – wozu sollte das gut sein? Sie mochte sich nicht vorstellen, wie Beamte im Nazi-Staat zu Tätern wurden. Wie wäre es wohl ihr ergangen, als Lehrerin für naturwissenschaftliche Fächer – hätte sie sich aus allem heraushalten können? Sie rutschte ein Stück auf ihrem Stuhl vor.

Als spürte der Historiker ihre Unruhe, wechselte er das Thema und sagte schwungvoll: »Hatte ich eigentlich schon erwähnt, dass Inge Miller plante, eine Stiftung ins Leben zu rufen?«

Margot schüttelte den Kopf. Inge war offenbar sehr engagiert gewesen.

»Ach richtig, das habe ich ja nur der Polizei erzählt.« Er

fuhr sich durchs Haar und lächelte. »Eine gute Idee von Frau Miller. Sie war fest entschlossen, ihren Erbteil dafür zu nutzen, eine Stiftung zu gründen, die über das Schicksal der Zwangsarbeiter in Deutschland aufklärt.«

»Ach?«, fragte Margot, »das ist doch bemerkenswert – bei ihrer Familiengeschichte ... ein Zeichen der Versöhnung gewissermaßen.«

Martin Runge nickte. »Ja. Sie hat es sich weiß Gott nicht leicht gemacht und sich mit ihrem Vater und ihrer Familie auseinandergesetzt. Sie war nicht die Erste, die hier zu uns ins Dokumentationszentrum kam, um sich Klarheit zu verschaffen. Oft legt der Tod eines Angehörigen Verschwiegenes und Verdrängtes frei. Aber Inge Miller setzte sich bereits mit mir in Verbindung, bevor ihr Vater verstarb.«

Margot ließ ihren Blick durch den Raum schweifen. Dieser Mann war zweifellos sehr nett, hilfsbereit und belesen, aber er neigte dazu, ausufernd zu berichten. Während Runge sich in der Statistik der Besucher und Anfragen an das Zentrum verlor, fixierte sie den Kalender mit Tiermotiven, der hinter ihm hing. Sie sollte sich endlich aufmachen und Clara anrufen!

»... Ich habe ihr dennoch von einer Neugründung abgeraten. Es gibt bereits diverse Institutionen und Stiftungen für diesen Zweck, eine weitere hätte nicht unbedingt viel Effekt gehabt, zumal ihr Erbteil sicher stattlich, aber eben auch nicht exorbitant war. Ich habe ihr verschiedene bestehende Organisationen genannt, und sie war entschlossen, in eine von ihnen ihr Erbe einfließen zu lassen.«

Margot nickte und reckte dem Historiker im Aufstehen entschlossen die Hand entgegen. »Ich bin Ihnen wirklich sehr dankbar, dass Sie sich so viel Zeit für mich genommen haben!« Dann beeilte sie sich, zur Tür hinauszukommen.

Was sie jetzt brauchte, war ein richtig guter Kaffee! Clara hatte zum Glück heute Zeit und zugesagt, sich gleich aufs Rad zu schwingen, als sie sie anrief.

Ehe Margot das Café betrat, vertrieb sie sich vor der Auslage eines Buchladens noch ein wenig die Zeit. Selbstheilung, Hypnose, die Rückkehr zum Ich und zehn Schritte zur übersinnlichen Wahrnehmung, das ging ja wohl auf keine Kuhhaut. Die Mischung aus Gesundheitsratgebern und esoterischer Lebenshilfe sprach sie nicht an. Kurz blieb ihr Blick an einem Buch zur Traumdeutung hängen. Vielleicht wäre das etwas – bei all ihren merkwürdigen Nächten in letzter Zeit. Aber das war Mumpitz! Als Naturwissenschaftlerin würde sie sicher spätestens auf Seite drei die Motten kriegen.

Im Café ging es ruhig zu. Clara trat ein, drückte Margot kurz an sich und gab gleich ihre Bestellung auf. Noch leicht erhitzt von der Fahrt, schlürfte sie einen riesigen Milchshake und erzählte dann ausführlich von ihrem Garten und dem Gedeihen der Pflanzen. Erst als Margot dezent auf das Thema Zukunftspläne zu sprechen kam, wurde sie wortkarg. Immerhin war ihr zu entlocken, dass sie weiterhin einige Seminare an der Hochschule besuchte, auch wenn sie nicht zum Unterricht ging.

»Und außerdem«, murmelte Clara kaum hörbar, »komponiere ich zurzeit recht viel.«

Margot freute sich. Das klang doch gut! Wahrscheinlich sollte sie nicht weiter in Clara dringen und einfach darauf vertrauen, dass sie wie bisher ihren Weg als Musikerin beschritt. Sie plauderten noch ein wenig und Clara bestellte einen zweiten Milchshake, dessen künstliche Farbe Margot ekelte. So etwas käme ihr nicht über die Lippen! Sie blieb bei Kaffee und einer weiteren Mandelmakrone.

»Ist eigentlich der Mord an Inge Miller endlich aufgeklärt?«, erkundigte sich Clara, ohne Margot anzuschauen, und kratzte sorgfältig den letzten Schaum aus ihrem Glas.

Margot schüttelte den Kopf. Sie überlegte kurz, ob sie von ihrem Besuch bei Martin Runge erzählen sollte, aber Clara hatte nicht einmal gefragt, wie es kam, dass sie in Köln war. Zur Aufklärung des Mordes hatte das Treffen mit Martin Runge auch nicht beigetragen und die Sache mit dem Foto war für Clara unwichtig. »Nein. Immer noch nicht – hat dir Etta das nicht erzählt?«

Claras Blick verfinsterte sich.

Kein Zweifel, die Erwähnung des Namens war unerwünscht. Herrschte nach wie vor Funkstille zwischen den beiden? Margot unterdrückte ein Seufzen. Was war nur los mit Clara? Sie konnte Etta doch unmöglich noch immer übelnehmen, sich verplappert zu haben – das war nicht fair. Zumal Clara, wie Margot nun wusste, ihren Entschluss mittlerweile aller Welt und selbst ihren Eltern mitgeteilt hatte. Ihrer Mutter, die gerade in einem New Yorker Hotel weilte, hatte dies nicht mehr als ein paar lauwarme Kommentare entlockt.

»Ich habe sie schon länger nicht gesehen«, antwortete Clara lapidar und vertiefte sich in das Muster der Tischplatte.

»Das ist aber doch sehr schade ...« In dem Moment, als sie es aussprach, wusste Margot, sie klang wie eine elende Pädagogin, genau von der Sorte, die sie nie hatte sein wollen, die mit diesem Psycho-Einschlag.

Clara hob nur kurz den Blick, zog die Brauen hoch und sparte sich eine Antwort.

In den Jahren, in denen Clara bei ihr gelebt hatte und auch danach hatte Margot sich bemüht, sich nicht unangemessen in Claras Leben und ihre Entscheidungen einzumischen. Für ihren Geschmack war ihr das recht gut gelungen, doch jetzt ritt sie der Teufel. Es konnte einfach nicht sein, dass Clara derart bockig war, eine so tolle Frau wie Etta wegen einer Lappalie wie eine heiße Kartoffel fallen zu lassen. Da hatte sie endlich mal eine Freundin, die keinen Knall hatte wie diese Susan und dazu gutaussehend und charmant war – und was machte Clara? Sie schmollte vor sich hin.

»Mir schien, ihr habt euch so gut verstanden, ich finde das schade. Ich meine ... ist es ganz aus mit euch?« Margot hielt die Luft an, doch Claras einzige Reaktion blieb ein Schulterzucken. Es war zum weiße Mäuse Melken! »Was hindert dich eigentlich, endlich eine sympathische, völlig unkomplizierte Freundin zu haben, Clara?«, platzte sie mit einem Mal heraus. Grundgütiger, sie redete wie die Mutter einer Tochter, die zum x-ten Mal eine blendende Partie in den Wind geschlagen hat. Dennoch, sie an Claras Stelle ... also wirklich, Etta war schließlich nicht irgendeine Frau!

Claras Reaktion kam prompt. »Margot, vielleicht solltest du ihr einen Heiratsantrag machen? Echt krass, wie du von ihr schwärmst!«

»Ich?«, japste Margot und kicherte. »Also, ich bitte dich, ich doch nicht! Ich habe noch ... also ich könnte doch nicht ... Außerdem geht es hier um dich!« Sie unterdrückte den Drang zu kichern, bis sie fast keine Luft mehr bekam. Trotzdem spürte sie dieses zwanghafte Grinsen, das ihre Mundwinkel bis zu den Ohren zu ziehen schien und sich einfach nicht unter Kontrolle bringen ließ. Noch nie hatte sie sich in Claras Anwesenheit so albern gefühlt.

Clara bemerkte glücklicherweise nichts davon. Mit gleichmütigem Gesicht erklärte sie: »Ich habe jetzt keine Lust, über Etta zu sprechen, auch wenn mir klar ist, dass du eine feurige Italienerin viel spannender findest als Susan. Triff du dich doch mit ihr – ich bin sicher, ihr könnt prima stundenlang über italienische Rezepte plaudern, dabei Rotwein trinken und *Antipasti* verspeisen!«

**Als Clara sich aufs Rad** schwang, stieß ihr der Milchshake sauer auf. Gut möglich, dass ihr auch mehr im Magen lag als nur der. Dieser Tag war für sie gelaufen. Warum musste Margot ihr auch in höchsten Tönen von Etta vorschwärmen? Gerade jetzt, wo sie es schon so lange geschafft hatte, allen Versuchen einer Kontaktaufnahme zu widerstehen. Wüsste sie nicht, dass Margot ein Faible für alles Italienische hatte – du liebe Güte, man hätte fast meinen können, sie sei verknallt in Etta! Dieses Gegacker vorhin: Thea brächte so etwas fertig, bei ihr war Albernheit normal – aber Margot?! Womöglich hatte Thea ja mittlerweile auf sie abgefärbt, so viel, wie die beiden zusammenhockten.

Andererseits war es nicht schlecht, wenn Margot mal mehr aus sich herausging. Was auch immer mit ihr los war, eine ordentliche Prise *Action* war in Margots Leben sicher nicht verkehrt. Sonst igelte sie sich nur in ihren Ruhestand ein und lief Gefahr, zwischen Gemüsebeet, Herd und italienischen Opern zur schrulligen Schachtel zu werden.

Clara trat kräftig in die Pedale. Etta, die taffe Kommissarin, die charmante Italienerin, gefiel Margot; kein Wunder. Doch für sie selbst war die Frau, die in ihrem Leben sicher alles zustande brachte, was sie sich in den Kopf setzte, dauerhaft unerreichbar. Etta mit ihrer völlig unausgebildeten, aber überirdisch schönen Stimme, die das Ausmaß ihres musikalischen Talents gar nicht wirklich begriff oder nicht begreifen wollte, kannte mit Sicherheit keine Selbstzweifel. Sie strotzte vor Selbstbewusstsein und Leichtigkeit. Da konnte so eine wie sie nicht mithalten. Das würde auch Etta früher oder später erkennen.

Es wäre besser gewesen, sich gar nicht erst auf sie einzulassen.

Ihr war nicht entgangen, wie irritiert die Freundin darüber gewesen war, dass sie das Studium geschmissen hatte. So etwas konnte eine wie Etta nicht verstehen, das war klar. Aber sie, Clara, wollte nicht noch eine Freundin, die großartige Erwartungen an sie stellte. Und irgendwann würde der Irritation Verachtung folgen, weil sie mit Ende zwanzig immer noch nichts auf die Reihe gebracht hatte. Das zu erleben, wollte sie sich lieber ersparen.

Sicher, Etta hatte sich bei ihr auch fallen lassen können, war cool und trotzdem weich – das machte sie so anziehend. Und so perfekt. Zu perfekt. Etta hatte einfach alles, was sie selbst nicht hatte. Unter anderem ein musikalisches Talent, das keine Bürde, keine Verpflichtung darstellte. Für Clara war die Begabung anfangs ein wunderbares Geschenk gewesen. Sie hatte Geige gespielt und sich dabei glücklich gefühlt. Die Musik hatte ihr über ihre jämmerliche Familiensituation hinweggeholfen und über die anfängliche Unsicherheit, als sie spürte, dass sie lesbisch war. Doch dann schlug die allgemeine Anerkennung für ihr ausgezeichnetes Spiel schnell in die Erwartung um, sie möge es ihrer Mutter gleichtun. Noch auf dem Gymnasium hatte sie allein vier Mal den ersten Platz beim Bundeswettbewerb von *Jugend musiziert* gewonnen. Niemand hatte etwas anderes erwartet, als dass sie Musik studierte.

Spätestens von da an war der Vergleich ihres Talents mit dem ihrer Mutter bitterer Ernst geworden, ebenso die Spekulation, ob Clara sie eines Tages überflügeln würde oder in ihrem Schatten bliebe. Seither überlegte sie immer wieder, ob es nicht besser wäre, einen ganz anderen Weg einzuschlagen. Doch Musik nur als Hobby zu betreiben, war für sie undenkbar. Sie hatte erfahren, dass die Lehrer ihres Abiturjahrgangs Wetten abgeschlossen hatten, welchen Weg, welches Studium ihre ehemaligen Schülerinnen und Schüler einschlagen würden. Bei Clara hatten alle auf ein Musikstudium gesetzt – bis auf eine einzige Lehrerin.

Inzwischen hatte sie es eingesehen: Ihr Weg war vorbestimmt, seit sie das erste Mal eine Violine in die Hand genommen hatte. Niemals würde sie leben können, ohne zu musizieren. Doch seit ein paar Tagen komponierte sie so viel wie nie zuvor. Hinzu kamen ein paar gewagte Arrangements alter Volksweisen aus Süd- und Südosteuropa. Der musikalische Reichtum der Hirtenlieder war unfassbar groß, die Adaption ihres Rhythmus und ihrer Tonalität in die klassische Musik höchst spannend. Clara betrat damit ein Feld, mit dem sie sich noch nie befasst hatte. Ihr schwebten Stücke für Trios, Quartette, allerhöchstens Quintette vor – ja keine Überfrachtung –, mit einer einfachen, klaren Stimmführung, dafür feinsinnige Variationen des Motivs. Vielleicht sollte sie sich ganz der Komposition widmen und sich endgültig von dem Ziel lösen, Interpretin, gar Solistin zu werden?

Sie würde jetzt in den Garten gehen, sich erden. Am besten, sie nahm die Violine dorthin mit, fernab von Schreibtisch und Notenständer.

**In Beuel leerte sich die Regionalbahn** nach Koblenz merklich. Margot atmete auf und wechselte zu einem Platz am Fenster. Gleich kam der schönste Teil der Fahrt, wenn der Zug dicht am Rhein entlangfuhr und die Sicht auf den breiten Strom und die Ufer frei wurde.

Gelegentlich sollte sie einmal mit Thea eine Radtour nach Bonn unternehmen! Während sie in Gedanken bereits am Uferweg entlangradelte, beschloss sie, nachher bei Thea anzurufen, um ihr den Vorschlag zu machen. Außerdem wollte sie von ihrem Besuch bei Martin Runge berichten. Thea war sicher äußerst angetan von Inges Engagement, eine Stiftung zu gründen. Ihr Vater hatte nicht nur Zwangsarbeiter beschäftigt, sondern war auch als Soldat mit höchst widerwärtigen Aufgaben betraut gewesen. Kein Wunder, dass Inge das Bedürfnis gehabt hatte, mit der Stiftung etwas wiedergutzumachen!

Wer erbte eigentlich, was sie selbst eines Tages hinterließ? Gedankenverloren beobachtete Margot die Spaziergänger und Radler auf dem Rheinuferweg. Auf den Buhnen am Rhein saßen Angler. Ihr fiel Theas Theorie ein, beim Angeln gehe es nur darum, dass Männer einen Grund hätten, stundenlang wortlos vor sich hinstarren zu können. Der Gedanke hatte etwas. Wieso gab es eigentlich kaum Anglerinnen? Lag es daran – im Umkehrschluss zu Theas Theorie –, dass Frauen mehr sprachen? Hatten sie ein größeres Bedürfnis, sich mitzuteilen, und wenn ja, wieso?

Ihr Vater jedenfalls war kein schweigsamer Mensch gewesen, er plauderte gerne. Dennoch, als übermäßig mitteilsam hätte man ihn auch nicht bezeichnen können. Kam er von der Apotheke oder Amtsgeschäften heim, erzählte er beim Abendessen meist ein wenig, erkundigte sich nach Margots Erlebnissen und zog sich dann zurück. Oder er eilte, wie so häufig, zur nächsten Sitzung. Dass er zu Hause nicht allzu viel sprach, war nur verständlich, schließlich hatte er den ganzen Tag über mit Menschen zu tun. Ihr selbst ging es früher so, dass sie nach einem Unterrichtstag nichts mehr genoss als Ruhe – mehr noch als klassische Musik.

Dennoch, ihr Vater hatte eine Leichtigkeit im Umgang mit Leuten besessen, die ihr abging. Sie hatte ihn immer darum beneidet, wie schnell er zu den verschiedensten Menschen einen Zugang fand. Stets traf er den richtigen Ton, so dass sie ihm Vertrauen entgegenbrachten. Als Lehrerin wäre ihr dieses Talent sehr zupass gewesen. Doch für sie blieb es bis heute anstrengend, jemanden neu kennenzulernen.

Früher war sie froh gewesen, eine Klasse über Jahre zu begleiten, selbst wenn eine Reihe schwieriger Schüler dabei war. Die ersten zehn Jahre am Gymnasium hatten ihr einiges abverlangt. Vor einer Klasse zu stehen war nicht einfach gewesen, aber irgendwann hatte sie den Dreh herausgehabt. Wichtig war, den Schülern nichts vorzutäuschen, authentisch zu sein. Lieber eine etwas spröde Schachtel, die keinen mitriss, als die jämmerliche Kopie einer charismatischen Entertainerin. Wie sie nicht ohne Genugtuung festgestellt hatte, konnte das für Schülerinnen und Schüler, die selbst zurückhaltender waren, geradezu beruhigend wirken in einer Zeit, in der Selbstdarstellung immer mehr an Bedeutung gewann.

Draußen fuhr eine Inlineskaterin in vollendetem Slalom um Fußgänger herum. Für einen Moment wünschte Margot sich zwanzig Jahre jünger; dann würde sie sich auf der Stelle so ein Paar windschnittige Rollschuhe kaufen, um es der Frau gleichzutun. Versonnen schaute sie aus dem Fenster, bis die Frau gänzlich aus ihrem Blickfeld entschwand.

Oft hatten sie sich richtig gut unterhalten, ihr Vater und sie. An langen Wochenenden im Winter, wenn es schon nachmittags um drei trübe war, jeder von ihnen seine Aufgaben erledigt hatte und sie bei einem Kaffee und Gebäck vor dem Kamin zusammenkamen. Margot hatte diese Stunden geliebt. Jetzt dachte sie mit Wehmut daran zurück. So manches Mal hatte der Vater dann auch von ihrer Mutter erzählt. Wie er sie kennengelernt hatte, was sie gemeinsam unternommen hatten, als Margot ein kleines Mädchen gewesen war. Es waren die immergleichen Geschichten, doch Margot wurde sie nie leid: Wie sie nach einem Besuch im

Kölner Zoo noch wochenlang von Nilschweinen geplappert hatte und in der Nibelungenhalle am Drachenfels zu dem feierlichen Entschluss gekommen war, wenn sie groß wäre, werde auch sie gegen Drachen kämpfen.

Von seinen Kriegserlebnissen hatte er dagegen wenig berichtet. Genau genommen sprach er nie von der Schrecklichkeit der Ereignisse, sondern verfügte über ein ganzes Potpourri aus Anekdoten, die von Brot mit Sägespänen und schlechtem Tabak handelten. Mit einem Glitzern in den Augen gab er launige Geschichten von Paris und den flotten Französinnen zum Besten. Die Atmosphäre in der Stadt sei einfach toll gewesen, man habe sich vor allem in den ersten Jahren der Besatzung gut verstanden. Auch für die Amerikaner, in deren Kriegsgefangenschaft er schließlich geraten war, fand er fast nur freundliche Worte. Doch alle diese Geschichten, die sich ausschließlich um heitere Begebenheiten aus dem Soldatenalltag drehten, endeten immer mit demselben Satz: »Gut, dass der Scheiß vorbei ist – sei froh, dass du das nicht erleben musstest!«

Vermutlich hatte ihr Vater sie mit Berichten vom Schrecken des Krieges nicht belasten wollen. Dieses Kapitel seines Lebens hatte er abgeschlossen. Er gehörte zu der Generation, die Deutschland wieder aufbaute, sein Blick richtete sich bis an sein Lebensende stets nach vorn.

Zu Hause fand sie einen unfrankierten Din A4-Umschlag im Briefkasten vor. Herr Lenz hatte ihr den ersten Entwurf seines Beitrags für das Jahrbuch eingeworfen und bat sie in einem kurzen Begleitschreiben darum, einige penibel markierte Passagen zu prüfen und andere zu ergänzen. Er wollte einen Termin vereinbaren und sich dann bald mit ihr treffen.

Margot blätterte kurz ins Manuskript und legte es zur Seite. Hierfür hatte sie im Augenblick keinen Kopf. Was sie jetzt brauchte, war Bewegung. Entweder sie werkelte im

Garten und häckselte Schnittgut für den Kompost, oder sie schwang sich aufs Rad und unternahm eine kleine Tour. Dabei konnte sie auch gleich bei Thea vorbeischauen.

Mitten in ihre Planung hinein klingelte das Telefon. Ehe sie sich auch nur melden konnte, ergoss sich ein Wortschwall in ihr Ohr.

»Der Kaffeeklatsch gestern mit Frau Waldenspuhl war eine einzige Quelle der Erkenntnis für mich, Margot!«

So atemlos, wie Thea sprach, platzte sie fast vor Neuigkeiten.

»Du glaubst es nicht! Die ganze Familie muss sich, seit Inge aufgetaucht ist, ständig gefetzt haben. Die Brüder mit Inge, Inge mit ihrer Stiefmutter, die Brüder mit ihrer Mutter, die Schwägerin und Inge – ein einziges Gemetzel in der Villa Bittmann. Sie haben natürlich versucht, es vor Frau Waldenspuhl zu verbergen, aber die ist ja nicht blöd. Wie sie unschwer mithören konnte, ging es ums Erbe.«

»Ja und? Wir wissen doch längst, dass seit Inges Ankunft der Haussegen schief hing«, unterbrach sie Margot unwirsch. »Und ich weiß nun auch warum: Sie wollte mit ihrem Erbe eine Stiftung zugunsten ehemaliger Zwangsarbeiter gründen – Runge hat es mir erzählt.«

»Sieh an, sieh an. Von dieser Stiftung hat Frau Waldenspuhl nichts gesagt! Von Zwangsarbeitern auch nicht!«

»Vielleicht weil sie es nicht wusste, vielleicht aus Loyalität zu ihren Arbeitgebern – vielleicht mochte sie sich aber auch nicht von dir aushorchen lassen?«

»Aushorchen – pah! Sie hat gern ein wenig über die Bittmanns gelästert. Besonders über den Bittmann, der eine zwanzig Jahre Jüngere geheiratet hat und völlig überfordert von seiner sportlichen, superaktiven Frau und den verzogenen Bälgern ist. Da helfen auch gefärbte Haare, Sonnenstudio und ein *pörsönäl träner* nichts.« Thea sprach den englischen Begriff überprononciert aus und schnalzte abwertend mit der Zunge. »An der alten Bittmann hat sie erst recht kein gutes Haar gelassen. Sie mische sich überall ein, macht sich wichtig, wo es nur geht – wie ich ja auch schon gesagt habe. Ob Stadtverschönerungsverein oder katholische Frauengemeinschaft, niemand ist sicher vor ihr.«

Margot seufzte. Das war ihr alles herzlich egal. Doch sie wusste, wenn Thea einmal Fahrt aufgenommen hatte, war ihr Mitteilungsdrang nicht mehr zu bremsen. Ergeben schaltete sie die Ohren auf Durchzug. Jahrzehntelange Erfahrung hatte sie gelehrt, bei welchen Signalen es geraten war, sich gedanklich wiedereinzufinden: bei höherer Stimme, bei erhobener Lautstärke oder wenn es jäh still wurde. Letzteres verhieß allerdings, dass sie den entscheidenden Punkt verpasst hatte.

Thea sprach jetzt laut und mit triumphierend erhobener Stimme. »Der Clou ist aber folgender, Margot. Ein Jugendfreund von Inge ist aus dem Nichts aufgetaucht, kaum dass sie wieder in Bad Honnef angekommen war. Inge schien, wie Frau Waldenspuhl fand, nicht sonderlich begeistert von seinem Besuch, aber auch nicht völlig erstaunt. Er heißt Manfred Fassbender. Frau Waldenspuhl sagt, hätte der alte Bittmann noch gelebt, hätte er den Kerl gleich fortgejagt, wie damals vor bald vierzig Jahren, als Inge was mit diesem Manfred hatte. Früher hatte er mit Drogen zu tun und Frau Waldenspuhl meint, er sieht auch heute noch so aus, als sei er ein Dealer, Zuhälter oder Türsteher von einem miesen Nachtclub.«

»Wie viele miese Nachtclubs kennt Frau Waldenspuhl denn?«, fragte Margot sarkastisch.

»Was? Ach, das ist doch egal. Er sieht halt so aus, wie man sich so einen eben vorstellt, sei nicht kleinlich, Margot. Egal ob Drogen oder Puff – interessant ist jedenfalls, dass da ein Kerl aus Inges früherem Leben auftaucht, kaum dass sie aus Australien anreist. Der Mann erscheint auf der Bildfläche und sie ist ein paar Tage später tot, ermordet. Wir müssen ihn also in unsere Überlegungen zu dem Fall einbeziehen, ist doch sonnenklar. Es sollte doch möglich sein, diesen Manfred ausfindig zu machen. Wir müssen uns eine Strategie überlegen, Margot!« Theas Stimme strotzte vor Entschlossenheit. »Aber jetzt erzähl mir erst mal von deinem Besuch bei Martin Runge.«

**Kaum war Margot eingetreten**, hielt ihr Thea den Ausdruck einer Tabelle unter die Nase. »Wie gut, dass du kommst! Sieh hier: Laut Online-Telefonbuch gibt es genau fünfzehn Männer mit dem Namen Manfred Fassbender in Deutschland. Die meisten davon leben in Nordrhein-Westfalen – in Düsseldorf, Düren und sonstwo. Wäre doch gelacht, wenn Inges Manfred nicht dabei wäre! Wir müssen nur schnell diese paar Herren abklappern – und schwuppdiwupp haben wir ihn. Ich habe mir schon anhand der Wohnorte eine Abfolge überlegt, nach der wir die Typen ins Visier nehmen. Erzähl mir nicht, das sei unprofessionell ...«

Margot schnitt ihr das Wort ab. »Es gibt jetzt Wichtigeres zu tun, als diesen Halbmafioso zu suchen. Clara braucht unsere Hilfe.«

»Was ist passiert?« Thea schaute alarmiert von ihrer Liste auf.

»Ich habe eben mit ihr telefoniert. Sie haben wieder Ärger mit dem Ordnungsamt. Jetzt steht ein Bagger vor ihrem Garten! Man hat ihnen bis morgen früh um acht Uhr Zeit gegeben, das Grundstück zu räumen. Was bis dahin nicht fort ist, fällt der Baggerschaufel zum Opfer. Diese ignoranten Bürokraten machen tatsächlich ernst.«

»Deppen und Idioten allesamt! Da steckt bestimmt wieder dieser Heini von der Kölner Polizeiwache dahinter, der Clara und ihre Freunde einschüchtern wollte.«

»Wer auch immer das veranlasst hat, wir haben keine Zeit zu verlieren, wenn wir Clara helfen wollen!«

»Wir könnten eine Sitzblockade organisieren«, schlug Thea mit leuchtenden Augen vor, »so wie in Gorleben entlang der Bahnstrecke. Was sein muss, muss sein!«

»Das bringt doch nichts. Am Ende werden sie den Bagger rollen lassen, wie im Wendland die Castoren. Wir brauchen keine Verzögerungstaktik, Thea, wir brauchen eine Lösung. Clara macht eh eine schwere Zeit durch, und jetzt auch noch das! Als allererstes müssen wir die Töpfe mit den Pflanzen retten und dann in Ruhe weitersehen.«

»Schön und gut, aber wo soll der ganze Krempel hin – doch nicht zu dir in den Garten?« Thea musterte sie zweifelnd.

»Das lass mal meine Sorge sein. Los, du rufst jetzt bei deiner alten Spedition an, lässt die Ex-Chefin raushängen und besorgst uns einen Transporter. Und ich führe derweil ein anderes Telefonat.«

Wenige Stunden später verfolgte Clara vom Rand eines verwilderten Grundstücks beim Stadtteil Selhof aus, wie ein Kleinlaster mit Thea am Steuer am Limbicher Weg vorfuhr. Dicht hinter dem Wagen parkte ein Pickup, auf dessen Ladefläche sich allerhand Gerätschaften drängten. Die Türen flogen auf und den Transportern entstieg ein ganzer Haufen Leute, Freunde und Freunde von Freunden, viele mit leuchtenden Punkfrisuren. Eifrig hoben sie Kübel um Kübel voller Pflanzen vom Laster, während Conny und Max ein paar zusammengerollte Transparente zu ihr herüberschleppten.

Binnen weniger Minuten bot sich den vorbeikommenden Spaziergängern, Radfahrern und Reitern ein Anblick, wie ihn Bad Honnef noch nie zu sehen bekommen hatte. Wäre Clara nicht Teil der Gruppe gewesen, die im Gänsemarsch mit je einem Pflanzentopf in den Händen zu der verwucherten Brache lief, sie hätte selbst kaum glauben können, was sich hier tat.

Doch was sie wirklich umhaute, war Margot, die in geblümten Gummistiefeln gemeinsam mit einem bieder gekleideten, korpulenten Büro-Menschen die Spitze der kleinen Prozession bildete. Die beiden schienen eine klare Vorstellung davon zu haben, was sie hier taten, und wiesen die kleine Horde an, wo sie die Pflanzen und sonstigen Gerätschaften absetzen sollten. Kein Wunder, denn wie Clara seit kurzem wusste, war der Typ vom Bauamt! Es war nicht zu fassen: In der angeblich so wahnsinnig aufgeschlossenen und toleranten Weltstadt Köln hatte man kein Verständnis für ihr *Guerilla Gardening* gezeigt und jagte sie mit Baggern fort, obwohl die Baulücke überhaupt nicht bebaut wurde – aber hier in diesem piefigen Nest bot ihnen ein Behördenfuzzi auf einem städtischen Grundstück Asyl für ihr Grünzeug. Wie Margot den Mann dazu bekommen hatte, war Clara allerdings schleierhaft. Das einzige, was sie mitgekriegt hatte, war ein knapper Anruf von Margot gewesen: Thea käme gleich mit einem Laster, um ihre Pflanzen zu holen. Selbst Thea, die kurz darauf über Handy die Details nachgereicht hatte, war nach eigener Auskunft fassungslos gewesen, als Margot mit diesem Bauamtsmenschen ankam.

Jedenfalls schien die ganze Aktion allein auf Margots Mist gewachsen zu sein.

Im Grunde genommen wusste Clara längst, dass Margot nicht zu unterschätzen war, aber man konnte es eben schnell vergessen oder übersehen, weil sie meist so zurückhaltend und besonnen handelte. Neben Theas Temperament rückte sie leicht in den Hintergrund. Clara musste anerkennend schmunzeln. Das hier war zweifellos das Krasseste, was sie je mit ihrer Wahlmutter erlebt hatte, seit sie von ihr aufgenommen wurde. Sie sah voller Freude, wie inzwischen auch einige Schaulustige dabei halfen, die Pflanzenkübel unterzubringen. Und dann entdeckte sie Margot, die in aller Seelenruhe gemeinsam mit Conny und Max ein Transparent zwischen zwei Bäumen befestigte, auf dem stand: *RADAU GEGEN BAU*. Gleich daneben war sich der Mann vom Bauamt nicht zu schade, beim Entrollen eines weiteren behilflich zu sein, das die Losung *PFLANZEN GEGEN STADTRATSCHRANZEN* trug. Die Transparente lösten beim umstehenden Publikum sogleich Gemurmel aus, hitzige Diskussionen setzten ein.

Conny und Max waren sicher ganz high vor Glück, so viel Aufmerksamkeit bekamen sie bei ihren Kölner Aktionen im Laufe eines ganzen Jahres nicht! Als Thea zusammen mit Conny nun auch noch ein Spruchband mit der Aufschrift *LEGALIZE HANF – KAMPF DER IGNORANZ!* hochhielt, fand Clara es allerdings angesagt, einzugreifen. So ein Spruch war sicher nicht im Sinne Margots und dieses Stadtbeamten. Man musste es nicht auf die Spitze treiben. In dem Moment erklang eine Frauenstimme hinter ihr.

»Die liebe Clara! Wie schön, dich wiederzusehen!«

Clara drehte sich um und wünschte sich auf der Stelle weit fort. Sie hatte Frau Wessely noch nie ausstehen können. Die Mutter ihrer früheren Freundin verkörperte alles, was gutsituierte Provinzspießer mit Anspruch auf Weltläufigkeit im Speckgürtel der ehemaligen Hauptstadt ausmachte. Dennoch grüßte sie artig mit einem knappen »Oh, guten Tag« und sah sich dezent nach einer Fluchtmöglichkeit um.

»Was passiert denn hier?«, fragte die Frau, um nahtlos anzufügen, »und Frau Meerapfel ist auch dabei …«

Clara schaute Frau Wessely nur abwartend an. Sicher würden ihr weitere Kommentare nicht erspart bleiben, obwohl sie gut darauf verzichten konnte.

»Ist das eine Demonstration?«

Clara zuckte die Achseln. »Da bin ich überfragt.« Hoffentlich bekamen Margot und der Mann vom Bauamt keinen Ärger durch Leute wie diese Tussi!

Da aus Clara nichts herauszubekommen war, versuchte die Frau eine andere Masche.

»Es ist so schön, dich wiederzusehen! Wie lange ist das schon her …? Du musst uns mal wieder besuchen kommen! Claudia freut sich sicher auch, sie bekommen im Herbst Nachwuchs. Kennst du überhaupt ihren tollen Mann Mirco?«

Clara kannte »den tollen Mann Mirco« nicht. Sie bezweifelte außerdem, dass Claudia sich freuen würde, sie wiederzusehen – und Frau Wessely täte es ebenso wenig, wüsste sie, was »die liebe Clara« einst mit ihrer Tochter angestellt hatte, als die beiden noch zur Schule gingen. Manches in Honnef war wie immer und würde auf ewig so bleiben. Es wurde höchste Zeit, die Biege zu machen, also setzte sie eine geschäftige Miene auf. »Frau Wessely, ich muss weiter. Grüßen Sie Claudia von mir. Sie kann mich ja mal anrufen« – wohl wissend, dass Claudia ihre Nummer gar nicht besaß.

»Frau Meerapfel, ich weiß gar nicht, wie ich dir danken soll!« Clara umarmte Margot stürmisch und platzierte auf jeder Wange zwei lautstarke Schmatzer.

»Das musst du nicht. Ich habe auch meine Freude daran, wie sich die Menschen auf einmal über Natur am Stadtrand und immer neue Einfamilienhaussiedlungen bei gleichzeitigem Leerstand unterhalten. Es geht hier um das Mitbestimmungsrecht der Bürger und Bürgerinnen.«

»Wenn ihr euch mit der Aktion mal keinen Ärger einhandelt … Wie heißt eigentlich dieser Mann vom Bauamt? Ich würde ihm gern auch noch danken.«

Margot winkte lässig ab. »Wird schon gut gehen. Bernd

Schweizer heißt er. Ein netter Mann. Vor einer Weile hatte ich mit ihm wegen der Wilhelm-Meerapfel-Straße gesprochen und dabei erfahren, dass er wenig von den ausufernden Ideen unseres Stadtrats zur Baulanderschließung hält.«

»Und da hast du ihn rasch mal bezirzt, ein paar heimatlose Pflanzen aus Köln aufzunehmen – Margot, du bist einzigartig!«

Margot fühlte sich in der Tat glücklich. Dies war ein richtig guter Tag! Die Menschen um sie herum waren von emsiger Betriebsamkeit erfasst und freundlich zueinander. Sie legte ihren Arm um Clara, die mindestens einen Kopf größer war als sie, und drückte sie noch einmal an sich. Hoffentlich lief nach der Aktion auch wirklich alles glatt. Bad Honnef schadete ein wenig Radau von ein paar harmlosen Punks nicht, aber es war nicht auszuschließen, dass Schweizer am Ende Ärger bekam. »Mach dir keine Sorgen!«, versicherte sie dennoch zuversichtlich.

Clara strahlte sie an. »Dann trabe ich mal rüber zu unserem hilfreichen Retter.«

Margot lächelte zustimmend und schlenderte über das Gelände zu Thea, die gerade zusammen mit einer Frau mit blauem Irokesenschnitt einen Spruch auf Pappe pinselte: *MEHR FREIRAUM – MEHR SPIELRAUM!* Auch nicht schlecht. Als sie langsam herankam, hörte sie, wie sich Thea soeben erkundigte: »... und du stylst dir die Haare selbst – cool! Und woher hast du diese tolle Farbe?«

Oh Gott! Hoffentlich verfiel Thea nicht auf den Gedanken, sich einen ähnlichen Kopfputz zuzulegen. Sie bekam nicht mit, was die junge Frau antwortete, weil inzwischen ein paar Leute ihre Aufmerksamkeit erregten, die ein Stück weiter im Kreis standen, johlten und rhythmisch klatschten. Margot trat näher und sah eine Frau, die sich um ihre eigene Achse drehte und bizarre Bewegungen machte, die wie eine Mischung aus indischen Tanz und Schuhplattler wirkten. Die Krönung der Darbietung war jedoch eine Ratte, die flink über den Körper der Tänzerin sauste. Hielt die Frau einen Moment inne, warf sich das Tier auf ihrem Kopf oder ihrer Schulter in Pose, indem es sich auf die Hinterbeine setzte. Jedes Kunststück der beiden wurde mit Applaus und Pfiffen quittiert und Margot hätte schwören können, dass die Ratte dabei sehr zufrieden dreinschaute und gefällig ihr Publikum beäugte.

Vom anderen Ende des Grundstücks tönten nun ein Akkordeon, eine Klarinette und eine Geige zu Margot herüber. Natürlich, auch Clara hatte ihr Instrument mitgebracht. Margot blickte weiter um sich. Vielleicht sollte sie Bernd Schweizer suchen und schauen, ob ihm am Ende nicht doch Angst und Bange vor der eigenen Courage geworden war.

Sie fand Schweizer mit einem seligen Lächeln und völlig entspannten Zügen zwischen den Menschen, die Clara und ihren Freunden lauschten. Es erübrigte sich offenbar, ihn zu fragen, ob ihm die ganze Aktion unheimlich wurde. Margot stellte sich still und zufrieden neben ihn. Als die Musiker eine Pause einlegten, dankte sie ihm erneut für seine Unterstützung. Doch Schweizer wollte nichts davon hören.

»Ich danke *Ihnen*, Frau Meerapfel! Sie haben mich auf die geniale Idee gebracht, den Honnefern auf diese unkonventionelle Art vor Augen zu führen, was für einen Schatz sie mit all ihren Wiesen und Weiden haben. Wirklich, etwas Besseres hätte ich mir gar nicht vorstellen können! Und irgendeinen Paragraphen für die Zwischennutzung von Grundstücken vor der Bebauung werde ich im Baugesetzbuch schon finden.« Augenzwinkernd fügte er hinzu: »Außerdem bin ich in der glücklichen Lage, verbeamtet zu sein. So schnell wird man mich nicht los.«

Trotzdem war es Margot bei seinen letzten Worten etwas mulmig zumute. Er ahnte also doch, dass ihm Ärger ins Haus stand. Doch Schweizer beschwichtigte sie sogleich, als hätte er ihre Gedanken gelesen: »Machen Sie sich keine Sorgen, Frau Meerapfel, ich bin völlig glücklich mit dem, was hier passiert. Endlich einmal habe ich nicht nur meine Amtspflicht getan, sondern das, was ich für richtig halte. Es ist ein beglückendes Gefühl, seinem Herzen zu folgen.«

Margot betrachtete den Mann mit einer gewissen Bewunderung. Er schien völlig eins mit sich zu sein. Solch pathetische Worte hätte sie von einem Amtsschimmel zuallerletzt erwartet. Als Bernd Schweizer abschließend mit seiner großen Hand ein wenig unbeholfen, aber begeistert ihren Arm tätschelte, verspürte sie beinahe so etwas wie Neid. Neid auf die Gewissheit, mit der dieser Mann genau das tat, was er wollte. In ihre Freude mischte sich ein diffuses Unbehagen, doch sie mochte dem nicht nachgehen. Als Clara und ihre Freunde wieder mit einer Art Polka loslegten, konzentrierte sie sich ganz auf die Musik.

Erst Stunden später zerstreuten sich die Leute. Thea und Margot verabschiedeten sich von Clara und ihren Freundinnen und Freunden. Als sie den leeren Kleinlaster bestiegen hatten und in Richtung Selhof losfuhren, deutete Thea zu der Frau mit dem blauen Haarkamm hinüber. »Wie findest du dieses Blau, Margot? Ist es nicht *göttlich*?«

Margot stockte kurz der Atem. Wenn sie jetzt offen sagte, was sie dachte, würde Thea nichts mehr davon abhalten, sich den Schopf göttlichblau zu färben. Sie legte den Kopf etwas schief, betrachtete Theas Haare, ließ dann den Blick über das Grüppchen mit der Himmelblauen schweifen und sagte so beiläufig wie möglich: »Ich meine, dieses Schwarz, das der junge Mann dort mit der Klarinette trägt, stünde dir besser.«

Thea riss entgeistert die Augen auf und rief: »Dieses Rabenschwarz? Bist du verrückt? In meinem Alter, wie soll *das* denn aussehen? Ich brauche etwas Dezenteres. Wirklich, Margot, du kommst auf Ideen …«

**Margot öffnete pfeifend den Kühlschrank.** Sie war bester Stimmung. Als gestern nach dem langen Gespräch mit Thea erneut das Telefon klingelte, hätte sie es beinahe ignoriert. Wie gut, dass sie dann doch noch drangegangen war! Es war Etta gewesen, die sich *einfach so*, wie sie sagte, einmal melden wollte.

Und ebenfalls *einfach so* hatte sie, Margot, Etta zum Abendessen eingeladen.

Nun saßen sie am Küchentisch und plauderten über alles Mögliche. Etta schien genauso wenig Interesse daran zu haben wie sie, über den Mord und den Stand der Ermittlungen zu reden. Doch als Margot kurz von Inges wiederaufgetauchtem Jugendfreund berichtete, der in den Augen der Haushälterin wie ein Türsteher aussah, horchte Etta auf.

»Ein Manfred Fassbender, sagst du? Ich verstehe das nicht. In den Protokollen der Vernehmung von Frau Waldenspuhl ist dieser Mann gar nicht erwähnt!« Seufzend versprach sie, ihren Bonner Kollegen darauf hinzuweisen. »Sicher macht er sich bald Gedanken über meine Informationsquelle in Bad Honnef, die ja inzwischen bis in die Nachtclubszene reicht«, ergänzte sie schmunzelnd.

»Schau«, wechselte Margot nun endgültig das Thema, »hier ist die vorbereitete Füllung – ich hoffe, du magst Steinpilze?«

Etta beugte sich über die Schüssel, wedelte sich mit der Hand den Duft zu und schloss die Augen. »Wunderbar! *Fungi porcini* – ich liebe sie! Die Cannelloni werden köstlich schmecken. Ich kann sie gleich füllen. Komm, gib mir einen Teelöffel und eine Auflaufform.«

Margot reichte ihr einen kleinen Löffel und holte eine Form aus dem Schrank. »Ich helfe dir. Cannelloni zu füllen ist eine Heidenarbeit. Ich hätte es ja schon gemacht, aber ich wollte nicht, dass sie zu sehr durchweichen, bevor das Ganze in den Ofen kommt.«

Etta nickte. »Das stimmt, machen wir's gemeinsam.«

Eine Weile standen sie Seite an Seite vor der Anrichte und füllten die Pastaröhren. Margot öffnete einen kräftigen italienischen Rotwein und nachdem die Hälfte der Form ausgelegt war, stießen sie an.

»Hast du im Restaurant deiner Eltern oft in der Küche geholfen oder mehr im Service?«

»Überwiegend habe ich bedient, aber auch so manches Mal in der Küche gearbeitet –«, Etta unterbrach sich und lachte schallend auf, »und übrigens auch Cannelloni gefüllt, gemeinsam mit meinem Bruder Stefano. Eines Tages hatten wir die Eingebung schlechthin, wie man Cannelloni besonders schnell füllen kann.« Ihre Augen funkelten.

»Und wieso stehen wir dann hier und löffeln mühsam Schöppchen für Schöppchen in die Nudeln?«

Schmunzelnd schüttelte Etta den Kopf. »Oh, das kann ich um meiner Eltern Willen nicht erzählen ... Es wäre rufschädigend für ihr Restaurant.«

»Ach was, das glaub ich nicht – komm, sag schon!«

Etta zögerte. »Gut, ich erzähl dir die Geschichte. Stefano und ich haben das aber nur ein einziges Mal gemacht, als wir allein in der Küche standen mit einer riesigen Schüssel Füllung und mindestens dreißig kleinen Auflaufformen. Dabei wollten wir viel lieber draußen spielen!«

Margot nickte ungeduldig. Wenn sie Etta so betrachtete, konnte sie sich lebhaft vorstellen, wie sie als kleines Mädchen gemeinsam mit ihrem Bruder in der Küche gelitten hatte.

»Also, ich weiß ehrlich gesagt gar nicht mehr, ob es Stefanos oder meine Idee war. Aber wir haben uns gedacht, so eine Cannelloni ist letzten Endes auch nichts anderes als ein besonders dicker Strohhalm«, sie begann erneut zu lachen. »Und so haben wir die Füllung in die Cannelloni gesogen. Das ging unheimlich leicht und bald hatten wir auch den Bogen heraus, kein bisschen Füllung mehr in den Mund zu bekommen. Ich sage dir, im Nullkommanichts war alles fertig – so schnell wie nie!«

Margot kicherte verzückt. »Und deine Mutter – hat sie nichts mitbekommen?«

»Sie kam zur Tür herein, um nach uns zu schauen. Mein Bruder und ich standen kreuzbrav vor unserem fertigen Werk, sie hat die perfekt gefüllte Pasta gesehen und uns mit einem seltsamen Blick gemustert. Dann hat sie die Nudeln noch einmal inspiziert und gesagt: *Va bene*!«

Die Vorstellung ließ sie beide in lautes Gelächter ausbrechen.

»Glücklicherweise waren wir zuvor so geistesgegenwärtig, uns den Mund abzuwaschen. Naschen in der Küche war strengstens verboten. Was wir getan haben, kam in Mutters Augen einer Sünde gleich. Hätte sie geahnt ..., wir wären auf der Stelle enterbt worden und sie hätte uns hundert Jahre Fegefeuer, *il purgatorio*, prophezeit.«

Margot hielt sich den Bauch, Tränen rannten über ihre Wangen. Sie konnte gar nicht mehr aufhören zu lachen, zumal der Wein ihr zu Kopf gestiegen war. Verschämt schlug sie eine Hand vor den Mund, doch der Lachkrampf war stärker. Schließlich schenkte sie sich ein Glas Wasser ein und leerte es in einem einzigen langen Zug. Danach war es besser. Etta stand weiter an der Anrichte und füllte die Nudeln. Wieder zu Atem gekommen, schaute Margot ihr zu. Diese Strohhalm-Methode war eine entzückende Sache, wenn sie sich Etta dabei vorstellte. Ehe sie sich versah, schlüpfte ihr ein »Mach doch!« über die Lippen, während sie auf die Schüssel mit der Steinpilzfüllung deutete.

Etta stutzte und schüttelte den Kopf: »Das geht nicht. Also wirklich …«

»Jetzt hast du mir die Sache schmackhaft gemacht und nun will ich auch wissen, wie es geht. Ach, komm«, drängte sie Etta und erschrak über ihre Kühnheit.

Es war nicht zu übersehen, das Etta mit sich rang. Zu Margots Entzücken siegte ihr Übermut. »Also gut. Aber du musst schwören, dass du es nie meiner Mutter, meiner Familie, irgendwelchen italienischen Gastronomen oder überhaupt jemandem erzählst!«

Margot nickte eifrig. Dieses Geheimnis teilte sie gerne mit Etta, mit ihr allein. Ungeduldig hielt sie ihr den Teller mit den restlichen hohlen Cannelloni hin.

Etta seufzte ein letztes Mal. «Also gut«, wiederholte sie und spannte Margots Nerven damit zum Zerreißen, »eine einzige und die werde ich selbst essen.«

Margot nickte: »Mach schon!«

Etta setzte die Lippen vorsichtig an und sog die Füllung auf. »Nur diese eine hier«, wiederholte sie und legte sie in die Form.

Margots Augen hingen an der Cannelloni. Mit dem größten Genuss könnte sie diese so zauberhaft befüllte Nudel verspeisen!

**Im Halbschatten des Kirschbaums** kraulte Margot Frida zärtlich das Fell. Langsam beruhigte sich die Katze wieder. Vor einer halben Stunde hatte sie das jämmerlich maunzende Tier vom alten Apfelbaum herunterholen müssen. Neugierig, wie es war, hatte es sich zu hoch hinausgewagt und es dann mit der Angst zu tun bekommen. Sprünge aus größerer Höhe waren Fridas Sache nicht, im Haus begnügte sie sich für gewöhnlich mit Tisch oder Fensterbrett. Auch im Garten kletterte sie, wenn überhaupt, nur auf die kleinen Obstbäume, nie höher als anderthalb bis zwei Meter vom Erdboden entfernt. Was immer sie auf den großen Apfelbaum gelockt haben mochte, blieb ihr Geheimnis. Ein, zwei Mal im Jahr überkamen Frida solch tollkühne Anwandlungen. Mittlerweile waren Margot und sie ein eingespieltes Team und die Rettungsaktionen mit Hilfe eines Weidenkorbs und einer langen Leiter liefen wie am Schnürchen. Frida setzte sich in den Korb und ließ sich von Margot hinunter tragen.

Jetzt genoss sie sichtlich Margots Streicheleinheiten. Frida gehörte nicht zu den Katzen, die sich jederzeit streicheln ließen. Erst recht nicht von jedermann. Nun aber schnurrte sie, was das Zeug hielt. Margot spürte das feine weiche Fell gerne unter ihren Fingern. »Ist nicht schlimm, unter Höhenangst zu leiden, alte Räuberin. Ich hoffe nur, du verzichtest auf solche Ausflüge in luftige Höhen, wenn ich nicht da bin! Das war nun schon das zweite Mal in diesem Sommer, meine Liebe, dass ich dich aus dem Baum klauben musste.« Sie kraulte Fridas Brust, was der glücklosen Kletterin ein noch lauteres Schnurren entlockte. »Hey, man könnte meinen, du seiest ein Löwenbaby!«

Die Katze blinzelte träge und zeigte sich unbeeindruckt von diesem Vergleich. Fridas Anschmiegsamkeit tat Margot gut. Schon den ganzen Vormittag über war sie ebenso aufgedreht wie planlos. Das gestrige Treffen mit Etta war einfach nur schön gewesen. So ausgelassen hatte sie ewig keinen Abend verbracht. Mit Thea war ja kein Zusammensein mehr möglich, ohne über den Mord an Inge zu sprechen. Sicher hockte sie seit ihrer *Guerilla Gardening*-Aktion vor dem Rechner und recherchierte diesem Manfred Fassbender hinterher. Eine Spur, die allerdings auch Margot durchaus für vielversprechend hielt. Rational betrachtet, konnte ein zwielichtiger, aber quicklebendiger Jugendfreund wohl eher etwas zur Aufklärung des Mordfalls beitragen als zwei verblichene Väter, die eine unklare Beziehung verband.

Aber wie auch immer – die Zeit mit Etta, das Reden, Kochen und Essen mit ihr waren Stunden gewesen, wie Margot sie lange nicht mehr erlebt hatte. Fröhlich, unbeschwert, ein wenig albern für zwei erwachsene Frauen, aber rundum schön. Sicher, die anderthalb Flaschen Wein hatten das ihre dazu beigetragen. Etta musste auf Margots Bitte hin sogar kurz anrufen und bestätigen, dass sie wieder gut zu Hause in Köln angekommen war. Nicht auszudenken, wäre sie als Kripobeamtin in eine Verkehrskontrolle geraten! Margot hatte sich heftige Vorwürfe gemacht, bis der erlösende Anruf kam. Dann war sie in einen tiefen, traumlosen Schlaf gesunken.

Versonnen ließ sie ihre Hand über Fridas glänzendes Fell gleiten. Und dann hatte Etta sie wieder Margherita genannt – nun schon zum zweiten Mal. Nicht dass es sie störte, wenn sie so angesprochen wurde. Anders als Clara, dachte sie dabei durchaus nicht an eine Pizza …

Ihre Finger zogen verschlungene Wege über Fridas Rücken, bis es der Katze zuviel wurde und ihr unvermittelt vom Schoß sprang. Margot seufzte tief, ohne eigentlich zu wissen, warum, holte ihr kleines Kissen und streckte sich auf dem Thymianbett ihres Monte Amiata aus.

**Margot erwachte mit einem beklemmenden Druck** auf der Brust. Sie richtete sich auf, nur um sich gleich wieder ins Kissen fallen zu lassen, und atmete schwer. In ihrer Kehle saßen noch die Tränen, die sie im Schlaf heruntergeschluckt hatte.

Was war das für ein Traum gewesen? Ihr Vater hatte mit ihr geschimpft, irgendetwas war mit ihrem roten Schulranzen passiert, den sie als Kind so geliebt hatte. Er war so schwer im Traum, so unendlich schwer. Margot hatte ihn kaum tragen können und ihr Vater hatte sie angeschrien.

Wie spät war es überhaupt? Mühsam rappelte sie sich hoch und warf einen Blick auf den Wecker. Erst halb fünf in der Früh! Sie sollte das Ding wegschmeißen, was brauchte sie es jetzt noch, da sie nicht mehr pünktlich zum Unterricht erscheinen musste? In ihrem neuen Leben konnte sie schlafen, solange sie wollte. Sie war frei.

Doch offenbar nicht von bösen Träumen. Da war wieder dieser rote Schulranzen und ein Schiff. Es herrschte eine beklemmende Atmosphäre in diesem Traum, nichts von der Leichtigkeit eines Ausflugs. Sie war schmerzhaft gefallen, ihr Vater hatte sie angeschrien, sie solle aufstehen. Er war förmlich außer sich geraten. Sie konnte sich nicht erinnern, dass er mit ihr als Kind je so umgegangen war. Er war streng gewesen, manchmal, doch so zornig wie in diesem Traum – daran konnte sie sich nicht erinnern. Aber sie ahnte, diese Begebenheit war real. So oder so ähnlich musste sie sie erlebt haben. Wieder tauchte vor ihr das verzerrte Gesicht des Vaters auf. Eine hässliche Fratze, so, wie sie ihn nie gesehen hatte – bis auf dieses eine Mal, wohl auf dem Schiff, und nun wieder in dem schrecklichen Traum von eben. Es war ihr, als habe dieser Traum ein Fenster in die Vergangenheit geöffnet – eines, das sie lieber geschlossen gehalten hätte. Der Kopfschmerz, der sich mit einem Mal in ihrem Schädel ausbreitete, war wie ein feuerroter Krake, der irgendwo hinter ihren Augen hockte und sie an diesem Tag sicher nicht aus seinen Fängen lassen würde. An Schlaf war nicht mehr zu denken, also stand sie auf und ging ins

Bad. Sie griff zu den Hammertabletten gegen Migräne, die sie nur einnahm, wenn es ganz arg kam.

Am besten, sie nähme gleich zwei.

Just als sie im abgedunkeltem Wohnzimmer dank der Tabletten den Schmerz auf ein erträgliches Maß reduziert hatte, klingelte das Telefon. Widerwillig erhob sie sich, um auf schwachen Beinen in die Küche zu schlurfen.

Zehn Sekunden später wusste sie, sie hätte es klingeln lassen sollen. Sie würde Thea bitten, Rufnummern und Namen in ihrem Telefon abzuspeichern, damit das Gerät den Anrufer anzeigte. Bisher hatte sie so etwas für eine überflüssige Spielerei gehalten und war bestens mit ihrem alten Wählscheibentelefon zurechtgekommen, das leider vor einem Jahr das Zeitliche gesegnet hatte. Jetzt war ihr klar, so eine Anzeige hatte eindeutig Vorteile. Durch die Leitung schallten ihr die gespreizten Sätze Markus Bennerscheids entgegen, dieses Jüngelchens, das einst ihr Schüler gewesen war. Das Bürschchen versuchte doch tatsächlich, sie auf höchst plumpe Weise zu vereinnahmen. Er wollte ihr nahelegen, in dem geplanten Jahrbuch insbesondere die wertkonservative Haltung ihres Vaters herauszustellen. Über die geplante Wilhelm-Meerapfel-Straße hinaus mache sich seine Fraktion, so beteuerte er, gerne auch dafür stark, in der Stadt an prominenter Stelle eine Gedenktafel anbringen zu lassen.

»Mein Vater war parteilos und ich wünsche keine Vereinnahmung seiner Person durch welche Partei auch immer«, klärte Margot ihn gereizt auf.

Bennerscheid ließ sich nicht beirren. Es gehe natürlich nicht um Parteipolitik, versicherte er, es gehe einzig und alleine um das Andenken eines verdienstvollen Mannes mit der rechten Gesinnung.

Rechte Gesinnung! Bei den Worten schüttelte es sie so, dass sie Bennerscheid grußlos aus der Leitung katapultierte.

Was sie jetzt brauchte, war ein starker Espresso. In der Küche thronte Frida mit dem Ausdruck einer ägyptischen Tempelkatze neben ihrem leeren Fressnapf und würdigte sie auch dann keines Blickes, als sie ihr Futter gab. Wütend wandte Margot sich dem Kaffeeautomaten zu und füllte frisches Wasser ein. Zum ersten Mal zog sie ernsthaft in Erwägung, ihr Veto gegen eine Wilhelm-Meerapfel-Straße einzulegen. Der Bericht in dem Jahrbuch, schön und gut, hier konnte sie selbst dafür sorgen, dass ein realistisches Bild gezeichnet wurde. Aber so ein paar Lokalpolitiker zweifelhafter Gesinnung, die ihren Vater für ihre Zwecke missbrauchten, das würde sie zu verhindern wissen.

Der Milchschäumer schnorchelte vertraut. Margot fuhr mit ihm extra lange durch die Milch. Eine Tafel würde es auf keinen Fall geben und über die Straßenbenennung musste sie endlich in Ruhe nachdenken. Sie nahm nur am Rande war, wie der Kaffeeduft verführerisch durch die Küche zog. Zornig schwenkte sie das Kännchen mit geschäumter Milch und stieß es heftig auf die Anrichte, damit der Milchschaum dicht und fest wurde. Dann balancierte sie ihren Espresso Macchiato vorsichtig in den Garten. Wahrscheinlich sollte sie nicht so viel Kaffee trinken, das bekam ihrem Blutdruck und dem Magen schlecht. Andererseits war Koffein ein althergebrachtes Mittel gegen Migräne.

In der linken Hand die Untertasse, in der Rechten die Tasse, schritt sie unruhig ihr Gartenreich ab. Sie fühlte sich getrieben wie in einer Endlosschleife, aber die Schmerzen im Kopf ließen deutlich nach. Schließlich blieb sie an der Gartenpforte stehen und betrachtete, während sie an dem heißen Gebräu nippte, wohl zum tausendsten Mal die hässliche Betonmauer mit der Holzpforte. Was um alles in der Welt hatte sich ihr Vater nur dabei gedacht, so eine scheußliche Wand zu errichten? Der Anblick dieses grauen Ungetüms war einfach nicht zu ertragen. Margot leerte die Tasse in einem Zug. Die Mauer musste fort. Entschlossen eilte sie zum Geräteschuppen. Sie musste eine Weile kramen, bis sie den schweren alten Vorschlaghammer gefunden hatte. Kurz wog sie das Werkzeug in der Hand, dann schritt sie zur Tat.

Die Mauer war von hier bis zur Ecke keine zwei Meter lang, dann folgte vielleicht noch ein weiterer Meter, in den das hölzerne Tor eingelassen war. Dahinter schloss sich die prächtige Hainbuchenhecke an, die das Grundstück einfasste. Sie würde von der Längsseite aus anfangen und sich bis zur Pforte vorarbeiten, die sie stehen lassen wollte. Also musste sie vorsichtig vorgehen, um die Scharniere nicht zu beschädigen. Vielleicht ließ sie das Eckstück auch stehen. Margot wog ein letztes Mal den Vorschlaghammer in der Hand, dann holte sie aus und ließ ihn gegen die obere Mauerkante krachen.

Nichts tat sich, außer einem dumpfen Pochen in ihrem Kopf. Was sie hier machte, fühlte sich trotzdem gut an.

Mit aller Kraft schlug sie ein zweites und ein drittes Mal zu. Endlich bildete sich ein deutlicher Riss, der sich bis auf halbe Mauerhöhe hinunterzog. Das war schon mal nicht schlecht. Margot betrachtete ihn zufrieden. Wäre doch gelacht, wenn sie diese elende Mauer nicht eingerissen bekäme! Wie eine Besessene arbeitete sie weiter. Ihre Arme und ihr Rücken schmerzten, jeder Schlag, bei dem die Mauer keinen Millimeter nachgab, fuhr ihr schmerzhaft in Schulter- und Handgelenke. Als schließlich ein größeres Stück einbrach, seufzte sie triumphierend auf und erschrak vor sich selbst, denn es klang wie ein Jaulen.

Beschämt schaute sie sich um, aber kein Nachbar war in Sicht. Also weiter, das Biest würde sie kleinkriegen, noch an diesem Tag! Schwitzend und schwer atmend arbeitete sie sich voran. Die Zunge klebte ihr am Gaumen, doch sie hatte keine Zeit, sich etwas zu trinken zu holen. Das musste warten, bis sie sich bis zur Gartenpforte durchgearbeitet hatte. Obwohl ihre Arme vor Anstrengung zitterten und sie nur noch mit allergrößter Mühe den Hammer über ihre Schulter wuchten konnte, mochte sie nicht ablassen von dem Betonmonster. Der Schweiß rannte ihr übers Gesicht und brannte in ihren Augen. Gleich, gleich hätte sie den gesamten parallel zum Fußweg verlaufenden Mauerteil eingerissen. Sie holte aus und schlug, holte aus und schlug, rang nach Atem und schlug zu.

Ein lautes, metallisches Scheppern ließ sie zusammenfahren. Für einen Moment dachte sie, sie hätte eines der einbetonierten Scharniere getroffen, doch die saßen samt Pforte fest im verbliebenen Mauerrest. Schwer atmend setzte sie den Hammer ab und betrachtete die Betonstücke zu ihren Füßen. Halb vergraben unter den groben Brocken, lag ein dunkelgrünes rechteckiges Ding. Ächzend hockte sie sich nieder und zerrte es aus dem Schutt. Zum Vorschein kam eine metallene Schatulle, höchstens dreißig mal zwanzig Zentimeter groß. Margot wischte sich mit dem Handrücken über die Stirn, dann strich sie den Betonstaub von dem Kästchen und betrachtete es von allen Seiten. Was war das? Es war recht schwer und etwas in seinem Inneren rutschte hin und her, wenn sie es bewegte. Ein Hängeschloss versperrte den Deckel. Was in drei Teufels Namen war in dieser Schatulle verborgen und wie kam sie in die Betonmauer? Mühsam, eine Hand ins Kreuz gestemmt, erhob sich Margot und betrachtete den Mauerrest. Im verbliebenen Teil klaffte ein aufgerissener Hohlraum. Hier, wo die Mauer um die Ecke führte, musste die Schatulle in der Wand gesteckt haben. Sie starrte auf die klaffende Öffnung. In ihrem Kopf arbeitete es fieberhaft.

Ihr Vater hatte diese Mauer errichtet. Ihr Vater hatte folglich dieses Metallkästchen in die Mauer einbetoniert. Es konnte nicht anders sein. Was barg diese Schatulle, die er hier versteckt hatte? Denn nichts anderes als ein Versteck war diese grässliche Mauer – das war sonnenklar. Nur, was hatte er zu verstecken? Sie schüttelte das Kästchen erneut, das Geräusch gab keinen Aufschluss darüber, was darin sein könnte. Sie musste dieses Fundstück öffnen! Ungeduldig untersuchte sie das Vorhängeschloss. Es sah alt aus und solide, jedoch nicht so stabil, als könne es roher Gewalt standhalten. Margot ging mit dem Kästchen zurück in den Geräteschuppen und spannte es in den Schraubstock der alten Werkbank ein. Dann zwängte sie einen Meißel in den Metallbügel des Schlosses.

Nach wenigen beherzten Hammerschlägen war es geschafft. Aufgeregt löste sie das Kästchen aus dem Schraubstock, stellte es auf die Werkbank und zerrte ungeduldig an dem verbogenen Verschluss. Mit einem Schrei fuhr sie zurück. Der zertrümmerte Metallbügel hatte ihr in den Ringfinger geschnitten. Blut schoss heraus, doch Margot steckte den verletzten Finger einfach in den Mund, ohne die Wunde weiter zu beachten, und öffnete den Deckel mit der anderen Hand. Mit einem widerspenstigen Quietschen gab er nach.

In dem Metallkasten lagen mehrere unförmige Päckchen. Margot griff nach einem und trug es hinaus ins Licht. Um groben Leinenstoff war eine feste Schnurr gezurrt und sorgfältig verknotet. Voller Spannung lief sie wieder zurück in den Schuppen, zerschnitt die Kordel und wickelte das Leinenknäuel auf. Sie bemühte sich, langsam und vorsichtig zu arbeiten, was mit einer Hand nicht einfach war.

Der Stoff offenbarte eine silberne Brosche mit einem großen roten Stein. Margot starrte einen Moment darauf, dann trat sie mit dem Schmuckstück zurück ins Tageslicht. Es musste ein Rubin sein. Er war in Silber eingefasst, das wiederum mit vielen kleinen glitzernden Steinchen besetzt war. Waren es womöglich Diamanten? Staunend untersuchte Margot die Brosche. Sie lag unglaublich schwer in der Hand. Das Silber war angelaufen, aber auch für eine Laiin wie sie war unschwer die hochwertige Verarbeitung zu erkennen.

In ihrem Kopf herrschte Leere, absolute Leere. Sie wünschte, sie hätte einen klaren Gedanken fassen können, doch sie starrte nur wie gebannt auf den Schmuck. Schließlich ging sie zurück in den Schuppen und wickelte die restlichen Päckchen auf.

Kurz darauf lagen neun weitere Schmuckstücke und zwei geschliffene Diamanten vor ihr auf der Werkbank. Zumindest vermutete sie, dass es Diamanten waren, sie hatte dergleichen noch nie in ihrem Leben in der Hand gehalten. Ungläubig starrte sie die Fundstücke an und konnte nichts weiter denken, als dass sie sich auf dem alten, kerbenreichen Holz der Werkbank höchst merkwürdig ausmachten. Fehl am Platz. Sie waren vollkommen fehl am Platz. Margots Nackenhaare richteten sich auf. Diese Objekte gehörten nicht in ihren Garten, nicht in ihr Zuhause, sie gehörten hier einfach nicht hin.

Als sie den Schmuck zurück in das Metallkästchen legen wollte, entdeckte sie ganz unten am Boden eine dunkle, schmale Ledermappe. Widerstrebend griff sie danach, klappte sie auf und hielt eine Reihe Schwarz-Weiß-Fotografien in der Hand. Alle bildeten gestochen scharf Schmuck und Edelsteine ab. Profiaufnahmen – so wie sie ihr Vater gemacht haben konnte.

Margot legte die Mappe zurück, schlug den Deckel der Schatulle zu und machte sich daran, die Betonbrocken vom Gehweg in drei große Plastikzuber zu räumen. Nach getaner Arbeit holte sie das Schmuckkästchen aus dem Schuppen und ging ins Haus. Sie musste dringend duschen.

Als sie im Bad in den Spiegel schaute, erkannte sie sich selbst kaum wieder. In ihren Augen lag ein beängstigender Blick, ein irres Flackern, gegen das sich ihr gerötetes, mit Staub und Blut verschmiertes Gesicht und das zerzauste

Haar geradezu harmlos ausnahmen. Die Blutung am Finger hatte aufgehört, doch ihre Hände zitterten wie Espenlaub. Sie war am Ende. Aber eines irritierte sie. Etwas, das fehlte.

Mit Erstaunen stellte sie fest, dass sie keine Kopfschmerzen mehr hatte.

**Ihr Schlaf war tief und traumlos gewesen.** Margot begann den Morgen so, als sei nichts geschehen. Während Frida schnurrend ihren Fressnapf ausleckte, braute sie für sich einen Milchkaffee mit extra viel Milch. Dann setzte sie sich im Schlafanzug an den Küchentisch und schaute aus dem Fenster, während sie in der Tasse rührte. Vorsichtig schlürfte sie den heißen Kaffee vom Löffel.

Aber etwas war anders heute. Etwas, das hier nicht hingehörte. Margot sprang unvermittelt auf, lief in den Flur, packte die Metallschatulle und lief mit großen Schritten in den Garten. Dort öffnete sie die Schuppentür, stellte die Schatulle auf die Werkbank und warf schwungvoll die Tür hinter sich zu.

Zurück in der Küche, trank sie in kleinen Schlucken ihren Kaffee aus. Dann holte sie zwei Eier aus der Speisekammer, butterte dazu ein getoastetes Stück Graubrot und aß alles mit Genuss bis auf den letzten Krümel. Für gewöhnlich war sie kein Frühstücksmensch, doch heute verlangte es sie nach etwas Kräftigem.

Wo war nur das Honnefer Telefonbuch? Sie brauchte einige Augenblicke, dann fand sie die zerfledderte Kladde im Arbeitszimmer. Es wurde höchste Zeit, dass in ihrem Garten eine Bruchsteinmauer gesetzt wurde! Der Gartenbaubetrieb, der am schnellsten verfügbar wäre, bekäme den

Zuschlag. Koste es, was es wolle. Sie rief alle drei ortsansässigen Unternehmen an; zwei wollten gleich morgen vorbeikommen, um vor Ort ein Angebot zu machen.

Dann starrte sie noch eine Weile aus dem Fenster und beschloss, Thea anzurufen, die nichts mehr von sich hören lassen hatte. Sie würde sie zum Mittagessen einladen. Mit Rosmarinkartoffeln und frischem Salat war der Freundin sicher eine Freude zu bereiten. Vielleicht könnten sie bald wieder etwas miteinander unternehmen, eine Radtour am Rhein, Open-Air-Kino in Bonn oder einfach auf Grafenwerth ein Bier trinken gehen. Irgendetwas, das ihr das Gefühl gab, dass es Sommer war.

Kurz darauf zog Margot im Garten behutsam am Kartoffelkraut und schüttelte es. Zusammen mit der feinkrümeligen Erde fielen hellgelbe, mittelgroße Kartoffeln ab. Der Anblick machte sie immer wieder glücklich. Was für prächtige Knollen da in der Erde wuchsen. Mit bloßen Händen grub sie ein paar weitere aus und legte sie zu den anderen in den Drahtkorb. Das war eine ordentliche Portion. Mit frischem Knoblauch und Rosmarin würden sie eine einzige Gaumenfreude sein. Rasch klaubte sie das Kraut zusammen und warf es auf den Komposthaufen. Gerade als sie sich zum Haus wenden wollte, sah sie Thea um den Holunderbusch biegen.

»Hast du Tag der offenen Gartenpforte?«, rief sie fröhlich. »Wirklich, es hätte gereicht, wenn du das Tor für mich aufgesperrt hättest.«

Margot hielt ihr die Kartoffeln unter die Nase. »Hier, unser Mittagessen! Was sagst du dazu?«

Thea würdigte ausführlich die Ernte, begleitete Margot in die Küche und schaute ihr beim Kochen zu, während sie von ihrem Englischkurs in der Volkshochschule berichtete und laut überlegte, ob sie im Herbst einen Sprachkurs in England belegen sollte.

Margot war erleichtert, dass sie nicht wieder mit ihrem *Fall* anfing. Als gäbe es nichts anderes auf dieser Welt! Sie schwenkte die gekochten Kartoffeln kurz in einer Pfanne mit Olivenöl, gab eine duftende Mischung aus fein gehacktem Knoblauch und Rosmarin hinzu, schmeckte das Ganze mit Salz und Pfeffer ab und stellte die Pfanne zum Salat auf den Tisch. Dazu gab es einen leichten Weißwein. Während sie es sich schmecken ließen, verdrehte Thea genießerisch die Augen und sagte: »Das einzige Problem an England ist das Essen.«

»Na ja, Teegebäck und Sandwiches können die Engländer wirklich gut.«

»Schön und gut. Aber das Gemüse! Erinnerst du dich noch an dieses grauenhaft zerkochte Grünzeug, das wir zusammen mit diesem krümeligen Yorkshire-Pudding und einem in Form gepressten Stück Fleisch in diesem Inn in der Nähe von Sissinghurst gegessen haben?«

»Das war in der Tat keine kulinarische Offenbarung«, gab Margot zu, »aber da musst du durch, wenn du in England bist. Vielleicht hast du ja Glück, und die Familie, bei der du wohnen wirst, kocht ganz gut.«

»Mal sehen. Ich muss mich ohnehin noch entscheiden, wo ich diesen Kurs überhaupt machen will. Vielleicht gehe ich ja auch nach London? Dann futtere ich mich einfach durch sämtliche indische, indonesische, thailändische und weiß der Kuckuck was für Restaurants.«

»Das ist die Lösung, meine Liebe! Möchtest du noch Salat – zur Vorsorge gewissermaßen?«

Als Thea das letzte Salatblättchen verputzt und die Sauce mit Brot aufgestippt hatte, fragte sie: »Was ist denn nun mit deiner Gartenmauer? Ich meine, nicht schlecht, dass das hässliche Ding weg ist …«

»So ist es.« Margot mochte nicht weiter über die Sache sprechen.

»Und jetzt?«

»Morgen kommen zwei Gartenbauunternehmen, um Angebote für Natursteinmauern abzugeben. Ich muss mir Gedanken machen, welche Steine ich nehme. Kalkstein finde ich hell und freundlich, aber Schiefer wäre ortstypisch.«

»Wieso haben sie das nicht gleich mit dem Abriss zusammen gemacht?« Wie immer musste Thea alles ganz genau wissen.

»Weil sie die Mauer nicht eingerissen haben.«

»Nicht?« Thea blickte sie erstaunt an. »Dieser Betonsarkophag ist ja wohl kaum in sich zusammengefallen ...«

Margot schauderte bei dem Begriff Sarkophag. Der Hohlraum, der den Metallkasten wie eine Gruft geborgen hatte, stand ihr wieder vor Augen. Fahrig begann sie die Teller abzuräumen.

»Was war denn jetzt mit der Mauer, Margot? Ist ein Lkw hineingefahren oder was?«

Margot setzte heftiger als nötig das Geschirr in die Spülmaschine. Dass Thea sich an dieser ollen Mauer auch so festbeißen musste.

»Herrgott, Thea, ich habe die Mauer eingerissen!«

»Du?« Theas Stimme stieg ungläubig in die Höhe. »Aber wieso hast du dir eine solche Plackerei angetan? Das muss doch nicht sein.«

»Ach nein?« Margot wurde zunehmend gereizt. »Du ermahnst mich doch immer, ich solle nicht die Rentnerin spielen. Wie du siehst, bringe ich es sogar noch fertig, eine Mauer abzureißen.«

Thea schwieg. Unübersehbar arbeitete es in ihrem Kopf. Margot ging zum Kühlschrank, um selbstgemachtes Erdbeereis aus dem Eisfach zu holen. Sie stellte es mitsamt Dessertschälchen auf den Tisch und nickte der Freundin auffordernd zu.

Bereitwillig gab Thea zwei großzügige Portionen in die

Schälchen, warf aber immer wieder fragende Blicke über den Tisch.

Schweigend löffelten sie das Eis in sich hinein. Margot, die sonst bessere Tischmanieren besaß, hielt die ganze Zeit über den Kopf in die Hand gestützt. Als auch Thea fertiggegessen hatte, stand sie auf, schob scharrend den Stuhl nach hinten und sagte nur: »Komm mit.«

Im Gartenschuppen verfolgte Thea gebannt über Margots Schulter hinweg, wie sie den Deckel der Metallschatulle aufklappte und ohne zu zögern den Inhalt auf die Werkbank kippte.

»Das hier lag in einem Hohlraum in der Mauer – dem Sarkophag, wie du sie genannt hast.«

Thea stand wie vom Donner gerührt da und starrte eine kleine Ewigkeit auf den Schmuck. Schließlich sagte sie bedächtig: »Ein Versteck.«

»Ja«, entgegnete Margot knapp und räumte die Stücke zurück in das metallene Kästchen. Eilig drängte sie Thea wieder aus dem Schuppen und schlug die Tür zu.

»Aber?«, Thea schaute sie entgeistert an. »Was machst du jetzt? Wer hat diese Klunker dort versteckt? Musst du das nicht irgendwo melden, ich meine …«

Margot schüttelte einfach den Kopf und starrte auf den Boden.

Thea blickte zurück zum Schuppen. »Willst du nicht abschließen?«

Die einzige Antwort war ein weiteres Kopfschütteln.

»Das Zeug ist ganz bestimmt wertvoll. Es könnte gestohlen werden!«

Margot blieb stumm. Während sie sich umdrehte und dem Haus zustrebte, spürte sie Theas gestrengen Blick im Rücken.

»Wer hat diese Mauer gebaut, Margot?«

Es dauerte eine Weile, bis sie antwortete. »Mein Vater.

Vor vielen Jahren.« Dann erwartete sie mit trotziger Beklemmung Theas unweigerlichen Kommentar.

»Aha«, sagte Thea nur und schwieg.

Margot wünschte sie mitsamt diesem Schmuckkasten auf den Mond. Sollte Thea doch endlich sagen, was sie dachte, sie hielt doch sonst mit ihrer Meinung nicht hinterm Berg!

**Etta rollte mit dem Bürostuhl** zurück und kreuzte ihre Füße auf dem Papierkorb unterm Schreibtisch. In einer halben Stunde begann das Verhör zum Raubmord in Marienburg, was bedeutete, dass sie dringend einen Blick in die Unterlagen werfen musste. Doch ihr Kopf war ganz woanders.

Vor zwei Minuten hatte Thea angerufen. Ihre eindringliche Bitte lautete, jemand müsse mit Margot einmal ein ernstes Wort reden. Jemand, den sie respektiere und der die nötige Autorität besitze. In Theas Augen war dieser Jemand Etta, die schon von Amtswegen praktisch verpflichtet sei, nach dem Rechten zu schauen. Dieser Klärung folgte ein wirrer Bericht über eine Mauer, die von Margot angeblich eigenhändig abgerissen worden war.

Im Detail hatte Etta den Zusammenhang zwischen einem Devisenschutzkommando – was immer das sein mochte – und irgendwelchem Schmuck, den Margots Vater offenbar in der Mauer versteckt hatte, nicht verstanden. Dass all dies im Kontext mit dem Mord an Inge Miller stand, worauf Thea Stein und Bein schwor, erschien ihr erst recht unglaubwürdig. Aber ihre Berufserfahrung sagte ihr, ein genauerer Blick lohne sich. Und selbst wenn sich Theas Verdacht als die fixe Idee einer Rentnerin mit ausgeprägter

Schwäche für Kriminalistik erweisen sollte, blieb doch die Tatsache: Margot war durch diesen Fund offenbar völlig durcheinander. Dem Bild nach, das Thea von ihr entworfen hatte, war sie in einen seltsamen Zustand der Apathie verfallen, in dem sie sich angeblich einzig Gedanken darum machte, ob die neue Mauer aus Kalkstein oder Schiefer sein sollte. Allein der Umstand, dass Margot, dieser so nüchterne Mensch, dermaßen durch den Wind war, gab Anlass, sich Sorgen zu machen.

Etta schmunzelte. Nun ja, so nüchtern war Margot auch wieder nicht. Beim gemeinsamen Cannelloni kochen war sie ziemlich ausgelassen gewesen. Spätestens da hatte sie die ungewöhnliche Frau vollends ins Herz geschlossen.

Am besten wäre es, schnell bei ihr vorbeizuschauen. Längst hatte sie sich bei Margot melden wollen. Etta gab sich einen Ruck und verscheuchte den Anflug eines schlechten Gewissens. Sie würde jetzt dieses Verhör hinter sich bringen und dann anrufen. Und wahrscheinlich war es besser, Theas Anruf unerwähnt zu lassen.

Entschlossen nahm Etta die Füße vom Papierkorb, rollte wieder an den Schreibtisch heran und ergriff einen Hängeordner aus dem dritten Stapel von links. Der Raubmörder, der einen Juwelier überfallen und getötet hatte, war bisher so gesprächig wie ein Tischbein gewesen. Aber vielleicht bekamen sie etwas aus seinem Kumpel heraus. Schnell überflog sie das letzte Vernehmungsprotokoll des mutmaßlichen Komplizen. Viel war bei der Vernehmung nicht herausgekommen. Wie zum Teufel sollte sie das bevorstehende Tête-à-tête mit diesem aalglatten Typ angehen, der sie schon neulich beinahe aus der Fassung gebracht hatte? Sie war zurzeit ziemlich dünnhäutig und auch ihre Konzentration ließ zu wünschen übrig.

Die Wahrheit war, sie dachte viel zu viel an Clara. Viel zu viel, gemessen an dem Umstand, dass Clara sich mit

Sicherheit nicht mehr melden würde. Jedenfalls war inzwischen jede Hoffnung auf eine Beziehung geplatzt.

Misslaunig starrte Etta aus dem Fenster auf den öden Parkplatz des Präsidiums. Nichts als Stein und Beton. Vielleicht sollte sie bei Clara ein paar Samenbomben bestellen? Ein wenig illegales Grün hier und dort konnte nicht schaden. Was dachte sie nur für einen Quatsch! Schon der Gedanke war Schwachsinn, ganz zu schweigen von dem weiteren blödsinnigen Versuch, mit Clara Kontakt aufzunehmen. Die sie mit Sicherheit wieder abblitzen ließe.

Dabei hatte sie in einer Aufwallung italienischer Clanromantik sogar mit dem Gedanken gespielt, Clara ihrer Familie vorzustellen – auf das letzte Mal, als sie dies getan hatte, war ein dreijähriges Beziehungsglück gefolgt, nur lag das inzwischen schon ein paar Jährchen zurück.

Neulich, als Margot sie vorsichtig auf Clara ansprach, war sie drauf und dran gewesen, vollmundig zu erklären, es sei vorbei und sie, Etta, habe das längst verwunden. Doch sie wusste nur zu genau, dass gar nichts vorbei und verwunden war. Die Gedanken an Clara blockierten sie. Bei der Arbeit, in der Freizeit, erst recht dabei, offen für eine andere Frau zu sein – auch wenn sich weit und breit keine blicken ließ. Immerhin kontrollierte sie nicht mehr wie eine Blöde ständig ihren Posteingang und ihr Handy. Glücklicherweise hatte Margot, zurückhaltend, wie sie war, keine Anstalten gemacht, das Thema Clara zu vertiefen. Wahrscheinlich wären bei Etta sonst alle Dämme gebrochen und sie hätte ihrem Frust über Claras Verhalten und ihrem Liebeskummer freien Lauf gelassen.

Die Polizistin in ihr versuchte zu analysieren, was in Clara vorging und sie daran hinderte, mit ihr zusammenzusein. Es gelang ihr nicht. In ihren Tagträumen stellte sie sich wieder und wieder vor, Clara zu treffen. Im Kopf formulierte sie Gespräche für ein Wiedersehen, das es so nie geben würde. In schlichten Worten würde sie ihr klarmachen, wie unfair behandelt sie sich fühlte! Zugleich ersann sie hundertundeine Erklärungen, wieso Clara den Kontakt mehr oder weniger versehentlich abgebrochen hatte, eine absurder und abenteuerlicher als die andere. Natürlich lag es nie daran, dass Clara nichts von ihr wissen wollte, nein, immer waren es kuriose Umstände, die unglücklicherweise dazu geführt hatten, dass sie ihr einfach kein Lebenszeichen senden konnte. Oder sie stellte sich vor, Clara zufällig auf der Straße zu treffen – nicht unmöglich, so groß war Köln nun auch nicht. Der peinlichste aller Gedanken aber war der an einen abendlichen Spaziergang, um sich nach Dienstschluss etwas Bewegung zu verschaffen, unauffällig in die diversen Kneipen zu schauen … und bei Claras Haus oder in der Nähe ihres wilden Gartens herumzuhängen. Ziemlich alberne, schmachtende Phantasien, für die sie sich selbst nicht leiden konnte.

Dabei wusste sie nicht einmal, ob Clara überhaupt gerne abends ausging. Sie kannte sie immer noch nicht richtig.

Resigniert raffte Etta die Unterlagen zusammen und stand auf. Zeit, in den Vernehmungsraum im ersten Stock zu gehen.

**Als Etta zwei Tage später** nach Dienstschluss in Margots Küche trat, war sie erstaunt, Thea anzutreffen. Am Telefon hatte Margot kein Wort darüber verloren, dass sie auch käme.

»Nun hast du doppelten Besuch! Tut mir leid, dass ich gestern nicht kommen konnte, aber es gab einfach zu viel zu tun.« In die Ermittlungen zum Raubmord im Juweliergeschäft war Bewegung gekommen. Noch in der vergangenen Nacht hatten sie einen weiteren Mann gefasst und vernommen. Entsprechend übernächtigt fühlte Etta sich, doch die Freude, Margot zu sehen, ließ sie die Arbeit vergessen. Hastig stellte sie ihr Handy aus. Für die nächsten zwei, drei Stunden würde sie nicht erreichbar sein.

»Eigentlich wollte ich dir einen Strauß Pfingstrosen mitbringen, aber die hast du sicher selbst in deinem Garten«, erklärte sie Margot, als sie ihr eine Flasche italienischen Rotwein überreichte, und schaute sie forschend an. Auf den ersten Blick wirkte sie recht gefasst. Halbwegs beruhigt wandte Etta sich Thea zu, um sie ebenfalls herzlich zu begrüßen.

»Rotwein keltert Margot noch nicht selbst – damit bist du auf der sicheren Seite.« Thea drückte sie kraftvoll an sich.

Etta lachte. Sie mochte diese kleine, immer in bunten Farben gekleidete Frau, die das völlige Gegenteil von Margot zu sein schien. Spontan, wenig zurückhaltend und mit dem Herzen auf der Zunge. Es war ein kostbarer Schatz, so eine Freundin zu haben. Zweifellos hielten die beiden zueinander, egal, was passierte. Und manchmal, insbesondere dann, wenn sie wieder einmal nicht der selben Meinung waren, hatten sie etwas von einem alten Ehepaar an sich.

»Was gibt es Neues von deinen Bonner Kollegen?«, kam Thea sogleich zur Sache.

Nicht schon wieder. Etta warf einen kurzen Blick zu Margot. Ursprünglich hatte sie sich in Ruhe ein Bild machen wollen, wie es ihr wirklich ging. Sie hätte über dies und das geredet, nur nicht über den Mord an Inge Miller, und einfach abgewartet, ob Margot von sich aus auf diesen Schmuckfund zu sprechen käme. Aber Thea nahm, wie sie das gern tat, sofort wieder das Heft in die Hand.

»Soweit ich höre, ist die Sache nach wie vor festgefahren, trotz der zweifelsohne interessanten Aussage dieses Historikers. Dein spezieller Freund, Oberkommissar Wegebrecht, ist froh über jeden, mit dem er den Fall diskutieren kann, und rief mich mehrfach an. Ein netter Kerl übrigens, der sich die Frage nach der Identität meiner Informationsquelle verkneift.« Etta entging nicht, wie Thea die Augen verdrehte und Margots Blick sich verfinsterte. »Die erwachsenen Bittmanns schweigen beharrlich, reagieren auf Nachfragen beleidigt, verweisen auf ihre Privatsphäre und lassen ansonsten ihren Anwalt sprechen. Die Haushälterin ist als Einzige völlig aufgelöst und mittlerweile mit den Nerven am Ende. Wegebrecht glaubt fest, dass es ein Familienmitglied war, und wünscht sich nichts sehnlicher als einen handfesten Beweis, besser noch ein Geständnis.«

»Aber Martin Runge hat doch der Polizei von Inges Verachtung für ihren Vater und von der Firmengeschichte erzählt. Was sagt die Familie denn zu ihren Plänen, eine Stiftung zu gründen?«, fragte Thea. »Das schmeckt ihnen vermutlich nicht, oder?«

»Natürlich haben die Bonner Kollegen dieses Thema in den Verhören tiefschürfend erörtert, nur leider ohne Erfolg. Die Bittmanns und ihr Anwalt haben ein noch nicht unterschriebenes Schriftstück vorgelegt, laut dem sich Inge ihr Erbteil über fünf Jahre verteilt auszahlen lassen wollte. Was sie mit dem Geld vorhatte, wussten die Bittmanns angeblich nicht. Die häppchenweise Auszahlung spricht gegen den Plan mit der Stiftung, wozu man von Anfang an einen möglichst großen Kapitalstock benötigt. Der Anwalt bezeugt sogar, dass Einigkeit über dieses Abkommen herrschte und Inge vorgehabt habe, es in diesen Tagen zu unterschreiben.«

Margot blickte sie zweifelnd an. »Ich habe noch nie davon gehört, dass man sich sein Erbteil auf Raten auszahlen lässt. Aber wie Runge sagte, hatte sie schlussendlich entschieden, keine eigene Stiftung zu gründen, sondern ihr Erbe in eine bereits existierende fließen zu lassen.«

Etta zuckte die Schultern. »In dem Fall wären Teilzahlungen möglich gewesen, da hast du recht. Dennoch, ein Erbe auf Raten, wer lässt sich auf so etwas ein? Doch wer weiß? Gemäß BGB herrscht Vertragsfreiheit – vielleicht wollte sie ihren Brüdern, die die Firma weiterführen und davon leben, entgegenkommen.«

»Glaubst du das?«, warf Thea heftig ein.

Etta lachte. »Mit Glaube hat das nichts zu tun. Es wäre eine mögliche Erklärung, weiter nichts.«

»Ach, die Bittmanns wollen doch mit diesem nicht unterschriebenen Wisch nur demonstrieren, wie gut sich die Familie verstanden hat«, entgegnete Thea verächtlich, »dabei wissen wir, dass das nicht so war.«

»Es sieht ganz danach aus«, nickte Etta, während ihr Blick auf Margot ruhte, die still dasaß. Sie hätte sie zu gern gefragt, wie es ihr ging, und womöglich eine ehrliche Antwort bekommen. So sehr sie Thea mochte, an diesem Tag störte ihre Anwesenheit.

»Letztlich haben wir es also mit zwei Familiengeheimnissen und einem Mord zu tun«, stellte Thea unvermittelt fest. Etta sah überrascht zu ihr hinüber. Was spukte nun durch Miss Marple's Hirn?

»Ja«, versicherte Thea und schaute Etta ernst an. »Margot hat nämlich etwas gefunden, das ihr Vater vor Jahren versteckt hat.«

Etta konnte es nicht fassen. Thea mochte Margots beste Freundin sein, aber sie legte oft herzlich wenig Sensibilität an den Tag. Und nun tat sie auch noch so, als hätte sie ihr die Geschichte mit dem Schmuck nicht längst am Telefon erzählt! Etta schaute zu Margot, die die Augen niedergeschlagen hatte. Sie sah so jämmerlich aus, dass Etta sie gerne in den Arm genommen hätte.

»Erzähl doch mal, Margot«, forderte Thea unerbittlich.

Wie ein Elefant im Porzellanladen, unmöglich! Etta warf Thea einen wütenden Blick zu, doch die ignorierte das. Für einige Augenblicke herrschte angespannte Stille, dann begann Margot stockend zu berichten, wie sie den Schmuck entdeckt hatte. »Es kann niemand anderes als mein Vater getan haben. Ich weiß mir keinen Reim darauf zu machen, wieso er ihn versteckt hat und was für ein Schmuck das überhaupt ist. Aber anders als Thea, sehe ich nicht den geringsten Zusammenhang mit Inges Tod«, sagte sie, an Etta gewandt. Als sich ihr Blick endlich hob, war er ebenso trotzig wie flehend. Er ging Etta durch Mark und Bein.

Thea schnaubte verächtlich. »Denk nur an das, was dir Martin Runge von dem Devisenschutzkommando erzählt hat, in dem Inges Vater war …«

»Er war bei der Feldpolizei, das ist nicht das Gleiche. Seine Einheit hat wohl für ein Devisenschutzkommando gearbeitet – oder so. Außerdem war Inges Vater, nicht meiner bei der Feldpolizei. Mein Vater war einfacher Soldat.«

»Ja, ja, die saubere Wehrmacht«, kommentierte Thea sarkastisch. »Dein Vater und Inges Vater waren Freunde«, platzte sie vorwurfsvoll heraus.

»Ja, und wenn?«, brauste Margot auf. »Das sagt nichts, rein gar nichts. Es erklärt vor allem nicht, wieso mein Vater diese Wertgegenstände verborgen hat, und es erklärt noch weniger, weshalb Inge ermordet wurde und von wem. Mein Vater kommt dafür nicht in Frage! Er kann sie nicht getötet haben, denn er ist lange vor Inge gestorben. Du verrennst dich, Thea! Vor lauter krausen Gedanken siehst du irgendwo zwischen dem alten Bittmann und meinem Vater ein Motiv für Inges Tod. Vor lauter Psychologisieren kannst du x nicht mehr von y unterscheiden.« Margot sackte in sich zusammen. Sich gegen Theas Anschuldigungen zu verteidigen kostete sie sichtlich viel Kraft.

»Psychologisches Einfühlungsvermögen ist genau das, was dir fehlt, Margot!«, schleuderte ihr Thea entgegen.

»Als Naturwissenschaftlerin halte ich mich an Fakten und Tatsachen.«

Thea richtete sich zu ihrer vollen Größe auf: »Ach ja? Als Naturwissenschaftlerin bist du zweifellos in der Lage, alles Erdenkliche nach x aufzulösen, nur deine eigene Existenz nicht. Auch wenn du das, wie mir scheint, gerne tätest, damit du den Tatsachen nicht ins Auge schauen musst!«

»Halt!«, fuhr Etta dazwischen. »Bitte lass uns einen Moment allein, Thea.«

»Nichts lieber als das. Ich wollte ohnehin los.« Thea stand auf, sammelte ihre Sachen zusammen, nickte Margot und Etta zu und ging seelenruhig zur Tür. Sie schien kein bisschen eingeschnappt zu sein, fortgeschickt zu werden.

Sie hat ihre Lunte gelegt, dachte Etta. Thea wusste ganz genau, auch wenn sie jetzt verschwand, würden Margot und sie über all dies weitersprechen. Sie hatte erreicht, was sie wollte. Diese Frau, so musste Etta einräumen, hätte eine gute Ermittlerin abgegeben, eine echte Nervensäge, die Verdächtige wie Zeugen beim Verhör in die Enge trieb. Sie konnte Gespräche lenken und beharrlich am Ball bleiben.

Etta setzte sich neben Margot, die mit gesenktem Kopf dasaß wie ein gescholtenes Kind. Als Kommissarin hatte sie schon viele Menschen so gesehen, bei Vernehmungen und anderen Gelegenheiten im Rahmen von Ermittlungen. Es waren die Momente, in denen sich die Leute zumindest selbst eingestanden, dass es so nicht weiterging. Dass sie an einem Punkt angekommen waren, an dem sie einen Fehler, eine Tat oder ihr Mitwissen zugeben mussten.

Doch zu ihrem Erstaunen sagte Margot: »Theas Vater wurde von den Nazis übel mitgespielt. Das alles … mit Inge, ihrem Vater und den Zwangsarbeitern nimmt sie furchtbar mit.«

Etta nickte. Es rührte sie, dass Margot das Verhalten ihrer Freundin, die sie eben derart angegriffen hatte, zu erklären versuchte. Thea war in der Tat sehr emotional gewesen. Kein Wunder, wenn sie einen durch eigene Erfahrungen belasteten Blick auf diese Geschichte hatte. Es war zu spüren, wie unangenehm Margot Theas Auftritt war. Etta versuchte sich zu konzentrieren. Womit hatte sie es hier zu tun? Eine solch greifbare Spannung zwischen den beiden Freundinnen hatte sie noch nicht erlebt. Gab es tatsächlich einen Zusammenhang zwischen Mord, Schmuck, Krieg und den Vätern oder waren das alles verschiedene Baustellen? Etta faltete die Hände auf der Tischplatte, schloss einen Moment die Augen und fragte dann: »Was genau ist ein Devisenschutzkommando?«

Margot erzählte ihr, was sie von Martin Runge wusste. Devisenschutzkommandos trieben neben Devisen und Gold offenbar auch Wertgegenstände wie Schmuck ein.

Der Schmuck war also Theas Gedankenbrücke. Eine wackelige Brücke, aber keine unsinnige. Und was unterschied die Feldpolizei, bei der Bittmann gewesen war, von Wehrmachtssoldaten wie Wilhelm Meerapfel?

Margot beantwortete auch diese Frage mit den Informationen, die sie von Runge erhalten hatte.

»Was denkst du«, fragte Etta schließlich sanft, »wieso könnte dein Vater diesen Schmuck versteckt haben?«

Margot schüttelte nur den Kopf.

»Hast du eine Ahnung, eine klitzekleine nur, um was für eine Art Schmuck es sich da handelt?«

»Nein«, antwortete Margot mit dünner Stimme. »Willst du ihn dir mal anschauen?«

Etta nickte und Margot führte sie in den Schuppen. Sie betrachtete die Stücke ausgiebig, drehte sie hin und her, blätterte durch die Fotos und fragte schließlich: »Wann hat dein Vater diese Mauer gebaut?«

»In den späten fünfziger Jahren, vielleicht auch noch Anfang der sechziger.«

Etta nickte und schwieg.

»Was mache ich jetzt mit dem Zeug? Muss ich diesen Fund anzeigen?«, fragte Margot.

»Darüber habe ich gerade auch nachgedacht. Die Sachlage ist vordergründig erst einmal klar: Du bist die Finderin und damit auch die Besitzerin dieses Schmucks, weil du ihn auf deinem eigenen Grund und Boden entdeckt hast, wo er mutmaßlich von deinem mittlerweile verstorbenen Vater versteckt wurde.«

»Aber …?«

»Die Archäologen vom Denkmalschutzamt sind hier nicht zuständig, wie zum Beispiel bei einem Fund auf dem Acker.« Etta machte eine kleine Pause. »Da dir nicht bekannt ist, ob dein Vater oder deine Familie jemals solchen Schmuck besessen hat, solltest du klären lassen, ob es einen … anderen Eigentümer gibt.« Sie räusperte sich. »Je nachdem, wer da in Frage kommt und je nach … den Umständen, durch die dein Vater in ihren Besitz gekommen ist, greifen verschiedene Gesetze. Ich habe keine Ahnung davon, aber diese Stücke sehen sehr wertvoll aus, allein die Diamanten. Vielleicht wäre ein Gutachter …« Etta stockte. Es gelang ihr nicht recht, möglichst neutrale Worte zu finden. Wie würde Margot reagieren?

»Runge«, sagte Margot tonlos.

Etta blickte sie forschend an. Sie schlug den Historiker vor, obwohl er sicher kein Schmuckexperte war. Gab sie insgeheim Thea recht, die den Schmuck in Verbindung mit dem Zweiten Weltkrieg brachte? Etta hätte die Sachen problemlos einem Experten bei der Polizei präsentieren können. Sie nickte. »Gut, zeig sie Martin Runge.« Sie zögerte einen Moment und legte ihr die Hand auf den Arm. »Soll ich dich zu ihm begleiten, Margot?«

Margot schüttelte den Kopf. »Ich mach das schon.« Sie zog ihren Arm fort.

Etta verstand die Geste. Sie wollte mit sich und ihren Gedanken allein sein. Margot sah sich einer Entdeckung gegenüber, die sie ihr Lebtag nicht erwartet hätte. Nicht nur der vermutlich sehr hohe Wert war schockierend, sondern vor allem die Tatsache, dass ihr Vater diesen Schatz – wieso auch immer – besessen und versteckt hatte. Margot war zweifellos klar, dass etwas daran faul sein musste. Kein Mensch mit Verstand, der legitimer Eigentümer solcher Wertgegenstände war, betonierte diese in eine Gartenmauer ein. Nicht in diesem Land, nicht in Zeiten wie diesen und auch nicht vor ein paar Jahrzehnten. Der Bürgermeister und Apotheker einer Kleinstadt hätte Schmuck und Diamanten in einem Safe, am besten bei der Bank aufbewahrt, eine Versicherung abgeschlossen, Zertifikate und Expertisen besessen. Normal wäre gewesen, wenn seine Tochter, seine einzige Hinterbliebene, spätestens in seinem Testament von diesen Werten erfahren hätte. Diese Erkenntnis musste für Margot schmerzlich sein, führte sie doch zu der Frage, was ihr Vater außerdem vor ihr verborgen hatte.

Margot räumte die Schmuckstücke zurück in die Schatulle, dann traten sie aus dem Schuppen. Ihr Anblick brach Etta das Herz. Sie wirkte noch schmächtiger als sonst, mit leicht gesenktem Kopf, den Blick auf den Boden geheftet, so als wolle sie nicht gesehen werden. Ob sie den Umständen, die zu diesem einbetonierten Kasten geführt hatten, überhaupt auf den Grund gehen mochte?

»Du kannst mich jederzeit anrufen, Margot. Hörst du? Jederzeit.«

**Martin Runge brauchte keine zwei Tage,** um Fotos der Preziosen gemeinsam mit den alten Schwarz-Weiß-Aufnahmen durch ein paar Datenbanken zu jagen und einen Schmuckexperten zu Rate zu ziehen. Ebenso schnell hatte Runge eine Theorie entwickelt, wie Margots Vater als Soldat in Besitz dieser Wertgegenstände gekommen sein konnte.

Fakt war, die Brosche mit dem Rubin stammte eindeutig aus Frankreich – und zwar aus dem Besitz der jüdischen Bankiers-Familie Rothschild. Zwei Schwarz-Weiß-Fotos zeigten ebenfalls Schmuckstücke aus Rothschildschem Eigentum. Der Schmuckexperte, ein Spezialist auf dem Gebiet der NS-Raubkunst, schätzte sie summa summarum auf einen Wert von 150.000 Euro, wenn nicht gar 200.000 Euro – ohne die Diamanten.

Margot stach mit der Jätegabel in den Boden und zerrte einen Hahnenfuß samt Wurzel aus der trockenen Erde. Ein elendes Unkraut war dieser Hahnenfuß! Hübsch anzusehen, wenn er blühte, verdrängte er jedoch alles neben sich. Sie war zu spät dran mit dem Jäten, gegen dieses Kraut musste man früh einschreiten, sonst wurde man nie mehr Herrin über das Gemüsebeet.

Margot kannte nun den Unterschied zwischen sogenannter Raubkunst, womit der systematische Diebstahl von Kunst und Wertgegenständen unter deutscher Besatzung gemeint war, und Beutekunst, die den Beutezug alliierter Soldaten in Deutschland bezeichnete. Sie wusste jetzt, es gab verschiedenste Archive, Datenbanken und Forschungsstellen, die sich mit all diesem während des Zweiten Weltkriegs gestohlenen Gut befassten, wie die Koordinierungsstelle für Kulturgutverluste in Magdeburg, die Provenienzforschung betrieb. Runge hatte viel erzählt. Von Göring, dem Reichsminister, der sich die sogenannte *entartete Kunst* ins eigene Wohnzimmer hängte, und von der deutschen Botschaft in Paris, die während der Besetzung mit Hilfe der geheimen Feldpolizei Bilder aus Sammlungen und Galerien raubte. Er berichtete ihr vom Einsatzstab Rosenberg, ebenfalls eine Art staatliche Räuberbande, und immer wieder von Devisenschutzkommandos und der Zollfahndung, die systematisch Geld und Wertgegenstände von Verfolgten eintrieben. So wie Margot ihn verstanden hatte, arbeiteten damals Nazifunktionäre, Beamte, Gestapo- und SS-Einheiten, unterstützt von der Wehrmacht, Hand in Hand.

Verbissen grub Margot eine besonders große Löwenzahnwurzel aus. Regen, ein kräftiges Sommergewitter, täte Not, um die Erde aufzuweichen, damit sie diesem Übel leichter den Garaus machen konnte.

Martin Runge hatte ihr seine Sicht der Dinge geschildert. Den wohlgesetzten Worten des Historikers war anzuhören gewesen, dass er nicht zum ersten Mal eine Angehörige über Tatsachen aufklärte, die sie vielleicht lieber nicht erfahren hätte. Gewissenhaft, wie Margot war, hatte sie ihm nicht nur den Schmuck und die Fotos ausgehändigt, sondern auch das Soldbuch ihres Vaters. Runge hatte schnell eine auffällige Übereinstimmung der Einsatzorte von Richard Bittmann und Wilhelm Meerapfel feststellen können. Seine Vermutung, wie Margots Vater in den Besitz dieser Wertgegenstände gekommen war, war ebenso schlicht wie überzeugend: Höchstwahrscheinlich hatte der Soldat Meerapfel die Einsatzorte bewacht oder beim Abtransport geholfen. Vielleicht war er auch als Fotograf eingesetzt worden, um die erbeuteten Stücke zu registrieren. »Sie wissen doch«, klangen seine Worte ihr noch in den Ohren,

»die Nazis hatten einen zwanghaften Drang, alles systematisch zu verwalten. Ob nun Mensch oder Gegenstand, alles wurde durchnummeriert und in einer Liste geführt.«

Ab diesem Punkt ihrer Erinnerungen an das Gespräch mit Runge bemächtigte sich ein grauenhaftes Geräusch ihres Kopfes und überdröhnte jeden Gedanken. Hoch, penetrant und gnadenlos wie der Bohrer beim Zahnarzt. Sie musste sich zwingen, nicht aufzuspringen, und jätete verbissen weiter.

Ihr hochverehrter Vater, der Herr Exbürgermeister, war offenbar ein schäbiger Dieb gewesen.

Richard Bittmann, Mitglied der Feldpolizei, verfügte vermutlich über genaue Informationen zur Beschlagnahmung oder zum Abtransport der Wertgegenstände. Da lag es nahe, dass die beiden gemeinsame Sache gemacht haben. So zumindest reimte sich der Historiker den Sachverhalt zusammen.

Was Inge wohl davon gehalten hätte? Hatte sie es geahnt oder gar gewusst? Nun, von Inge war nichts mehr zu erfahren. Zum ersten Mal, seit Thea die Tote im Wald gefunden hatte, wünschte sich Margot zutiefst, dass sie noch lebte. So hätte sie die Scham darüber, einen Schuft zum Vater zu haben, wenigstens mit jemandem teilen können.

Doch halt! Mit Zwangsarbeitern hatte Wilhelm Meerapfel nichts zu tun gehabt. Er hatte schließlich in jungen Jahren keine Firma besessen, die Menschen versklavte. Ihr Vater war ... ein Dieb, der Diebesgut gestohlen hatte. Und zwar keineswegs in der Absicht, es den Bestohlenen zurückzugeben, wie die Entdeckung in der Gartenmauer bewies.

Warum hatte er das getan? Aus reiner Habgier? Die Sache war höchst riskant gewesen. Zweifellos hätte man kurzen Prozess mit ihm gemacht, wäre er erwischt worden.

Erschöpft kippte Margot das gejätete Unkraut auf den Kompost. Sie konnte nicht mehr. Ihr schwindelte. Die gebückte Haltung und das drückende Sommerwetter mochten dazu beitragen, dass es ihr im Kopf dröhnte. Sie musste sich auf der Stelle ausruhen. Matt ließ sie sich in den Liegestuhl unterm Kirschbaum fallen und schloss die Augen.

Irgendwann schreckte sie schweißgebadet auf. Eben noch war da ein fürchterlicher Schmerz gewesen, als hätte sie einen Schlag gegen den Kopf bekommen. Aber sie lag auf der Liege, nicht auf einem glitschigen Metallboden.

Was war das für ein Boden gewesen? Margot konzentrierte sich. Kleine erhabene Rauten in regelmäßigen Abständen gaben der glatten Oberfläche Struktur.

Mit einem Mal war alles wieder da.

Sie, in Rock und Kniestrümpfen, trug ihren roten Schulranzen. Er war schwer, viel schwerer als sonst, und so verlor sie plötzlich den Halt, fiel und schlug mit dem Hinterkopf auf. Ihr wurde schwarz vor Augen, wie ein hilfloser Käfer lag sie rücklings auf dem harten Tornister, den Rücken schmerzhaft aufgewölbt, den Kopf am Boden. Zwei kräftige Arme packten sie, zerrten sie hoch. Da war auch die Stimme ihres Vaters. Er schrie, trieb sie zur Eile an und kontrollierte den Verschluss ihres Ranzens.

»Wie lange willst du noch auf dem Schiff herumtrödeln?«, polterte er in mühsam gezügeltem Zorn. »Schau, wo du hintrittst! Es hat geregnet, alles ist glatt. Wenn du nicht aufpasst, rutschst du wieder aus.« Sie stolperte mit ihrem schweren Ranzen auf dem Rücken weiter. Vor sich auf dem Landungssteg sah sie Inge mit einem Rucksack. Sie war schon fast an Land. Vorhin noch war sie mit ihr durch den Wald am Schwimmbad gelaufen.

Wieder dieser Traum. Das Schiff, das Schwimmbad, der Schulranzen und Inge.

Wie lange hatte sie geschlafen?

**Leichtfüßig wie ein Reh** nahm Etta die zwei Stufen vor dem »Café Feynsinn« und stieß schwungvoll die Eingangstür auf. Margot erhob sich von ihrem Platz und begrüßte sie freudig.

Es tat ihr gut, Etta zu sehen. Obendrein war es deren Vorschlag gewesen, sich zum Mittagessen in Köln zu treffen, obwohl sie so viel um die Ohren hatte. Lächelnd schob Margot ein eingewickeltes Schälchen über den Tisch. »Frisch aus dem Garten«, erklärte sie und verfolgte verstohlen, wie Etta ihr Haar löste und flugs zu einem neuen Knoten schlang. Gut sah sie aus!

»Was ist das?« Etta wickelte behutsam das Mitbringsel aus und spähte in die Schachtel. »Erdbeeren – und wie die duften! Danke! Kannst du dich überhaupt davon trennen?«

Margot nickte und lächelte. Natürlich konnte sie das. Vorsichtig klaubte Etta eine Erdbeere heraus und ließ sie schnell in ihrem Mund verschwinden. »Gehört sich wohl nicht in einem Restaurant …« Sie zwinkerte, schloss dann genießerisch die Augen und kaute hingebungsvoll. Dabei wirkte sie überhaupt nicht so gehetzt, wie Margot schuldbewusst angenommen hatte, als sie miteinander telefonierten. Dennoch sagte sie: »Du hast sicher nicht viel Zeit. Wollen wir gleich bestellen?«

Etta öffnete die Augen. »Nein. Doch, ja – also ich meine, wir sollten bestellen, aber ich habe Zeit. Heute und morgen Abend muss ich nochmal los. Aber eine sehr ausgiebige Mittagspause kann ich mir gönnen.«

Margots Herz tat einen Freudenhüpfer. »Um so besser! Für mich ist es schön, hier zu sein … Thea behauptet gerne, ich sei eine alte Glucke, die nie ihren Hof verlässt.« Noch während sie sprach, wurde ihr mulmig bei dem Gedanken, wie häufig sie in letzter Zeit in Köln gewesen war – und immer bei Martin Runge im EL-DE-Haus.

Etta, die diesen Stimmungsumschwung sofort erfasst hatte, beugte sich mit besorgtem Gesicht zu ihr hinüber. »Wie geht es dir, Margot?«

Margot wich dem intensiven Blick aus. Zum Glück trat die Bedienung an ihren Tisch, was ihr Zeit gab, sich zu fangen. Etta bestellte Kartoffelgratin mit frischen Bio-Kräutern, sie selbst entschied sich für gebackenen Hirtenkäse und Salat. Doch kaum war die Frau mit der Bestellung verschwunden, nahm Etta den Faden wieder auf.

»Und?«

Margot starrte auf die Tischplatte und wiegte den Kopf ein wenig hin und her. »Geht so«, brachte sie hervor und ärgerte sich über sich selbst. Sie altes Huhn antwortete, als ginge es hier tatsächlich um sie! Was Etta hören wollte, war, was Runge zu dem Schmuck gesagt hatte. Deshalb trafen sie sich hier ja schließlich.

Doch während sie noch überlegte, wo und wie sie beginnen sollte, erkundigte sich Etta nach dem Garten. Sie wollte haarklein wissen, was Margot die letzten Tage darin getan hatte, was sie geerntet hatte, ob die Ernte gut war. Sie fragte, ob sie mit der Arbeit nachkam, ganz so, als gäbe es nichts Wichtigeres zu besprechen. Es war klar, Etta versuchte sie abzulenken – und Margot war nur allzu froh darüber.

Als das Thema Garten erschöpft war, erzählte Etta seelenruhig von den Plänen ihrer Eltern, ein zweites Restaurant zu eröffnen, voraussichtlich in Bonn. Sie erwähnte auch, dass Kommissar Wegebrecht Inges Ex-Freund Manfred Fassbender in Bonn ausfindig gemacht und bislang ergebnislos vernommen hatte. Er war offenbar eine verkrachte

Existenz mit einem massiven Alkoholproblem. Der Mann, der der Polizei wegen diverser kleiner Delikte – darunter, vor langer Zeit, auch Dealerei – bekannt war, hatte nicht geleugnet, Inge in Honnef besucht zu haben.

Margot war froh, dass Etta sich so viel Zeit für sie nahm. Die junge Kommissarin begegnete ihr so wohltuend entspannt, nicht so hektisch und anklagend wie Thea. Doch was, wenn sie ihr nun von Martin Runges Überlegungen berichtete? Margot rutschte unruhig auf ihrem Stuhl hin und her. Es drängte sie darüber zu reden, auch wenn es sie quälte, Runges Vermutungen laut auszusprechen. Als Etta für einen Moment schwieg, um einen Schluck Wasser zu trinken, räusperte sie sich und sagte hastig: »Wie es aussieht, war mein Vater ein Dieb.« Sie schluckte. »Zumindest, wenn man Martin Runge Glauben schenkt.«

Etta zuckte nicht mit der Wimper, sondern fragte bloß: »Und woraus schließt er das?«

Die nüchterne Frage, die ganze unaufgeregte Art beruhigte Margot etwas. Konzentriert, den Blick zumeist auf die Tischplatte geheftet, gab sie die Vermutungen des Historikers wieder. Als sie geendet hatte, nickte Etta. »Gut, das klingt schlüssig, aber im Moment ist es nicht mehr als eine Mutmaßung, die er nicht belegen kann.«

Margot schaute kurz auf. »Ja ... aber sie erscheint so plausibel, so überzeugend.« Unvermittelt brach es aus ihr heraus: »Es ist ein scheußliches Gefühl, einen Vater zu haben, der ein Verbrecher war!«

»Langsam, Margot. Seine Schuld ist noch nicht bewiesen.«

»Das ist es doch nicht allein.« Margot richtete sich kerzengerade auf und umklammerte mit den Händen die Tischkante. »Wenn ich nur daran denke, dass er möglicherweise mit diesem Bittmann gemeinsame Sache gemacht hat, diesem Kerl, der Zwangsarbeiter beschäftig hat! Wenn ich mir vorstelle, dass die Sachen, die sie offenbar gestohlen haben, zuvor Verfolgten geraubt worden sind, wird mir ganz schlecht.« Margot schob ihren halb leergegessenen Teller von sich, schaute Etta in die Augen und flüsterte: »Ich fühle mich so elend ... Ich wünschte, ich hätte dieses Zeug nie in der Mauer gefunden.«

Etta hielt ihren Blick fest und sagte: »Das kann ich gut verstehen. Trotzdem, Margot, um bei den Fakten zu bleiben: Martin Runge kann seine Thesen nicht belegen. Und du bist nicht für mutmaßliche Taten deines Vaters verantwortlich.«

Margot schüttelte langsam den Kopf. »Nicht verantwortlich, aber irgendwie zuständig.« Sie überging, dass Etta zweifelnd das Gesicht verzog. »Du weißt ja, die Stadt Bad Honnef möchte eine Straße nach meinem Vater benennen. Dann noch dieser geplante Beitrag im Honnefer Jahrbuch. Er war hoch angesehen, sein Leumund tadellos ... und ich war immer ausgesprochen stolz auf ihn. Und jetzt – was soll ich tun? Das Schlimme ist, ich weiß nicht, was hinter diesem Diebstahl noch steckt. Er hat doch sicher gewusst, woher die Sachen stammten. War es ihm gleichgültig, dass er sich am Hab und Gut enteigneter, verfolgter Juden bereichert hat? Wie war seine ganze Haltung zu dem Verbrecher-Regime, für das er ins Feld geschickt wurde?«

Ettas Blick wanderte zum Fenster. Sie starrte eine Weile hinaus und sagte schließlich: »Das ist eine heikle Angelegenheit.«

Margot verstand. Die Kommissarin in Etta unterschied zwischen einer Vermutung und Fakten. Doch auch sie konnte die Plausibilität von Martin Runges Rekonstruktion des mutmaßlichen Diebstahls nicht ignorieren. Mochte Etta noch so sehr versuchen, sie zu beruhigen: Ohne Gewissheit über das, was tatsächlich geschehen war, würde sie niemals Ruhe finden.

Dennoch war sie Etta dankbar, dass sie ihr das Gefühl nehmen wollte, sich mitschuldig zu fühlen. Es war nicht wie mit Thea. Etta war schlicht eine andere Generation. Für sie stellte sich nicht die Frage, was ihr Vater getan hatte oder nicht. Abgesehen davon war ihr Vater ja auch Italiener. Thea und sie hatten es hingegen mit schweigenden Vätern zu tun gehabt, mit Eltern, die etwas gewusst hatten oder auch nicht, die weggeschaut oder verdrängt hatten. Die Frage, ob ihre Eltern Mitläufer, gar Täter gewesen sein könnten, hatte sich Margot nie gestellt. Zu absurd war ihr der Gedanke erschienen. Doch wie es aussah, hatten ihr Vater und Richard Bittmann Diebesgut der deutschen Besatzer gestohlen – doch machte es das besser?

Die Bedienung räumte das Geschirr ab. Etta bestellte zwei Espresso und schwieg. Erst als die Kellnerin die Getränke gebracht hatte, ergriff sie wieder das Wort. »Es ist sehr unwahrscheinlich, dass sich die genauen Ereignisse von damals hundertprozentig rekonstruieren lassen. Du wirst vermutlich nicht viel mehr erfahren, als du jetzt schon weißt – es sei denn, es findet sich ein Zeuge.« Sie rührte Zucker in ihren Espresso, kostete und sagte: »Vielleicht können die Historiker die Herkunft des einen oder anderen Stücks herausfinden, aber den Tathergang und die Motive eurer Väter – sofern sie den Schmuck tatsächlich gestohlen haben – werden wir wohl nie wirklich in Erfahrung bringen.« Sie nahm einen weiteren Schluck und sagte: »Ich weiß, diese Ungewissheit ist schwer zu ertragen.«

»Das ist die Ungewissheit, mit der die meisten Menschen meines Alters leben müssen, wenn es um die Rolle ihrer Eltern damals geht ...«

Ettas Augen ruhten abwartend auf ihr.

Margot rutschte auf ihrem Stuhl hin und her. »Ich träume komische Sachen«, gestand sie und fuhr sich durchs Haar.

Etta sah sie ruhig an und Margot fiel auf, wie wohlgeformt ihr Mund doch war. »Weißt du, ich träume ... also, ich ...« Sie verhaspelte sich. Es musste wohl etwas merkwürdig klingen, wenn sie so herumstammelte. Sie spürte die auf sie gerichtete Aufmerksamkeit, als sei Etta mit jeder Faser bei ihr. Ihr schwindelte ein wenig, es war so intensiv. Dann zwang sie sich, weiterzureden: »Diese Träume, die ich habe ... Sie sagen mir, dass mein Vater ein Dieb war.«

Etta saß weit nach vorne gebeugt und schwieg gespannt.

»Ich habe diese Träume oder Erinnerungen, kenne Martin Runges Vermutungen und weiß, dass Inge sich mit mir treffen wollte«, zählte Margot auf. »Alles zusammen macht Sinn. Ich weiß es jetzt.«

»Was sind das für Träume, Margot?«, fragte Etta leise.

»Träume aus meiner Kindheit. Träume, in denen ich mit Inge gemeinsam im Schwimmbad und auf einem Schiff bin.«

Etta nickte auffordernd und lächelte nicht mehr. Margot wusste, in diesem Moment saß Hauptkommissarin Scovalli vor ihr. Sie holte tief Luft und begann zu berichten. Etta unterbrach sie nicht ein einziges Mal. Selbst als sie geendet hatte, blieb ihr Blick auf sie gerichtet.

»Du denkst also, eure Väter haben diese Wertgegenstände erst auf dem Gelände des Schwimmbads versteckt und später unter dem Vorwand, die Pumpe müsse repariert werden, wieder ausgegraben?«

Margot nickte. »Mein Vater muss gegraben haben, weil Richard Bittmann einarmig war. Inge und ich haben womöglich als Tarnung gedient. Auf jeden Fall aber waren wir die Kuriere, denn in unseren Ranzen wurde die Beute transportiert. Wir sind mit dem Schiff gefahren. Das Ziel könnte Basel gewesen sein, um den Schmuck und sonstige Wertgegenstände diskret an Schweizer Kunsthändler zu verkaufen.«

»Zumindest nimmst du das an, denn die spielen seit je her eine, sagen wir, besondere Rolle als Drehscheibe für verschiedenste Geschäfte«, ergänzte Etta, doch Margot sprach bereits weiter.

»Bis Basel ist der Rhein schiffbar. Ein netter Ausflug von Vätern mit ihren kleinen Töchtern per Schiff – ganz harmlos, so kommt man leicht über die Grenze, ohne kontrolliert zu werden, und auch zurück, mit einem Haufen Bargeld in der Tasche.«

Etta nickte. »Das klingt schlüssig. Außerdem ist da noch das Haus, das dein Vater von Bittmann für'n Appel und 'n Ei gekauft hat. Was darauf hindeutet, dass er entweder noch etwas bei Bittmann gut hatte oder eben Schwarzgeld geflossen ist, das vom Verkauf des Diebesgutes stammte. Wobei das Haus bereits in deinem Geburtsjahr 1949 erworben wurde, aber das muss nichts heißen. Entweder haben die beiden Männer schon früher Sachen vertickt oder dein Vater hat es Bittmann erst bezahlt, nachdem ihr gemeinsam euren Schiffsausflug unternommen hattet.«

»Der kann frühestens 1955 stattgefunden haben. Ich ging schließlich schon zur Schule, sonst hätte ich nicht den roten Schulranzen getragen. Mein Vater hat Mitte der fünfziger Jahre die Apotheke übernommen, dafür brauchte er sicher auch Geld, er kam aus keiner vermögenden Familie. Normalerweise hätte er einen Kredit aufnehmen müssen.«

Etta winkte die Kellnerin herbei und bestellte eine Flasche Wasser. »Dieses Schwimmbad – ist es das, von dem Thea sprach, als sie Clara den Weg in das Tal beschrieben hat, wo sich die Stollen mit den Zwangsarbeitern befanden?«

Margot schluckte. »Ja. Das ist auch so ein Punkt. Das Lemmerzbad liegt auf einem Plateau oberhalb des Nachtigallentals … genau dort, wo die Zwangsarbeiterbaracken standen. Möglicherweise gehörte dieses Gelände ebenfalls dem alten Bittmann. Ich weiß es nicht. Wo heute das Schwimmbad ist, war damals eine Flak installiert. Theas Vater musste als Flakhelfer dort arbeiten. Vielleicht waren auch mein und Inges Vater als Soldaten dort. Im Kriegsalbum meines Vaters klebt jedenfalls ein Foto, das etwa von dieser Stelle aus aufgenommen worden ist. Man sieht den Rhein und Mehlem auf der anderen Seite.« Resigniert fügte sie hinzu: »Ich habe also keine Ahnung, ob sie die Sachen erst nach dem Schwimmbadbau oder schon vorher dort oben versteckt haben. Meine Träume waren leider ohne Datumsangabe.«

Etta schmunzelte. »Das wäre ja noch was! Aber auch wenn deine Träume nur Träume sind ...«

»Ich weiß schon, vor Gericht würden sie nichts taugen, aber zu einem Prozess wird es in diesem Fall ja auch nicht kommen.«

»Nein, was ich sagen wollte, ist, dass sie dich sehr wahrscheinlich an die wahren Begebenheiten herangeführt haben.«

Margot dachte an das Buch über Traumdeutung, das sie neulich im Schaufenster des Buchladens gesehen hatte. Wie auch immer, ihre Träume boten noch viel Stoff zum Nachdenken – mehr, als ihr lieb war. Wieder sah sie das wutverzerrte Gesicht vor sich, das sie niemals mit dem Bild ihres Vaters übereingebracht hätte, bis jetzt zumindest. »Fände ich doch jemanden, der mir die Wahrheit sagen kann!« Für einen Moment kämpfte sie mit den Tränen, bis es ihr Gott sei Dank gelang, sie hinunterzuschlucken. Ettas Hand legte sich sanft auf die ihre.

»Mach bald mal Urlaub, Margherita! Fahr fort von hier, in eine andere Umgebung. Das wird dir gut tun.« Ehe sie ihre Hand wieder zurückzog, fügte sie mit einem kecken Zwinkern an: »Ich kann Italien empfehlen, ehrlich.«

**Sie strich mit der Rechten** durch den Lavendel und schloss die Augen. Der Duft des Südens. Schläfrig nahm sie das unstete Brummen einer Hummel wahr. *Margherita*, hörte sie eine Stimme so sanft und nah, als sei es nicht Jahrzehnte her. *Margherita, kleine Perle.* Zart hatten Lippen die Worte auf Italienisch gehaucht, dabei ihr Ohr gestreift und ihren Nacken gekitzelt. Damals, erinnerte sie sich, war es der Duft von Rosmarin gewesen, der sie umgab.

Doch Italien war fern. So fern wie die Wärme der alles durchdringenden Sonne, der Geruch nach staubtrockener Erde, der Duft mediterraner Kräuter und die abgasschwangere Luft der Städte.

Hätte es ein Leben für sie in Italien geben können? Obwohl Margot sich sonst solche Gedanken nicht gestattete, hing sie ihnen diesen einen Augenblick nach. Sie wäre sicher ein ganz anderer Mensch, lebte sie in Italien.

Das Brummen der Hummel stockte, für einen Moment hatte sich das Insekt im Lavendelbusch verfangen.

Wie auch immer, nun war es zu spät. Die Worte waren verklungen, die Lippen verstummt, und so hatte sie Italien in eine Ecke ihres Herzens verbannt und ihre Sehnsucht zu einem kleinen Berg aufgeschichtet, dem kräuterbewachsenen Monte Amiata hier in ihrem Garten im Rheinland. Hier, wo sie nahezu alle Zeit ihres Lebens verbracht hatte, vor Italien und danach, in dem kleinen Bad Honnef am Fuße des Siebengebirges. Immer im gleichen Haus, dem ihrer Eltern.

Wäre sie nur fortgezogen, dann hätte sie niemals diesen schrecklichen Fund in der Gartenmauer gemacht. Margot richtete sich auf, mit einem Schlag waren die süßen Gedanken an Italien verflogen. Ob ihre Mutter gewusst hatte, was für Wertgegenstände ihr Mann besaß? Margot war sich völlig unsicher. Ihre Mutter hatte selbst Krieg und Diktatur erlebt, aber ließ sich daraus schließen, dass ihre Eltern untereinander offen über ihre Erfahrungen sprachen? Sie hätte es so gerne gewusst. Soweit sie sich erinnerte, hatte ihre Mutter den nichtssagenden Anekdoten ihres Mannes aus dessen Soldatenzeit nie etwas hinzuzufügen. Hätten sie mehr zu erzählen gehabt, wenn die eigene Tochter einmal nachgehakt hätte?

Sie schloss die Augen und rieb sich die Schläfen; das war alles zu viel. Inges Tod, die mutmaßliche Tat ihres eigenen Vaters und dessen Verhältnis zu Bittmann, ja, nun sogar das Schweigen ihrer Mutter. Und dann, wie aus dem Nichts, noch diese Stimme, die *Margherita* flüsterte.

Margot schüttelte den Kopf und erhob sich. Es war wohl melodramatisch zu behaupten, ihr Leben sei dabei, aus den Fugen zu geraten, doch seit sich ihr Blick auf ihr kleines Universum wandelte, breitete sich in ihrem Innersten ein seltsames Sehnen aus: ein Gefühl wie Heimweh. Heimweh nach sich selbst.

**Margot schob ihr Fahrrad** aus dem Schuppen und machte sich auf zu Thea. Es war Zeit, wieder ein paar vernünftige Worte miteinander zu wechseln. Der Fahrtwind auf ihrer Haut tat gut. Sie sollte öfter Rad fahren, endlich eine Tour am Rhein entlang unternehmen, bis nach Niederdollendorf auf ein frischgezapftes Bier im Bredershof.

Thea schadete so ein kleiner Ausflug auch nicht.

Margot unterbreitete ihr den Vorschlag, kaum dass sie in Theas Küche stand. »Auf der einen Seite hin, übersetzen und auf der anderen zurück. Außerdem bin ich gekommen, um dir von meinem letzten Besuch bei Martin Runge zu erzählen.«

Thea nickte, schob einen Stapel Computerzeitschriften zur Seite und setzte sich zu Margot auf die Eckbank. »Ich fahre nur Rad mit dir, wenn wir unterwegs auch ein Eis essen. Besser zwei.«

Zu Margots Erleichterung war Thea wieder ganz die Alte. In ihren Augen lag Reue über so manches, das sie ihr neulich vor Etta an den Kopf geknallt hatte.

Hier saßen sie nun nicht nur als Freundinnen, sondern auch als die Töchter von Männern, die miteinander hätten reden sollen. Weil aber ihre Väter wie Millionen andere es beim Schweigen und Leugnen belassen hatten, mussten sie umso mehr zur Sprache bringen. Also berichtete Margot alles, was sie zwei Tage zuvor schon Etta erzählt hatte, und scheute sich nicht, auch ihre Träume zu erwähnen. Thea war feinfühlig genug, ihren Bericht nicht mit bissigen Bemerkungen über frisch entdeckte esoterische Neigungen zu kommentieren. Sie sparte sich auch jeden Vorwurf darüber, von diesen Träumen bisher nichts gehört zu haben, und überging selbst die Tatsache, dass Etta vor ihr ins Vertrauen gezogen worden war.

Als Margot geendet hatte, schwiegen sie beide. Schließlich sagte Margot: »Erinnerst du dich, wie du neulich in Zusammenhang mit der zerstörten Synagoge sagtest, sie hätten alle geschwiegen, unsere Eltern, unsere Lehrer? Das ist richtig – aber wir haben auch nicht gefragt. Ich zumindest nicht. Ich habe mich mit lustigen Soldatenstreichen meines Vaters abspeisen lassen, aber mir nie Gedanken gemacht, wie meine Eltern gedacht und gehandelt haben in der Nazizeit und danach … Anders als Inge!«

»Du musst das Schweigen nicht fortsetzen, Margot.«

Nein, das musste sie zum Glück nicht. Aber sie musste die Wahrheit kennen, auch wenn sie sich bange fragte, ob sie sie ertragen konnte. Aber vielleicht war es leichter, die Wahrheit zu ertragen, als mit Mutmaßungen und diffusen Vermutungen zu leben.

»Ich werde es der Generation unserer Eltern nie verzeihen, dass sie nie über die Nazizeit sprechen wollten. Immer hieß es, sie hätten von nichts gewusst – zum Kotzen«, spie Thea voller Abscheu aus. »Wegducken, wegschauen aus Angst – von mir aus. Am Straßenrand mitbrüllen und den Arm hochreißen – alles geschenkt, wer weiß, was wir an ihrer Stelle riskiert hätten. Aber dieses Schweigen selbst dann, als es vorbei war, werde ich ums Verrecken nicht verstehen. Auch nicht das meines Vaters, der ja nun beileibe nicht auf der Seite der Täter stand.«

»Deine Mutter hat dir immerhin vom Schicksal deines Vaters berichtet.«

»Aber wann?«, versetzte Thea bitter. »Jahrzehnte mussten vergehen, bis meine Mutter die paar Worte über meinen Vater in Gestapohaft verloren hat. Warum? Weil sie vergessen wollte? Weil sie Angst hatte? Weil man darüber einfach nicht sprach? Weil dies eine elende Kleinstadt ist, wo jeder über jeden Bescheid weiß? Auch dieses Schweigen war nicht richtig.«

Margots Brust zog sich zusammen, sie hätte heulen können. Thea schaute sie mitfühlend an, dann sagte sie mit sanfter Stimme: »Was immer dein Vater getan hat oder nicht – wir wissen es nicht. So oder so bist du nicht dafür verantwortlich. Vielleicht war er einfach nur jemand, den die Gelegenheit zum Dieb gemacht hat. Stehlen ist eine Straftat, aber Zwangsarbeiter zu beschäftigen, wie der alte Bittmann, ist ein Verbrechen.«

Margot zweifelte, ob Theas Unterscheidung juristisch

wasserfest war, aber sie verstand, was sie sagen wollte. »Ich frage mich, wie Inge sich gefühlt hat, als sie die Sache mit den Zwangsarbeitern herausfand …«

Thea zuckte mit den Achseln. »Auf alle Fälle hatte sie das Bedürfnis zu handeln, sonst hätte sie nicht entschieden, ihr Erbe in eine Stiftung zu stecken.«

Margot hatte sogleich das Gefühl, sich rechtfertigen zu müssen. »Ich habe vorgestern Herrn Hirschfeld, den Herausgeber des Jahrbuchs, angerufen und den Beitrag über meinen Vater abgeblasen. Der Stadt habe ich geschrieben, dass ich eine Wilhelm-Meerapfel-Straße nicht wünsche.«

Thea schien wenig erstaunt und nickte. »Besser so.«

Der Anruf und ihr Schreiben hatten Margot erleichtert. Es war nicht recht, ihren Vater derart zu würdigen. Nicht nach allem, was sie nun wusste; von dem, was ungewiss war, ganz zu schweigen. Gegenüber Herrn Hirschfeld hatte sie ihren Meinungsumschwung nicht weiter begründet und sich auf die Mitteilung beschränkt. Nur leider hatte sich der Mann damit nicht zufrieden gegeben.

»Heute früh rief er mich dann an.«

Thea hob die Brauen. In Margot kochte erneut die Empörung hoch. »Stell dir vor, dieser Markus Bennerscheid, du weißt schon, mein ehemaliger Schüler, der im Stadtrat hockt, sitzt ihm im Nacken und bedrängt ihn offenbar, das Jahrbuch auch gegen meine Einwilligung wie geplant herauszugeben.«

»Impertinenter Aapefott! Seine Partei wähle ich sowieso nicht«, grunzte Thea und goss sich und Margot ein Glas Apfelsaft ein.

Margot schmunzelte matt. »Dieser Affenarsch, wie du ihn zu Recht nennst, scheint Herrn Hirschfeld arg in Bedrängnis gebracht zu haben. Das würde jedenfalls die leichte Hysterie erklären, in die er geriet, als es ihm heute früh nicht gelang, mich umzustimmen.«

»Dieser kleine Fuzzi, warum macht der solchen Stress? Was hat der bloß? Der ist doch nicht ganz echt. Woher dieses wahnsinnige Interesse an deinem Vater?«

»Er stellt sich wohl vor, sich bei den Wahlen als eine Art Nachfolger des hochgeschätzten Bürgermeisters Meerapfel profilieren zu können. Den er kaum gekannt haben dürfte – noch weniger als ich.« Margot erschrak über ihre eigenen bitteren Worte. Aber es war wahr. Warum sollte sie noch eine Sekunde länger ein Blatt vor den Mund nehmen? Zum ersten Mal verspürte sie Wut. Wut über ihren Vater, der ihr einen mysteriösen Schmuckfund und eine Reihe ungeklärter Fragen hinterlassen hatte. Sie fühlte sich von jeder Pflicht entbunden, den Umgang mit dem väterlichen Andenken zu vertreten.

Thea, die sich gerade in Bennerscheid verbissen hatte, schien ihre Bitterkeit nicht wahrzunehmen. »Wie jämmerlich! Wie war der so als Schüler? Bestimmt ein Streber.«

»Ehrlich gesagt, ich kann mich kaum an ihn erinnern. Wahrscheinlich war er in jeder Hinsicht mittelmäßig, ohne bemerkenswerte Eigenschaften.«

»Mittelmäßig – das sind schon immer die Schlimmsten gewesen. Können nichts richtig, aber wollen alles. Ein paar harmlose Deppen sind mir lieber.«

Margot fuhr fort. »Der Name sagte mir etwas, als seine Frau mich ansprach, aber wie er aussieht, weiß ich nicht mehr. Bald wird er uns von Wahlplakaten herab anstrahlen. Dann kannst du dir ein Bild machen.«

»Na, da können wir jetzt schon nachhelfen.« Thea verschwand ins Nachbarzimmer, startete ihren Rechner und rief. »Schauen wir uns dieses ambitionierte Kerlchen doch mal an. Komm rüber, Margot, mein Computer beißt nicht.«

»Übrigens, dem Hirschfeld habe ich für das Jahrbuch einen Beitrag vorgeschlagen, der sich mit der weniger schönen Geschichte unseres Städtchens befasst. Ich selbst als gebürtige Honneferin hätte erst kürzlich erfahren, dass es bei uns während des Krieges Zwangsarbeiter gegeben hat. Das sei mir, die ihr ganzes Leben hier verbracht hat, gänzlich unbekannt gewesen. Ich fände, er als Herausgeber eines Jahrbuches, das historische Ereignisse aufgreift, habe da eine gewisse Aufklärungspflicht, es gäbe sicher noch viele ahnungslose Bürgerinnen und Bürger.«

»Mmhh. Das hast du ihm so gesagt?«

»Nahezu wortwörtlich.«

»Und wie hat er darauf reagiert?«

»Er hat so getan, als fände er die Idee gut, um es sich mit mir nicht zu verscherzen. Dann kam er wieder auf den Beitrag über meinen Vater zu sprechen, wie bedeutend er sei und so weiter und so fort. *Die Leserschaft wünscht sich etwas Erbauliches, Frau Meerapfel!* Das Rumstochern in der finsteren Vergangenheit sei ein schwieriges Geschäft, wenn auch natürlich von großer Wichtigkeit.«

»Ein Geschäft?« Thea schüttelte unwillig den Kopf.

»So seine Worte. Immerhin hat er mir zugesagt, meinen Vorschlag bei der nächsten Redaktionssitzung mit irgendwelchen Stadt-Granden vorzubringen.«

»Na, dann geht es bald in Honnef herum, dass die einzige Nachfahrin von Wilhelm Meerapfel gegen einen Beitrag über die Meriten ihres Vaters im Jahrbuch ist und stattdessen vorschlägt, etwas über Zwangsarbeiter in unserer kleinen Stadt zu bringen. Nicht schlecht!« Mit einem zufriedenen Lächeln beugte sich Thea über ihren Rechner.

Die Website von Markus Bennerscheid, die ihn im Kreise seiner Familie zeigte, beschrieb die politische Vision des Kandidaten in schillernden Farben. Ein besonderes Anliegen sei es ihm, Traditionen zu pflegen, die des ehrenvollen Erhaltenwerdens würdig seien, versicherte er in gestelzten Worten. Unter dem Text war ein weiteres Foto von Bennerscheid in der Uniform des Schützenvereins eingestellt. Lächerlich, diese Kerle in grünem Loden mit ihren Hüten, auf denen ein seltsamer grün-weißer Federpuschel prunkte. Margot betrachtete kurz das talgige Gesicht des ansonsten schlanken Mannes, dann wandte sie sich vom Bildschirm ab. Sie hatte keine Lust, sich die reaktionären Plattitüden und Lebensweisheiten des Markus Bennerscheid durchzulesen. Wenn sie ihren eigentümlich vorgealterten Exschüler so ansah, beschlich sie das ungute Gefühl, in gewisser Weise pädagogisch versagt zu haben.

Thea hatte weitergeklickt und kicherte: »Sieh an, unter Vita steht hier: Chemie war schon in der Schule mein Lieblingsfach, und so habe ich von 1987 bis 1989 die Ausbildung zum chemisch-technischen Assistenten absolviert. Seitdem arbeite ich bei BASF in Leverkusen. – Bis Leverkusen muss er weit pendeln zur Arbeit. Hättest du ihn nicht auf den Geschmack gebracht mit deinem Chemieunterricht, sondern in Mathe unterrichtet, könnte er im beschaulichen Bad Honnef beispielsweise Filialleiter bei der Volksbank oder etwas anderes Angesehenes sein.«

»Blödsinn. Ich hätte ihn für Meeresbiologie begeistern sollen, dann säße er jetzt an der Uni in Kiel oder auf irgendeiner polynesischen Insel, um das Verdauungssystem von Meeresschildkröten oder die Bedeutung von Algen für die Welternährung zu erforschen. Was auch immer sich da im Ozean tummelt. Wir in Honnef wären ihn auf alle Fälle los, dieses aufgeblasene Würstchen«, brummte Margot. »Ich habe keine Lust, mich mit dem Kerl zu befassen, Thea, surf du weiter, ich gehe jetzt. Muss Clara mal wieder anrufen.«

»Wie geht's ihr denn so mit ihrer feurigen Kommissarin?«

Margot presste die Lippen aufeinander. Sie mochte diesen leicht anzüglichen Ton nicht. »Da ist nichts, Thea!«

»Ach papperlapapp, klar ist da was ... Freu dich doch!

Endlich eine anständige Frau. Wurde aber auch Zeit, nach dieser Susan.«

Den Blick fest auf den Bildschirm geheftet, ließ Thea sich nicht aus der Ruhe bringen. Sie war ahnungslos, was Clara und Etta anging, und offensichtlich vernarrt in dieses Internet. Zeit, sich aus dem Staub zu machen.

Sie würde sich jetzt einen Anwalt suchen, der ihr half, die eigentumsrechtliche Seite ihres vermaledeiten Fundes zu klären. Das hatte sie Etta bei ihrem letzten Telefonat versprochen.

**Die Luft war reingewaschen** vom Sommergewitter. Die Stadt roch frisch, ein milder Abend lud zum Spaziergang ein. Obwohl es schon recht spät war, beschloss Etta, noch nicht nach Hause zu gehen. Gerade hatte sie drei Angestellte des Hotels »Domspitzen« befragt, die Zeugen eines höchst verdächtigen Treffens gewesen waren. Wie es aussah, hatte sich in der Hotelbar ein Auftragskiller einen neuen Job abgeholt. Etta schwirrte der Kopf. Ein wenig frische Luft täte jetzt gut. Sie ließ ihr Auto am Hotel stehen und schlenderte los. Um dem Hauptstrom der Touristen zu entgehen, lief sie links um den Dom herum, am Museum Ludwig vorbei und blieb eine Weile auf der obersten Stufe stehen, die zur Rheinpromenade führte. Schade, dass hier alles noch nass war! Es saß sich nett auf dem terrassierten Gelände. Sie mochte es, inmitten der Leute zu sitzen, sie anzuschauen, ohne sie beobachten zu müssen, und sich als Teil des Stadtkosmos zu fühlen. Sie genoss es, umgeben von all dieser Energie still für sich zu sein und ihren Gedanken nachzuhängen.

Letztlich war sie sehr froh, in der Stadt zu leben. Früher, mit ihrer Familie, hatte sie in einem Kaff gelebt. Hinterwäldlerisch. Nichts zöge sie mehr dorthin, lebten nicht ihre Eltern dort, denen die räumliche Nähe zu ihrem Restaurant in Ittenbach auf der Margarethenhöhe wichtig war. Sie selbst wohnten jenseits der A3, denn die Immobilienpreise in Ittenbach waren ihnen inzwischen schlicht zu hoch. Mittlerweile besaßen die Eltern ein schmuckes Häuschen in dem Dorf, in dem sie seit Jahrzehnten lebten. Ihr Vater, der, als er nach Deutschland kam, zuerst in den Kölner Ford-Werken gearbeitet hatte, hatte sich schließlich entschlossen, in Ittenbach ein italienisches Restaurant zu eröffnen. Hier, in der lieblichen Umgebung des Siebengebirges, so sein Kalkül, wohnten viele vermögende Menschen, die ein Restaurant, wie es ihm vorschwebte, zu schätzen wüssten. Seine Rechnung ging auf. Auch jetzt, nach Jahrzehnten, lief der edle Laden bestens, und Ettas Vater pries sich im Kreis der Familie ab und an gerne selbst, auf die blendende Idee gekommen zu sein, eine Edelgastronomie auf dem, wie er ihn nannte, *collina di milionario*, dem Millionärshügel zu eröffnen. So hatte Etta ihre Kindheit und Jugend auf der anderen Seite des Siebengebirges verbracht, ganz in der Nähe von Clara.

Da hatte sie sich wieder eingeschlichen. Clara. Sie hatte schon mehrfach versucht, sich Clara aus dem Kopf zu schlagen; dieses Mal würde es ungleich schwerer sein.

Heerscharen von Touristen belagerten die Domplatte und liefen zur Hohenzollernbrücke, um den Dom von dort aus zu fotografieren. Die Züge rumpelten im Schritttempo über die Brücke und brachten sie zum Vibrieren. Durch ein Gitter von den Gleisen getrennt, spazierten die Menschen auf dem Fußweg nebenan.

Etwa in der Mitte der Brücke hing ein kleines Schloss mit eingraviertem Herz und zwei Namen. Ein Liebesschloss.

Etta kannte diesen Brauch aus Italien, eine Freundin aus Florenz hatte ihr davon berichtet. Die Liebenden schworen sich ewige Treue, brachten ein Hängeschloss an einer Brücke an und warfen anschließend den Schlüssel ins Wasser. Seit dieser Brauch in einem Bestseller beschrieben worden war, erfreute er sich in Italien zunehmender Beliebtheit und nun war er offenbar auch hier angelangt. Etta kannte das Buch nicht. Vielleicht hätte sie es lesen sollen – oder besser auch nicht, vermutlich half es ebenso wenig gegen Liebeskummer, wie ein Schloss und ein weggeworfener Schlüssel die Liebe bewahren konnten.

Als Etta am anderen Ufer angekommen war, dämmerte es bereits. Am Himmel zogen Möwen kreischend ihre Kreise und stritten sich mit den Tauben um Schlafplätze in den Metallverstrebungen der Brücke. Es war ein lautstarkes Spektakel. Die gegenüberliegende Rheinseite prunkte mit dem angestrahlten Dom und der Sankt Martin-Kirche. Sie liebte diesen Anblick, die Lichter der Ausflugsschiffe, die vom Wasser reflektiert wurden, das muntere Treiben auf der Uferpromenade und den fast goldenen Glanz der Hohenzollernbrücke. Gemächlich schlenderte sie zurück in Richtung Dom. Wie schön wäre es jetzt, hier Hand in Hand mit Clara entlang zu spazieren! Sie würden sich treiben lassen und in der Mitte der Brücke auf die Lichter der Stadt schauen.

Etta schüttelte leise den Kopf über sich selbst. Ja, ja, sie war eben eine große Tagträumerin! Immer wieder aufs Neue ersann sie das Zusammensein mit Clara. Sie stellte sich alles haarklein vor, Claras Lächeln, ihre Worte, ihren Körper beim Violinspiel und bei der Liebe, selbst ihre Gedanken. Sie formte sich eine Clara zurecht, wie sie wundervoller nicht sein könnte.

Neuerdings kamen ihr immerhin Zweifel. Sie hatte sich dabei ertappt, der Frau, die unentwegt durch ihre Träume geisterte, Wesenszüge anzudichten, von denen sie nicht wirklich wusste, ob Clara sie überhaupt besaß.

Auf dem linksrheinischen Ufer stauten sich bald die Menschen. Wie so oft hatten Ordner den gesamten Heinrich-Böll-Platz abgesperrt und für die Passanten nur einen kleinen Durchgang freigelassen. Die regelmäßigen Sperrungen des Platzes, der zugleich das Dach der erdverlegten Philharmonie war, verschlang mehrere zehntausend Euro pro Jahr und sorgte in der Stadt für viel Empörung. Rund tausend Mal im Jahr wurde er gesperrt, weil sonst die Geräusche von Absätzen, Skatebords und Rollkoffern in den Konzertsaal drangen. Inmitten der vielen Menschen schob Etta sich im Schneckentempo den schmalen Streifen entlang. Es war nervig, so dicht gedrängt zu gehen. Ob es nicht billiger wäre, die Philharmonie vernünftig zu isolieren, statt Jahr für Jahr solche Summen zu verschleudern?

Plötzlich weckte der Klang einer Geige ihre Aufmerksamkeit. Begleitet von anderen Instrumenten, ließ sie eine fröhliche Melodie über das Gedränge tanzen. Etta schob sich weiter und reckte sich. Die Musiker standen vermutlich vor dem Eingang des Museum Ludwig; gleich würde sie sie sehen können. Gerade spielten sie ein rasend schnelles Stück, Volksmusik vom Balkan oder Klezmer mit jazzigen Anklängen. Etta spähte über den Kopf der Frau vor ihr und blieb wie angewurzelt stehen.

Prompt trat ihr jemand in die rechte Ferse. Eine Stimme hinter ihr fluchte, doch Etta ignorierte sie. Nun war eingetreten, was sie herbeigesehnt und sich ausgemalt hatte! Ihr Herz klopfte zum Zerspringen.

Der Pulk schob sich voran und zog sie mit. Sie achtete darauf, den Musikerinnen nicht zu nah zu kommen. Erst ein ganzes Stück weiter schlüpfte sie aus der schützenden Menschenmenge und versteckte sich hinter einer Gruppe Touristen.

Aus sicherer Entfernung betrachtete Etta die Geigerin. In aller Ruhe verfolgte sie jede einzelne ihrer Bewegungen. Wie sie die Violine mit dem Bogen liebkoste, dass es Etta Gänsehaut verursachte. Wie sie die Augen geschlossen hielt, vollkommen versunken ins Spiel, dann wieder Blickkontakt zu den anderen Musikerinnen aufnahm, sie anlächelte. Gerade zog sie eine Grimasse und scherzte mit ihnen.

Etta fühlte sich ein wenig unwohl dabei, Clara so unverfroren zu beobachten. Sie beruhigte sich damit, dass sie keine Stalkerin war, schließlich handelte es sich um eine ganz und gar zufällige Begegnung. Eine Straßenmusikerin setzte sich freiwillig den Blicken der Menschen aus.

Clara wirkte gelöst, fast übermütig. Sie spielte so himmlisch, wie Etta es in Erinnerung hatte, nein, noch unglaublicher. Die Frauen spielten nicht nach Noten, sondern schienen über längere Abschnitte zu improvisieren. Auf irgendein Zeichen hin fanden sie dann in einen festen melodischen oder rhythmischen Rahmen zurück, bis eine oder zwei wieder daraus ausbrachen. Clara eingerechnet, waren es fünf Musikerinnen. Eine mit magentarotem Haar spielte Tuba, eine andere Gitarre, die nächste Klarinette. Die Fünfte spielte abwechselnd Akkordeon und eine Reihe von Percussion-Instrumenten, darunter auch die hölzerne Kiste, auf der sie saß und mit flachen Händen trommelte.

Etta beneidete die Gruppe. Zu gut erinnerte sie sich an das grandiose Gefühl, als sie gemeinsam musiziert und Claras Komposition in endlosen Variationen entwickelt hatten. Ein Zauber, der aus dem Nichts heraus erwachsen war und noch über den letzten Ton hinauswirkte. Wehmütig betrachtete sie die Musikerinnen und sehnte sich danach, eine von ihnen zu sein, mitspielen, mitsingen zu dürfen.

Wieso nur hatte die Beziehung zu Clara so eine unglückliche Wendung, so ein jähes Ende genommen? Sie mochte, sie konnte das nicht akzeptieren.

Und dann war klar, sie würde Clara ansprechen. Nicht sofort, aber sobald die Frauen ihr Spiel beendeten. Sie hatte Zeit. Mit einer Gelassenheit, die sie selbst erstaunte, näherte sie sich unbemerkt.

Vor einem aufgeklappten Gitarrenkasten hatte die Gruppe ein Schild aufgestellt, auf dem stand: *Kultur für alle!* Als die Frau mit dem Akkordeon schließlich Flugblätter verteilte und auch Etta eines davon in die Finger bekam, erklärte sich das Motto als Forderung, die gängige staatliche Kulturförderung aufzugeben. In Deutschland, so stand da, wanderten Millionen in Einrichtungen wie Opernhäuser, die nur von einem Bruchteil der Bevölkerung besucht wurden, während kleine, unabhängige Kulturzentren, die Vielfalt gewährten, dichtmachen müssten.

Offenbar war es bei der Aversion gegen den herkömmlichen Kulturbetrieb geblieben. Zu gerne wollte Etta wissen, was inzwischen in Clara vorging, ihre Pläne kennen, hören, was sie dachte und fühlte, einfach teilhaben an dem, was sie bewegte. Und sie hätte viel dafür gegeben, noch einmal mit ihr musizieren zu dürfen – dieser Einklang übertraf beinahe alles, was sie mit einem anderen Menschen bisher erfahren hatte. Wenn schon keine Liebe zwischen ihnen möglich war, dann doch immerhin diese mysteriöse Art des Einvernehmens und der Verbundenheit, die Musik hervorzauberte. Vielleicht, vielleicht blieb ihnen wenigstens das.

Gleich, gleich würde sie Clara ansprechen! Sicherlich machten sie bald eine Pause.

Doch die Gruppe spielte und spielte und so sehr Etta die Musik genoss, so sehr quälte sie jeder weitere Takt. Sie trat von einem Bein aufs andere und bekam schweißnasse Hände vor lauter Aufregung. Endlich erklang der letzte Ton, gefolgt vom begeisterten Applaus des Publikums. Auch Etta klatschte kräftig mit und wartete, dem Platzen nahe, noch zwei Zugaben ab. Als die Zuhörer sich zerstreuten und die

Musikerinnen ihre Instrumente einzupacken begannen, trat sie heran.

»Hey Clara!« Sie hoffte, es klang unbefangen und dynamisch.

Binnen weniger Augenblicke glitt eine Reihe von Emotionen über Claras Gesicht: Überraschung, Schreck, Freude, Unsicherheit, Verlegenheit …

»Oh – hallo!« Clara stand, eine Hand am Riemen des Instrumentenkastens, reglos da und schaute Etta mit großen Augen an.

»Wie geht's dir so?«, beeilte Etta sich zu fragen und hielt Claras Blick fest, die, als wisse sie mit der Frage nicht so recht etwas anzufangen, die Unterlippe vorschob, mit den Schultern zuckte und ein einsilbiges »Gut« hervorbrachte.

Etta nickte und lächelte. »Schön, freut mich, echt.« Wie um alles in der Welt sollte sie dieses Gespräch in Gang bringen?

Clara stand nur da und wechselte das Gewicht von einem Fuß auf den anderen. Schließlich schien sie sich einen Ruck zu geben. »Und du? Wie geht es dir?«

»Auch gut«, versicherte Etta eilig und wusste nicht, was sie noch sagen könnte. Als Clara den Musikerinnen einen knappen Blick über die Schulter zuwarf und immer noch schwieg, erfasste sie Panik. So kam sie nicht weiter. »Vielleicht können wir uns die Tage mal wiedersehen?«, schlug sie schnell vor und erntete prompt ein stoisches Kopfschütteln.

»Besser nicht.«

Clara mied ihren Blick und Ettas Herzschlag setzte einen Moment aus. Sie gab ihr tatsächlich wieder einen Korb!

»Bin demnächst nicht mehr in Köln«, murmelte Clara und deutete mit der Hand hinter sich zu den Frauen. »Wir machen eine Tour nach Südosteuropa. Balkan …«

Das klang schon anders. Sie fuhr in Urlaub. Also konnten sie sich vorher oder, wenn es sein musste, auch danach treffen. So viel Geduld brächte sie durchaus noch auf.

»Wann fährst du?«

»In drei Tagen.«

»So bald!«, entfuhr es Etta.

Clara starrte auf ihre Fußspitzen und antwortete nicht. Etta war nicht entgangen, dass die Frau mit der Tuba Clara nicht aus den Augen ließ, seit sie mit ihr sprach. Ein Stich der Eifersucht durchfuhr sie. So leicht würde sie nicht aufgeben.

»Und wenn du zurück bist ... vielleicht?«

Clara mied weiterhin Ettas Blick und fixierte, während sie redete, einen Punkt auf deren linker Schulter. »Ich weiß noch nicht, wann ich zurückkehre. Wir fahren mit dem Zug bis Belgrad, dann wollen wir weiter durch Bulgarien und Rumänien, Leute treffen, mit denen wir musizieren und was lernen können.« Sie zögerte. »Danach geht's nach Griechenland, vielleicht bis Istanbul. Wenn alles klappt, bin ich nächsten Sommer bei einem Lehrer in Odessa.«

»Nächsten Sommer?«, vergewisserte sich Etta entgeistert.

»Oder so ... wir haben keinen konkreten Plan. Mal sehen, wie wir so rumkommen.«

»Ihr fahrt alle zusammen?« Sie deutete auf das Grüppchen und Clara nickte. Was konnte sie noch sagen? Durch Ettas Kopf spukten wirre Gedanken an die rumänische Mafia und frei herumlaufende Wölfe in abgeschiedenen Bergdörfern, aber damit musste sie Clara sicher nicht kommen.

»Ich muss das machen.« Clara blickte wieder auf ihre Füße. »Ich komm sonst nicht weiter. Ich brauche Abstand, von meinem Studium, von der Hochschule, vom Kulturbetrieb, von Köln ... und überhaupt ...«

Etta erstarrte in der Erwartung, Teil von Claras Aufzählung zu werden, doch der Satz versandete, ohne dass ihr Name fiel.

»Weiter denke ich jetzt nicht«, fügte Clara leise an.

Immerhin würde sie nicht allein durch diese Länder reisen. Etta schaute zu den anderen Frauen hinüber, die mittlerweile alle zu ihnen herüberblickten und warteten. »Du musst das wohl machen«, brachte sie dann mühsam hervor.

Ein Jahr, vielleicht auch länger. Gut möglich, dass sie nicht wieder nach Köln zurückkam. Vielleicht fand sie eine andere, womöglich hatte sie längst eine andere – Etta warf einen schnellen Blick zu der Tubaspielerin hinüber. Die Frau sah sympathisch aus, musste sie widerwillig zugeben. Am Ende war das schon die Neue?

Vielleicht sah sie Clara jetzt gerade zum endgültig letzten Mal.

»Du musst das wohl machen«, wiederholte sie mit etwas sichererer Stimme. Sie würde nicht versuchen, sie aufzuhalten.

Clara nickte. »Es muss sein, es geht nicht anders.« Und dann, als Etta dachte, sie sage nichts mehr, murmelte sie: »Es tut mir leid …«

Etta schoss das Blut in den Kopf. Was tat ihr leid? Dass sie fuhr, ohne zu wissen, wann sie wiederkam? Dass sie sie nicht mehr treffen wollte? Dass sie sie je getroffen hatte? Tausend Fragen brannten ihr auf den Lippen, doch sie beherrschte sich und nickte nur. Es hatte keinen Zweck, Clara mit Fragen zu bedrängen. Sie hatte längst ihren Entschluss gefasst. Nichts und niemand würde sie aufhalten, erst recht nicht Etta.

Sie sparte es sich, etwas von E-Mails und einem möglichen Wiedersehen in ein oder zwei Jahren zu faseln, und sagte einfach nur: »Ich wünsch dir viel Glück.« Mehr brachte sie nicht heraus. Gerne hätte sie noch etwas gesagt in der Art, dass sie hoffe, Clara fände das, was sie suche, doch ihr Gefühl riet ihr, zu schweigen. Sie schaute kurz hinüber zu den Musikerinnen, hob matt die Hand zum

Gruß, blickte Clara ein letztes Mal in die Augen. Seegrüne Augen, die sie nie vergessen würde.

Sie sah so verdammt süß aus.

»Ciao Clara«, stieß Etta hervor, drehte sich um und lief davon.

**»Ich spiele ernsthaft mit dem Gedanken,** eine Laientheatergruppe zu gründen«, verkündete Thea und hielt Margot den Drahtkorb für das Gemüse. Während Margot sich daran machte, ein paar wunderbar gerade gewachsene Möhren aus dem Boden zu ziehen, redete sie munter weiter. »Ich bin mir nur nicht sicher, ob eine Gruppe, die in Mundart spielt, das Richtige wäre. Mein Nachbar findet es viel interessanter.«

Margot richtete sich auf und streifte die Erde von den Möhren. Wie immer sprudelte Thea über vor Ideen und Plänen. »Hast du überhaupt noch andere Interessenten?«

»Na, außer ihm und der Frau des Pfarrers diesen pensionierten Deutschlehrer, Dietrich oder Dittmann oder wie der heißt – du müsstest ihn doch kennen.«

Margot legte die Möhren zum Salat in den Korb. »Dieckmann. Na ja, ausgerechnet der, dieser eitle Gockel hält sich ohnehin für Don Juan. Was wollt ihr spielen? Romeo und Julia auf Platt?«

»Warum nicht – willst du mitmachen?« Thea schaute sie begeistert an, »an deinem Platt müsstest du allerdings noch etwas arbeiten.«

»Nicht so viel wie an der Verkörperung der Julia – falls du mich für diese Rolle im Kopf haben solltest«, entgegnete Margot lakonisch.

Thea kicherte. »Och, für die Balkonszene würde ich mich auch selbst hergeben …«

»Und unten steht der Dieckmann und schmachtet dich auf Platt an? Also für mich ist das nichts, Thea.« Margot verdrehte die Augen.

Beleidigt schob Thea die Unterlippe vor. »Du willst einfach nicht auf die Bühne …«

»Genau.« Margot nickte und nahm ihr den Korb aus der Hand. »Lass uns reingehen. Hast du Lust auf ein kleines Schweinemedaillon oder möchtest du nur Ofenkartoffeln zum Salat?«

»Übrigens, weißt du, was ich gestern im Internet herausgefunden habe?« Thea wartete erst gar nicht auf eine Reaktion. »Eine Liste der Sponsoren für das Honnefer Jahrbuch. Rate mal, wer darauf zu finden ist!«

»Sicher unsere ganze Stadtprominenz, der Geschichtsverein, die Sparkasse, die Volksbank, ein paar Geschäftsleute, nehme ich an.« Margot streifte ihre Gartenschuhe auf der Terrasse ab und trat ins Haus.

»Genau. Unter anderem die Firma Bittmann.«

Margot zuckte die Schultern. Erstaunlich war das nicht.

»Ich hab's«, rief Thea unvermittelt, »du wirst einfach unsere Souffleuse!«

»Ich finde, ihr solltet Improvisationstheater machen, da ist alles ganz spontan und ihr braucht mich nicht als Souffleuse.«

Thea wog den Kopf hin und her. »Auch keine schlechte Idee! Wir könnten die Stücke ja auch selbst schreiben.«

»Das, meine Liebe, scheint mir das Allerbeste zu sein.« Sie drückte Thea den Korb in die Hand. »Bring das schon mal in die Küche, ich schau noch nach der Post.«

»Wobei ich dich gern aus so einer Souffleusenmuschel herausblinzeln gesehen hätte!«

»Von deinem Julia-Balkon aus bräuchtest du dafür ein

Fernglas«, antwortete Margot und wandte sich um. Theater, das war wirklich nichts für sie, es sei denn, als Zuschauerin. Blieb abzuwarten, ob Thea ihre Pläne in die Tat umsetzte. Zuzutrauen wäre es ihr, bei all dem Elan, der in ihr steckte.

Thea fütterte gerade Frida, als Margot in die Küche kam. Sie legte Briefe, Werbeblätter und zwei Zeitschriften sowie einen Zellophanbeutel mit Pralinen auf dem Küchentisch ab.

»Uhiii – Pralinen!«, jauchzte Thea und beäugte den Beutel. »Hast du einen Verehrer?«

Margot machte sich nicht die Mühe, darauf zu antworten. Natürlich hatte sie keinen Verehrer, bei Thea ging gleich wieder die Phantasie durch. Sie holte das Abtropfsieb aus dem Schrank und begann den Salat zu putzen.

»Da ist eine Karte an den Pralinen, Margot.« Thea hielt den Beutel in die Höhe. »Sehen gut aus. Wobei ich sagen muss, es ist eine recht übersichtliche Portion, nur sechs Stück. Na ja, vielleicht sind sie besonders edel.«

»Zum Nachtisch, mit einem feinen Espresso, können wir sie uns ja schmecken lassen.«

»Meinst du, ich könnte jetzt schon eine probieren?«

»Klar. Möchtest du sofort einen Kaffee dazu?«

»Nein, nur mal kosten – ich hoffe, es sind keine Schnapspralinen, die mag ich nicht.« Skeptisch beäugte Thea den Beutel. »Es ist nicht zu erkennen, ob sie mit Alkohol sind.«

»Lies doch einfach die Karte, vielleicht steht dort etwas Erhellendes«, schlug Margot vor und machte sich daran, die Möhren zu schaben.

Thea rückte ihre Brille zurecht und las laut vor: »Sehr geehrte Frau Meerapfel, für unser diesjähriges Herbstseminar im Oktober möchten wir, der Verein der Honnefer Rosenzüchter, Sie als Biologin und Gartenliebhaberin einladen, über Herbstschnitt und -düngung von Rosen zu referieren.

Es würde uns außerordentlich freuen, wenn Sie uns an Ihrem breiten Wissen teilhaben ließen. Gerne richten wir den genauen Termin nach Ihnen aus. Wir hoffen sehr, Sie finden Zeit für uns! Hochachtungsvoll ... Die Unterschrift kann ich nicht entziffern, sieht ziemlich krakelig aus. Und unter P.S. steht: Ich erlaube mir, Sie in den nächsten Tagen anzurufen. – Was für ein geschraubtes Gewäsch. Na ja, meine Genehmigung, dich anzurufen, gebe ich gerne. Da kannst du mal sehen, Margot: Kaum bist du in Pension, wirst du schon wieder gebraucht.«

»Wahrscheinlich denken die, als Rentnerin langweile ich mich und habe nichts Besseres zu tun, als Vorträge zu halten.«

»Vielleicht wollen sie dich auch als Mitglied gewinnen.«

»Du liebe Güte, da sind sie bei mir falsch! Mit Vereinsmeierei habe ich nichts am Hut.« Margot verdrehte die Augen. »Wie war das jetzt, Thea, möchtest du ein Stück Fleisch oder nicht?«

Thea nestelte an dem Beutelchen und fischte eine Praline heraus. »Klar, immer gerne.« Mit spitzen Fingern hielt sie eine Schokokugel gegen das Licht, als handele es sich um ein Glas Wein bei der Verkostung. Gerade als Margot sie damit aufziehen wollte, schepperte es ohrenbetäubend. Erschreckt fuhren die beiden herum, wobei Thea die Praline fallen ließ und Margot einen Becher mit süßer Sahne. Frida hatte ihren Napf umgeworfen und hechtete einer Hummel, die sich ins Haus verirrt hatte, hinterher.

»Verdammt, Frida!«, entfuhr es Margot.

»Oh, Mist!«, schrie Thea, »Jetzt bin ich auch noch draufgetreten.«

»Schöne Bescherung! Katzenfutter, Sahne und Matschpraline. Da kann ich wohl gleich die ganze Küche wischen.«

»Ich mach das schon, ich mach das schon«, versicherte Thea. »Koch du weiter.«

Sie eilte zur Kammer und holte das Putzzeug. Zuerst wischte sie die Sahne auf, dann sammelte sie die Bröckchen von Fridas Futter ein und klaubte mit den Fingerspitzen die zerdrückte Praline auf. »Igitt! Die wäre eh mit Alkohol gewesen.« Sie warf die Reste in den Müll, wusch sich die klebrigen Hände und wischte den Boden nach.

»Wenn das so ist, essen wir lieber Schokoplätzchen zum Nachtisch«, murmelte Margot und konzentrierte sich auf das Fleisch. Beim Kochen musste man seine Sinne zusammenhalten, sonst kam nichts Vernünftiges dabei heraus.

Während sie es sich schmecken ließen, kam Thea erneut auf ihr Theaterprojekt zurück. Margot konnte dem Plan zwar nichts abgewinnen, doch sie war dankbar dafür, dass Thea nicht schon wieder auf den Fall zu sprechen kam. Es war nur gut, wenn sie sich zur Abwechslung für etwas anderes erwärmte und sie nicht laufend bedrängte, sich mit der Beziehung ihres Vaters zu Richard Bittmann zu befassen.

Im Grunde genommen wussten sie ja nun, dass die Freundschaft der beiden Männer offenbar enger gewesen war, als sie wahrhaben wollte. Vieles war zutage getreten, von dem Margot lieber nie erfahren hätte, doch der Mord an Inge war und blieb ungelöst.

Als sie aufgegessen hatten und Thea gedanklich bei einer revolutionären Neuinszenierung des Hauptmanns von Köpenick auf Kölsch mit sich in der Hauptrolle angelangt war, bereitete Margot Espresso. Während sie die Tassen und ein Tellerchen mit Schokoplätzchen auf den Tisch stellte, hielt Thea in ihren Ausführungen inne und rieb sich mit schmerzverzerrtem Gesicht über die Fingerkuppen ihrer rechten Hand. »Was ist das? Es brennt wie Teufel.«

»Lass sehen!« Margot setzte sich und rückte ihre Brille zurecht. Dann griff sie nach Theas Hand und betrachtete sie eingehend. Die Spitzen von Daumen, Zeigefinger und Mittelfinger leuchteten feuerrot. »Sieht aus, als hättest du dich verbrannt. Wie hast du das denn gemacht? Du warst doch gar nicht am Herd.«

Thea betrachtete ihre Finger. »Ich habe nicht den geringsten Schimmer. Hast du was zum Kühlen?«

»Warte, ich hole dir meine Brandsalbe, die hilft immer.« Margot verschwand eilig im Bad, um mit einer Tube in der Hand zurückzukehren. Dann nahm sie ein Kühlelement aus dem Eisschrank und wickelte es in ein sauberes Handtuch.

»Ahhh, tut gut!« Während Thea die mit Salbe behandelten Finger kühlte, fiel ihr Blick auf die Tube. »Ach sieh an! Von BASF. Vielleicht mixt ja dein spezieller Freund Bennerscheid diese Salbe im Labor zusammen. Mal schauen, ob sie was taugt.«

»Sie wirkt ausgezeichnet.« Margot wollte nicht an diese impertinente Nervensäge erinnert werden. Sollte er Salben mixen und Tabletten rollen, Hauptsache, er verschonte sie mit seinen fragwürdigen politischen Ambitionen.

»Weißt du, was ich mir überlegt habe, Margot? Ich finde, wir sollten Clara und Etta einladen. Vielleicht hat Etta ja Neuigkeiten vom Wegebrecht?«

Margot seufzte. Natürlich. Thea verfolgte das Ziel, den Mord an Inge aufzuklären, trotz aller Theaterpläne weiter. Wie hatte sie auch nur einen klitzekleinen Moment annehmen können, sie habe *den Fall* drangegeben?

»Clara ist für die nächste Zeit verreist.«

»Das wusste ich ja noch gar nicht!« In Theas Stimme schwang ein leicht beleidigter Unterton, wie immer, wenn sie Informationsvorsprünge anderer verdauen musste. Margot selbst hatte auch erst gestern erfahren, dass Clara auf den Balkan und sonstwohin entschwinden würde. Auch wenn ihr das alles ein bisschen plötzlich erschien, fand sie die Reise gut. Clara hatte sich in ihrem Studium festgefahren; ein neues Umfeld, neue Erfahrungen konnten ihrem Leben eine Wendung geben.

**Am nächsten Morgen** hatte sie etwas getan, was sie sonst nie tat. Sie war zeitig nach Köln gefahren, ohne Anlass und Ziel, saß nun im »Café Feynsinn« und ließ sich ein üppiges Frühstück schmecken. Es war einfach schön. Von Großstädten im Allgemeinen und Köln im Speziellen konnte man ja halten, was man wollte, aber einige nette Cafés gab es hier dann doch. Beim letzten Mal hatte sie das Ambiente kaum wahrgenommen, so sehr war sie durch den Wind gewesen. An dem Tisch, an dem sie neulich mit Etta gesessen hatte, saßen jetzt zwei junge Frauen und steckten die Köpfe über einer Zeitschrift zusammen. Als die eine ihre Tasse absetzte, blieb ein Schnurrbart aus Milchschaum zurück, den die andere mit dem Zeigefinger abstreifte. Anschließend fuhr sie hingebungsvoll mit der Zunge über den Finger. Margot schaute schnell weg. Sie wusste nicht recht, ob sie diese intime Geste scheußlich oder schön fand. Auf alle Fälle war der Anblick irgendwie anziehend, denn sie musste sofort wieder hinsehen. Die beiden schienen die Welt um sich herum nicht wahrzunehmen – umso unhöflicher, sie zu beobachten, ermahnte sich Margot und betrachtete stattdessen die als Himmelszelt ausgemalte Decke. Der Kronleuchter war auch sehr hübsch.

Erneut schaute sie zu den Frauen. Sie wirkten so vertraut. Margot zwang sich, in die entgegengesetzte Richtung zu sehen. Ihre Augen blieben an der Vitrine mit den Kuchen hängen. Appetit auf ein leckeres Stück Apfeltorte hätte sie noch – dennoch, das wäre wirklich unmäßig. Sie sollte lieber ein wenig spazieren gehen, später konnte sie immer noch Kuchen essen. Bemüht, nicht mehr zu den beiden hinüberzustarren, bat sie um die Rechnung, zahlte und verließ das Café.

Gemächlich schlenderte sie unter den hohen Platanen des zum Park gestalteten Rathenauplatzes dahin und genoss die lebhafte, dabei nicht hektische Atmosphäre. Kinder auf Spielgeräten, Mütter und Väter auf Bänken, Spaziergänger und Radfahrer, Einzelpersonen und Gruppen – manche wirkten zielstrebig, andere ließen sich treiben wie sie. Für gewöhnlich gefielen Margot menschenleere Orte besser als belebte. Eigentlich war sie ein richtiges Landei. Sie mochte ihre Kleinstadt, konnte ihr sogar etwas abgewinnen, wenn sie bei schlechtem Wetter oder an Sonntagen wie ausgestorben wirkte. Doch an diesem Tag fand sie Gefallen an der Betriebsamkeit, die um sie herum herrschte. Sie setzte sich auf eine Bank und beobachtete. Auf der Nachbarbank saß eine Frau mit einem kleinen Kind auf dem Schoß. Hoppe, hoppe, Reiter – gemeinsam sagten sie den Vers auf, am Ende jauchzte und gluckste das Kleine vor Freude. Margot verfolgte ein wenig das muntere Spiel, dann ließ sie ihren Blick weiterschweifen. Ein seltsamer Zustand. Vermutlich fühlte sich Frida so, wenn sie stundenlang mit offenen Augen an ein und derselben Stelle vor sich hindöste. Margot fielen die Lider zu; sie war keine Katze und vom opulenten Frühstück einfach müde. Am liebsten hätte sie sich auf der Bank lang ausgestreckt, verkniff es sich aber. Die Frau sang nun Hänschen klein und Margot summte unversehens mit. Als sie geendet hatte, rief das Kind lachend: »Du bist Hänschen klein!«

»Nein«, antwortete die Frau, »duuuu bist Hänschen klein.«

»Nein, duuuu!«

Margot öffnete die Augen.

Die Frau kitzelte das Kind am Bauch, bis es sich vor Wonne wand. »Duuu bist Hänschen klein«, sagte die Frau erneut und das Kind quiekte, es sei kein Hänschen klein. So ging es eine Weile hin und her.

»Häns-chen-klein ...«, echote es in Margots Gehirn. Nun hatte sich die Melodie dieses Kinderliedes tatsächlich in ihrem Kopf festgesetzt. Ob es Clara mit ihrer Musik auch oft so ging? Sie sollte sie bald anrufen. Margot summte die Melodie und beobachtete weiter die beiden auf der Nachbarbank. Das Kind war ausgelassen und völlig vertieft in das Spiel. Es war ein kleines Mädchen. Also kein kleiner Johannes. Eher eine kleine Johanna.

Wie lautete eigentlich das Diminutiv von Johanna? Margot dachte nach. Vielleicht Hannchen? Sie war sich nicht sicher. Die Italiener hatten bestimmt eine gängige Form für eine kleine Giovanna. Giova, Gianna oder Giannina – allesamt klangvoll. Etta kannte mit Sicherheit weitere Varianten. Margot lächelte, doch plötzlich verspürte sie ein Prickeln im Nacken und ihr Puls schoss in die Höhe. Sie wusste nicht, wie ihr geschah. Da war etwas, ein Flattern im Kopf, ein Gefühl wie Schwindel. Doch so sehr sie sich bemühte, es blieb unausgegoren. Ein unvollständiger Gedanke jagte den nächsten, keiner passte zum anderen. Sie versuchte die Gedankenfetzen festzuhalten, sie entglitten ihr. Aber sie musste, sie musste sie unbedingt zu fassen bekommen! Eine Weile saß sie auf der Bank, starrte abwechselnd die Frau mit dem Kind an, dann den Boden vor sich. Sie zwang sich zur Ruhe, sprang trotzdem auf, setzte sich wieder und presste die Hände an die Schläfen, um sich zu konzentrieren.

Mit einem Schlag war sie sich sicher. Sie musste zurück nach Bad Honnef, sofort! Wie eine Getriebene hechtete sie zum Zülpicher Platz und wartete ungeduldig auf die Bahn in Richtung Hauptbahnhof. Hoffentlich erwischte sie bald einen Zug!

Sie konnte sich irren.

Nein, sie irrte sich nicht!

Sie alle hatten es gesehen, sogar kommentiert, sie selbst, Thea, Martin Runge – und es nicht erkannt. Sobald sie zu Hause war, würde sie Thea anrufen und sich vergewissern.

**»Wo steckst du denn?«** Verschwitzt und außer Atem stand Margot in ihrem Arbeitszimmer. Wie eine Wahnsinnige hatte sie in die Pedale getreten und in Rekordzeit die Strecke vom Honnefer Bahnhof nach Hause zurückgelegt. Seither war eine kleine Ewigkeit vergangen, bis Thea endlich abnahm.

»Ich komme gerade zur Tür herein, war beim Arzt. Ich …«

»Hör zu und gib mir Antwort«, schnaufte Margot und konnte kaum ihre Frage stellen, so kurzatmig war sie.

»Ja. Doch, ja«, stammelte Thea schließlich verwundert. »An und für sich habe ich ein gutes Namensgedächtnis. Schau sicherheitshalber im Telefonbuch nach. Aber bitte hol zwischendurch Luft und erklär mir diese ganze Aufregung! Du gebärdest dich von Tag zu Tag merkwürdiger, Margot.«

»Ich sag's dir später. Ich werde das überprüfen. Wo ist mein Telefonbuch? Ich muss … das wissen. Danke, bis bald. Ich melde mich.«

Margot legte auf. Zu ihrer Erleichterung fand sie sofort Das Örtliche. Hastig blätterte sie es auf, fuhr mit dem Zeigefinger die Zeilen entlang und erstarrte.

Sie hatte sich nicht getäuscht. Benommen setzte sie sich an ihren Schreibtisch. Lag sie richtig mit ihrer Vermutung? Es passte alles zusammen!

Beweisen ließ sich jedoch nichts.

Ihr blieb nur eine Möglichkeit, sie musste die direkte Begegnung suchen. Nur so würde sie die Wahrheit erfahren.

Margot lehnte ihr Rad an den schmiedeeisernen Zaun neben der mächtigen Pforte und klingelte. Kurz darauf erklang der Summer. Während sie über den geharkten Kiesweg bis zur Villa schritt, bemühte sie sich, ihren Atem unter Kontrolle zu bringen. An der Haustür erwartete sie bereits eine Frau in ihrem Alter. Margot nahm die drei Stufen mit größtmöglicher Selbstsicherheit. Das Herz schlug ihr bis zum Hals.

»Guten Tag. Ich möchte zu Frau Bittmann.«

Die Frau, wohl die von Thea mehrfach erwähnte Haushälterin, ließ sie eintreten, lächelte dezent und antwortete: »Einen Moment bitte, ich schaue, wo sie ist.« Dabei deutete sie auf eine kleine Sitzecke mit Biedermeiersesseln und einem mit raffinierten Intarsien verzierten Tischchen neben der Garderobe.

Während die Bedienstete sich umwandte, schweifte Margots Blick kurz durch den repräsentativen Raum: Vorhänge aus edlen Stoffen, Bilder in massiven Rahmen, zwei riesige Spiegel und eine aufwendig gestaltete Kassettendecke gaben unmissverständlich Auskunft über die Vermögensverhältnisse der Bewohner.

Die Haushälterin war keine drei Schritte weit gekommen, als eine stämmige alte Frau durch die Tür am Ende der Eingangshalle trat. Sie nahm die Besucherin in Augenschein und kam auf einen Stock gestützt auf sie zu.

Margot, die sich noch nicht gesetzt hatte, ging ihr entgegen. »Frau Bittmann?«

Die Frau nickte und schenkte ihr ein unverbindliches Lächeln. »Guten Tag. Was führt Sie zu mir, Frau ...?« Sie musterte Margot nicht unfreundlich, aber reserviert.

»Johanna Bittmann?«, erwiderte Margot.

Die Frau nickte wieder und setzte zu sprechen an, doch Margot kam ihr zuvor. »Ich bin Margot Meerapfel, Frau Bittmann.« Sie schaute der Frau fest in die Augen.

Über Johanna Bittmanns Gesicht huschte für den Bruchteil einer Sekunde ein gewisses Erstaunen. Mit herrischer Geste bedeutete sie ihrer Hausangestellten, zu gehen. »Frau Meerapfel, was führt Sie zu mir?« Die Stimme klang neutral, aber ihr kalter Blick verriet, dass sie auf der Hut war.

Margot holte tief Luft und bemühte sich, ihren Worten den Anstrich größtmöglicher Nüchternheit zu verleihen: »Sie sind Hänschen.«

Scheinbar amüsiert, doch mit frostigem Lächeln erwiderte die Frau: »Wie bitte?«

»Sie sind Hänschen«, wiederholte Margot fest und ließ sie nicht aus den Augen. Ob es nun an ihrer Hartnäckigkeit oder an der Behauptung an sich lag, die Frau schien irritiert. Margot schwieg und starrte sie an. Sie war gut darin, zu schweigen und abzuwarten.

Hinter der Überlegenheit demonstrierenden Bittmannschen Fassade arbeitete es deutlich, die Augenlider flatterten leicht.

»Es stimmt doch«, insistierte Margot, »dass man Sie vor langer Zeit auch Hänschen nannte?« Sie zog das Foto aus ihrer Jackentasche und hielt es der Frau hin. »Drei Soldaten: Richard Bittmann, Wilhelm Meerapfel und Hänschen. Hänschen, das sind Sie – der kleine Soldat mit dem so jungen, weichen Gesicht.«

Frau Bittmann würdigte das Bild kaum eines Blickes. Mit einem kurzen, verächtlichen Auflachen, das aus der Tiefe ihrer Kehle aufstieg, erwiderte sie: »Sie haben viel Phantasie, Frau Meerapfel.«

»Nein. Es ist ganz einfach. Trägt eine Johanna Männerkleidung, liegt es nahe, auch sie Johannes oder einfach kurz Hans zu nennen. Und weil Sie so jung und zart wirkten in der Uniform, nannte man Sie Hänschen.«

Johanna Bittmann ging zum Fenster neben der Eingangstür und blickte hinaus. Margot wartete und starrte auf ihren leicht gebeugten Rücken. Die linke Schulter hing tiefer als die rechte. Sie musste inzwischen mindestens Mitte achtzig sein.

»Und wenn es so wäre?«

»Es war so.« Margot spürte mit Genugtuung, dass sie ebenso überzeugt wie sicher klang. Kein Wunder, denn sie war sich sicher: Diese Frau war einst ein Soldat.

Nach einer geraumen Weile drehte sich Johanna Bittmann um und fixierte Margot. »Warum interessiert Sie das?«

»Es hätte mich nie interessiert, wäre ich nicht gebeten worden, Lebensdaten über meinen Vater für das Honnefer Jahrbuch zusammenzutragen. Und wäre nicht vor Kurzem meine alte Schulfreundin Inge ermordet im Annatal aufgefunden worden.«

Erst verengten sich die Augen der alten Frau, dann zog sie die Brauen in die Höhe. »So?«

»Inge hat sich sehr für die Identität dieses jungen Soldaten interessiert. Ich nehme an, sie hat auch Sie darauf angesprochen.«

Überraschung und Zorn standen Johanna Bittmann nun deutlich ins Gesicht geschrieben. »Was hat Inge damit zu tun?«, fragte sie barsch.

»Genau das möchte ich herausfinden, Frau Bittmann. Wir waren verabredet, wissen Sie. Leider wurde sie jedoch zuvor ermordet. Ich frage mich, ob sie mich vielleicht auch auf diesen jungen Soldaten ansprechen wollte ... Denn immerhin gibt es dieses Foto, das Hänschen gemeinsam mit meinem Vater und Inges Vater, Ihrem verstorbenen Mann, zeigt. Vielleicht hatte Inge die Hoffnung, ich wüsste, wer dieser Kriegskamerad war?«

»Warum sollte Inge sich für uralte Fotos interessiert haben, Frau Meerapfel? Ich muss schon sagen, es ist etwas seltsam, wie Sie hier hereinplatzen und Behauptungen aufstellen.« Voller Arroganz betrachtete sie Margot. »Ich habe keine Zeit für so einen Unsinn. Verlassen Sie mein Haus!«

Margot dachte nicht daran, der Aufforderung Folge zu leisten. Sie hatte noch zu viele Fragen. »Inge hat sich für Hänschen interessiert. Sehr sogar. Ich weiß es aus verlässlicher Quelle.« Sie machte eine kleine Pause. »Ebenso hat sie die Geschichte der Firma Bittmann während des Krieges beschäftigt ...«

Johanna Bittmann schaute ihr ungerührt in die Augen. »Geschichte war schon in der Schule ihr Lieblingsfach. Verlassen Sie jetzt sofort mein Haus, Frau Meerapfel!«

»Wissen Sie, Frau Bittmann, was mich interessiert? Ich frage mich, wieso hat diese Johanna damals Uniform getragen? War das nicht gefährlich – in den letzten Kriegstagen, beim Vormarsch der Amerikaner über den Rhein, wäre eine junge Frau da im Luftschutzkeller nicht besser aufgehoben gewesen? Warum die Uniform – welchen Zweck erfüllte sie?«

Die Frau blickte sie aus kleinen Augen an. Sie war nun noch mehr als zuvor auf der Hut, Margot spürte das deutlich. Aber sie würde diese Person dazu bringen, zu reden! Allerdings musste sie vorsichtig vorgehen, mit Fingerspitzengefühl provozieren und in die Enge treiben. Für einen kurzen Moment verspürte Margot Angst. Wieso war sie, die gerne alles plante und mit Bedacht vorging, einfach so losgestürmt, ohne sich auf diese Konfrontation vorzubereiten? Das entsprach überhaupt nicht ihrer Art. Aber nun war sie hier und musste ihre Chance nutzen.

»Ich denke, diese Uniform war eine Verkleidung«, improvisierte sie in blindem Vertrauen auf ihre Intuition. »Sie ermöglichte es einer jungen Frau, Zutritt zu Bereichen zu erhalten, die der Zivilbevölkerung sonst nicht zugänglich waren. Sie konnte sich frei bewegen, sagen wir zum Beispiel, wenn wichtige ... Objekte von der Wehrmacht bewacht wurden. Sie wissen schon, geheime Orte oder Operationen, wo Zivilisten nicht erwünscht waren.« Margot ließ die alte Bittmann nicht aus den Augen. Folgte sie ihr auf das Glatteis, auf das sie sich soeben selbst begeben hatte? Schweigend registrierte sie den flatternden Puls unterhalb des Kehlkopfes der Frau. Ihre zunehmende Nervosität war offenkundig. Mutig spann Margot den Faden weiter. »Manchmal mussten auch Dinge in Sicherheit gebracht werden. Wertvolle Dinge, meine ich, die nicht im Bombenhagel zerstört werden durften. Dinge, die man vielleicht aus dem Ausland, aus Frankreich, aus Belgien, ins Reich geholt hatte ...«

Johanna Bittmanns Gesicht war blass, sehr blass.

»Wertvolle Dinge können eine große Verlockung sein.« Margot ließ den Blick durch den Raum schweifen. »Es ist angenehm, sich mit schönen Sachen zu umgeben. Natürlich will so etwas erarbeitet werden, das wissen Sie als Firmeneigentümerin am besten. Und ein wenig ... Kapital, um anständig investieren zu können, schadet da nicht. Vor allem nicht nach der Stunde Null, als alles noch in Schutt und Asche lag.«

Die alte Bittmann gab ein unwilliges Schnalzen von sich. »Was wissen Sie schon von der Stunde Null?«

»Immer noch viel zu wenig, wie mir jetzt klar geworden ist«, antwortete Margot ungerührt. »Aber etwas anderes interessiert mich. Abgesehen von der Gefahr, in die Sie sich mit der Uniform begaben, bot sie Ihnen auch eine interessante Chance, ihre Identität, ja sogar das Geschlecht zu ändern. Sie konnten sich in Johanna zurückverwandeln, wenn Sie wollten, oder eben Hans, der junge Soldat, sein. Das war sicher praktisch, wenn man unerkannt von einem Ort zum anderen gelangen musste oder Zugang zu Orten bekommen wollte, die nicht jeder betreten durfte – und um

Kontrollposten zu passieren. Kurz gesagt, je nach Bedarf passten Sie sich mit der einen oder anderen Identität an Ihre Umgebung an.« Margot schaute Johanna offenherzig an und zwang sich ein Lächeln auf die Lippen, von dem sie hoffte, dass es unschuldig wirkte. »Sie hätten Spionin sein können, Agent – oder Kurier ... Mal als Mann, mal als Frau in Uniform oder in Zivil.«

»Wie ich schon sagte, Sie leiden unter zuviel Phantasie, Frau Meerapfel. Ich frage mich wirklich, wie Sie sich das alles zusammenspinnen konnten.«

»Phantasie?« Margot zog ratlos die Schultern hoch. »An und für sich bin ich nicht sonderlich phantasiebegabt. Lassen Sie uns deshalb lieber über die bekannten Fakten sprechen.« Sie legte nachdenklich den Zeigefinger an die Lippen und konzentrierte sich. Es war ihr gelungen, Johanna Bittmann zu reizen, doch konnte sie sie auch aus der Reserve locken? »Die Firma Bittmann hat während des Krieges Zwangsarbeiter beschäftigt. Inge hat sich mit Ihrer Firmengeschichte befasst und wollte eine Stiftung wider das Vergessen ins Leben rufen.«

Johanna Bittmann kam langsamen Schrittes auf Margot zu. Ihr Stock klackte bedrohlich auf dem Marmorboden. Knapp vor ihrer Besucherin blieb sie stehen und richtete sich auf. »Woher wissen Sie das?«

»Ich weiß es eben.«

»Sie haben Inge nicht getroffen. Wie haben Sie davon erfahren?«

»Wir haben uns nicht mehr gesehen. Aber ich wünschte, ich hätte mit ihr gesprochen. Zum Beispiel über unsere Väter. Über all das, was Inge bewegte ...«

»Ich dulde es nicht, dass unsere Firma in den Dreck gezogen wird!«, fuhr Johanna Bittmann sie an, »nicht von Inge und nicht von Ihnen! Sie, Frau Meerapfel, sollten gar nicht hier sein.«

Drohend unterstrich sie jedes ihrer Worte mit einem energischen Aufstoßen des Stockes.

Sie standen sich gegenüber, die wütenden Blicke ineinander verbohrt. Margot zuckte nicht mit der Wimper. Früher musste die Frau ein Stück größer als sie selbst gewesen sein, aber nun, mit gebeugtem Rücken, befanden sich ihre Augen auf gleicher Höhe.

»Schlimm genug, dass Richard seinen Nachlass nicht vernünftig geregelt hat, im Sinne der Firma und im Sinne seiner Söhne, die dieses Unternehmen leiten. Eine Stiftung aus seinem Vermögen zu finanzieren, die sein Lebenswerk an den Pranger stellt, wäre eine Ungeheuerlichkeit! Was soll das Gerede über Zwangsarbeiter? Richard hat die Leute anständig behandelt! So waren eben die Zeiten. Unsere jungen Männer sind von der Wehrmacht eingezogen worden und die Produktion musste weitergehen. Das war ganz normal damals – überall, wo Arbeitskräfte fehlten.« Sie machte eine Pause und blickte Margot abfällig an. »Ihre Generation, Leute wie Sie und Inge verstehen nicht, wie es damals war. Sie und all diese Studenten Ende der sechziger Jahre, die als überfütterte Herumlungerer, benebelt von Drogen, glaubten, über uns urteilen zu können. Es war Krieg, jeder hatte seine Pflicht zu erfüllen, die Männer an der Front, wir Frauen an der Heimatfront, wo immer wir gebraucht wurden. Das Gleiche galt für die Gefangenen. Es war ihre Pflicht zu arbeiten! Inge sprach ständig von Moral – lächerlich!« Johanna Bittmann kochte vor Empörung. »Natürlich ist es gut, dass die Zeiten vorbei sind, der Krieg – was hat er uns gekostet ...! Aber so war das nun mal. Jeder musste sehen, wo er blieb, auch in den Jahren danach. Männer wie mein Richard haben Deutschland aufgebaut und vorangebracht, die Wirtschaft erblühen lassen, das sage ich Ihnen! Und das bei alledem, was uns im Krieg zerstört und genommen wurde! Richard und ich, wir wussten schon damals, als unsere Städte in Schutt und Asche lagen, dass wir nach dem Krieg hart würden arbeiten müssen. Auch Ihrem Vater, Frau Meerapfel, war das bewusst. Und wir haben hart gearbeitet, das können Sie mir glauben!«

Margot schauderte. Die widerwärtige, unbeirrbare Selbstgerechtigkeit dieser Frau ließ sie innerlich frieren. Zum ersten Mal wünschte sie sich, sie wäre dabei gewesen, damals, als ihre Kommilitonen demonstriert hatten. Doch ihr Studium hatte sie ganz in Beschlag genommen. Sie war völlig in ihren botanischen und tierökologischen Studien aufgegangen und hatte die Zügellosigkeit der Protestierenden fast ebenso gefürchtet wie die Reaktionen der Polizei. Ein einziges Mal war sie auf einem Sit-in gewesen und dabei vor lauter Angst vor Schlagstöcken fast gestorben.

»Sie sprechen, als seien Sie nach dem Krieg bereits mit Richard Bittmann verheiratet gewesen.« Margot fixierte die Frau. Diese Person schien keinerlei Reue zu kennen. Sie hatte die Umstände hingenommen, wie sie sich ihr boten, und immer nur an ihr eigenes Fortkommen gedacht. An mehr nicht. Die Rechtmäßigkeit ihres Handelns zog sie so wenig in Zweifel wie das ihrer Generation. Die Frage nach Recht oder Unrecht stellte sich für sie überhaupt nicht.

»Nein, noch waren wir nicht verheiratet«, Johanna Bittmann spie die Worte nun förmlich aus. »Erst musste er ja Inges Mutter heiraten. Er brauchte ihre Mitgift, die Grundstücke, für die Erweiterung des Firmengeländes und den einzig möglichen Anschluss an die Bahnstrecke – um ein Nebengleis direkt in die Produktionshallen zu legen. Inges Großvater wollte sie nicht verkaufen. Er schlug Richard die Heirat mit seiner Tochter vor, dann bekäme Inges Mutter die Parzellen als Mitgift.«

Margot konnte es nicht fassen. Das waren ja Verhältnisse wie im Mittelalter!

Johanna Bittmann kicherte hässlich. »Ja, ja, mein Richard war begehrt, eine richtig gute Partie. So manche Eltern haben sich ihn als Schwiegersohn gewünscht. Niemand zweifelte, dass er es zu etwas bringen würde.«

»Aber …«

»Richard musste sich wohl oder übel auf die Heirat einlassen. Das war ärgerlich und verzögerte unsere Pläne, aber Inges Großvater hat es nicht anders gewollt. Dabei hätte Richard ihm die Grundstücke für einen sehr guten Preis abgekauft. Es hätte einfacher sein können. Aber gut, man muss die Dinge nehmen, wie sie sind – das habe ich auch damals Richard gesagt, als er Inges Mutter zuerst nicht heiraten wollte. Ich habe ihm zugeredet und erklärt: Schritt für Schritt, erst die Grundstücke, dann wir.«

Margot starrte die alte Frau an, die die letzten Sätze mehr zu sich selbst als zu ihr gesprochen hatte. Wovon redete sie? Was erzählte ihr Johanna Bittmann da in Wahrheit? Es wurde ihr heiß und kalt. Die schrille Stimme der Frau riss sie aus ihren Gedanken.

»Nehmen Sie sich in Acht, Frau Meerapfel, ich warne Sie! Dass Sie überhaupt noch hierher gekommen sind …« Sie schüttelte den Kopf. »Sie sind wie Inge, werfen mit Behauptungen um sich, fragen, wo sie lieber den Mund halten sollten. Inge kam hier an, redete von dieser Stiftung und begann sich nach ihrer Mutter zu erkundigen, die sie kaum gekannt hatte. Es ist nicht gut, so viele Fragen zu stellen.« Sie seufzte bedauernd. »Und so ist auch Inge früh gestorben – immerhin durfte sie ein ganzes Stück älter als ihre eigene Mutter werden.« Johanna Bittmann starrte versonnen auf den Boden vor Margots Füßen. Dann stieß sie kräftig mit ihrem Stock auf. »Und jetzt verlassen Sie endlich mein Haus!«

Margots Blick fixierte eine Weile die faltige Hand, die den Gehstock fest umschloss; schließlich schaute sie auf und betrachtete ungläubig das Gesicht der alten Bittmann.

Fieberhaft versuchte sie den Sinn des Gehörten zu ergründen. Ein flüchtiges Bild tauchte vor ihrem inneren Auge auf, das Bild einer Toten im Wald. Doch es war nicht Inge, sie konnte es nicht sein. Diese Tote war jung, Mitte zwanzig vielleicht. Sie trug einen karierten Rock und eine schlichte Bluse, darüber einen hellen Mantel. Sie lag, auf Moos gebettet, unter einem großen Baum. Es war Inges Mutter. Sie lag hingestreckt auf dem Waldboden, wie Jahrzehnte später ihre Tochter. Margot kämpfte kurz mit sich, dann sagte sie: »Sie haben sie getötet. Mutter und Tochter.«

Sie verspürte nicht den Hauch eines Zweifels. Deutlich klangen ihr Ettas Worte in den Ohren, die Vergiftung als eine altmodische Mordmethode bezeichnet hatte. Doch es war nicht die Methode, sondern die Mörderin, die alt war.

Johanna Bittmann lachte kreischend auf: »Wann hören Sie nur endlich auf mit Ihren dummen Ideen?«

Margot blickte in das verzerrte Gesicht der alten Frau. »Sie haben Inges Mutter getötet, um Richard Bittmann heiraten zu können.« Die Stimme versagte ihr. Wie unter einer Käseglocke nahm sie das hässliche Gelächter der Frau wahr und riss sich zusammen, um unbeirrt weiterzusprechen: »Und nun haben Sie Inge vergiftet, weil sie zu viele unangenehme Fragen zur Vergangenheit gestellt hat!«

»Wenn Sie es sagen, Frau Meerapfel ...« Johanna Bittmann kicherte immer noch wie eine Irre, doch ihr Blick war lauernd, so, als erwarte sie noch etwas.

»Sie haben sie beide ermordet«, resümierte Margot fassungslos. Sie sah jetzt alles klar und starrte Johanna Bittmann voller Entsetzen an.

»Ich habe gar nichts«, entgegnete die Frau scharf. »Wenn sie etwas anderes behaupten wollen, dann muss ich Sie darauf aufmerksam machen, dass Inges Mutter längst eingeäschert ist. Man könnte sie nicht exhumieren. Und Ihr werter Herr Vater, möchte ich in Erinnerung rufen, war

Apotheker. Er kannte sich bestens aus mit ... Substanzen. Behalten sie Ihre Mutmaßungen also lieber für sich. Was Sie glauben erfahren zu haben, wissen Sie nicht von mir.

Und kommen Sie mir nicht mit der Polizei! Das beeindruckt mich nicht, ich bin eine alte Frau. Gerichtsprozesse sind eine langwierige Angelegenheit und abgesehen davon können Sie nichts beweisen. Rein gar nichts. Ihre Aussage stände gegen meine – und ich kann mich schon jetzt nicht daran erinnern, jemals mit Ihnen gesprochen zu haben.«

Johanna Bittmann legte ihren Kopf beinahe kokett zur Seite und lächelte Margot hinterlistig an. »Vergessen Sie nicht das Andenken Ihres Vaters, unseres hochgeschätzten Bürgermeisters und Apothekers. Er wird doch wohl immer die richtigen Medikamente abgegeben haben – auch seiner Frau? Sie starb ja ebenfalls so jung. Fast so jung wie Inges Mutter ... Haben die Leute nicht geredet, damals? Es würde die Menschen heute noch interessieren, könnte ich mir vorstellen.«

Margot gefror das Blut in den Adern. Sie mochte nicht glauben, was sie da hörte. Sie fühlte sich, als habe sie einen Schlag gegen den Kopf bekommen. Entsetzt starrte sie die Frau an. Wovon redete sie da?!

»Verschwinden Sie jetzt. Hinaus!«

Für einen kurzen Augenblick suchte sie im Gesicht ihres Gegenübers nach irgendeiner Erklärung, die das Gehörte Lügen strafte. Doch diese eiskalten Augen nahmen nichts zurück. Da packte Margot das Entsetzen. Sie wollte fort, nur fort. Hastig stürmte sie zur Tür, riss sie mit aller Kraft auf und schlüpfte nach draußen. Sie war schon längst die Stufen hinab und ein paar Schritte über den Kiesweg gerannt, als sie die schwere Tür hinter sich ins Schloss fallen hörte.

Ihr Vater. Immer wieder ihr Vater.

Es konnte nicht wahr sein, es durfte nicht wahr sein, was Johanna Bittmann da angedeutet hatte!

**Als sie sich der großen Pforte näherte**, öffnete diese sich von selbst. Margot fragte sich, ob sie von der Villa aus beobachtet wurde. Allein der Gedanke daran jagte ihr einen Schauer über den Rücken. Sie eilte hinaus, lief zu ihrem Rad, nestelte mit zitternden Händen das Schloss auf und wollte eben aufsteigen, als ein großer roter Sportwagen neben ihr hielt.

Ein Fenster wurde heruntergelassen.

»Frau Meerapfel – wie schön, Sie zu sehen!«

Margot blickte verdattert auf. Sie registrierte einen tadellosen Anzug mit Krawatte, darüber prangte ein Zahnpastalächeln in einem Gesicht, das ihr entfernt bekannt vorkam. Am Steuer saß ein Mann, der sie anstrahlte. Sie hatte nicht die geringste Ahnung, wer es war.

»Ich bin Markus Bennerscheid, Frau Meerapfel – erkennen Sie mich nicht mehr?« Er strahlte eifrig weiter.

Margot nickte, dann schüttelte sie den Kopf. »Nein, ja ... ich meine, also, ich habe Sie erst nicht erkannt.« Sie holte tief Luft. Mit ihrem Verhalten musste sie ja einen unmöglichen Eindruck machen! »Sie waren einer meiner Schüler«, ergänzte sie etwas gefasster.

Er nickte begeistert. »Ja, das war ich, ich werde Ihren Unterricht nie vergessen.«

Das Lächeln wurde noch breiter. Eines war sicher: Sie konnte diesen Kerl nicht leiden.

»Wie ich sehe, haben Sie meine Tante besucht. Schade, dass ich erst jetzt komme, wo Sie gerade gehen.« Er betätigte eine Fernbedienung und die schmiedeeisernen Flügel schwangen lautlos auf.

Margot starrte auf das Tor. »Ihre Tante?«, vergewisserte sie sich mit krächzender Stimme.

»Ja, Johanna Bittmann ist die älteste Schwester meiner Mutter. Alte Honnefer Familie. Sie erzählte mir neulich, dass sie Sie zum Kaffee einladen wolle, aber wann, hat sie mir verschwiegen. Wie schade! Hätte ich gewusst, dass sie Sie heute erwartet, wäre ich eher gekommen.«

Margot schaute ihn sprachlos an. Dieser Möchtegern war der Neffe von Johanna Bittmann? Diese Nervensäge, die sie noch vor ein paar Tagen am Telefon so schamlos bedrängt hatte, etwas für das Andenken ihres Vaters zu tun? Nun tat er so, als hätte es dieses unerquickliche Telefonat nie gegeben. Sie war völlig baff. Das Lächeln in Bennerscheids Gesicht verblasste.

»Nun, Sie haben sicher nett miteinander geplaudert. Bestimmt freuen Sie sich, dass meine Tante mit Vergnügen eine größere Summe für die Gedenktafel zu Ehren Ihres Vaters beisteuern möchte? Das hat Sie Ihnen doch erzählt? Ich bat sie schon vor einiger Zeit darum und sie hat gleich eingewilligt.« Der Bürgermeisterkandidat warf sich zufrieden in die Brust.

Margot traute ihren Ohren nicht. Sie starrte zur Villa hinüber und versuchte fieberhaft ihre Gedanken zu ordnen. Als sie sich Bennerscheid wieder zuwandte, blickte der sie konsterniert an.

»Also, Frau Meerapfel, ich will nicht weiter auf Sie einreden. Ich möchte Ihnen nur versichern, wie sehr auch mir das Gedenken an unseren besten Bürgermeister, Ihren Herrn Vater, am Herzen liegt – aber das wissen Sie ja bereits.« Sein Lächeln wirkte nun leicht gezwungen. »Bis bald, und noch einen schönen Tag!«

Der Wagen rollte durch die Pforte. Hinter Margots linker Schläfe pochte es fürchterlich. Sie musste etwas unternehmen – nur was? Im Moment konnte sie keinen klaren

Gedanken mehr fassen, sie wollte nur nach Hause. Keine Minute länger hielte sie es hier aus!

Andererseits zitterten ihr dermaßen die Knie, dass sie sich zu schwach fühlte, das Fahrrad zu besteigen, und es lieber neben sich herschob. Alles hatte sie bei diesem Besuch erfahren – und nichts. Sie bemühte sich, das Gehörte zu einem sinnvollen Ganzen zu fügen, doch es gelang ihr nicht, sich auf mehr zu konzentrieren als auf die eine schauerliche Andeutung.

Margot atmete schwer, ihre Brust war wie zugeschnürt. Wie war ihre Mutter wirklich gestorben? Was alles wusste sie nicht? Was würde sie über ihren Vater noch erfahren müssen? Würde ihr denn nichts erspart bleiben? War ihr Vater nicht nur ein fieser Dieb, ein gewissenloser Profiteur vom Elend anderer, sondern am Ende sogar ein Mörder? Der Mörder seiner eigenen Frau – ihrer Mutter?

Margot stolperte, schwer auf ihr Rad gestützt, den Fußweg entlang. Sie konnte einfach nicht mehr. Tränen brannten in ihrer Kehle. Hatte sie sich so sehr in ihrem Vater geirrt? Mit was für einem Menschen hatte sie Jahrzehnte lang unter einem Dach gelebt? Sie ließ ihr Rad achtlos auf den Gehweg sinken, hockte sich auf ein Mäuerchen und presste die Hände an die schmerzenden Schläfen. Das war zu viel! Tränen rannen über ihr Gesicht und tropften vor ihr auf den Boden, die Kehle schmerzte bei jedem Atemzug.

»Mein Gott! Da bist du ja – Gott sei Dank!«

Die Stimme war schrill und klang doch erleichtert. Durch ihren Tränenschleier schaute Margot suchend in die Richtung, aus der sie kam, aber da stand Thea auch schon vor ihr. »Margot! Was ist mit dir, was ist mit dir?«, stieß sie atemlos aus. »Was ist passiert, was hat sie dir angetan?«

Margot wischte sich mehrfach über die Augen und zog die Nase hoch. Thea ging vor ihr in die Knie und blickte sie durchdringend an. »Mein Gott, mein Gott, du bist wohlbehalten!« Sie kramte in ihrer Umhängetasche und zog ein Päckchen Taschentücher hervor. »Wie geht es dir, wie geht es dir?«

Margot schnäuzte sich mehrmals kräftig und antwortete: »Mir ist schlecht.«

»Um Himmels willen! Wir müssen dich zum Arzt bringen, sofort, sonst ist es zu spät!«

»Der kann mir nicht helfen …« Margot sackte in sich zusammen. Thea ließ das Bündel Taschentücher fallen und wiederholte in einem fort: »Doch, doch! Du musst zum Arzt! Jetzt gleich! Steh auf, steh auf!« Dabei versuchte sie Margot hochzuziehen, aber die blickte wie gebannt in Theas offenstehende Tasche.

»Wieso hast du dieses riesige Messer dabei, Thea?«

»Na wegen der alten Bittmann! Du warst doch bei ihr! Ich hätte schneller schalten sollen, als du anriefst und nach ihrem Vornamen gefragt hast. Ich habe ziemlich lange gebraucht, um zwei und zwei zusammenzuzählen! Bin nicht ganz auf der Höhe heute, sonst hätte ich dich da nicht allein hingehen lassen. Überhaupt war mir nicht gleich klar, dass du zu ihr wolltest. Dann hat es aber endlich Klick gemacht und ich bin los, mit dem Messer, um dich da rauszuholen. Ich dachte schon, ich sei zu spät! Was hast du bei ihr gegessen, Margot? Wir müssen schnell zum Arzt!«

Essen? Warum sprach Thea davon, was sie gegessen hatte? Ihr war schlecht, elend, ja. Aber essen war das Letzte, wonach ihr der Sinn stand. »Herrgott, Thea, ich habe nichts bei ihr gegessen …«

»Dem Himmel sei Dank!« Thea strahlte sie überglücklich an. »Auch nichts getrunken?«

»Kruzisakra nochmal! Nichts, rein gar nichts habe ich in dieser Villa zu mir genommen. Was ist nur in dich gefahren, Thea? Warum redest du immerzu vom Essen?«

»Also bitte, du sitzt zusammengekrümmt auf der Mauer,

als hättest du fürchterliche Krämpfe.« Thea blickte sie halb argwöhnisch, halb ratlos an und hockte sich neben sie.

Margot schüttelte verständnislos den Kopf. Was immer Thea da über Krämpfe schwadronierte, sie hatte im Augenblick wahrhaftig andere Sorgen.

Thea holte tief Luft. »Die alte Bittmann ist Hänschen – und sie hat Inge ermordet, stimmt's?«

Margot blickte sie erstaunt an. »Ja. Sie hat es zugegeben und doch nicht zugegeben. Sie hat ..., sie hat ...«, die Tränen stiegen erneut in ihr hoch. Margot rang nach Worten und schluchzte laut auf. »Sie hat auch Inges Mutter getötet. Und sie ist die Tante von Markus Bennerscheid ...«

»Was?« Thea verschluckte sich beinahe.

»... und sie hat gesagt, mein Vater hätte meine Mutter getötet.« Margots Stimme brach. Sie weinte und weinte und konnte nicht mehr aufhören.

»Wie bitte? Deine Mutter ist an einer unheilbaren Leukämie gestorben – wie du sehr gut weißt.« Thea schüttelte energisch den Kopf.

»Und wenn nicht? Wenn mein Vater ... ich meine, wenn er ... wenn er ihr etwas gegeben hat?«

Thea starrte sie einen winzigen Moment irritiert an und schüttelte erneut den Kopf. »Papperlapapp. Das behauptet die alte Bittmann – die will dich nur verrückt machen! Diese Giftschlange, diese Mörderin!«

Margot hörte auf zu schluchzen. Hatte Thea recht? Wollte diese Frau sie nur verunsichern, um von sich selbst und dem Mord an ihrer Stieftochter abzulenken? Sie wusste es nicht. Das Schlimmste aber war: Sie würde sich nie sicher sein können. Am Ende wusste Johanna Bittmann, die ihren Vater bereits als junge Frau gekannt hatte, schlicht und ergreifend mehr als seine Tochter. Margots Vertrauen in ihren Vater war erschüttert, was sollte sie von ihm noch glauben?

»Also, jetzt mal schön langsam. Was genau hat die alte

Bittmann dir gesagt? Schritt für Schritt, Margot.« Thea las das Päckchen Taschentücher vom Boden auf und begann ihre Brille zu putzen.

Margot konzentrierte sich. Dann schilderte sie ihren Besuch bei Johanna Bittmann und die Begegnung mit Markus Bennerscheid. »Die Frau ist eiskalt«, fasste sie zusammen, »denn sie ist sich sicher, dass ihr nicht mehr der Prozess gemacht wird. Letztlich hat sie recht, denn mein Wort stünde gegen ihres. Am Ende unterstellt man mir noch böse Nachrede und ihre Anwälte gehen auf mich los. Du weißt doch, die Kripo konnte bisher nicht beweisen, dass ein Familienmitglied Inge umgebracht hat. Falls man Johanna Bittmann aufgrund meiner Aussage in die Mangel nimmt – wird sie leugnen, je mit mir gesprochen zu haben. Und selbst wenn man mir Glauben schenkt: Die Frau ist weit über achtzig, die schickt keiner mehr ins Gefängnis.«

Thea wog den Kopf hin und her und setzte umständlich ihre Brille auf. »Nein. Wir kriegen sie!« Grimmig zählte sie an den Fingern ihrer linken Hand ab: »Sie hat zu starke Motive. An allererster Stelle ging es ihr um die Familienehre. Die Firma sollte unbefleckt bleiben und nicht Gegenstand einer kritischen Stiftung werden.« Thea spitzte angewidert die Lippen. »Die Gefahr hat sie mit dem Mord an Inge gebannt. Dann die Existenzsicherung ihrer Söhne, die dieses Unternehmen führen. Und wenn wir noch weiter zurückgehen, liefert die fortgesetzte Liebschaft mit Richard Bittmann, der erst eine andere heiraten musste, das Motiv für den Mord an Inges Mutter. Wirklich«, ätzte Thea, »der Mann tut mir im Nachhinein noch leid, aber was macht man nicht alles, um das passende Grundstück in die Finger zu kriegen? Und schließlich musste unser Hänschen diesen ersten Mord vertuschen, nachdem Inge auf der Bildfläche erschienen war und sich offenbar intensiv für ihre Mutter interessierte.«

Margot nickte, aber so schlüssig es auch klang, was Thea vorbrachte … »Denk daran, was Etta gesagt hat, es fehlen Beweise oder ein Geständnis. Zugegeben, die alte Bittmann hat einige sehr starke Motive; vielleicht kann die Kripo sie damit so sehr in die Enge treiben, dass sie gesteht. Ein Gericht wird sich nicht mit möglichen Motiven zufriedengeben. Da braucht es ein Geständnis, oder wenn weder die Kripo noch wir etwas Handfestes präsentieren können, braucht es wenigstens belastbare Indizien.«

»Oh, wir haben einen Beweis – ich hoffe zumindest, dass er noch bei dir zu Hause herumliegt. Schlimmstenfalls finden wir ihn im Müll.« Thea reckte triumphierend das Kinn in die Höhe.

»Wovon redest du?« Margot starrte ihre Freundin an. Gingen nun wieder die Pferde mit ihr durch? Thea hielt ihre rechte Hand hoch. Erst jetzt bemerkte Margot die kleinen Mullbinden um ihre Fingerspitzen.

»Tut es noch sehr weh?«

»Es tat höllisch weh, letzte Nacht. Die Haut hat sich abgelöst wie bei einer richtigen Verbrennung. Ich bin heute früh zum Arzt, weil ich's nicht mehr ausgehalten habe. Natürlich dachte auch er, ich hätte mich irgendwo am Herd oder Ofen verbrannt, und wollte mir nicht glauben, dass ich seit Tagen kein Küchengerät auch nur angeschaut habe. Der Mann dachte, ich spinne. Du weißt, die Typen neigen dazu, Frauen am Ende der Wechseljahre für plemplem zu halten. Er murmelte außerdem etwas von allergischer Reaktion, konnte sich jedoch keinen Reim darauf machen. Aber ich!«

Thea war offenbar sehr zufrieden mit sich, nur leider konnte Margot ihr nicht ganz folgen. Seltsamerweise begann es jedoch wieder wie verrückt in ihrem Nacken zu kribbeln, so wie vor ein paar Stunden in Köln …

»Ich habe mir natürlich so meine Gedanken gemacht und bin Stück für Stück durchgegangen, was ich mit meinen

Fingerchen hier«, dabei wackelte Thea unbeholfen mit den Mullspitzen vor Margots Gesicht, »angefasst habe, bevor sie so fürchterlich rot wurden und juckten. Ich habe Katzenfutter, Sahne, einen ollen Wischlappen und Pralinenreste angefasst. Macht es jetzt klingeling bei dir?«

Margot zuckte die Schultern. »Du hast wahrscheinlich noch eine ganze Reihe weiterer Dinge in meiner Küche berührt. Den Tisch, das Besteck, Teller ...«

»Papperlapapp. Das mache ich doch immer. Das konnte es also nicht sein. Gut, gehen wir anders an die Sache heran. Was fällt dir zum Honnefer Rosenzüchterverein ein?«

»Thea, ich kann dir nicht folgen«, antwortete Margot fix und fertig. An Thea war eine Oberlehrerin verloren gegangen, die keine Ruhe gab, bevor man nicht artig ihren Gedankengängen folgte und zum gewünschten Ergebnis kam. »Was bitte hat der Rosenzüchterverein, dessen Brief ich gestern erhielt – ich erinnere mich durchaus! –, mit deinen Fingern zu tun?«

»Eine ganze Menge. Sie haben dir einen schleimigen Brief geschickt nebst ein paar Pralinen – und in dieser Leckerei, darauf verwette ich meinen alten Hintern, war Gift! In diesem Fall Kontaktgift, um genau zu sein. Von wegen allergische Reaktion.«

»Kontaktgift? Wieso das denn?« Margot schnappte nach Luft. »Nie im Leben, Thea!«

»Oh, doch! Denn weißt du, wer die Vorsitzende des Rosenzüchtervereins ist?« Thea wartete erst gar nicht auf eine Antwort. »Die alte Bittmann! Ich hatte es dir damals erzählt, als wir die allerersten Informationshäppchen über die Bittmanns zusammentrugen, und selbst fast wieder vergessen.«

Margot starrte sie entgeistert an.

»Vorhin habe ich im Internet recherchiert. E 605, das Zeug kennen wir ja schon vom Mord an Inge, ist auch ein starkes Kontaktgift – das müsstest du besser wissen als ich.« Thea lehnte sich triumphierend zurück.

Margot schwieg eine ganze Weile, bis sie die Ungeheuerlichkeit vollständig erfasst hatte. »*Deshalb* warst du so aufgeregt! Weil du dachtest, ich hätte bei der Bittmann etwas gegessen ...«

Thea nickte. »Wer weiß, was für giftige Delikatessen in ihrer Villa rumliegen? Zu irgendeiner italienischen Köstlichkeit hättest du sicher nicht nein gesagt – und zack, hätte es dich umgesäbelt. Wir können dem Himmel danken, dass wir gestern diese Pralinen nicht probiert haben!«

»Nun, mir stand bei unserem Gespräch nicht der Sinn nach Essen, und es wäre auch nicht sehr geschickt von der alten Bittmann gewesen, mich in ihrem eigenen Haus zu vergiften. Aber wenn du recht hast mit den Pralinen, dann müssen wir sofort die Polizei anrufen. Sie sind im Abfalleimer in der Küche.«

»Genau das werden wir jetzt tun.« Thea zückte ihr Handy. »Ich rufe Etta an!«

»Wir müssen auch die hiesige Polizei benachrichtigen«, ergänzte Margot pflichtbewusst.

»Eins nach dem anderen, das Wichtigste zuerst. Und dann gehen wir zu dir und stellen die Pralinen sicher. Vielleicht gibt es ja noch Fingerabdrücke.«

»Einen ganzen Haufen, fürchte ich. Von mir, von dir, von der Bittmann und vielleicht auch von Mister BASF ...«

»Mister BASF? Verdammt, den Kerl gibt es ja auch noch!«

»Oh ja, und für ihn dürfte es ein Leichtes sein, in seinem Labor ein wenig Parathion herzustellen – ein popeliger Ester der Thiophosphorsäure. Schließlich gibt es E 605 seit Jahrzehnten nicht mehr im Handel«, erklärte Margot. »Kam mir gerade so in den Sinn.«

Thea sah sie erstaunt an. »Sieh an, sieh an! Dann hat die

Alte wahrscheinlich auch noch einen Komplizen gehabt – ihren Neffen. Es wird immer interessanter!« Sie machte eine winzige Pause, doch das Funkeln in ihren Augen verriet, dass ihr just in diesem Augenblick ein neuer Gedanke durch den Kopf spukte. »Was meinst du, Margot? Ich könnte Gefallen daran finden, ab und zu einen kleinen Kriminalfall zu lösen ... Allerdings möchte ich das Opfer beim nächsten Mal nicht persönlich gekannt haben.«

Margot lächelte matt. Auch wenn die Aussicht, Johanna Bittmann vielleicht doch überführen zu können, elektrisierend war und Genugtuung versprach, war sie sich nicht sicher, ob sie Theas Begeisterung teilen mochte.

*Es entspricht den historischen Tatsachen, dass die Firma Aero-Stahl Fluggerätebau GmbH aus Köln während des Zweiten Weltkrieges Einspritzpumpen für den Flugzeugmotor BMW 801 von Zwangsarbeitern und Zwangsarbeiterinnen in den Ofenkaulen bei Königswinter herstellen ließ. Die Firma Bittmann ist hingegen frei erfunden.*

BETTINA ISABEL ROCHA
1970 geboren, hat eine deutsche Mutter und einen spanischen Vater. Sie ist Agraringenieurin, liebt ganz besonders Musik und Tanz, das Reisen und ihren Garten. Zum Schönsten zählt für sie jedoch das erzählerische Schreiben. Bisher veröffentlichte sie zwei Romane, »Tango mit Inès« und »Buenos Aires mi Amor«.

## CRiMiNA

Carolin Schairer
**Wir werden niemals darüber reden**
*304 Seiten. 978-3-89741-347-4*
Ein alter Bauernhof im Süddeutschen birgt düstere Geheimnisse. Nach dem Tod der Bäuerin kommen sie ans Licht. Als ihre Enkel Isabell und Jan zur Beerdigung der Großmutter zurückkehren, beginnt eine harte Reise in die Vergangenheit, an deren Ende Isabell weiß, warum sie Angst vor dem Leben allgemein und vor Puppenaugen im speziellen hat…

Trix Niederhauser
**Denn vom Trauern kommt der Tod**
*304 Seiten. 978-3-89741-353-5*
Brunhilde Schwarz ist über achtzig und sieht aus wie eine nette alte Dame. Sie lebt im Heim, strickt Socken, erfreut sich an den Vorträgen der Flötengruppe und wirkt mitunter leicht verwirrt – aber im Kostüm der Harmlosigkeit steckt ein Racheengel.

Renate Henstedt
**Caretta.** Ein Lesbos-Krimi
*238 Seiten. 978-3-89741-349-8*
Als eine seit langem gesuchte Mörderin in Istanbul wiederauftaucht, wittert die Journalistin Jennifer Arends ihre Chance auf eine große Story. Mit einem befreundeten Gerichtsreporter reist sie in die Türkei und folgt der Spur der Flüchtigen, entlang der Route der Meeresschildkröten, durch die Ägäis nach Lesbos. – Auf der griechischen Insel verliebt sich derweil die Biologin Kristina in eine geheimnisvolle Fremde …